の謎

有栖

講談社ノベルス

ANSHA NOVELS

カバーイラストレーション＝藤田新策
カバーデザイン＝坂野公一（welle《ヴェレ》 design《デザイン》）
ブックデザイン＝熊谷博人＋釜津典之

目次

プロローグ 7
第一章 浜辺の画伯 19
第二章 玄武亭《げんぶてい》の惨劇 54
第三章 木戸のこちら側 103
第四章 木戸を通って 156
第五章 急転 216
第六章 空白が埋まる時 261
第七章 何が起きたのか 316
エピローグ 367
あとがき 370

プロローグ

作品を書き上げてから、どんなタイトルにしようか悩む作家は珍しくない。ある作品に関してだけ苦吟（くぎん）する場合もある。いくら考えても思いつかない場合は担当編集者の知恵を借りることもあるという。

私にはそのような経験はなかった。

「有栖川（ありすがわ）さんは書き始める時にはもうタイトルを決めてますもんね」

デビュー以来ずっと世話になっている珀友社（はくゆうしゃ）の片桐光雄（かたぎりみつお）は、アイス抹茶ラテをひと口飲（の）んで言った。私も同じものを喉（のど）に通す。

「書き始めた時点では迷うてることもありますけど、ちょっと書いたら決定しますね。タイトルが映えるように、内容をそちらに寄せていくと執筆していて

気持ちがいい」

作品に名前を付けると、自分が何を書いているか理解する助けにもなって具合がよいし、他（ほか）の作品にも流用できそうなぼんやりとしたタイトルを排除しやすい。小説としてのテーマも見えやすくなるから、作品にとって灯台のような役目を果たしてくれるのだ。

「なるほどなるほど」

一つ年下の担当編集者は、太い眉（まゆ）の下で大きな目を瞬（またた）かせて、なるほどの回数に合わせて二度頷（うなず）く。

「書き上げてからタイトルを考えるなんてことはない、と」

「脱稿してから決めるのは難しいでしょう。それは嫌やな」

「人それぞれで、大ベテランでもタイトルで悩む人はいますよ。『片桐君、何かいいのはないか？』と頼まれて難渋し候補を二十ぐらい考えてみてくれ』と頼まれて難渋したこともあります。選択の幅が欲しくておっしゃる

のは判《わか》るとしても、さすがに二十はきつかった。大家の先生だと名前自体がタイトルの一部みたいなものので、突き放したように素《そ》っ気《け》ないものでも通用しますけれどね。むしろ凄《すご》みが出たりする」

僻《ひが》むわけではないが、有栖川有栖《ありす》ではその手は使えないぞ、と言われているようである。

「松本清張《まつもとせいちょう》の『スマホ』とか？」

「ご存命だったらあり得たかも。清張先生の作品名には素っ気ないものもありますけど、象徴的かつ意味深な素晴らしいタイトルが多くて、どれもいいですよね。『眼《め》の壁』とか『波の塔』とか」

「『水の肌』やら『渡された場面』やら、いっぱいある」

「独特のセンスですけど、ああいうタイトルって中身が決まらないうちに連載の予告を打つ必要があったりしたので、どんなストーリーになっても大丈夫なように抽象的なものにしたんだそうですね」

売れっ子作家のエピソードとして、私も聞いたことがある。象徴的にして抽象的だから、それらしい文章を数行だけでも加えれば、『ゼロの焦点』と『砂の器』のタイトルだって入れ替えることが可能だろう。

「ふぅん、そう聞いたら『霧の旗』や『球形の荒野』なんかも連載前にタイトルだけ付けたように思えてくるなぁ」

大阪・御堂筋《みどうすじ》に面したカフェの一隅。大きな窓の向こうをビジネスマンたちが行き交っていた。銀杏《いちょう》並木はまだ色づいておらず、秋の風がその枝を静かに揺らしている。店内にいても涼しさが伝わってくるようだ。

「で」

編集者は、膝《ひざ》の上で開いていた小振りのノートをテーブル上に置いた。担当している作家ごとにあれこれメモしてあり、私に関する情報も記されているものだ。成績表にもなっていそうで、ちょっと怖い。

「先ほどのお話だと、現在手掛けている短編の仕事も月末には片付くそうだから、いよいよ懸案の書き下ろし長編に着手してもらえそうですね。構想はまとまってきていますか？」

　世間話からスタートし、最近の業界の動きなどについて私が訊《き》き、他の作家の噂話《うわさばなし》という迂回《うかい》ルートを経《へ》て、とうとう本題に入ってしまった。まだまとまっていないことを彼なら予想しているだろう。次作の腹案ができているのなら、作家は水を向けられないうちから得々と語りだすもの――だと想像する。

「考えてはいるんですけどね。固まってないんです」

「タイトルはどうなんですか？」

「それも、まだ」

　これまでの会話から、どういう状況にあるのか汲《く》み取ってもらえるだろう。書き始められる段階にありません、ということだ。

　これはまずい。連載と違って書き下ろしには締切《しめきり》がない、とは言い切れず、どの出版社にも年間計画があるから、何月あたりとか見当もつかないと発注する側としてはやりにくいに違いない。

「新作のタイトルを伺うのを楽しみに大阪にきたんですけれどね」

「手ぶらで帰して、すみません」

　頭を掻《か》いて、苦笑の交換でこの件を終わりにしようとした。だが、それでは彼がガキの使いになってしまう。

「有栖川さんはタイトルが先にある方がやりやすいんですよね。だったら異例ではありますが、僕から提案するというのはどうです？」

「与えられたタイトルを取っ掛かりにして書く……ということ？」

「はい、松本清張方式とはまた別の新しい試みです。やってみましょうよ。うまくいった例があるんです」

　先日、雑誌の締切を前に行き詰っていた作家と話していて、片桐がふと洩《も》らしたフレーズに「それ、タイトルになるね」と相手が食いつき、難局を乗り切れたのだとか。

「片桐さんがタイトルを提案したのとは違うやないですか。雑談中に出た言葉が、たまたま短編のアイディアの呼び水になっただけで」

「有栖川さんに書いてもらいたいなぁ、というのを思いついちゃったんです。本格ミステリらしいタイトルですよ。門前払いせずに聞いてください」

『日本扇《にほんおうぎ》の謎《なぞ》』――だった。

「どこかで聞いたことがあるようなタイトルやな。本格ミステリらしくはあるけど、新鮮味はない」

「聞いたことがあるのも当然です。これは、有栖川さんがお好きなエラリー・クイーンの国名シリーズの一冊とされていた作品の邦題です」

ややこしいものを持ち出してきたな、と思いながら訂正しかけたら、右掌《てのひら》がぱっと開いて私を止めた。

「今、不正確なことを言いましたよね。はい、承知しています。えーと、まず邦題というのがNGです。『日本庭園殺人事件』とか『ニッポン樫鳥《かしとり》の謎』など五種類ほど訳があるけれど、『日本扇の謎』はない。国名シリーズに含むべき作品ではなく、原題は『The Door Between』」

同作が高級誌『コスモポリタン』に連載されたのが一九三六年。その時に『The Japanese Fan Mystery』というタイトルだった、という誤った情報が戦前のわが国で流布した。国名シリーズとして日本を冠した作品が出たらうれしい、という願望のなせる早とちりがどこかで生じたらしい。

作中に和風の庭を作ってしまうほど日本贔屓《びいき》の人物が登場するから、ジャパニーズ・ファンはそれを指しているようでもある。だとしたら、扇はまったく関係ないわけだが。

ともあれ、そのような経緯もあって、戦後になって邦訳された際、タイトルに日本をつけて国名シリーズとされ、ある時期までそのまま通っていた。同作を含めると国名シリーズは全十冊となるからキリがいいのは確かだ。

「『The Door Between』についての理解は、合《お》うてますけど――」

　私の言葉は遮《さえぎ》られた。

「『日本扇の謎』というのは幻の作品名で、そんな訳が出たこともないわけですよね。つまり、なかなか魅力的なこのタイトルは浮いている。誰かに書かれるのを待っている状態と言えます」

「いや、別に待ってないでしょう。無生物やし」

「有栖川さんが書きませんか、という提案をしているんです」

　さらに話して、事情が呑《の》み込めた。片桐は『The Door Between』にまつわるエピソードを知って興味深く感じたのと同時に、『日本扇の謎』というタイトルがいたく気に入ったのだ。

　七年越しのパートナーが私に力を貸そうとしてくれているのだ。さしてそそられなかったが、ただちに却下するのは悪い気がして返事を保留した。

「保留ということは挑戦してみてくれるんですね。どんなミステリに仕上がるのか楽しみです。もちろん、内容については有栖川さんにおまかせするので、扇というモチーフを好きなように料理してください。弊社から出している本の中に扇に関するものがありますから、資料として送りますよ。何かの参考になるかもしれません」

　資料のアタリまでつけていたのか。準備のいいことだ。

　編集者はストローをくわえ、にっこりと笑っていた。関西出張――京阪神《けいはんしん》の作家をまとめて訪ねているそうだ――の目的を一つ達成した、と思ったのか、話題を転じる。

「火村《ひむら》先生とはすっかりご無沙汰《ぶさた》していますけれど、お変わりありませんか？」

　片桐は、私を通じて火村英生《ひでお》と何度か会ううちに、私の十四年来の友人に多大の関心を寄せていた。犯罪社会学者でありながら、名探偵のごとくいくつもの難事件を解決してきた男に、犯罪に関する本を書いてもらうことを熱望しているのだ。つれなく拒否されても諦《あきら》めていない。

「元気ですよ。社会学部准教授として母校で職責を果たしながら、相変わらずフィールドワークとして警察の捜査に協力しています。長いコロナ禍《か》の中で色々と苦労があるみたいですけれど」

「〈臨床犯罪学者〉としてご活躍なさっているわけですね。お忙しそうだな。有栖川さんもコロナ禍での捜査にも立ち会って、名探偵ぶりを見ている？」

臨床犯罪学者は私がそう呼んでいるだけで、火村が自称しているわけではない。

「何件かで助手みたいなことを務めました」

「おお。どんな事件だったのか、先生がどんな推理を披露したか、気になるところですけれど……」

「念を押すようですけれど、彼のフィールドワークに立ち会って見聞きしたことは口外できません」

捜査上、火村と私が知ったことは外部に洩らさない。秘密保持は警察との間で交《か》わした約束で、片桐もよく承知していることである。

「お二人のポリシーだから詮索《せんさく》したりしません。そして有栖川さんは、どんなにネタに困っても火村先生が解決した事件をモデルにした小説を書くこともない」

「書きません」

「作り物の面白さを追求する。本格ミステリ作家の矜持《きょうじ》と志操ですね」

「そんな立派なものやないけど、揺るがぬ方針ですね。これまでも、これからも変わりません。小説家ですから」

片桐はその返答に満足げだった。威勢よく聞こえたのかもしれない。

「強引に礼儀知らずのアタックなんかしやしません。何かのついでの折にでも、『一般向けに犯罪に関する本を書きたくなったら、いつでも片桐にご相談ください』と伝えていただけますか？　書きやしないよ、と言われそうですが、論文とは別にそういう形で自分の考えを世に問いたくなることがあるかもしれません」

「伝言、引き受けました。彼の態度に変化があったら連絡しますよ」

「ありがとうございます。気長に待ちますよ。有栖川さんの新作については、心を鬼にしてせっつくかもしれませんけれど」

「はい、判ってます。これね」

私は扇で煽《あお》ぐ真似《まね》をした。


　短編の仕事が終わり、頭も手も自由になったところで、片桐が送ってくれた扇関係の本に手が伸びた。図版がたくさん入っていて読みやすい。解説も行き届いていて、扇の歴史やら構造やら意味合いやらの知識がするりと入ってくるようだ。ベッドに寝転がってページをめくれば、豆知識が頭に入ってくる。

　口絵写真がカラーできれいだ。源氏絵巻を描いた雅《みやび》なもの、葛飾北斎《かつしかほくさい》らの浮世絵で飾られたものから、海外の職人によって作られた華麗なものまで、色んな扇があるものだ。素材も紙だけではなく、シルク、象牙《ぞうげ》、鼈甲《べっこう》、金属、プラスチックなど様々だ。

　扇というものが日本発祥の品——異説もなくはない——であることは知っていた。中学の歴史の授業で平安・鎌倉時代の日宋《にっそう》貿易について習った時、日本からの輸出品に扇が含まれていることに触れて、先生が「日本人が発明したもので、日本名産だったんや」と注釈を加えたのが印象に残り、「へえ」と感心したことがある。

　てっきり中国から伝来したものだと思っていた。現代の日本人でも勘違いしている人が多いかもしれない。言われてみれば、コンパクトに畳める機能性と縮小の美は、いかにも日本的に思える。

　薄い板を重ねて糸で綴《と》じた檜扇《ひおうぎ》が奈良時代に生まれ、紙や絹を竹骨に貼《は》った紙扇ができたのは平安時代の初め。涼を取るための実用品であると同時に、儀礼や祭礼において呪物《じゅぶつ》として用いられ、装飾性が高まって美術品へと発展していく。東洋貿易で早くからヨーロッパに伝わっていたが、日本が開国すると膨大な扇が海を渡り、日本趣味＝ジャポニスムの象徴の一つに。その歴史の早い段階で、おしゃれのためのアイテムにもなっていただろう。

西洋には〈扇言葉〉なるものがあったそうだ。扇を使った細かな仕草《しぐさ》で、それを見た者だけに判るよう声を出さずにメッセージを伝えるのには重宝である。スペインが起源らしく、それをまとめた本が各国で翻訳されたそうだが、主に男女の間で交わされたのは言うまでもない。

たとえば、扇を左手で顔の前に持ってきたら〈お近づきになりたい〉。右手でくるくる回したら〈私は他の人を愛しています〉。開いて左耳を覆《おお》ったら〈私たちの秘密を洩らさないで〉。先端を右頬《ほお》に当てたり左頬に当てたりして〈はい〉〈いいえ〉を表《あら》わしたというが、私など左右を間違えてしまいそうだ。

扇言葉でやりとりする場面をミステリに使えないだろうか、と思ったところで迂闊《うかつ》にもようやく思い出した。私は扇の雑学を集めたいのではなく、創作のヒントにするための資料としてこの本を読んでいたのだ、と。

本を片手にリビングに移動し、ソファに腰を下ろして少し読んでから、栞《しおり》を挟んで思案する。扇言葉を知る登場人物たちがこっそり秘密のメッセージを交換するシーンは悪くないとしても、大して面白くはない。もっとミステリらしい使い方を考える必要がある。

『日本扇の謎』。

そう、タイトルはこれだ。扇を事件の中心に据えなくてはならない。謎を生む重要な小道具として描くのであれば、どうすればよいか？　安直ながらすぐに思いついたのは、被害者が扇にダイイングメッセージを書き記していた、という状況である。

煽いで風を起こしたり、美麗な絵を描いて鑑賞したり、装身具として感情表現に利用したりするだけでなく、古来、扇には様々な用途があった。それは文字を認《したた》めるものでもあり、和歌を記した風雅なものもたくさん残っている。

扇に文字を書くのは奇矯《ききょう》どころか自然な行為だ。本格ミステリの中で被害者——ペンは身に付けていたとして——が死に瀕《ひん》し、手許《てもと》にメモ用紙など文字の書けるものが他になかったとしたら、扇に犯人の名前を書き残すはず。必ずや書く。あくまでも「本格ミステリの中」において、だが。

ダイイングメッセージ自体にはまるで新味がないとはいえ、扇に書かれていたという前例は寡聞《かぶん》にして知らない。それが扇に残されていたことに何か意味を持たせられるのではないか？

扇の最大の物理的特徴は、閉じたり開いたりできることだろう。こっそり犯人の名前を書いた後ですかさず扇を閉じてしまえば、その場にまだ犯人が留《とど》まっていたとして、告発のメッセージを残したことを悟られずにすむ。

それでいて、捜査にあたる警察官は現場にあるものを詳細に調べるから、扇のメッセージが見落とされる可能性はゼロだ。万事よし。他に書くものが手近になかったからではなく、被害者はそんな利点に気づいて扇を選んだのかもしれない。

「いや、それでは……」

私は独《ひと》り言《ご》ちて、ソファに座り直す。たちまち事件が解決してしまい、ミステリにならない。捻《ひね》ってみることにした。

扇に書かれていたのが真のダイイングメッセージではなく、犯人がそれと見せ掛けるために書いたものだとしたらどうか。無実の第三者に濡《ぬ》れ衣《ぎぬ》を着せるための偽装工作だった、という設定ならば、些細《ささい》な手掛かりから探偵がそれを見破る場面が書けそうではないか。

こんな具合だ。犯行現場に残されていた筆記具は一本の万年筆で、インクの成分を調べた上でメッセージを書いた道具はまずそれで間違いないことが判明する。インクは速乾性に欠けていて、書いてすぐに扇を閉じてしまうと文字が滲《にじ》むのが避けられないのだが、文字はきれいに読める。まだその場にいる犯人の目に触れないように扇にメッセージを書いたのだとしたら、これはおかしい。犯人に見られないように体の陰《かげ》に隠すなどして、被害者は扇を開いたままインクが充分に乾くのを待っていたことになる。それはあまりにも不自然であるから、このメッセージを書いたのは被害者ではなく、犯人の手による偽の手掛かりだ、ということにすればよい。

　よくもないか。

　意外な手掛かりから推理を巡らせ、犯人の偽装工作だと看破したとして、これまたそう面白くはない。アイディアを探している最中のミステリ作家の脳内では、何者かが問う。

　――筋が通ったとして、面白いか、それ？

面白いとかつまらないというのは主観であって測定できないが、少なくとも作者自身が面白がれなくては書けない。

　扇の実物を手にしながら考えた方がよい気がしてきたが、あいにくなことに私はそんな洒落《しゃれ》たものを持っていない。夏場に路上やら商業施設やらで「どうぞ」と手渡された広告入りの団扇《うちわ》なら、捨てかねて五本ほど溜《た》まっているのだが。

　仕方がないから扇なしで考える。

　閉じたり開いたりできる扇は、そのあたりの紙切れと異なり、グラム単位ではあるがしっかりと重量を持つ。そこにメッセージを書いたら、十メートル先にだって投げることができるのだ。この特性を利用できそうに思う。

　犯人が現場を立ち去らないうちに、瀕死《ひんし》の被害者がダイイングメッセージを書く。犯人がいなくなるのを待てないのは、命の灯が今にも消えようとしているからだ。ぜひとも警察に見てもらいたい大切なメッセージを書き上げた被害者は、それを犯人の手……投げた。……どこへ？

誰かに拾ってもらうべく、窓の外へ投げる場面が思い浮かんだ。しかし、動作が大きいと犯人に見られてしまいそうだし、通行人が拾っておしまいでは文字どおり話にならない。もっと厄介なところに扇を投げるなり、あるいは押し込んで隠すなりしたのだろう。何かそれらしい場所はないかと考えるが、妙案は浮かばない。この道も行き止まりらしい。

このままでは堂々巡りになりそうだから、発想を変えてみよう。ダイイングメッセージはやめる。

扇という品物ではなく、象徴的な扇でもよければ視界が開けるかもしれない。日本庭園に薄《う》っすらと雪が積もっている情景からスタートしてみよう。白い庭に横たわる他殺死体。その周囲に残されているのは、扇形を描いた足跡がひと組だけだった——となると、不可能犯罪ものにできるし、視覚的なイメージも強くて読者に受けそうだ。

ただ困ったことに、何故《なぜ》そんな足跡が死体のまわりに残っていたのか、作者に見当がつかない。不可能犯罪ものに仕立てるのだからそこは知恵を絞って考え出すしかないのだが、私にはハードルが高すぎるように感じる。謎が先にできると、トリックが創《つく》れないタイプなのだ。

足跡が死体を取り囲んでいるのではなく、扇の要《かなめ》に当たる部分に倒れていたことにすれば、難易度を下げられる。被害者が事件の直前にそんな歩き方をした理由。雪の上で何かを探していた？

足跡が円弧を描いていたのは、垣根《かきね》などに沿って歩いたからだとしよう。芝生を敷いた広々とした庭が、半円形の垣根で囲われた庭に変容してしまうため、不可解さが減じてしまうが、やむを得ない。

殺される前、被害者はXを尾行していた。Xはそれに気づき、手許にあった何か——重大な秘密を記録したスマートフォンとか——を垣根越しに庭へ投げ捨てる。やがてXに追いついた被害者は、相手がスマホを持っていないことを確かめてXを解放するのだが、途中でどこかに投げ捨てた可能性に思い当たり、引き返して雪の庭を捜索する。スマホは垣根の陰に落ちていた。様子を見に引き返してきたXは、これはまずい、と慌て、庭を横切り戻ってきた被害者を殺害する。かくして扇形の足跡が庭に残った。

——筋が通ったとして、面白いか、それ？

内なる声は容赦がない。

ミステリのアイディアを一心に考えていると喉が渇いてくる。私は、冷蔵庫から冷えた飲み物を取り出すために立った。

第一章　浜辺の画伯

1

午前零時になると店主は店の暖簾《のれん》を取り込み、赤《あか》提灯《ちょうちん》の明かりを消してカウンターの中に戻った。

そして、先ほどグラスに注いだビールをひと口飲んで、区切りをつけるように煙草《たばこ》を吹かす。

「大将、もう一本もらおうか。ゲソも欲しいな」

カウンターに肘《ひじ》を突いた客が言った。ほんの少しだけためらう素振りを見せてから、店主はくわえ煙草で瓶《びん》ビールをコトリと置く。

「社長、金曜日の夜とはいえ、ほどほどに。車で帰らないかんのやから」

「今日はそんなに飲んでないわ。まだまだ大丈夫や。そんなことより、さっきの話の続きを」

浅黒い顔をした社長は、ダミ声で言った。彼に相談を持ち掛けたのは自分なので、店主は拒絶しにくい。もとより、車でやってきた客に一切アルコールの提供をしないという方針では営業が成り立たない立地の店だった。

「大将の恋のライバルというのは、何人いてるねん？」

「モテる先生なんで、よう判りません。二人か三人やろうけど、そのうちの一人が手強《てごわ》そうで」

「ふぅん。強敵は大将より若いんか？　仕事は何をしてるんや？」

四十代半《なか》ばの男が二人、カウンターを挟んで交わしているのは恋の悩みについてだった。日中に通うカラオケ教室の先生を見初めた店主は、色恋にはいたって弱くて思春期の男子のように煩悶《はんもん》している。自分も相手も独身だから、誰に気兼ねをすることもなく想いを伝えればよいのに、ライバルの存在に臆《おく》しているのだ。社長はその手の話が好きで、たちまち食いついた。従業員十人の水産加工会社を経営する彼自身、結婚歴のない独身なのだが。

　他の客が去ってからそんな話になり、店を閉めた後も悩みの相談は続いた。カウンターの他には二人掛けのテーブル席が二つだけの居酒屋に、しみじみとした時間が流れる。

　話が煮詰まり、午前二時を過ぎたところで社長が深い溜《た》め息《いき》をついた。そろそろ腰を上げるというサインである。

「とまあ、そんなわけやから、度胸を出す場面やな。失敗して元々と思うていくしかないやろ。俺は会社の若い連中にも常日頃から言うてるんや。『人間というのは、やったことよりやらんかったことを悔《く》やむ』とな。行動あるのみやで。――晩《おそ》なったな。もう行くわ」

「ありがとうございます。ためになるアドバイスが聞けました」

　低頭する店主。残ったビールを飲み干し、勘定を済ませて立ち上がろうとした社長は、軽くよろけた。

「酔い、ちょっと醒《さ》ましてから行きますか？」

「あんまり長尻《ながじり》したら迷惑やろ。もうさんざん長居してるか、はは。心配ない、酔うとらんって。この店の椅《い》子《す》が俺にはちょっと高すぎるだけや。――後悔がないようにするんやで」

　短躯《たんく》の社長は店の横に駐《と》めている愛車に乗り込み、大きな欠伸《あくび》をしてから発車させた。海岸沿いの道路をまっすぐ走るだけ。十数分もすれば家に着く。この時間はほとんど車が走っておらず、自分が事故を起こすとは露《つゆ》ほども思っていない。ほんの十数分で家に帰れるのだが――アルコールの影響に眠気が加わり、運転するのがひどく面倒だった。

　右側を疎《まば》らな人家が流れて、左側にはコンクリートの低い堤防がずっと伸びている。その向こうの砂浜は運転席からは見えない。さらに向こうに広がる日本海は、果てのない闇《やみ》と化していた。

車がふらついてるのは自分で判った。知らず知らずセンターラインに寄っていくので、その度にステアリングを小さく左に切って修正する。ゆるやかに蛇行《だこう》しているのを警官に目撃されたら即座に停止を求められるだろうが、こんな時間のこんな場所のこと、見ている者などいない。

どんどん瞼《まぶた》が重くなってきた。高速道路を走行中であれば、さすがに運転を中止して仮眠を取るが、自宅まで十分足らずというところで休憩する人間がいるわけはない、と目を擦《こす》る。

それにしても、と思った。〈漁火《いさりび》〉の大将の純情ぶりといったらない。さぞや魅力的な先生なのだろう、三十代半ばらしいが、顔を拝ませてもらいたい、と頼んだら「写真なんか持ってるわけないでしょう」と言い返された。カラオケ教室にも発表会などのイベントがあるはずだ。先生を囲んだ生徒たちの集合写真ぐらいありそうなものだが、照れて見せるのを渋《しぶ》ったのか。

何という教室なのかも教えようとしなかった。カラオケ教室などこのへんにいくつもあるわけでもなし、スマートフォンで調べればすぐに判るかもしれない。

検索してみようか、と益体《やくたい》もなく考えているうちに、また睡魔が襲ってきた。首がかくんと折れたことで意識が戻る。今度は車体が左に振れているようだ。いかんいかん、と顔を上げた瞬間——

信じられないものを見て、息を呑んだ。

こんな時間、こんな場所だというのに通行人がいた。ずっと前方であれば、何をしているのだろう、と訝《いぶか》っただろう。

息を呑んだのは、その人物——若い男——がほんの数メートル先にいたからだ。ブレーキを踏みながらステアリングを鋭く右に切ると、タイヤが軋《きし》んだ。

二十メートル以上進んで停車してからルームミラーを覗《のぞ》いた。人影が路上に伏していたので、ぞっとする。撥《は》ねた感触はなく、どんという音もしなかったのだが、軽く接触したのか、あるいは驚いて転倒しただけなのか？

しばらく鏡の中を注視していると、若い男が動いた。ゆっくりと上体を起こし、そのままへたり込んでいる。

やはり接触はしていないのだ。転んだだけで、怪《け》我《が》をした様子もない。せいぜい手を擦《す》りむいたぐらいだろう。都合よく決めつけて社長は発車させた。

引き返して無事であることを確かめ、必要ならば病院に運ぶべきだ、という分別は持っていたが、自分の呼気からアルコールの臭《にお》いがするのは隠せそうにない。免許取消は必至で、そうなったら仕事にも生活にも支障が出る。

「あれは大丈夫やな」

自分に言い聞かせるように呟《つぶや》いた。路上の若い男はみるみる遠ざかり、夜の闇に溶けていく。最初から存在しなかったかのように。


家に帰り着いてから、冷たい水を何杯も呷《あお》った。警察がやってきそうで床《とこ》に就く気にはなれない。今にもドアホンが鳴るのではないか、とダイニングの椅子に座っていると、まるで裁きを待つ罪人のような気分になった。

三時が過ぎてもドアホンは鳴らない。何でもないことに怯《おび》えていたのが馬鹿《ばか》らしくなってくる。安堵《あんど》とともに、忘れていた眠気が込み上げてきた。

2

今朝は風が強い。

二つの岬で包まれた湾内にもふだんにない波が立っていた。

堤防の上から海を見渡してから、デニムパンツに白いスニーカーの彼女はコンクリートの階段を下る。犬を連れて歩く人と出くわす日もあるが、今日は誰の姿もなく、浜を独占できるようだ。

こちらの中学校に赴任してきて二年が経《た》つ。朝の光を全身に浴びながら、浜辺を散歩するのがこんなに気持ちいいとは思ってもみなかった。

砂が熱を孕《はら》んだ夏だと、出勤前に汗をかいてしまう。雪や寒風が吹きすさぶ冬は、浜辺に限らず散歩どころではない。春と秋に限られた楽しみである。しっかりと満喫しなくては損だから、休みの土曜日であっても早起きをした。

海の上、まだ真新しい青空にいかにも秋らしい羊雲が浮かんでいたので、スマートフォンで撮っておく。散歩ついでの写真のコレクションもかなり増えてきた。

幅十メートルもない浜で、夏休みになると地元の子供たちが海水浴に興じたりするが、わざわざ遠方から泳ぎにくる者はめったにいない。灯台のある岬が佳景を作っているでもなく、穏《おだや》かな湾内のありふれた感じがかえって好ましい。

丹後《たんご》地方には、歩くとキュッキュッと音がする鳴き砂で知られた琴引浜《ことひきはま》などがあるが、ここの浜の砂も微《かす》かに鳴る。「先生、それは気のせいやろう」と生徒たちは笑うが、中には「私もそう思う」と同意してくれる子もいた。気象条件によるのか歩き方のせいなのか、今朝はあまり鳴ってくれない。

潮は引いており、浜は最も広くなっていた。渚《なぎさ》にプラスチック容器が二つ打ち寄せられ、朝日を反射して誇らしげに輝いている。浜辺のゴミは地域でいくら清掃活動をしてもキリがなかった。

砂の感触を噛《か》みしめるように歩を進めるうちに、また堤防に階段が現《あら》われる。そこから府道に戻るのがルーティーンなのだが、さらに先の階段まで歩くこともある。

今日はどうしたものか、と思いかけたところで、階段の陰になった砂上に座った男がいるのに気づいた。白いTシャツの上に暗いグレーのジャケットを羽織《はお》り、ネイビーのチノパンツにカジュアルな黒い革靴。自分より少し年上かもしれない。二十五、六か。

　ジャケットやパンツが砂まみれなのが妙だ。まさかあの恰好《かっこう》のまま横になり、浜で野宿をしていたわけでもないだろう。周囲に荷物らしきものはない。胡乱《うろん》な雰囲気を漂わせていたら、さりげなく踵《きびす》を返す場面だ。しかし、歩調を落としながら観察したところ、男の服装はこざっぱりとしていて、整った顔立ちや放心したような表情にも危険な感じはない。

　危険な人どころか困っている人なのではないか、と彼女は思った。早朝、浜辺の階段近くに座り込んだ彼が、何に困っているのか見当がつきかねたが。

　目が合った。反射的に小さく会釈《えしゃく》したら、「あのぅ……」と声を掛けられる。

「はい。何ですか？」

　歩み寄りながら尋《たず》ねた。

「朝日があっちから昇ったから」目の前の海を指して「これ、日本海ですよね？」

　男は真顔だ。

「そうです」

「ここはどこですか？」

　思いがけない質問だった。自分がどこにいるのか判らないとは。

「布引浜《ぬのびきはま》です」と言ってから付け足す。「舞鶴《まいづる》市の」

「舞鶴？　ああ、京都なのか」

　二メートルばかりに近づいた時、男の頬や右手の甲に傷があり、ジャケットやパンツに擦れた痕《あと》があるのが判った。

「お怪我をなさっているようですが、大丈夫ですか？」

　何かの事故に遭って、動けなくなっているのなら大変だ。彼女は完全に警戒を解き、男の前に進んだ。

「この階段を踏み外して、転げ落ちたんです。あちこち擦りむいたぐらいで骨が折れたりはしていません。ただ、頭を打ったせいなのか……」

　男は、そばまできた彼女を見上げる。澄んだ目をしていた。

「……階段から落ちた。それ以外のことはまったく思い出せないんです」

　記憶を失った人物が出てくる映画やドラマは過去に何本も観《み》た。小説や漫画で読んだこともある。しかし、まさかそんな状態の人間に現実に出会うとは思ってもみなかった。

「まったく？」

　彼女は砂の上に両膝を突いて、男と目の高さを合わせる。くっきりとした二重瞼《ふたえまぶた》が印象的だ。細面《ほそおもて》で唇《くちびる》が薄くて、涼しげな顔だ。無精髭《ぶしょうひげ》が伸びているでもなく、清潔感があった。

「ええ。自分の名前も言えません。どうしてこんな浜にいるのかも」

「名前が判らないんなら、住所やら生年月日やらも言えないんですね？　……すみません、当たり前のことを訊いて」

「僕、日本語を流暢《りゅうちょう》に話せていますよね。頭の中でも日本語で思考している、日本人であることだけは確かでしょう。日本で生まれ育った外国人という可能性もなくはないけれど」

　理屈っぽいことを言う。誰かが通りかかるまでの間に、あれこれ色々なことを考えたせいなのかもしれない。

　初対面の自分を相手に標準語で話しているが、イントネーションがどことなく関西風だった。あまり遠い地方の人間ではないらしい。だが、間違ったことを吹き込んで彼が記憶を取り戻す邪魔をしてはいけないので、口にはしないでおく。

「頭を打ったとおっしゃいましたね」

「脳震盪《のうしんとう》を起こして、少し意識が飛びました」

「それが原因で一時的に記憶がなくなっているだけだと思います。私が言っても気休めにしかならないので、早く病院で診てもらいましょう。擦り傷とはいえお怪我もなさっているし」

「ああ、助かる。お願いします」

　彼女が散歩の際もスマートフォンを携帯していた

のが幸いした。一一九番に通報し、手短に事情を伝えた。怪我人に記憶障害が発生している件についてはとりあえず省いた。下手な説明でもたついてはいけないし、こうしているうちにでも男が記憶を取り戻すかもしれない。

「救急車がすぐにきてくれます」

「ご親切にありがとう。お礼の言いようもありません」

男はスマホを持っていなかったのだ。それどころか財布も。財布があれば、彼の身元を示すものが入っていたかもしれない。ごく近所に住んでいるのでもないのに──このあたりの住人はみんな知っている──、手ぶらというのは変である。

「もしかして、財布を盗《と》られてしまったんですか？」

「さあ」

「階段から誤って落ちたのではなく、誰かに突き落とされたということはありませんか？」

「そんな覚えはないんですけれど……」

男は口ごもる。覚えていないだけで、実際は路上で金目当ての悪い奴《やつ》に襲われたのではないか？

「階段から転げ落ちたのが何時頃だったか答えられますか？」

男は両手首を彼女に見せた。

「僕、腕時計もしていないんですよ。判らない」

「正確な時間は判らなくても、だいたい何時ぐらいだったか判りそうに思うんですけれど」

「普通ならそうですよね。でも、僕には無理です。階段から落ちたのは間違いありません。突き飛ばされたのではなく、自分の不注意からだと思う。その前はどうだったかは思い出せない」

「落ちたのは、夜？」

「ええ。脳震盪で意識が飛んだことに加えて、僕は眠ったんです。擦り剝《む》いただけでなく打撲もあって、体の節々が痛んだんですけれど、いつしか寝入っていました。どれぐらい眠ったのかは判りません。朝日が射《さ》してから目が覚めて、どうにかして助けを呼ばなくては、と思いながら足首が痛いから、誰かが通りかかるのを待っていた。そこへあなたがきてくれたんです」

落ちて擦過傷《さっかしょう》を負い、頭を痛打して脳震盪を起こして歩けないのだとしたら、満身創痍《まんしんそうい》だ。さらに記憶障害が出ていて、財布や所持品を盗まれたとなると悲惨極まりない。彼女は深く同情したが、男は「よいしょ」という齢《とし》に似合わぬ掛け声とともに立ち上がった。

「立って歩けるんですか？　動けないでいるのかと思いました」

「打ったところが痛みますけれど歩けますよ。勘違いさせてしまいましたか。座ったまま誰かが通りかかるのを待っていたのは、動くこともできなかったからではありません」

それならば府道に出て、助けを求められたのだ。このあたりを歩いている人間は少ないが、人里離れた山奥ではないので、車なら次々にやってくる。

「じっとしていたのは、自分がどこの何者なのかも判らないまま他人に会うのが怖かったからです。さっきあなたが言ったとおり、一時的に記憶がなくなっているだけであれば、時間が経つと元に戻るかもしれない。せめて自分の名前と、どうしてこのあたりにきたのかを説明できるようにならないか、と。……判ってもらえないかもしれませんね」

先ほど見た彼の放心したような顔を思い出す。途方に暮れていたのだ。なかなか行動を起こせずにいた心理も理解できる。大多数の人間にとって記憶喪失は物語の中のことだ。自分が誰かも判らない、と打ち明けるのは勇気が要るだろう。

救急車のサイレンが聞こえてきた。「行きましょうか」と男を促《うなが》し、階段を上がる。痛むところがあるせいか男の動作は緩慢だったが、手を添えて支えたりする必要はなかった。堤防の上に出ると、救急車はまだ遠い。

「身元をたどる手掛かりになりそうなもの、何もないんですよね？」

彼女が未練がましく言ったら、男はジャケットの内ポケットに手を入れる。黙って取り出したのは閉じた扇子《せんす》だった。

「これは？」

「入っていました。もちろん、こいつにも見覚えはないので、僕のものかどうか判りません」

男が開くと、そのシルエットからして富士山《ふじさん》らしき山が描かれていた。よく見ようとしたが、救急車が停《と》まったので男が閉じてしまう。

「通報したのはあなたですか？」

制服に制帽の救急隊員が大きな声で訊いてきた。「そうです」と彼女は答え、男を隊員に引き渡す。「歩けますか？」「気分は悪くないですか？」と尋ねながら、別の若い隊員が男を乗せた。

「お世話をおかけしました」

男が車内から礼を言ったが、彼女はまだ自分が責任を果たせていないと思った。

「できれば私も病院まで乗せてもらえますか？」

隊員に頼んだ。

「怪我をしている方のお知り合いではない、と聞きましたが」

理科の教務主任によく似た隊員は怪訝《けげん》そうにする。男が車内で若い隊員から「どこにどんな痛みがありますか？」と質問されているのを横目で見て、彼女は声を低くして言う。

「通りすがりの者なんですが、あの人の話を聞いたところ何かの事件に巻き込まれた可能性があります。きっと警察が捜査すると思うので、彼を発見した私も話を聞かれそうです。最初から同伴していた方がいいんじゃないでしょうか？」

隊員の判断は迅速だった。「なるほど」と即座に同乗を認めてくれた。彼女が乗り込むと、男は軽く驚いた顔をした。容態の聴取がしばし中断する。

「付き添ってもらえるんですか？」

「はい。ご迷惑かもしれませんが、それがよいかと。

今日は仕事が休みで、何の予定も入っていませんし」

「迷惑どころか心強いですよ。ありがとうございます」

車が走りだした。西舞鶴総合病院に向かうらしい。受傷した部位、現在の症状を男が話し終えると、隊員は「横になって休んでいてください。楽にして。ベルトも緩《ゆる》めるといい」と言った。

男は寝台に身を横たえ、車内を珍しそうに見回す。そして、彼女に言った。

「救急車に乗ったのは初めて……だと思うんですけれど、確信は持てませんね。自分の名前も忘れてしまっていますから」

「焦らなくていいと思います。お身内の人が捜していて、すぐに見つけてくれるかもしれません」

「身内に会っても見覚えのない他人に見えたらどうしよう。ま、くよくよしても仕方がないか。あなたのご忠告どおり焦らないよう心掛けます」

男は「あなた」と繰り返してから、彼女に真剣なまなざしで尋ねる。

「よかったら、ピンチの僕を助けてくれたあなたの名前を伺えますか？」

「藤枝《ふじえだ》未来です。未来と書いてミキ。——あなたは？」

不意に訊かれて、とっさに忘れていた名前が飛び出してくるのでは、と彼女は期待した。

「名無し・権兵衛《ごんべえ》です」

「……駄目ですか」

「そんなにうまくは、ね」

横たわった男は弱々しく笑い、車の天井を見上げた。

3

権野《ごんの》が西舞鶴総合病院を訪ねると、脳神経科の担当医師は刑事がくるのを面談室で待ってくれていた。年齢は四十路《よそじ》の権野と同じぐらいで、ドクターとして脂が乗っている頃か。どこか冷たい口調で話すが、患者には親身に接して評判はいいらしい。捜査にも協力的だし、案外話し好きでもある。

「連日ご苦労さまです。昨日と変わらず、オウギさんの記憶は恢復《かいふく》していません。軽傷だったので身体的には問題なく、入院するまでもないんですが」

記憶をなくした患者は、本人の同意を得た上でオウギと呼ばれていた。勝手に名付けたのではなく、「僕自身も不便なので」と患者の方から提案した仮名である。

「検査しても脳にも異常はないわけですね？」

「これがCTの写真です」

シャウカステンに貼られた写真をボールペンで指しながら医師は解説をしてくれる。権野が知りたいのは結論だ。舌を嚙みそうな専門用語は頭を素通りさせる。

「──という具合で、左側頭部に衝撃が加わった形跡があるにせよ、本人が言うとおり軽い脳震盪を起こした程度でしょう。経過を観察していますが、特に気になる点はありません。薬物の影響で記憶をなくしたのでもない。検査済みです」

しゃべっているうちにサージカルマスクが少しでもズレると、医師はこまめに直す。

「軽い脳震盪を起こすぐらいの打撲で記憶喪失になるというのは、おかしくないんですか？」

「どの部位がどれぐらいダメージを受けると記憶障害になる、と医者は言えないんです。事故に遭って、身体的な傷は浅くても、精神的な強いショックが原因で記憶を失う場合もあります」

「オウギさんが記憶をなくしているのは確かなんですね？」

「本人がそう言っているのを否定する材料はありません」

引っ掛かる言い方だった。

「すると、彼が記憶を喪失しているふりをしているだけ、ということもあり得るんですか？」

「あるかないかで訊かれたら、あります。ですが、ボロを出さないよう演技を続けるのは疲れるでしょうね」

権野はそうは思わない。自分以外の何者かのふりをするのは骨が折れそうだが、何も知りません、覚えていません、ならば知恵を使うこともない。不祥事を追及された政治家がよくやっている。

「治療方法はないとのことでしたが――」

「これをすれば治る、というものはありませんね。根治治療の方法はなくて、今日にでも『思い出した！』と叫ぶかもしれないし、いつまでも記憶が戻らないかもしれません」

もしオウギの記憶喪失が詐病《さびょう》ではなく、いつまでも恢復しなかったら、と考えると痛ましい。

「身元を突き止めるヒントのようなことを話したりはしていませんかね。看護師さんとの雑談などで」

「私も気になっていますから、ナースから細かく様子を聞いています。どこの出身だとか、どんな仕事に就いていたとかを推察させる言葉はないそうです。――権野さんに何か感じるものはありますか？」

刑事さんではなく、権野さんと名前を呼ぶところにこの医師の人柄《ひとがら》の一端が表われているようだ。

「肉体労働に従事していたようではない。言葉遣いからしてそれなりの教育を受けてきたらしい。それぐらいしか言えませんね。あと、ちょっと関西訛《なま》りがあるか」

「シャーロック・ホームズのように、すらすらと身元を推理したりはできませんよね」

名前に聞き覚えがあるが、シャーロック・ホームズとやらがそんな芸当ができるというのなら、とんだ食わせ者のペテン師だな、と権野は思う。

医師は卓上のメモに目をやる。

「期せずしてオウギさんには健康診断を受けてもらうことになったわけですが、いたって健康で既往症もなさそうです。手術痕もなし。まずは壮健です」

身長百七十二・二センチ、体重は六十九・五キログラム。血液型はＡＢといったデータは昨日のうちにもらっていた。

「オウギさんは保護されてからまだ一日しか経っていません。落ち着いているようでも精神的な動揺があるはずだし、今しばらく様子を見るのがいいかと」

医師はまたマスクを触る。「さっきまでいらしていた市の福祉部生活支援相談課の担当者にもそう伝えました」

記憶が甦《よみがえ》らない場合、病床――ましてや個室――をいつまでも占拠させるわけにはいかないので、今週中には退院して無料の宿泊施設に移ってもらう方針だという。その件については、明日にでもオウギに話すそうだ。

「彼のこと、どこからか洩れていますね。午前中に地元紙の記者が取材にきました。無論、情報の出所は当院の者ではないと信じています」

医師が言うとおり、ここの医療従事者や職員が軽はずみにオウギの件を外部に洩らしたとは思わない。

しかし、彼について廊下で話しているのを見舞客などが耳にして、そこから新聞社に伝わった可能性はある。

「傷害事件の被害者が記憶喪失に陥《おちい》っているのでは、と訊かれましたので、守秘義務を理由に取材を拒否しました。患者さんのプライバシーに関わることを私たちが軽々に話すわけがないし、オウギさんの治療に支障が出かねません」

頷く権野に、医師は訊いてくる。

「事件性について、実のところ警察はどう見ているんですか？　彼本人の話を聞いたところでは、階段で足を踏み外して転落しただけのようですが、素人《しろうと》の私にもどうもおかしく思える点があります」

医師は両膝に手を置き、まっすぐ刑事を見た。いったん観測気球を上げることにする。

「先生がおかしいと感じるのは、どんな点ですか？」

「オウギさんが手ぶらで財布も所持していなかったことです。近所に散歩に出る以外にそんな状況はないでしょう。しかし、彼は布引浜近くの住民ではなく、界隈《かいわい》に滞在していた形跡もない。不可解です」

「おっしゃるとおりですね」

「比較的近くから身軽にやってきて、どこかで財布を落としたとも考えにくい。あのあたりは最寄りに駅がない。一番近い駅から徒歩というのは距離がありすぎて変ですし、バスは最終が宵《よい》の口に出てしまうはずだ。いや、きた手段についてはタクシーを利用したとか知人に車で送ってもらったのかもしれないとして、夜中にうろついていた理由が判りません。私は知人の家を訪ねる時に通るので、よく知っていますす。暗くなったら誰も歩かない道ですよね。オウギさんは、あのあたりにどんな用があったんでしょう？」

「訊かれても答えに窮します」

「私には思いつきません」

話すほどに医師の目が輝いてくる。気になって仕方がないらしい。


「普通ではない。だから妄想してしまいましたよ。たとえば彼が犯罪もしくは犯罪に類するものに関係していて、仲間とトラブルになり、暴力をふるわれた後、車で道端《みちばた》に投げ捨てられたのではないか、なんてことを」

「暴行を受けたような痕がある、とは聞いていませんが」

医師は慌てて言い直す。

「誤解しないでください。私の妄想であって、そんな痕はありませんから、オウギさんは殴る蹴《け》るといった激しい暴行を受けてはいません。ただ、仲間から頭を叩《たた》かれて脳震盪を起こし、意識が朦朧《もうろう》としたまま車で運ばれ、路上に放置されたということは考えられなくもない」

「階段から落ちたというのは嘘《うそ》ですか？」

「嘘と断じることはできません。しかし、まずい事情があるので誰かに殴られたと言うのを憚《はばか》り、頭部の打撲を階段から落ちたせいだと言い繕《つくろ》っているのかもしれないし、あるいは脳震盪から意識が戻りかけてふらふら階段を下りていたら転んで落ちた、ということもあり得ると思うんです。擦過傷はその際のもの」

医師の診断を聴きにきたのに、同僚と意見交換をしているような気がしてきた。権野はそれに乗って、自分自身の考えをまとめてみる。

「先生が抱いたのと同じ違和感を私も持っています。オウギさんの話には不自然な点がある。彼が何者であれ、夜間あんな場所をうろついていた理由が知れません。まして手ぶらで財布も所持していなかったとなると、不審に思えます。どこからどうやってきたのかも判っていません。かなり離れた場所にある飲食店やコンビニで聞き込みをしても、彼を目撃したという情報は得られませんでした。先生がおっしゃったとおり、何者かに車で連れてこられて降ろされたと考えたくなります」

「それが写った防犯カメラの映像などがあればいいんですが」ますます医師は刑事気取りだ。「近辺にはなさそうですね」

「あいにく一つもありません。ナンバー読取装置の監視カメラもない。彼が何時頃にあのあたりにやってきたのかも不明で、まるで地面から湧《わ》いてきたような感すらあります」

「はたまた空から舞い降りたか。どうやって布引浜にきたのか、オウギさんの記憶が戻ったら教えてもらいたいものですね」

時間を割《さ》いてもらって権野は恐縮していたのだが、多忙であろう医師はさらに尋ねてくる。

「彼が犯罪もしくはそれに類するものに関係していたのでは、と妄想を述べましたが、実際のところどうなんでしょう？　警察は、捜査対象になっている犯罪者のリストをお持ちのはずです。その中に彼らしい人物がいたりは――」

隠すことでもない。

「該当する人物は見当たりませんでした。これは昨日も言いましたが、行方不明者届が出ている行方不明者のリストにもいません」

「厄介なことですね。私の方では、彼が記憶を取り戻せるように尽力してみます。いい方策があるわけではないんですけれど」

「入院している間は環境を整えて、よく観察しておいていただければありがたいですね」

医師が腕時計をちらりと見たので、礼を言って切り上げることにした。この後、オウギと面談をすることになっている。コロナ禍のせいで家族以外の面会はまだ禁じられていたが、当然ながら権野は医師の許可を得ている。

ナースステーションに挨拶《あいさつ》をしようとしたら看護師長の井上《いのうえ》がいて、向こうから寄ってきた。

「オウギさんにご面会ですね？　検査が終わってお部屋にいらっしゃいます」

「変わった様子などは？」

井上は傍《かたわ》らのナースにひと声掛けて、廊下に出てきた。長身で大柄《おおがら》だが、動きがきびきびとしている。患者の個人情報だらけなので、刑事といえどもステーション内に招き入れてはもらえない。

オウギがいる個室に向かう途中に、小さな休憩スペースがあり、誰もいなかったのでそこで立ち話になった。

「記憶をなくしたままですから不安を口にしていますが、だいぶ落ち着いてきました。じたばたしても仕方がない、と観念したようでもあります」

「打撲や擦り傷を除けば、体の方は元気なんですね？」

「頭部の打撲を含めてお怪我はいずれも軽傷でした。健康状態はよく、食欲も旺盛《おうせい》です。これから必要なのは精神的なケアだと思いますよ」

長引くかもしれないので、東舞鶴からやってくる生活支援相談課の担当者とともに考えておくべきだろう。

「看護師さんとの会話はどんな感じですか？」

「声を掛けなくてもオウギさんから頻繁に話しかけてくれます。人見知りをするタイプというのが第一印象でしたが、そうでもありませんでした。不安だから身近で世話をしてくれるナースについつい話しかけるとも考えられますけれど」

「記憶が戻るには何かきっかけが要るんでしょうか？」

「何とも言えません。認知症の方は何人も診てきましたけれど、こういうケースは初めてです。心に残っていることを引き出してもらうために、さっきスケッチブックと鉛筆を渡してみました」

何故そんなものを、と思ったら説明を補足してくれる。

「オウギさんの部屋からはお城が見えるので、『気晴らしに写生でもしてみたらどうですか？』と言ってみました。鉛筆を動かしているうちに無意識に沈んでいる何かが浮かんでくるかもしれない、と考えたんです。人物でも風景でも言葉でも、何でもいいから」

「なるほど。何か興味深いものを描いてくれているかもしれませんね」

オウギの部屋がどこかは判っていたが、彼の様子が気になっているのか、井上はそちらに向かう刑事に同行した。

4

窓際で椅子に腰かけていた男は、藤枝未来を見てびっくりした顔になり、こちらに向き直った。彼女と会うことは二度とない、と思っていたのかもしれない。

昨日、病院に運び込まれる際に彼はマスクを着けさせられていた。当然ながら入院中の今もマスクをしている。彼の顔の半分が隠れているのを未来は残念に思う。

「藤枝さんがお見舞いにきてくれるとは。お世話になったきりで申し訳ないな、と思っていたのに」

戸惑ったように言いながら、彼ははずれていたパジャマの第一ボタンを急いで嵌《は》めた。

「突然すみません。ご迷惑ではありませんか？」

「とんでもない」壁際のソファを右手で示す。「よろしければ、そこへどうぞ」

未来は腰掛ける前に、携えてきた紙袋を差し出した。駅前の店で買ってきた焼き菓子だ。彼は立ち上がって受け取った。

「お心遣い、ありがたいです。とにかく心細い想いをしているので身に沁《し》みます」

「先生に特別のお許しをいただいてお見舞いにきました。面会にきてくれるご家族がいらっしゃらないでしょう？　私は通りすがりの人間で、スマホを持っていたから救急車を呼んだだけですけれど、病院に行くのに付き添って、それっきりというのは気が引けて」

「優しいですね。お仕事は……ああ、今日は日曜日か」

地元中学の理科の教諭だということは昨日話してある。

「はい。買い物に出るついでもあったので、お礼なんか結構ですよ。お加減はどうですか？」

「パジャマを着て入院しているのが恥ずかしいぐらいです。記憶は戻らないままですけれど」

さらりと言う。雰囲気が重くなるのを避けるためだろう。

「昨日、藤枝さんがおっしゃったとおり焦らないようにします。人生、開き直るしかない時もある」

彼女は、ベッドの上のあるものに目を留めた。スケッチブックだ。「あれは？」と指差して訊く。

「看護師長の井上さんが持ってきてくれたんですよ。暇潰《ひまつぶ》しのためだけじゃなくて、心に浮かんだものを自由に描いているうちに記憶を取り戻す手掛かりが摑《つか》めるんじゃないか、と」

「何か描いたんですか？」

「見ます？」

彼に渡されて見ると、一枚目はこの部屋の窓から望める田辺《たなべ》城の二層櫓《やぐら》だ。鉛筆をラフに走らせただけの絵だが、人並外れてうまかった。周囲の建物も含めて。

「とてもお上手ですね。普通の人はこんなふうに描けませんよ」

「でも、プロの絵描きというレベルでもない。ちょっと絵が得意なだけですよね」

窓の向こうの景色と見比べたら、デッサンが正確なのが判る。美大出身などではなく我流の絵かもしれないが、なかなかのものだ。

「あのお城は田辺城。別名が舞鶴城というんですね。マイヅルジョウではなくブカクジョウ」

「そうです。記憶にあったんですか？」

「井上さんに教えてもらったんです。知ってたら城郭《じょうかく》マニアですよ。というほどでもないのかな。細川《ほそかわ》ユーサイに所縁《ゆかり》があるとも聞きましたけれど、いつの時代の人でユーサイがどんな字なのかも判らない」

「大阪城や名古屋城は判りますか？」

「ああ、記憶にありますね。写真が思い浮かぶ。日本語をぺらぺらしゃべれているし、テレビを目にして『この四角いのは何ですか？』と言わないことでお判りのとおり、僕は何もかもを忘れたわけではありませんから。自分が経験したことを忘却しているだけで、先生から聞いたところによるとエピソード記憶の喪失というそうですね。大阪城や名古屋城に行ったことがあるのかどうかは答えられない」

彼はもどかしそうだった。

一枚めくると、白衣を着て取り澄ました顔の男の上半身。担当の医師にそっくりだ。

「人物はもっとうまい。よく特徴を捉《とら》えていますけど、先生を写生したわけではありませんよね」

「思い出しながら描きました。風景よりも人の顔を描きたくなりますね。井上さんが特に描きたくなる顔なんですけど、本人が見て気分を害したらまずいので自重しています」

三枚目は白紙だった。スケッチブックを与えてもらったばかりだから、まだ二枚しか描いておらず、無意識に鉛筆を走らせた跡はない。

「もしかして、画家だった？　イラストレーターや漫画家だったとか？」

口に出してみると腑《ふ》に落ちる感覚があった。彼は内向的な芸術家タイプに見えなくもない。可能性はあると思ったのだが、当人は鼻白《はなじろ》んだ。

「もしそうだったら、哀《かな》しいほど二流の絵描きですよ。才能のなさに絶望して筆を折り、放浪の旅をしていたのかな。それにしても手ぶらはおかしい」

自嘲《じちょう》めいていたが、声が明るい。自分相手に軽口を叩いてくれたことを彼女はうれしく思う。

「あっ、そうだ」

「何ですか？」

彼は胸を指して言う。

「僕に仮の名前が付いたんです。オウギです」

「もしかして……」

「ええ。扇だけを持って見つかった謎の男だから、ミスター・オウギというわけです。どうぞよろしく」

よかったですね、とも言えない。仮の名前なんかが付いたら、本当の名前が遠くなる気がして不吉にも思えてしまう。

きびきびとした足音が近づいてきて、「入りますね」という声とともに看護師長が半開きの戸口に現われた。彼が似顔絵を描きたがっている井上だ。未来が見舞いにくることについては医師から話が通っている。

「こんにちは。藤枝さんでしたね」

「お元気になさっているか気になったもので」

「そうですか。――よかったですね」

オウギに微笑《ほほえ》む看護師長。その後ろに角張った顔の男が立っている。昨日、事情聴取をされた舞鶴警察署の権野だ。もらった名刺には生活安全係と書いてあった。

「では、私はこのへんで失礼します。お大事になさってください」

オウギに頭を下げて彼女が帰ろうとするのを権野が止める。

「藤枝さん、待ってください。お急ぎでなければ、もう少し居てもらえますか」

「お邪魔になるかと思ったんですが」

「オウギさんのお話を伺いにきたんですが、あなたにも確認したいことができるかもしれない。同席してもらえると好都合なんですが。――ああ、オウギさんというのは彼の当座の名前です」

刑事はオウギと二人だけで話がしたいだろうと思ったのに意外な頼みだった。犯罪捜査ではないからだろう。同席するのは望むところだ。

ソファの端《はし》に寄ったが、権野は「私は立ったままで」と座ろうとしない。刑事が「具合はどうですか?」と問い掛け、オウギが「問題ありません」と答えたところで、ベッドの上のスケッチブックを開いた看護師長が「わあ」と声を発した。

「これ、オウギさんが描いたんですか? お上手!」

覗き込んで刑事も「ほお」と言った。感心されて、オウギは反応に困っているようだ。井上はページをめくると、医師の絵にさらに感嘆していた。

「画家だった、ということはないのかしらね」

井上が呟くと、記憶をなくした男は首を振ってから応《こた》える。

「違うでしょうね。そんなのつまらない悪戯《いたずら》描きです。手が勝手に動いたから、かつてお絵描きが好きな子供だったのかもしれません」

「いえいえ、これだけの絵を描いておいて、そんなふうに腐すところが引っ掛かります。ずぶの素人だったら、『われながら上手ですね』と言ってもよさそうなのに」

看護師長は、未来にこんなことを言ってくる。

「ねぇ、もう何年も前のことだけど、イギリスの海岸で記憶喪失のハンサムな男性が見つかったのを覚えていませんか？　完全に身元不明だったのはオウギさんと同じだけれど、言葉も通じない状態だった」

聞いたことのない話だった。井上は笑う。

「もう二十年ぐらい前になるかもしれませんから、藤枝さんやオウギさんがご存じないのも当然ですね。その人に紙とペンを渡すと、グランドピアノの絵を描いて、ピアノを用意してあげたらプロみたいに弾《ひ》いたんですよ。それで神秘性がますます高まって、彼はピアノマンと呼ばれるようになり、世界中にニュースが広まったんです。その後のことはよく知りませんけれど」

権野が少し知っていた。

「ありましたね、そんなことが。日本でも話題になった。身元が判明して、本国のドイツに帰ったとか聞いた覚えがあるな。尻すぼみのニュースだった」

「私、ピアノマンを連想してしまいました。オウギさんの才能はピアノではなく絵ですけれど、あの一件と似ています」

「似たところがあります。こちらはピアニストではなく画伯か」

「そうです」

看護師長と刑事のやりとりを聞くオウギは、努《つと》めて無表情を保《たも》っているようだった。他人事《ひとごと》だと思って面白がるな、と無言で抗議しているのかもしれない。未来は井上に一つ尋ねる。

「その人がピアノを弾いている映像もニュースで流れたんですか？」

「いいえ。観たことはありませんね」

権野も同じだった。信憑《しんぴょう》性が乏《とぼ》しく怪しいニュースに思える。それはいいとして、彼のことが〈浜辺で見つかった謎の画伯〉として世間で騒がれる事態を想像し、未来は嫌な気分になった。彼の心の平安のために、そうなってほしくはない。

「さて」と権野によるオウギからの聴き取りが始まった。刑事の後方に退いたまま井上も立ち会う。

昨日のおさらいに等しく、目新しい事実は出てこない。未来はオウギを発見した経緯を訊かれたが、同じことを繰り返すしかなかった。

「オウギさんが布引浜にきた目的は何なんでしょうね。ご本人は見当もつかないそうですが、藤枝さんに何かお考えはありませんか？」

などと意見を求められても困ってしまう。わざわざやってくる理由があるとは思えないのだ。

「想い出の場所だったから、ぐらいしか……」

「なるほど。しかし、そうだったとしてもオウギさんはその想い出をなくしている。難しいですね」

次に刑事は、彼がどういう経路で布引浜にたどり着いたかを検証しようとした。発見現場を通るバスの経路、JR舞鶴線や京都丹後鉄道の駅——いずれもかなり離れている——の位置を説明するが、オウギは苦笑するばかりだ。

「僕自身、どうやってあそこに行ったのか不思議です。駅から歩いたとは思えない。タクシーかな」

「タクシー会社に照会しました。あなたを乗せた車はないんです。知り合いの車で送られたのだとしたら、われわれには突き止められませんね。あなたを何時にどこで降ろしたのかが判らないし」

殺人など重大事件の捜査であれば、その日に府道を走った車の記録を精査するのかもしれないが、本件ではとても手が回らないのだろう。

「浜辺で意識が戻った時、恐怖や不安は感じませんでしたか？」権野は質問を続ける。「誰かに襲われるのではないか、といった怖さです」

「そういうのはありませんでした。ここはどこなんだろう、自分は何をしていたんだったかな、といった疑問ばかりです。怪我の程度も気にはなりましたが、時間が経ったら楽になるだろうから、じっとしていました」

「堤防の上に這《は》い上がって助けを呼ぼうとはしなかった」

「昨日もお話ししましたね。記憶がなくなっていたので、ためらったんです。自分が何者か説明できるようになるのを待ちたかった。疲れていたのか、そのうち眠ってしまったわけです」

「所持品がないことを不審に思いましたか？」

「どこかに預けてあるのかな、と自分を納得させようとした覚えがあります」

「階段から転落した後、藤枝さんが通りかかるまで誰とも会っていないんですね？」

「はい。眠っている間に通り過ぎた人がいたかどうかまでは判りませんけれど」

付近で聞き込んだところ、藤枝より前にオウギを見掛けたと証言する者はいなかった。

「質問攻めにしたらお疲れになるでしょうから、今日はここらで切り上げます。ありがとうございました」

「僕のことでご迷惑をお掛けしているので、お礼を言わなくてはならないのはこちらです。――僕らしい行方不明者を捜している人はいないんですね？」

「まだ現われません。待ってみましょう。あなたを車で送った人がいるのなら、その後に連絡が取れなくなっていることを気にしているかもしれません。ただ、行方不明者届が出るのをじっと座って待つつもりもない。一つお願いがあります」

記憶を失った男がジャケットの内ポケットにあった扇を唯一のもの。ジャケットの内ポケットにあった扇を貸してもらいたい、という申し出だった。

「あれだけがあなたの身元を追う手掛かりです。常に肌身離さず身に付けていた大切な品かもしれないので、大事に扱います」

「かまいませんよ。手掛かりになればいいんですけれど。よろしくお願いします」

オウギはあっさりと応じた。クロゼットに掛けたジャケットから扇を出し、刑事に手渡す前に大きく開く。未来はその傍らに寄って覗き込んだ。ゆっくり見てみたかったのだ。

実際よりもかなりスリムな富士山。美術については詳しくないが、日本画なのだろう。裾野《すその》は霞《かす》みながら消えている。背景はべったりと金色で塗《ぬ》り潰《つぶ》されており、抽象的な空間に霊峰が浮遊しているようだ。

「この絵は、ご自分が描いたものじゃないですか？」

訊いてみたが、強く否定される。

「僕には絶対に描けません。あらためて見ると、いい絵ですね。原画を観てみたくなります。でも、この扇自体が値打ち物には見えないな。絵が印刷してあるだけだ」

扇の値についてはよく知らないが、きれいな白い房が付いていて、未来にはそれなりの品に思えた。もっと観ていたかったのだが、扇はそっと閉じられ、権野に差し出される。刑事は丁寧に受け取った。

「用意してこなかったんですけど、預かり証のようなものは要りますか？」

「いいえ。井上さんと藤枝さんに立ち会ってもらった中でお預けしたし、権野さんを信頼しています。——さっき『大切な品かもしれない』とおっしゃいましたが、今の僕には道端で拾ったものも同然です」

面談は終わった。

明日もきます、と言い残した権野に続いて井上も去る。さっき帰りかけた未来も、ひと呼吸置いて「では、お大事に」と出て行こうとしたのだが、オウギが「ちょっと」と止めた。

「お急ぎでないのなら、お見舞いにいただいたお菓子を一緒に食べませんか？　もう四時だから晩いおやつの時間になりますけれど。病院が差し入れてくれたインスタントコーヒーもあります」

まだ立ち去りがたい心地がしていたのを見透かしたわけではあるまい。さんざん人と言葉を交わした後、突き放されたように病室で独りになるのを疎《うと》んだのか。何にせよ、彼女に否やはない。

「私は別に急いではいません。でも、お疲れじゃないですか？」

逡巡《しゅんじゅん》するふりは怠らなかった。

5

出所は不明だが、やはり情報が洩れている。若い男が布引浜で保護された。自分の身の上について完全に記憶を喪失しているのだが、絵筆を持つと素晴らしい画才を発揮するらしい、という噂がネット上に流れだしたのだ。

以前に比べればプライバシーを尊重する風潮が広まっているが、いずれ噂は加速度的に拡散し、日本中に伝播《でんぱ》しそうである。オウギは見た目がよくて礼儀正しい。話し方はそれなりに教養を感じさせるし、青年と呼ぶには年齢が少し高めだが若々しく、ミステリーに包まれた〈画伯〉は世間の好奇心の好餌《こうじ》になるだろう。

月曜日にそんな懸念を口走ったら、当人は露骨に嫌な顔をした。元来そういう性格だったのか、そういう性向が芽生《めば》えたのか判らないが、人の注目を浴びるのがひどく苦手らしい。

こうなる前から、彼は自分のことが世に広まるのを避けたがっていた。顔写真を公開して「この人を知りませんか？」とマスコミが呼び掛けたら心当たりがある者からすぐに連絡が入るかもしれないが、みんなに知られた人間になるのは大変な精神的苦痛らしい。考えただけで、ぞっとするのだとか。

権野としても、野次馬根性に染まった連中からの防波堤となって彼を守ってやりたかった。職業的使命感や同情心を超えて、好感を持っていたからである。

そのために為《な》すべきは、一にも二にも早急にオウギの身元を明らかにして、本来いるべきところに送り帰してやること。これに如《し》くはない。

生活支援相談課は、記憶が戻らない場合に備えて無料で滞在できる施設の用意を進めているが、コロナ禍にあってただちにというわけにはいかないらしい。受《う》け容《い》れ態勢が整うのは早くて土曜日ということで、オウギはやむなく入院を続けている。医師や看護師の目があるところで記憶を取り戻してくれたらよいのだが。

該当しそうな行方不明者届はいくら探しても見つからず、新しく届けられたものにもない。オウギの顔写真でネット検索をしてみたりもしたが、発見はなかった。狭い領域で活躍していて知る人ぞ知る人物でもなかったようだ。

オウギが布引浜にやってきた足取りをトレースするのも困難だった。捜査係や交通係の署員の手を借りて調べても、事故だか事件だかに遭う前のオウギを目撃した人間の発見には至らない。

となると、やはり手掛かりは彼から預かった扇だけ。

画像で検索してみても、描かれていた絵と同じものはなかったが、画風が近いものは見つかった。京都の日本画家の作品が素人目にもよく似ている。だが、その画伯に問い合わせても意味はないだろうし、調べてみると故人だった。

署の自席で取り出し、あらためて拝んでみると高級感が漂う扇である。安価な品を並べたそのあたりの雑貨店や土産物屋で売られているものとは思えず、扇を販売する専門店に問い合わせてみる気になった。当店で扱っています、という返事が得られても、そこから〈画伯〉につながる糸はぷっつり切れているかもしれないが。

とりあえず京都市内の店から着手し、一人で電話をかけていくことにした。「こういうものなんですが、そちらでお取り扱いはあるでしょうか?」と画像を送信して尋ねていく。

三軒かけて「いいえ」の返事を三つもらったところで、その捜査は中断することになる。布引浜近くの水産加工会社の社長が申し訳なさそうに出頭してきたのだ。

土曜日の午前二時頃、オウギが見つかった地点からほんの三十メートルほど離れた路上で、運転していた車が若い男と接触しかけた、という。男は転倒したが、すぐに立ち上がって歩きだしたので、声も掛けずに走り去ってしまった、と。相手の顔も見ていないそうだが、オウギのように思える。

今になって出頭してきたのは、〈画伯〉の噂を耳にして、自分が原因になったのでは、と心配になってきたから、とのことで、あながち嘘とも思えない。

ただ、倒れた男の無事を確認せずに去った点は大いに不審だった。そんな時間にどうして車を走らせていたのかについて、社長は〈漁火〉という店で閉店後も大将と話し込んでいたのだと語った。酒類は飲んでいないとも言ったが、信じかねる。飲酒運転のさなかだったから、通行人を倒しておきながら逃げたのだろう。見え透いていたが今となっては立証できないし、それは自分の領分ではない。

権野にとって重要なのは、オウギらしき男が土曜日の午前二時に現場あたりを歩いていたことだった。それしきの情報では謎を解く鍵《かぎ》にならないが、当夜の出来事のひとコマが垣間見《かいまみ》えたことに心が動いた。

車に撥ねられかけた覚えはないかをオウギに確かめるため、病院に向かった。夕食時間はもう過ぎた頃である。その日、二度目の訪問で、病棟に並ぶ窓には煌々《こうこう》と明かりが灯《とも》っていた。

半開きの扉の向こうから話し声が聞こえていた。オウギが話している相手は看護師ではない。また藤枝未来が見舞いにきたようだ。家族であっても面会は五時までと制限されているはずだが、見逃してもらっているらしい。学校の帰りに寄ろうとしたら、どうしてもこんな時間になるのだろう。

「――何なんでしょうね、それは」

どんな話をしているのか判らなかったが、静かに扉を開いて顔を出した。会話がやみ、二人は同時にこちらを見る。

語らいの時間の邪魔をしてしまうが、野暮《やぼ》なのは仕方がない。この度のことはオウギにとって奇禍《きか》だが、それをきっかけにロマンスが生まれたら劇的だな、と権野は思う。今のところ、藤枝がオウギに向ける好意の方が勝っているように見受けられた。彼女の物腰や話し方には人を包み込むような優しさがあり、応援したくなる。

「何度もすみませんね。お訊きしたいことができたもので」

車に撥ねられかけた、もしくは撥ねられた覚えはないかと尋ねたところ、〈画伯〉の反応はいたって頼りなかった。「どうなんでしょうね」と言うばかりで、つまりはまったく記憶にないのだ。午前二時という時間を聞いて、「なんでそんな時間に……」と本人が首を捻る始末だ。

収穫はなし。勇んで飛んでくるほどのことではなかった。権野は「失礼しました」と切り上げ、そそくさと病室を辞した。

翌日、扇を専門に扱う店への電話作戦を再開する。ウェブサイトを見て当たりをつけるのだが、伝統的な扇を製造販売する店が人気アニメの絵をあしらったものを作っていたりして面白い。どの世界も時代に合わせた創意工夫を問われているようだ。

何故その扇について調べているのか説明を求める相手もいた。その場合は詳細を明かせないので、犯罪捜査ではなく困っている人を助けるためだ、と言葉を濁《にご》した。「見覚えがありませんね」「知りません」の返事が続いて、早くもうんざりし始めた。根気はいい方だが、どうにも感触がよくない。

それでもオウギから託された貴重な手掛かりだから、あっさり諦めてしまう気にもなれない。せめて京都市内の店は虱潰《しらみつぶ》しに調べてみよう、と思い直したところへ電話がかかってきた。二十分ほど前に「見覚えがありませんね」と答えた店からだった。

先刻の電話を受けた者は知らなかったが、所用から帰ってきた店主に「警察からこんな電話が」と報告し、受信した画像を見せると、「古いもんやよって知らんかったんやな。これ、うちの品やで」と言われたのだそうだ。

店主を電話口に出してもらい、事情を話してもらう。声から推して、かなり高齢らしかった。十年以上前に注文を受けて試作品を作ったが、「親骨は黒にしてもらいたい」という依頼者の希望に添うよう作り直しているうちに先方の意向が変わり、結局は別の絵を使ったという。

「絵が作り直す前のもんやし、親骨が黒うないよって、送ってもろた写真の扇子は試作品です」と店主。

当たりを引いた。にやつきそうになったが肝心なのはこの先だ。

「販売しなかった扇なんですね？」

「はい。試作品てなもん、普通やったら用が済んだら廃棄してしまいますけど、あれについてはよう覚えてます。依頼なさった先生がご所望なさったんで、差し上げたんです」

先生とは、扇に描かれた絵の亡き作者だった。

6

あれは月曜日。

未来が仕事を切り上げてから駈《か》けつけると、オウギは夕食を済ませてニュース番組を観ていた。見舞いを迷惑がられるのでは、という心配は杞憂《きゆう》で、彼はすぐにテレビを消して「きてくれて、ありがとう」と微笑んだ。

紙コップでコーヒーを飲みながら、こちらから話題を振らずとも彼はぽつりぽつりと自分のことを話してくれた。日中に受けた検査のことや看護師と交わした冗談、警察から新たに情報が入っていないことなど。

——この何日か呼ばれ続けて、オウギという名前に馴染《なじ》んできましたよ。

未来は言った。

——だから私は、あんまりオウギさんと呼びたくない気がします。早く本当のお名前が判るといいですね。

　とりとめのない言葉がしばらく行きかったが、やがて彼がこんなことを言いだす。

　――一つだけ思い出したことがあります。僕が実際に見たことなのか、ぼんやりとしていて、脳が勝手に作った嘘の記憶なのか判らないんですが。

　どんな些細なことであれ、浜辺で見つけられてから今まで、彼が何かを覚えていると言うのは初めてだった。それこそが真っ暗な洞窟《どうくつ》の出口へ導いてくれる光になるのでは、と未来は色めき立った。

　彼は淡々と話しだした。

　――池の端に小さな石灯籠《いしどうろう》がある庭。和風の庭園だけど、そんなに大きなものではないと思う。どこかのお屋敷《やしき》の庭なのかな。池には石橋が架かっていて、その中ほどに和服のお年寄りが立っているんです。

　何のことかと思った。そういう情景が思い浮かぶらしい。

　――七十代ぐらいかな。子供なら迷わずお婆《ばあ》さんと呼びそうな齢の人で、扇を持っている。

　また扇か、と未来はここですでに不思議の感に襲われた。

　老女は手にした扇を広げて翳《かざ》し、ゆらゆらと前後に振るのだそうだ。視線はやや上方を向き、もしもその方向に建物があるとしたら二階の誰かに合図を送っているかのように。

　――お婆さんは笑っているんですけれど、ただ幸せそうに微笑んでいるのとも違う。うれしそうでありながら、淋《さみ》しさみたいなものも交った複雑な表情をしていて、石橋の上でゆらゆら扇を振り続ける。それだけです。

　解釈するのが難しい。そもそも、彼がそんな場面をどこかで本当に見たのか、現実ではない夢のごときイメージにすぎないのかが判らない。

　――そのお婆さんは知らない人なんですね？

　――記憶喪失の人間には答えにくいですね。どこの誰だか判らないんですが、もしかしたら僕の祖母なのかもしれません。微かに懐《なつ》かしい気もする、というのが錯覚だったりして。

内ポケットに入っていた扇に次ぐ重要な手掛かりではないか。未来は意味を汲み上げたかったのだが、彼が語った情景だけでは情報が乏しくて何も浮かばない。

——何なんでしょうね、それは。

呟いた途端に扉が開き、権野が現われたので会話は断たれた。

刑事とのやりとりは十分足らずで終わった。石橋の上で扇を振る老女についての話をするだろう、と思ったのに、彼は刑事に対しては語らなかった。後に理由を訊くと、あまりにも茫漠《ぼうばく》としているので口にするのが憚られたそうだ。

——でも、気になって。藤枝さんには聞いてもらいました。

彼と自分の親密さが深まっている証《あかし》だとしたらうれしい。二人だけが共有する話にしておきたいが、これは彼の身元を探る手掛かりになるかもしれない。権野に報告しておくべきか、と思いながら言った。

——私が考えても判ることではないかもしれませんけど、考えてみます。

そんな自分の言葉が滑稽《こっけい》でならない。

素人が推理ごっこをするまでもなく、権野は預かった扇を手掛かりに、翌日にはオウギの身元を突き止めたのだから。石橋に立って扇を振る老女の記憶について、その前に電話で伝えていたのだが、刑事はきっと聞き流したのだろう。

水曜日は見舞いにいく時間がなかったため、彼女がオウギの素性を知ったのは木曜日の夜であった。病室を訪ねると、彼と話し込んでいた看護師長が目を輝かせながら言った。

——オウギさんの身元が判りそうなんです。警察が確認を取っているんですけれど、間違いなさそう。

二人の家族が京都市内から駆けつけ、本人と対面を果たしたのが金曜日の午前中。彼自身の記憶は失われたままで、感動の再会シーンとはならなかったが、家族二人は「どこで何をしてたん?」「もう大丈夫やからね。うちに帰ろう」と興奮気味だったという。

その日――未来は病院に駆けつけることができなかったので、我慢できず名刺にあった権野の連絡先に電話して事情を尋ねた。

――扇が彼の身元を教えてくれました。あれを作った店に問い合わせると、この世に一つしかない試作品で、発注者に渡したという証言が得られました。すぐに連絡を入れたところ、そこの家の息子さんの一人が気に入って持っていたが、家を出てしまって現在は音信不通だと言う。写真を送って見てもらうと、ビンゴでした。めでたしめでたし、ですよ。

武光颯一《たけみつそういち》。

それこそが彼の本当の名前だった。

――記憶が戻っていないから、まだめでたいと喜ぶのは早いか。武光颯一さん、ひとまずほっとしたみたいですよ。そらそうですね。世界中に身寄りが一人もいない心細さから解放されたんですからね。

個人情報に関わるため、どこのどんな家なのかは教えてもらえなかった。〈画伯〉は画家でもイラストレーターでもなく、ただ絵が得意なだけだったらしい。

最小限の事実しか教えてもらえず、もどかしいが仕方がないな、と思った未来は、午後には彼が退院し、家族と帰ったと聞いて衝撃を受けた。

――藤枝さんには大変お世話になった。最後のご挨拶ができないのは心苦しいけれど、どうかくれぐれもよろしくお伝えください、とのことでした。

連絡先を言い残してもくれなかった。彼に自分の電話番号を伝えてもいない。突然に縁が切れたことが信じられなかった。

薄情さを恨みたくなったが、彼にとって自分はあくまでも行きずりの人間だったらしい。何度も見舞いにくることをちょっと迷惑に感じながら、時に笑顔を見せてくれたのは、いくらか心細さを慰《なぐさ》められたからか、あるいは礼儀として丁寧に接しなくてはと思ったからなのかもしれない。

親密さが深まることを希《ねが》っていたのは、自分だけだった。勘違いを恥ずかしく思うと同時に、胸に痛みを感じる。刺すような鋭さのない鈍痛を。この程度で済んでよかった、と思うしかない。

権野の声には自分をいたわるような響きを感じた。刑事には察せられるものがあったのか。最後の最後にこう言った。

——彼が退院してから井上さんが見つけたんですけれど、スケッチブックにあなたの絵がありましたよ。よく特徴を捉えていて、本物どおり美しい似顔絵です。さりげない置き土産のつもりなんでしょうか。井上さん、あなたがご希望ならお渡ししたいから保管しておくそうです。

手持ち無沙汰を慰めるためなのか、すれ違った記念のつもりなのか、思い出しながら描いたのだ。どうせならこの顔をじかに見つめながら濃密な時間の中で描いてもらいたかった。

彼が残したスケッチブックを記念にもらいたいのか、見たくもないのか、一夜明けても自分の気持ちがまだ判らない。こちらの心を掻き乱すために置いていかれたかのようだ。

過ぎてみれば、この一週間が長い夢だったように思える。風に吹かれて浜辺で座り込んでいた彼はもう目の前にはおらず、再び会うこともない。

こうしてあの日と同じ時間に歩いていると、あそこに見える階段の陰に彼がいるのではないか。つい思ってしまったが、奇跡など起きない。

「武光、颯一さん」

未来は一度だけ声に出してみた。寂寥《せきりょう》が増す。

今朝、浜辺に吹いてくる風は穏やかで、砂がよく鳴いた。

第二章　玄武亭《げんぶてい》の惨劇

1

扇には、半円形になるまで大きく開くものもあれば、文字どおり開き切ると扇形になるものもある。その場合、両端である親骨と要が作る角度はおよそ百二十度なのだそうだ。

この豆知識がミステリに利用できないものか、と近所の喫茶店で考え始めたのだが、うまいアイディアを思いつかない。犯人が扇を持ち出したのは角度を測るためだった、という発想は読者の意表を衝《つ》くだろうから、どうにかして使いたかったのに。

——分度器がないところでどうにかして百二十度を測らなあかん状況って、あるのか？

なくはないだろう、と二十分ほどがんばってから、ようやく諦めた。この二十分間、およそ世界中で夥《おびただ》しい人間が無為に時間を費やしたにせよ、私ほどつまらないことを考えていた者は少ないのではあるまいか。いや、つまらないことは卑下《ひげ》がすぎる。これも仕事なのだから。

担当編集者・片桐光雄に腹が立ちかけていた。彼から与えられた『日本扇の謎』というタイトルを手掛かりに構想を練ろうとしても、さっぱり捗《はかど》らない。送ってくれた扇に関する資料に目を通しているうちに、雑多な知識が増えるばかりである。

彼が発案したタイトルで新作ミステリを書く義務はないのだから見切りをつけてもいいのだけれど、なんとなく未練もあって、この半月ほどの間、気がつくと扇を取り込めないかと思案している。

——扇そのものではなく、扇形の何かを作中に出したらええんや。扇形をした屋敷で事件が起きる、とか。

性懲《しょうこ》りもなく考える。いやいや、その方向にも何度も進もうとして挫折《ざせつ》している。屋敷が扇形であることを利用する方法が浮かばないのだ。色々と考えられるが、どれも面白くはない。

屋敷とは別のものを見つけようとして、そもそも扇形とは何かという疑問にぶつかる。ホールケーキを三人で切り分けた際のひと切れも、バウムクーヘンを切り分けた際のひと切れも、形は違うが扇形だろう。二つの扇形をどう呼び分ければいいのか気になった。

スマートフォンで検索してみたら、日本語だとどちらも扇形と称するようだが、英語ではホールケーキひと切れはcircular sector、バウムクーヘンひと切れはannular sector——訳語は環状扇形——と言うことが判った。知識が増えたのはめでたいが、ミステリに組み込めないまま一時間もしないうちに忘れてしまうだろう。

バウムクーヘンと言えば——環状扇形に切ったものを縦に二つ並べた場合、まったく同じ大きさであっても手前のものの方が錯視によってより大きく見える、と聞いたことがある。バウムクーヘン効果という。扇形の屋敷が縦に二つ並んでいて、図面から手前のものの建坪が大きいのかと思っていたらそうではなく……というだけでミステリは書けない。

気分を変えるために入った喫茶店だが、脳内が濁ってきたので外に出て歩くことにした。散歩中に小説のネタが拾える場合もなくはない。

谷町筋《たにまちすじ》を南に向かい、右手に折れると、天王寺七《てんのうじなな》坂《さか》の一つである清水坂《きよみずざか》の傾斜が始まる手前に〈行きつけの寺〉がある。京都の名刹《めいさつ》を模《も》した清水寺で、坂の名はこの寺にちなむ。山号《さんごう》は有栖山《ありすさん》なので、縁を感じずにはいられない。かつて坂の下を有栖川という川が流れていたという。

今日も墓地にはたっぷりと秋の陽光が注いでいる。墓石の間を抜けると、これまた京都のかの寺を模した舞台がある。散策の途中にここに寄る人もちらほらいるが、今日は誰の姿もなかった。標高二十メートル足らずの台地の上から大阪の街を見渡しながら佇《たたず》み、また頭を新作ミステリに切り替える。

大阪版・清水寺の舞台に立ったせいなのか、京都に想いが飛んだ。『日本扇の謎』と仮題のついた新作の舞台をどこにするか？　モチーフからして京都がふさわしいだろうな、と今さらのように思いついたのだ。

以前、京都を舞台にした短編ミステリを依頼され、あの折もアイディアがなかなか摑めなかったものだから——そんなことばかりだ——、火村の下宿に泊まり込んで市内を歩き回ったりした。大家さんである婆《ばあ》ちゃんこと篠宮時絵《しのみやときえ》さんとの雑談からネタを拾ったのを思い出し、あのやり方を再現したくなった。もとより先方の都合を訊かなくてはならないが。

京都と扇ならば取り合わせがよい。和装に扇という人種が大勢いるし、何より京都は扇発祥の地とされている。自作に初めて舞妓《まいこ》さんが登場したりするのだろうか、と思ったところで、投扇興《とうせんきょう》というお茶屋遊びが頭に浮かんだ。こんな名称がすぐに出てくるのは、もちろん片桐が送ってくれた資料のおかげだ。

桐箱《きりばこ》の上に置いた的をめがけて開いた扇を投げ、的の落ち方によって与えられる得点を競う。正座して行《おこ》なう畳遊びの一つである。お茶屋というところに踏み入ったこともないから経験はしていないが、遊んでいる様子がテレビで紹介されているのを観たことはある。

あれはまだトリックに使われていないのではないか？　確信は持てないが、少なくとも私の知る範囲ではない。犯人にはこの優雅な遊びの心得があり、とっさの場面でその技を用いるのだ。

具体的にどんな場面なのか、まずは自分を納得させねばならない。犯人は、手が届かない場所にある何かを動かすために、離れたところから扇を投じるわけだから、その何かは鍵の掛かった室内にあって、自分は室外にいるのだろう。たとえば——ドアは施錠されているが格子の嵌《はま》った窓は開く状態で、室内の何かを動かそうとした、とか。

扇で動かせるぐらいだから、狙《ねら》ったのは卓上のカレンダーや写真立てといったごく軽いもの。それが邪魔で後ろにある何かが見えなくなっていたので、扇で倒したわけだ。何かとは？

また新たなアイディアが飛んできたので、そちらに乗り換えてみる。折り畳めるという扇の特性が利用できそうだ。殺人計画を練るにあたり、犯人は別人に濡れ衣を着せようと図る。その人物の髪の毛を入手した上で扇の裏側に挟み込み、殺害しようとする人物に事前に送りつけるのだ。扇が送られてきたら誰だって開いてみる。その際に、裏側に仕込んであった毛髪が落ちる。落ちても視界の外だから気づかない。そうすれば、罠《わな》に嵌めようとした人物が「自分はあの人の部屋に行ったことがない」と事件後に言っても、「嘘をつくな。お前の毛髪が採取されたぞ」となって……。

こんなアイディアでは書く前から執筆意欲が折れそうだ。考えるのがつくづく面倒になってきて、頭のスイッチを切った。小ネタを捻るのに倦《う》んできた。

小さく溜め息をついてからスマホを取り出し、火村に近々そちらに取材がてら泊まりに行きたい旨のメッセージを送信する。彼が講義の最中ならすぐには返信がこないだろう、と思っていたら、ものの二分もしないうちに電話がきた。

「京都のどこへ取材に行くんだ？」

挨拶抜きで、いきなり訊かれた。

「どこに行きたいとか何が見たいとか、決めてないんや。次作の舞台を京都にしようかな、とぼんやり思うてるだけで」

「どこでもいいんだな。じゃあ、洛北《らくほく》の殺人現場に行くっていうのはどうだ？」

刺激的な提案が飛び出したが、タイミングのよさに感心しただけで、さして驚きはしない。

「京都府警から火村先生にフィールドワークのお誘いが入ったみたいやな」

「午後早くに連絡がきた。今日は講義の他にも予定があって無理だから、明日現場に行くと答えた。どうする？」

足許《あしもと》から鳥が立つような話だが、探偵助手を務めることにした。どんな事件なのか気になったが、彼は何も説明しようとしない。

「十分後に教授会が始まるから時間がない。今晩、また電話する。婆ちゃんにもお前が泊まりにくることは話しておく」

ヒントさえ私に与えないまま、あっさり切れた。予期せぬ展開だが、京都に招かれたようでもある。

自宅マンションに戻って、さっそく大きめのショルダーバッグに着替えなどを詰めようとして、昨日の夕方からテレビやネットのニュースに接しておらず、新聞も読んでいないことに気づき、昨日の夕刊をテーブルの上でバサリと開いてみる。火村は「洛北の殺人現場」と言った。

「これか」

それらしい事件が報じられていた。

2

火村は夜になってから電話を寄越し、事件の概要を説明してくれた。京都府警捜査一課の南波《なんば》警部補から聞いたままのようで、彼自身、「細かいことは知らない」と何度か口にした。

不可解な点があり、府警の柳井《やない》警部が火村に声を掛けたのは理解できる。舞台や登場人物も普通とは違っているようで、私も興味をそそられた。

翌日の朝、私にしては早起きをして九時過ぎに自宅マンションを出た。天満橋《てんまばし》駅で地下鉄から京阪《けいはん》電車に乗り換える。京都に向かう時は、たいていこのルートだ。

大阪城が右手の車窓を過ぎ、京橋《きょうばし》駅で結構な数の客が乗り込んできた。紅葉にはまだ早いものの、週末の列車は行楽客と判る姿が目立った。コロナ禍が終息していないため皆マスクをしたままだが、日常がかなり戻りつつある。

泊まりがけで取材に行くつもりが火村のフィールドワークに助手として同行することになり、おかしな具合であるが、二つを同時に行なうこともできなくはない。そう思って自分を納得させた。

助手として同行。はたして、その表現が適切なのかどうか。先日は片桐に「助手みたいなこと」を務めている、と話した覚えがある。もっとよい言葉がありそうなのに見つけられないままだ。

火村に同行して、事件に関するあらゆる情報を共有し、ともに手掛かりを探し、彼から意見を求められたら述べる。的はずれなことばかり口走るのだが、火村はそれに意義を認めてくれている。どちらに進めば行き止まりなのかを私が示すことで、正しい道を発見する助けになるのだ、と。

そんな場合もあるのかもしれないが、私がいなくても彼の頭脳は高速で同じプロセスを踏み、真相にたどり着くことができるだろうから、私の存在理由としては弱い。助手なるものをどう定義するかという話になるが、サポートする対象から必要とされることが条件だとしたら、自分については怪しく感じもする。

しかし、こちらから押しかけているわけではなく、たまたま殺人事件に巻き込まれて助手の真似を務めたのを契機に、彼からフィールドワークの手助けを請《こ》われるようになったのだから、前記の理由以外の必要性があるらしい。その機微をうまく語ってもらいたいのだが、まだ聞けないままでいる。

語らないのはこちらも同じで、わざわざ時間と労力を割いて彼のフィールドワークに付き合う理由を伝えていない。本人には言いにくいからだ。

秘めた理由は二つあり、一つは友人を見守ること。

彼が犯罪社会学の研究者となったのは、自分自身がある人物――どんな相手かは知らない――を殺したいと渇望したことがあり、殺意をからくも振り払った経験があるがゆえに、犯罪というものを探求したくなったのだという。そこまでは理解が難しくないのだが、その体験ゆえ実際に殺人を犯す者が赦《ゆる》せなくなり、警察の犯罪捜査に協力して事件と格闘するとなると、何やら危うくて友人の精神を案じてしまう。そばにいれば、いざという時、彼に救いの手を差《さ》し伸《の》べることもできるだろう。

フィールドワークに立ち会うもう一つの理由、ますます当人に向かって言えない。第一の理由が友情の発露だとしたら、第二のそれは火村英生という特異な人間に対する興味である。

彼が捜査の場で発揮する能力はさながらミステリに登場する名探偵のようで、こんな奴が実在したのか、と驚かされることが多い。何でもないように見えた事件から非現実的なまでに突飛な真相を引きずり出したり、真相を暴《あば》く推理が論理的でありながらどこかファンタスティックであったり、驚かされてばかりいる。そんな名探偵ぶりをつぶさに鑑賞するだけでも刺激的なのに、謎を解き明かす彼の情熱の源泉に理解しがたい点があるとなれば、興味はいよいよ増す。彼のフィールドワークは、火村英生という解けない謎が最終的に残るところも含めて面白いのだ。

友情と彼自身への野次馬的興味。その二つが私に助手もどきを務めさせていることを、洞察力に富む火村のことだから察しているかもしれない。承知しながら私を繰り返し現場に誘うのだとしたら、彼は私に見守っていてもらいたがっているのだ。そして、私が面白がるのを望みはしないまでも、許容していることにもなる。

旧・京街道に沿って走る列車はひらかたパークの遊園地を通り過ぎ、樟葉《くずは》を過ぎた。車窓に緑が多くなり、左手から木津川《きづがわ》が近づく。右手に石清水八幡《いわしみずはちまん》宮《ぐう》のある男山《おとこやま》が迫ってきて京都府に入った。

火村と自分との関係について、さらに考える。大学二年になったばかりの春、階段教室でふと言葉を交わして知り合い、互いに「腐れ縁」などと称する交際が続いているが、私たちは自分の家族や生い立ちについて話すことはほとんどない。火村について言えば、彼の亡父がどんな仕事をしていたのかさえ私は知らないいし、訊くのが憚られる雰囲気を感じている。生誕の地である札幌《さっぽろ》を振り出しに全国各地を転々としたという事情も然り。

十代の彼が誰かに殺意を向けた件については、その苦い体験に言及しながらも詳細を明かしはしない。どれだけ親しくなろうとそんな態度を崩さない彼は、愉快ならざる過去を忘れてしまいたがっているようでもある。あるいはそんなことがあったと断片だけ語り、経験を摩滅させたがっているのか。

私たちの関係をぴたりと言い表わす言葉が見つからない。無理に探そうとせず、親友でいいのだろう。

七条駅《しちじょう》の手前で列車は地下に潜《もぐ》り、ほどなく終点・出町柳《でまちやなぎ》駅に着いた。火村の下宿の最寄《もより》駅だが、そちらに直行はしない。彼と落ち合って向かう先は、殺人事件があった現場だ。

エスカレーターで地上に出れば、目の前は叡山《えいざん》電鉄の出町柳駅。いつものごとく白いジャケットを着た友人がその改札口あたりに立っていた。ネクタイをいたってルーズに締めているのもふだんどおり。教壇に立つ時もこんな感じで、独特のセンスと言うしかない。

昨今は、髪を奇抜な色に染めたり派手な服で身を固めたりした大学教授をテレビでよく見掛ける。テレビに出ずともファッショナブルな先生は大勢いるのだろう。彼らは外見によって自分のキャラクターを表現したがっているようだが、火村が何かを表現しているとは思えず、むしろこんな恰好ばかりしている男というイメージを発信することで、自分の真の姿を脇《わき》に逸《そ》らそうとしているのでは、とも思う。

さすがに穿《うが》ちすぎか。単に服装に頓着《とんちゃく》しないだけかもしれない。いずれにしても、女子学生の受けは——一周回って？——悪くないと仄聞《そくぶん》しているから、彼は彼のスタイルを貫《つらぬ》けばいい。

若白髪が交じる前髪を掻き上げて、火村からも歩み寄ってくる。助手は探偵と予定どおりに落ち合えた。

新たなフィールドワークが始まる。叡山電鉄の鞍《くら》馬《ま》線に乗り換えても現場近くまで行けるらしいが、彼の車で移動すると聞いていた。

「アンティークな愛車はどこや？」

訊くと、すっと左腕が上がって指差す。

「あっちに駐めてある。荷物を放り込んで、十五分足らずの短いドライブだ」

現場は岩倉《いわくら》の閑静な住宅地とだけ聞いている。あまり知らないエリアだったので事前に地図を見てきた。岩倉といってもなかなか広いようだが、行政区分で言うと左京《さきょう》区の南部である。

「京都には取材でくるつもりだったのに、その邪魔にならないか？」

殊勝《しゅしょう》なことを言う。

「何を今さら。京都の空気を吸うだけでも取材になるわ」

火村について行くと、脇道《わきみち》の路肩に年代物のベンツが駐めてあった。鞄《かばん》を後部座席に載せ、助手席に着く。シートベルトをしながら訊いた。

「捜査の様子は？」

「何も聞いていない。大きな進展はないみたいだ」

出町柳のすぐ西側には賀茂川《かもがわ》と高野川《たかのがわ》がＹの字に合流するいわゆる鴨川《かもがわ》デルタがある。年代物のベンツは橋を渡ることなく、高野川に沿って川端《かわばた》通を北上した。この道は高野橋東詰から国道になり、そのまま進めば福井県の小浜《おばま》方面に抜けられる。

「アリス。以前、言っていたよな」

火村が話しかけてくる。

「ん、何を？」

「俺たちが関わった事件の一つ一つに、お前は名前をつけているんだろ。『朱色の研究』だの『インド倶楽部《クラブ》の謎』だの」

われながらおかしな性癖なのでずっと黙っていたのだが、インド倶楽部の事件の際にいくつか例を挙げながら打ち明け、彼を驚かせたことがある。立ち会った事件を小説の素材にしない代わりに、小説的な名前をつけて頭の中でファイリングしているのだ。

「今回の事件の名前を思いついたよ。お前に採用してもらえるかどうか判らないけれど」

「聞こうか」

「『ゲンブ亭の惨劇』。——これじゃ芸がないかな」

「犯行現場になったお屋敷は、ゲンブ亭と呼ばれてるわけか。玄武《げんぶ》岩の玄武やな？」

「ああ」

都の北に位置する屋敷だから北方《ほっぽう》を守護する霊獣・玄武を名前にするのも芸がないが、主《あるじ》の勝手である。音の響きが好みだったのかもしれない。


「そんな名前をつけたのは、屋敷を建てた日本画家？」

「正確に言うと、屋敷を建てたのは武光宝泉《ほうせん》の父親だ。二代がかりで今の形にしたらしい。その父親も宝泉も他界している」

玄武亭に比べて、武光宝泉という名前は格調が高い。雅号ではなく本名だ。故人だからこの度の事件に直接の関係がないだろうけれど、どれほどの画家だったのか予備知識を仕入れるため、少しだけネットで調べてきている。あまりよく判らなかった。画伯は七年前に亡くなっている。

「それなりの人であるけれど、宝泉は文化勲章を受章した関西画壇の重鎮とかいう存在ではなかったたみたいやな。美大の教授を務めたとか、大勢の弟子を抱《かか》えていたとかいう話はなかった」

「画家のことは俺もよく判らない。ことに日本画家というのは。教養豊かな有栖川先生の方が詳しいだろ」

「いや、さっぱり」

下世話ながら私が日本画家に対して持っているイメージは、成功すれば大いに稼げるらしい、ということぐらいだ。橋本関雪《はしもとかんせつ》がアトリエにしていた今出《いまで》川《がわ》通沿いの広大な別荘・白沙村荘《はくさそんそう》やその敷地《しきち》内にある記念館を訪ねた時は、豪奢《ごうしゃ》さに圧倒されてしまった。無論、あれほどの成功は特例中の特例なのだろうが。

「玄武亭を建てたのは、宝泉ではなくその父親やと言うたな。画家が大いに稼いだのでもないわけか」

私の呟きを火村が掬《すく》う。

「武光家というのは明治時代からの土地持ちで、大きな不動産収入がある。宝泉は、そんな恵まれた環境で悠々自適の創作に没頭できたらしい」

「恵まれた環境で悠々自適の創作に没頭。美しい日本語やな。俺には無縁やけれど」

「生活水準はともかく、お前だって好きなように小説を書けているんだから僻むな」


赤信号で停まったタイミングで、火村はダッシュボードにあったキャメルの箱に手を伸ばし、くわえた煙草に素早く火を点《つ》けた。フィールドワークに入るといつ禁煙が解除されるか判らないので、ここらで吸っておかなくてはならないらしい。

東山の裾《すそ》をなぞりながら走り、時折、大原方面からのバスとすれ違う。高野川と別れ宝《たから》ヶ池《いけ》を過ぎて府道に入り、三宅八幡神社《みやけはちまんじんじゃ》のある八幡前《はちまんまえ》駅の手前で叡山電鉄の線路を跨《また》いだ。道幅が狭くなった。どっしりとした山容の比叡山《ひえいざん》が右前方から迫ってくる。

事件について火村があまり口にしないのは、おそらくまとまった話をするには時間が短く、中途半《ちゅうとはん》端《ぱ》に感じているせいだろう。どうでもいいことを訊いてくる。

「俺とお前が初めて事件に遭遇したのは軽井沢《かるいざわ》だ。あれにも名前がついているのか？　どう命名したのか知りたい」

彼に聞かせて不都合なものではなかったので答え

た。

「『46番目の密室』だって？　さすがは小説家だ。しっくりくる。……そういう事件だったな」

あれが二人でのフィールドワークの始まりだった。突然、事件の渦中に投げ込まれたものだから、私はあらぬ推理をさんざん並べて彼の顰蹙《ひんしゅく》を買ったのかと思えば、以降アシストのために呼ばれるようになった。何をどう感じて私を現場に誘うようになったのか、やはりよく判らないが、彼もうまく答えられないのかもしれない。

「密室っていうのは、ミステリ作家にとって特別な言葉なんだろ？」

「ミステリ作家にとってと言うより、ミステリファンにアピールする力は馬鹿になれへんな」

「じゃあ、今回の事件は本にするなら『玄武亭の密室』か。いや、お前がそんな本を出さないことは判ってる」

「判ってたら言うなや」


玄武亭で起きた事件の不可解な点の一つは、犯行現場となった屋敷の離れが密室状態だったことである。

3

落ち着いた佇まいの家が並ぶ中を縫うように走り、細い川を渡った。下流で高野川に合流する岩倉川だ。風格のある寺の近くのコインパーキングで私たちは車を降りた。寺は実相院《じっそういん》。不動明王を本尊とする天《てん》台宗《だいしゅう》の名刹らしい。

現場周辺の地図を頭に入れてきている火村は、迷わずに歩きだす。それに従い、きょろきょろしながら続いていると、〈岩倉具《いわくらとも》視《み》幽棲旧宅《ゆうせいきゅうたく》〉という案内が目に留まった。昨夜、下調べをしていて知ったが、幕末に尊王攘夷《そんのうじょうい》派から佐幕《さばく》派と見られて政治的失脚をした岩倉具視が都を逃れ、三年間にわたって隠《いん》棲《せい》したのがこのあたりなのだ。現在は国指定史跡にもなっている旧宅を外から少しでも見たかったが、あいにくその前は通らない。

歩いていると、古色を帯びた立派な蔵が散見した。南側を除いた三方は山に囲まれたこのあたりは、京都盆地の中にあってさらに小さな盆地なのだ。京都の中心部からものの五、六キロしか離れていないのに、遠くへ旅行にきたような気分が味わえる。

「いったん川沿いに出よう。その方が判りやすい」

最短距離で行こうとすると道に迷いそうだったのか、火村が言った。遠回りして歩くことで現場周辺の様子を観察する意図もありそうだ。岩倉川の水はよく澄んでいた。高野川、鴨川、桂川《かつらがわ》、淀川《よどがわ》を経て大阪湾に注ぐ水だ。

その右岸をしばらく北に向かってから左に折れると、漆喰《しっくい》の塗り壁に囲われた邸宅に捜査服姿の警察官が出入りしているのが見えた。警察の車両が駐まっていたり、物々しい雰囲気がしたりはしなかったが、そこが玄武亭なのは明らかだった。

門構えからしてさぞや重厚でどっしりしているのだろうと思ったら、屋根付きの数寄屋《すきや》門は気後《きおく》れするほどいかめしくはない。大きな防犯カメラが訪問者に向けられてもいなかった。

私たちのことを知る刑事が気づいて、南波警部補に報せ《しら》てくれる。体格のいい刑事がすぐに邸内から現われた。

「お待ちしていました」

南波は柳井警部が全幅の信頼を置いている辣腕《らつわん》刑事で、武道にも秀でているそうだが、物腰に威圧的なところはない。それでいてワルと相対した時はがらりと態度が変わるのだろうな、と思わせる雰囲気は放っていた。

「特捜本部がある下鴨《しもがも》署にお越しいただこうかとも思ったんですけれど、現場でお話しする方が判りやすいのでは、と。こちらでしたら関係者の話も聞けます」

「ご配慮に感謝します。現場を見ながら説明を受けるのがよさそうだ、と思っていました」火村が応える。「私たちが捜査に関わることについて、関係者に話は通っているんですね？」

「はい。反応は概《おおむ》ね協力的です」

「肚《はら》の中でどう思っているかは判りませんけれどね。

——南向きの門をくぐって左手が二階建ての母屋。離れはあちらのようですね」

火村は敷石《しきいし》が続いている方角に視線をやったが、庭木に隠れて離れらしきものはよく見えていない。母屋は黒い瓦葺《かわらぶ》きの純和風の造りで、しっとりとした風情を漂わせていた。白沙村荘とは比べるべくもないが、立派な邸宅である。

「何はさて措《お》いても、まずは死体が発見された現場ですね。先生方にとくとご覧いただきましょう」

母屋を横目に、南波を先頭にした一列縦隊で御影《みかげ》石《いし》の敷石を伝い、離れへと向かった。庭木は何種類もの松の他に、梅や木蓮《もくれん》や梔子《くちなし》といった背の低い花木。塀際では紅葉が色づきかけていた。マンション住まいの素人目にも、庭の手入れはよく行き届いている。

敷地の東側に漆喰の塀はなく、人の背丈《せたけ》ほどの生け垣になっていた。防犯上の心配はないのだろうか、と私が思った途端に、南波が答えをくれる。

「こちらの家の現在の当主は、武光雛子《ひなこ》。夫の宝泉画伯は亡くなっています。隣に住んでいるのは、宝泉の弟である武光鴻水《こうすい》。心安い兄弟が並んだ屋敷で暮らしていたので、間に生け垣しかないんですよ。先代から親族が隣り合わせに暮らしていたそうです。槇《まき》の緑がきれいですね」

きた時はあまり意識しなかったが、隣家の敷地もかなり広いのは間違いない。さすがは土地持ちだ。

「木戸がある。あれを抜けたらすぐ隣家に行けるわけですね」

「隣の裏庭に出られます。あちらも和風ながら、いくらかモダンな造りです」

離れの全容が見えてきた。

和風旅館の小さな別館や風流な草庵《そうあん》風のものを想像していたのに、まるで違う。外壁は仄《ほの》かに青みを帯びたモルタル塗りで、屋根は紺色のスレート葺きとは。

「意表を衝いたまさかの洋風。こういう趣向でしたか」

「これは宝泉が建てたものなんですよ。洋風の離れなんていうのは日本画家の悪戯みたいですが」

装飾が控《ひか》えめだから質実な西洋館の縮小版のようにも見えるが、それはそれで魅力的だ。切妻《きりづま》の屋根は母屋との調和を崩していないし、全体の色調も庭に馴染んでいる。そのあたりは、さすがに画家の美的感覚が発揮されているのだろう。

「岩倉具視が洛中《らくちゅう》から逃れて住んでいた家が近くにあるんです」南波は言う。「茅葺《かやぶ》きの屋敷で鄰雲《りんうん》軒《けん》と言い、敷地内に岩倉に関する品々を収蔵した対《たい》岳文庫《がくぶんこ》が建っています。そちらは洋式の建物で、宝泉画伯は岩倉邸を参考にしてこういう離れにしたのかもしれませんね。あるいは、和食ばかりだと飽きるので洋食も欲しくなった、ということでしょうか。——私、今日は無駄話が多いですね」

「亡き宝泉画伯がアトリエにするために建てたんですか？」

火村が尋ねる。

「そうではありません。アトリエは母屋にあります」

「すると、これは？」と私。

「宝泉の〈別荘〉でした」

「はあ……？」

と力ない声を発してしまった。

「ふだんは母屋で生活し、仕事をするのもあちらだったんですが、家族との接触も遮断した独りになるための場所だったのだとか。大きな屋敷に住みながら、庭にわざわざ寝泊まりできる別荘を建ててしまうというんですから豪気なもんです。やっぱりアーティストにとって独りになる時間や空間というのは大事なものなんでしょうかね、有栖川さん」

「私に訊かれても困ります。アーティストではないので」

「創作活動をする人は、みんなアーティストでしょう。――とにかく、ここは宝泉が引きこもるための家だったわけですが、画伯が亡くなってからは来客を泊めるために使われていました。泊まったら旅館気分が味わえそうな離れですよ。しかし、そんなに客はこないので、稼働率はいたって低かったそうですね」

贅沢《ぜいたく》な使い方だ。あれだけの母屋ならきっと邸内にも客間はあるはずなのに。

「そんな離れですが、半月ほど前から息子がここで暮らすようになりました。家出したまま消息不明だったのが、ふらりと戻ってきたんです」

「次男の颯一ですね？　記憶をなくして舞鶴で発見されたという」

火村が言った。そのへんの事情は、私も昨夜の電話でざっと聞いている。私の事件に対する興味を喚起した普通とは違う登場人物とは、彼だ。


「はい。母屋に自分の部屋を持っていたんですが、そこが出奔《しゅっぽん》している間に納戸《なんど》になってしまったもので、離れに」

「息子が家を出て行方知れずになったからといって、その部屋を納戸にしてしまうのは冷たい仕打ちに思えます。次男が家を出た事情にもよるでしょうが」

「火村先生と同感で、私も不人情だと思います。お察しのとおりですよ。『あの子の部屋はもう要らん！』と母親の怒りを買ってしまったようで」

「母親と息子は不仲だったんですか？」

「関係はよくなかったみたいです。そういう話は後回しにして、まずは事件のことを説明させてください」

離れの前での立ち話になる。概要は聞いているが、おさらいをしてから私たちに現場を見せたいようだ。

この離れで他殺死体が見つかったのは、二日前にあたる木曜日の午前八時過ぎである。

被害者は、かねて当家に出入りしていた画商の森《もり》沢幸絵《さわゆきえ》、三十一歳。死体となって見つかる前日に来訪し、家人らと夕食を共にした後、雛子と二人で少し話してから午後九時半頃に帰ったと思われていた。

発見したのは長女の柚葉《ゆずは》、二十九歳。早い時間に起き出す颯一なのに離れの明かりが消えたままなのを不審に思い、様子を見ようとしたら玄関のドアが施錠されていた。ふだんは鍵が掛かっていないのでよけい気になり、窓から覗いてみたら女が倒れているのを見た。

顔が心持ち窓の方を向いていたので森沢幸絵だと判ったが、どうして彼女が離れにいるのかを疑問に感じる間はなかった。その背中に深々とナイフが刺さっていたからだ。

「柚葉が悲鳴を上げると、母親の雛子らが母屋から駈けつけました。代わる代わる窓から覗いたところ、森沢はぴくりとも動かず、目が開いたままなので、死亡しているようにしか思えない。救急車を呼んでも無駄と判断して警察に通報し、現場はそのまま保存することにしたとのことです」

「現場をそのまま保存した」火村は復唱して「つまり、森沢幸絵を救出するためドアや窓を破ったりはしなかった、ということですね？」

「そうです。たまたま機捜の車が近くを流していたので、すぐに到着しました。最初に被害者を見た捜査員によると、発見者らが救急車を呼ばなかったのも無理はない状態だったとか」

「通報した後、発見者たちはどうしていたんですか？」

「ずっと離れの前に立ってパトカーがやってくるのを今か今かと待っていた、と証言しています」

機動捜査隊の車が着いたのは、通報から十分後だった。その十分がひどく長いものに感じられたかもしれない。

「機捜はどうやって中へ？」

火村が問うと、南波は手招きしながら離れの右手に回る。ガラスの割れた窓があった。邸内の離れだからか格子は嵌っていない。

「雛子の了解を得た上でガラスを破り、二名の捜査員のうち小柄《こがら》な者がここから入りました。ドアを破損するよりダメージが軽いし、そうするのが最も早い、と考えてのことです」

玄関のドアは進入した捜査員によって解錠された。これは重要なポイントだ。死体発見時の混乱に乗じ、犯人が錠に小細工をする機会はなかったことになる。機捜は刑事部に属しており、捜査員は拳銃《けんじゅう》を携帯した刑事だ。

「森沢幸絵は絶命していました。司法解剖によって割り出された死亡推定時刻は水曜日の午後九時から十一時」

武光邸を辞したと思われていた彼女は、帰りかけたところを襲われた可能性があるのだ。あるいは、何らかの理由で引き返してきて犯人の凶刃に斃《たお》れたとも考えられる。

窓から中を見てみると床はフローリングで、死体があった場所にテープが貼られている。

「被害者は血溜《ちだ》まりの中で横たわっていたんですか？」

私は凄絶《せいぜつ》な情景を思い浮かべていたのだが、南波によるとそうではない。

「ナイフが栓をした状態で、それほど大量の流血はありませんでした。出血の多くは体内に留まったわけです。凶器が刺さっていたのは、背中のやや左側上部。死因は左肺損傷による失血死。司法解剖したところ、左胸腔内《ひだりきょうこうない》に大量の血液貯留が見られたとのことです」

「ナイフが深々と刺さっていたということは、明確な殺意があったんかな」

などと私が言うのは火村に黙殺され、彼は警部補に質問を投げていく。

「傷の数は？」

「一つだけです。それが致命傷になりました」

「凶器の刃渡りはどれぐらいですか？」

「七センチ。ステンレス製で、二つに折り畳めるフォールディングナイフです。そいつで思い切り突き刺したんです」

「難しい捜査になっているということは、指紋は残っていなかったんでしょうね」

「グリップの形状から、指紋の検出はできませんでした。滑《すべ》らないように施されたプラスチックの凹凸が複雑でして。出所を洗っていますが、外国製の古いものらしく、容易には突き止められそうにありません」

「帰りかけた被害者がどうして離れを訪ねたんでしょう？」

「判りません。森沢は颯一が家を飛び出す前から彼を知っていて、親しく口をきく間柄だったこともあり、記憶をなくして戻ってきてからも気に掛けていたということです。それにしても夜の九時半過ぎという時間にふらりと離れを訪ねるのはやや不自然で、何か事情があったのかもしれません」

「直前まで会っていた雛子には何も言っていないんですね？」

「まったく。『天気予報によると雨が降るみたいやから、気をつけてね』と送り出し、森沢は『降り始める前に帰ります』と言っていたそうなんです」

「ああ、水曜日の夜、ちょっと降りましたね。十一時頃だったかな」

私はまるで覚えていない。京都と大阪では天候が違ったせいか。

「じきにやみましたけれどね。このあたりで降雨があったのは十時前から三十分頃にかけてと確認しています」

森沢はどういう理由で離れに行ったのか、現時点で答えられる者はいないのだ。二人がどんな人間なのか知らない私には、その理由に見当がつくはずもなかったが、別のことを思いついた。

「雨が降ったことは、捜査の役に立ちませんか？」

「有栖川さん、どういうことです？」

「雨が上がってからの犯行だったのなら、庭に犯人や被害者の足跡が残ったでしょう。それがなかったとしたら、雨がやんだ十時半より前に犯行は終わっていたことになります」

警部補に感心してもらえなかった。

「確かに雨上がりの庭を歩いたら足跡がつきますが、門からも母屋からも離れまで敷石伝いに行くことができます。雨が上がってからの犯行だったとしても、被害者や犯人が足跡を残すことはなかったでしょう。――ちなみに、そのような足跡は庭になかったことが確認されています」

「捜査に手を貸してくれる恵みの雨どころか、迷惑な雨でしたね」

火村が言うと、南波は「そうですね」と肯定する。

「迷惑って、なんでや?」

「残っていた証拠が洗い流されてしまったかもしれないだろう。――大袈裟《おおげさ》にはっとしているな。判ればよろしい」

雨が手掛かりを残してくれるどころではなかった。言われてみれば、大事な何かを消してしまった可能性の方が高い。

だが、足跡の問題は無視すべきものでもないだろう。もしも雨がやんでからの犯行であることが確定したならば、足跡がどこにも残っていないのは犯人が敷石伝いに歩いたことを証明する。つまり、塀を乗り越えて侵入したとか――この家の警備システムがどうなっているのかまだ聞いていないが――、隣家から忍び込んできたという線はなくなるではないか。足跡がないことが意味を持つわけだ。

などと思いながら何気なく木戸の方を見たら、人影があった。四十過ぎぐらいだろうか。面長で顎《あご》の尖《とが》った男が、爛々《らんらん》と輝く目をこちらに向けていたのだが、私と視線がぶつかるなり、すっと脇に姿を消した。残像になるほど強い眼光だった。身なりは……ああ、もう思い出せない。

「離れの中に機捜の捜査員が踏み込んだ後の模様を」

火村が南波に促す。木戸に現われた男に、彼も南波も気づいていないようだ。

「背中にナイフが刺さっていたわけですから自殺ではないし、事故とも考えにくい。どんな捜査員でも他殺を疑います。いたって自然に」

ここで次男の颯一が寝起きしていたことを聞いた捜査員は、奥に向かって彼に呼びかけたが、返事がない。その時、次のような可能性を考えただろう。
一、颯一が犯人であり、すでに逃走している。
二、颯一が犯人であり、身の破滅と観念して自殺している。
三、颯一が犯人であり、まだ奥に潜んでいる。
四、颯一も殺害されている、もしくは危害を加えられて返事ができない状態にある。
このうち最もありそうなことは、一だと思われる。二や四も考えられるが、被害者が殺害されて時間が経っていることが明らかだったようだから、三の線は薄そうだ。


「捜査員は、家人たちに外に留まるよう命じて、慎重に奥へと進んだんですけれど、そこには生きた颯一も死んだ颯一もいませんでした」

犯行現場のドアや窓が施錠されているのに犯人が中にいない、というだけでは密室殺人にはならない。火村は訊いた。

「ここの鍵は？」

「数年前にスペアを紛失してしまい、一本しかなかったそうです」

「その一本は誰が管理していたんですか？」

「管理していた、と言うのも大袈裟なんですが、ここで生活していた颯一が持っていました」

「彼は、ふだん鍵を掛けないでいたそうですけれど」

「しっかりとした塀に囲まれた敷地内の離れですから、施錠する必要を感じていなかったようです。それでも鍵は預かっていました」

「一本だけの鍵を預かっていたのが颯一。その彼は死体発見時に離れにいなかった。森沢殺害の犯人が颯一で、現場に施錠して逃走したのだとしたら、密室殺人でも何でもない」

「おっしゃるとおり。颯一の行方は知れないままですが、一本しかなかった鍵は離れの中で見つかりました。どこにあったのかは、見てのお楽しみです」

南波がそんな持って回った言い方をするのは珍しかった。

4

早く現場の中が見たい。そんな私の逸《はや》る気持ちが顔に出たのだろうか、南波と目が合ったら「では、中へ」と言ってくれた。

ドアは檜《ひのき》の木目調をしたポリカーボネイト仕様で、頑丈そうである。南波が玄関マットで靴の底を丁寧に擦るので、私たちも倣《なら》う。

「鑑識の捜査は完了していますから、靴カバーも何も要りません」警部補は言う。「この離れは本格的に洋式で、土足で入るんですよ。私なんかはそういうのに慣れていないので、つい入念に靴の汚れを落とそうとしてしまいます」

本格的に洋式というのは、画伯が別荘を設けるにあたってメリハリを利かせたためだろうか。南波と同じく私もしっかり靴底の土を落とした。

中に入った南波は、まず錠を指差す。

「つまみを捻るありふれたタイプのものです。死体発見時、これがしっかりと施錠されていました」

「指紋は付いていましたか？」

つまみを見ながら火村が訊く。

「機捜の者が解錠にあたって注意したので残留指紋はありましたが、つまみが小さいため採取できたものが明瞭《めいりょう》ではなく、誰のものかは特定できません」

「でしょうね。——室内を見せてもらいましょう」

玄関からすぐリビングになっていて、広さは十畳ぐらい。フローリングの床に絨毯《じゅうたん》類は敷かれていない。

家具調度の類は、南の壁際にソファ、椅子、テーブルとボトルが並んだ洋酒棚、北東の隅《すみ》に肘掛け椅子とガラス扉付きの本棚という具合で、どれもアンティークなもので洒落ている。三方の壁に掛けられた五枚の絵は、いずれも田園や山河の穏やかな風景を描いた油絵だった。

日本画家の〈別荘〉を珍しがっている場面ではない。

先ほど窓から見たとおり、フローリングの床には人形《ひとがた》にテープが貼られ、横たわった死体の姿勢を示していた。〈方〉という字の横棒がねじ曲がったような形をしている。玄関ドアからの距離は四メートルほどだろうか。離れの玄関は東向きである。破られた窓は南側。人形の頭は、南東を向いていた。

「背中にナイフが刺さったままだったわけですから、死体はうつ伏せだったわけですね？」

火村が確認すると、南波は頷く。

「後で現場写真を見せていただくとして、被害者の着衣に乱れはありませんでしたか？」

「いいえ、特に」

「雨に濡れたせいで湿っていたりということは？」

「ありません。少し濡れただけで乾いてしまったのかもしれませんが」

「所持品は？」

「見つかっていません」

「森沢は手ぶらで訪問したわけではありませんよね」

「ショルダーバッグを肩に掛けていたそうです」

「画商がどんなものを持ち歩くのかよく知りません。資料を入れるために大きなバッグを持っていたんですか？」

「いえ、小振りのものだったとか」

「中身は？」

「判りません。そこからあれこれ資料を取り出しての話ではなかったそうなので。財布やスマートフォン、化粧道具などは入っていたんでしょうね」

「離れの外に落ちてもいなかった？」

「敷地内をよく探索しましたが発見できていません」

どこにも残っていないということは、犯人に奪取されたのだ。バッグの中のものが目的で襲撃したとも考えられる。

「彼女はここまで何でやってきたんですか？」

「車を自分で運転して。連れはいませんでした」

「すると、その車は朝までこの家の車庫に駐まったままだったことになる」

「いいえ。歩いて数分のところにあるコインパーキングに置いてありました」

場所を詳しく聞いてみると、さっき私たちが車を駐めたところだった。

「ここにくる人は、みんなあそこを利用するんですか？」

「もちろん、これだけのお屋敷ですから車を駐めるスペースはあります。三台が駐車できる車庫が。あいにく水曜日の夜は、それがふさがっていたために森沢はコインパーキングを利用したんです。時々あることだそうで」

だから、森沢が帰ったのか邸内に留まっているのかも判らなかったのか。

「『あいにく』とおっしゃいましたね。車庫がふさがっていたのは、他にも来客があったからでしょうか？」

「宝泉画伯と旧知の仲だった人物が訪問していました。もう一人は客ではなく、長男の誓一《せいいち》です」

「長男はここで暮らしていないんですか？」

「当家が所有するマンション住まいをしています。和風の屋敷よりマンションの方が断然好みなので、ここを出たんです」

「自由で結構なことです。さぞや高級なマンションなんでしょうね」

「賃料は知りませんけれど、北山《きたやま》通に面したデラックスな物件だそうですよ。当家の不動産管理を任されているのはこの誓一で、有限会社・武光エステートの副社長です。木曜日の朝、森沢の死体発見に立ち会った人間の一人でもあります」

同社の社長は、隣家に住んでいる武光鴻水。雛子は経営にはあまり関わっていないが、顧問の座に就いているという。

「水曜日の夜、彼は北山通のマンションに戻らなかったんですね？」

「そういうことです」

「マンション住まいの誓一がここに泊まった事情について伺うのは後にして、鍵について話してください」

「こちらにありました」

リビングの奥に進むと、右手が浴室とトイレ。左手のドアを開けると、キングサイズのベッドが設《しつら》えられた寝室だ。ベッドの脇にナイトテーブル。北の壁にくっ付けてマホガニー製の書き物机。アールデコ風のスタンドが載っているだけで、机上はすっきりとしている。

引き違い窓が座った真正面にある。北向きだが、明るい光が射し込んでいて、明窓浄机《めいそうじょうき》という四文字熟語を不意に思い出した。こんな机でパソコンに向かったら執筆が捗りそうである。ただし、美しい庭園を窓外に眺《なが》めることはできない。三メートルほどの間隔を置いて白壁の土蔵がでんと鎮座《ちんざ》していた。

蔵まであるのか、と感心したが、そんなものを珍しげに見ている場合ではない。

「鍵は一番上の抽斗《ひきだし》に入っていました。ここです」

南波が開いて見せた。わずかな筆記具とメモ用紙が入っているだけである。

「施錠しなくても不用心だと思わず、いちいち鍵を掛けたり開けたりするのが面倒だったのか、颯一はこの抽斗に鍵を入れっぱなしにしていたそうです」

「誰の証言ですか？」

「長女の柚葉から聞いたことで、他の家族もそのように話しています」

「その鍵を発見したのも機捜の捜査員ですね？」

「はい。一本きりの鍵を颯一が持っていたことを聞いて、ならばそれは彼が持ち出してなくなっているはずだ、と確かめてみたところ、抽斗にあったんです。あったらおかしなことになるのに」

　密室殺人になる。

「外に出て施錠した後、どうにかして鍵を室内に戻せたら……」

　私の呟きが耳に入ったらしく、南波に聞き咎《とが》められる。

「どうやったら鍵を室内に戻せたんでしょうね。有栖川さんだったら答えられますか？　机の前に窓がありますが、これも内側から施錠されていました。奥の西側の窓も同様です。他にはこの部屋に開口部はありません」

　それは思い込みであって、実は意外なところに穴が開いているのに気づいていないだけ――ということはなさそうだ。現場検証にあたって、警察は抜け穴のようなものがないかも入念に調べたに違いない。

「ミステリでよくあるのは、死体発見時のどさくさに紛《まぎ》れて室内に鍵を戻すという手です。今回の事件の場合は、それも無理ですね。鍵を見つけた捜査員が犯人だった、というわけがないので」

　南波は真顔で応えてくれる。

「死体が発見された経緯からして、あり得ませんね。機捜が車でこの近くを通るタイミングで警察に通報が入るように仕組むのは困難です。いつ通報があっても急行できるように近辺をうろうろしていたら不審な記録が警察に残ります。それに、二名の捜査員が一緒に問題の鍵を見つけたんですよ。まさか両名の共犯などということは――」

「よく判りました。私もそんな疑いは持っていません」

　彼の前で迂闊なことを呟くのは慎《つつし》むことにした。

「颯一はここで暮らしていたそうですが、食事などは母屋で？」

　密室については棚上げしたのか、火村は寝室内の様子を見て回る。

「もちろん、そうです。三食とも母屋で摂《と》っていました」

「離れにキッチンはありませんが、風呂《ふろ》はありますね」

「どこで風呂に入っていたのかは重要ですか？」

「いえ、意味はないと思います。――ここで終日過ごすのは退屈しそうだ。テレビもパソコンもない。本は少しばかりリビングにありましたが、画集や写真集の類が多かった。漫画がずらりと並んでいたりしたら暇潰しができたでしょうけれど」

「母屋で過ごす時間も長かったようですよ。近くに散歩に出たりもしていた、と聞いています」

記憶の障害を除けば健康状態のいい二十六歳の男であれば、外の空気を吸いに出たくもなるだろう。

「外出の際は、家族の誰かが付き添っていたんですか？」

「右も左も判らないところへ連れてこられた恰好ですから、初めのうちは雛子や柚葉が一緒でしたが、慣れてくると『独りで出歩きたい』と本人が希望するようになったので、遠くに行かないよう注意して、好きにさせていたそうです」

「家の近辺を歩いても記憶は戻らず、ですか」

「今のところは」

私も室内を観察してみるが、颯一がやってきて二週間ほどしか経っておらず、ここで何をしていたわけでもないせいか、生活の匂《にお》いがほとんどない。客がチェックアウトした後のホテルか旅館のような感じだ。ベッドのブランケットがめくれ上がり、シーツに皺《しわ》が寄っているのが、いかにもそれらしい。

ベッドの脇に小型の冷蔵庫があった。南波の許可をもらってから開けてみたら、ミネラルウォーターと麦茶とコーラのペットボトルが入っているだけ。麦茶は飲みかけだ。

屑《くず》入れの中は火村が検《あらた》めていたが、ほとんど空になっている。紙屑や使用済みのマスクなどが入っていたのを警察が採取し、念のために調べたが、事件の捜査に役立ちそうなものは何も見つけられなかった、と南波は言った。

「床にお菓子を食べた滓《かす》が落ちてるわけでもなく、きれいなもんやな」私が印象を述べる。「よその家に泊めてもらっている感覚やったんかな。丁寧に離れを使ってたみたいや」

「以前から几帳面《きちょうめん》な性格だった、と家族は言っています」

「記憶をなくす前と後で、その性格は変わってない、ということですね、そんなもんですか」

「彼の場合は、です。記憶喪失になった他のケースのことはよく知りませんよ」

南波と私のやりとりに火村が割り込む。

「この寝室を見れば几帳面な性格が感じられます。ただ、ベッドの様子に若干の違和感がなくはない」

「ブランケットが派手にめくれてシーツが皺くちゃになってることとか？　そんなん普通やろう。家族が掃除に入ってくるんやったら多少は整えるかもしれへんけど、そうでなかったら――掃除は自分でしていたんですよね？」

南波に訊いた。

「彼はデリケートな存在でしたから、ここへは家族もなるべく立ち入らないようにしていました。掃除は本人がしていたとのことです」

「ほら」と言ったら、火村は「まぁ、それはいいか」とだけ呟いた。「若干の違和感がなくはない」という程度の微妙な引っ掛かりなのだから、自分で処理してもらいたいものだ。

火村はブランケットを払いのけ、シーツの上を調べたりしていた。手掛かりになるようなものがあれば警察が見つけているはずだ。特に変わった点はなかった、と南波が言った。

クロゼットには、ジャケット、チノパンツにシャツが三着。颯一が戻ってから家族が買い与えたものだからか、パンツ以外は新しい。それらのポケットからも何も見つかってはいないとのこと。抽斗にはわずかな下着類。

「洗濯はどうしていましたか？」

「それは家政婦に任せていました。通いの人が二人います。用事が多い日以外は交互にやってくるそうです」

「離れと母屋を行ったり来たりするばかりで、たまに近所を散歩するだけの生活だったとしても、颯一は成人ですから自分の手許に一銭も持ってなかったわけではありませんよね」

「外に出たら何かを買ったり食べたりしたくなることもあるだろう、ということでお小遣いを持たせてもらっていたようですよ。せいぜい数千円だったということですが」

「少しなりとも現金を与えられていたのなら、財布も持っていたはずです。それはありましたか？」

「残っていません」

　彼は続けて何か言いかけたようだが、思い直したのか口を噤《つぐ》んだ。

5

　火村は寝室内をとっくりと眺めてからリビングに戻り、あちこちに視線を投げながら円を描いて歩き回った。やがて、離れたところで見ていた南波に言う。

「現場の様子は判りました。関係者のことも含めて、さらに色々と聞かせてください。——座りましょうか」

　ソファに腰を下ろしたので、その向かいの椅子に南波が腰掛ける。私は火村の隣に座るしかない。

「画商の森沢幸絵は、ここへ頻繁に出入りしていたんですか？」

「宝泉の生前から画伯の絵をよく扱っていたそうで、月に一度ぐらいは訪ねてきていました」

「三十一歳の若さで画廊を経営していたんですか？」

「父親の跡を継いだ二代目です。先代が宝泉と親しかったんですよ。出入りしているうちに夫人の雛子に気に入られ、大した用がなくてもご機嫌伺いに寄ったりするようになったそうです」

「公私のいずれかで当家と揉《も》め事《ごと》が生じたりは？」

「そのようなことはない、と関係者は口を揃《そろ》えて証言しています。真偽のほどは確かめなくてはなりませんが」

「南波さんの感触では？」

「関係者らが口裏を合わせて、嘘をついているふうでもありません。というのが印象ではありますが、ここの人たちがどういう人間なのか、まだ摑みかねていますからね。とぼける名人が揃っているのかもしれません」

「癖《くせ》の強い人たち？」

「いやいや、そこまでは言いませんが、したたかさを秘めている気もしないではありません」

ここで南波と話しても判ることではない。後刻、当人たちに会えば察せられるものがあるかもしれない。

「大した用がなくても、森沢はここにくることがあったそうですが」火村は首筋を掻く。「事件のあった日は？」

「これという用件がなく、ご機嫌伺いのようなものだったみたいですね。二週間ほど前に舞い戻ってきた颯一がどうしているか気になって見にきたのではないか、と雛子は話していました」

火村の手が止まった。

「赤の他人なのに。記憶喪失で帰ってきた次男のことを気にする事情があったんでしょうか？」

「彼が家を出て以来、森沢は心配をしていたそうです。高校生の頃から馴染みがあったので、弟のような感じで接していたのかもしれません」

「二人の年齢の差は？」

「颯一は二十六歳ですから五つですね」

彼が高校生の時、森沢は二十二、三。姉弟と言える年齢差であるが、三十一と二十六ならば互いに恋愛の対象にしてもおかしくはない。恋愛感情がもつれると、殺人に発展してしまうこともある。

「彼の記憶は、いくらか恢復していたんですか？」

「いいえ。生まれ育った家に戻って、家族に囲まれても何も思い出せないまま。焦っても仕方がないから時間を掛けて恢復を待とう、と本人も家族も長期戦を覚悟したのだそうです。颯一本人の希望もあって、こちらに帰ってから病院で診てもらってもいません。しばらく経過を見て変化がなければ、記憶障害の治療実績がある心療内科を受診するということで」

しばらくとはどれぐらいの期間か、明確には決めていなかったらしい。

「どれだけ時間を掛けても記憶が戻らないケースもありますが。何をどうすれば解決するという問題でもありませんね。颯一は新しい生活に順応できていたんでしょうか？」

「ここにきてから日々穏やかに暮らしていた、とのことですが、胸中までは推し量れません。不安だったり居心地が悪かったりして、人知れず苦しんでいたかもしれませんね」

「でも、それを表に出さなかったのか」

私には気になって仕方がないことがあった。どのタイミングで質《ただ》すべきか迷っていたら、ここで火村が代わりにやってくれる。

「疑問があります。颯一は本当に記憶をなくしているんでしょうか？　エピソード記憶とやらをなくしているそうですが、何もかも忘れてしまったふりをするのは、それほど難しくはありません。また、一時的に深刻な状態に陥ったのだとしても、どこかの時点で記憶を取り戻していながら、失ったままでいる演技をしていた可能性はないのか？」

南波は問い返してくる。

「彼の記憶の有無が事件に関係しているとお考えですか？」

「関係しているかもしれないので、確かめたいんですよ。記憶喪失の診断は簡単ではないはずです」

「どうやらそのようで。はっきりしているのは、記憶を失っていて恢復しない、と彼が訴えていることだけです。訴えていた、と過去形で言い直しましょうか。本人が雲隠れして、会って確かめることもできなくなりましたから」

ここでいくら検討しても埒《らち》が明かない。火村はこの件については切り上げた。

「記憶喪失に陥って何も思い出せなかった彼は、どういう経緯で武光家に戻れたんですか？」

「それが妙な話なんです。まったくの手ぶらで舞鶴の浜辺に——」

この詳細については、火村も私も初めて聞いた。

確かに妙な話だ。彼が何故そんなところにいたのか、どこからどんな手段で浜辺にたどり着いたのか、すべてが謎に包まれていた。

「颯一は〈オウギ〉という仮名のまま、地元の施設に保護されかけていました。捜査にあたった舞鶴署の生安係の担当者が機転を利かせたおかげで、身元が判明したわけです。一本の扇を手掛かりにし、よく突き止めたものです」

身元探しが難航していたら、彼が保護されていることがニュースとして広まり、〈浜辺の画伯〉として有名になっていたのではないか。そうなれば武光家の人々も気づいただろうが、家に戻れるまで相当な時間が掛かったかもしれない。

「絵がうまいそうですけれど、父親の才能が遺伝したんですね。彼も絵の道に進んでいたんですか？」

私が訊く。南波は「いいえ」と答えた。

「画才はあったようですが、家族らの話によると、本人は画家やイラストレーターになるつもりはなかったみたいですよ。子供の頃から絵を描くのが好きで、周囲が絵の道を勧めても『仕事にしたら楽しくなくなる気がする』と言って」

「画家やイラストレーター以外の何かになりたがっていた？」

「将来の夢は特になかったらしいですね。母親の目から見てもどかしかった、と雛子が言っています。内向的で引っ込み思案。自分の意思をはっきり表に出さない子とも評しています」

反《そ》りが合わなかった母親の見方がどこまで正しいかは疑問だ。兄や妹の証言も聞いて、照合すべきだろう。

「南波さんがおっしゃったとおり舞鶴署の捜査は手際がよかったのでしょうけれど、颯一は幸運にも恵まれましたね」

彼が所持していた扇は、十一年前に宝泉が扇子店に発注したものの試作品で、不採用になったため一本きりしか存在していなかった。それを持つ男の素性を照会するために武光家に連絡を取ったところ、どうも人相や風体が行方知れずの次男に似ている。写真のデータを送ると、「間違いない」となり、雛子と長女の柚葉が家族写真などを持参して舞鶴に向かい、警察によって彼が武光颯一本人であることが確認された。

「いまだに母親や姉の顔も思い出せないままなんですから、感動の再会でもなかったんやな」

互いにどんな気持ちになったのだろうか、と思いながら私が言った。火村は別のことに引っ掛かったらしい。

「財布も持っていなかった颯一のポケットに、どうしてその扇だけ入っていたんですか？」

「彼が記憶をなくしているので、誰にも答えられません。浜辺で発見された時、どうして扇だけを持っていたのか、先生に見当がつきますか？」

「現時点では何も。不採用になった試作品の扇を彼が所持していたのが少し奇異に思えます。趣味は人それぞれだとしても、二十六歳の男性がたしなみとして扇を持つのは稀《まれ》でしょう」

「試作品が作られた時、颯一は中学生でした。『気が変わった。これはやめや』と父親が処分しかけたものを見て気に入り、もらって愛用していたそうです」

「ふぅん、必然性はあるのか。——その扇は、何のために誰が発注したものなんですか？」

「ある私設美術館で武光宝泉の展覧会が催されたのを記念して、関係者に配るために雛子が作りました。発注数は五百本だったそうです。実物を見せてもらいましたが、美しいものですよ。松林の上を二羽《わ》の鶴が飛んでいる絵があしらわれていました。あれは無骨な私なんかが持っていたら似合いませんね」

「ご覧になった実物とは、颯一が持っていた扇ですか？」

「いえ、展覧会の記念に配った扇の方です。颯一が持っていたものは、やはり宝泉の絵がプリントされていましたけれど、そちらは富士山の絵でした」

「鶴にしても富士山にしても、いかにも日本風ですね。——どうした？」

　私の表情のわずかな変化を火村は見逃さない。説明すると長くなるので、「何でもない」と答えておいた。

　記憶を失ったままの武光颯一がどういう役を演じたのか、あるいはこれから演じるのか判らないが、森沢幸絵殺害事件の鍵を握っているように思える。その彼が生家に戻れたのは、いかにも日本風の扇のおかげとなれば、今回のフィールドワークには『日本扇の謎』というタイトルをつけられそうではないか。

　暗合を面白がっていられない。火村のフィールドワークをモデルに創作をしないという方針は崩せないから、片桐が提案した『日本扇の謎』という作品は書けなくなった。少し残念で、少し担当編集者に申し訳ない。と同時に、肩の荷が下りるような安堵も覚えた。

「何でもないのに顔色を変えるなよ」

　半笑いで火村は言う。まさか顔色までは変わっていなかったはずなのに、大袈裟なことを。

「富士山の絵がプリントされた扇も、実物を見たいものですね」

私は意味のないことを言ったつもりなのだが、南波はこれに硬い声で応える。

「できません」

「え、何がです？」

「富士山の絵の扇は見ることができないんです」

「見られないって……颯一が持ち帰った扇はどうなったんですか？」

「彼は、いつも離れの寝室の机の上にそれを置いていたそうです。記憶を取り戻すヒントをくれるかもしれない、とでも思っていたんでしょうか。しょっちゅう開いたり閉じたりして眺めていた、と家族らが話しています。その扇が事件後になくなっている。離れを隈《くま》なく捜しましたが見つからないんです」

颯一の財布がなくなっていることを私たちに告げた時、南波は何か言い淀んだように見えた。あれは、扇もなくなっていることを付け加えかけてやめ、こういう話の流れで出すことにしたのだろう。

私は首を傾《かし》げずにはいられなかった。離れの中にあってはならない鍵が抽斗から見つかり、机の上に置いてあったはずの扇が見つからない。二つの存在が魔法で入れ替わったかのようだ。

「どういうことやろ。なくなっているということは、颯一が持ち去ったんでしょうか？」

「そのようにも思えますが、扇を持ち出す理由が判りません。きれいな品ではありますが、工芸品というようなものではなく金銭的価値は知れています」

「高い値がつくというものでないとしたら、なおさら謎です。事件につながる何かが扇にありそうですが——」

「なくなってしまい、見られません」

何年も行方不明だった男は、記憶をなくした状態で扇だけを持って忽然《こつぜん》と浜辺に現われ、身元が判明して生家に帰還できたかと思うと、今度は扇とともに殺人事件の現場から消えた。

これはますます『日本扇の謎』だな、と感心したが、またぞろ表情を読まれるのは愉快ではない。澄ました顔を作りながら火村の反応を窺《うかが》ったら、人差し指でゆっくりと唇をなぞっていた。彼は真剣なまなざしで言う。

「南波さんの前で不謹慎に聞こえるかもしれませんが、面白い事件ですね」

警部補が顔を顰《しか》めることはなかった。本音がこぼれる。

「先生に興味を持っていただけて、よかった」

6

火村と南波とのやりとりが続く。

「颯一が生活していた離れで殺人事件が発生し、颯一がいなくなっている。彼の財布と愛用していた扇も見当たらないとなると、いかにも殺人を犯して逃走したかのようにも見えます。が、それをはっきり示す証拠はない。警察は、どの程度まで彼を疑っていますか？」

「必ず見つけ出して話を聞かなくてはならない重要参考人です」

無難《ぶなん》な回答だ。重要参考人というのは、有力な被疑者だけを指す言葉ではない。文字どおり重要な情報を握っている可能性があるので話を聞く必要がある人物もそう称される。ただ、颯一の場合は限りなく被疑者に近そうだ。

「当然、足取りを洗っていますよね」

「言うまでもありません。初動捜査の段階で追っています」

「少しは追えましたか？」

南波の眉間《みけん》に皺が寄る。

「いいえ。それがさっぱり」

「逃げたとしたら徒歩ですか？」

「彼は車の運転免許証を持っていませんでした。本人は所持していたかどうかも忘れているようでしたが、家族がそう話しています」

「どうでしょう。家を出た後、どこかで運転を習っていたかもしれませんよ」

「舞鶴で見つかった時は免許証を携帯していませんでした。つまり、現在も持っていません」

「免許証を携帯していなくても運転はできます。先ほど、彼が喪失しているのはエピソード記憶だとおっしゃいました。それならば過去の記憶に欠損ができただけで、記憶をなくす前に身につけていた技能はなくなっていない」

「当夜この家にあった車を乗り逃げしてもいません。すべて車庫にありました。柚葉が使っている自転車も同居人の原付バイクもそのままでしたし、付け加えると隣家の乗り物を拝借してもいません」

「近隣で車やバイク、自転車の盗難もなかった？」

「はい。彼が現場から逃走したのなら、手段は徒歩ということになります。近辺の防犯カメラを調べたのは言うまでもありません。残念ながら写ったものからは発見に至らないままです」

「器用にカメラの目を掻い潜ったとは考えられませんか？」

「注意深く立ち回れば、できなくはないでしょう。このあたりは繁華街のように防カメだらけでもありませんし、こういうこともあると予想して事前に下調べをしていたとも考えられます」

現われた時と同じく、何処《どこ》へともなく消える準備をしていたというのも変な話だ。彼が犯人だとしたら、森沢幸絵を殺害するために玄武亭に舞い戻ったかのようで面妖《めんよう》である。

「この家の敷地内から出て行く姿が写っていそうなものですが」

「ごもっとも。先生、ここの門を潜る時にお気づきになりませんでしたか？　これだけのお屋敷ですから警備システムは備わっているんですが、カメラは設置されていません。宝泉が『お客を監視するようなものは無礼やし、そんなものが家の顔である門に設置してあるのは無粋《ぶすい》や』ということで、画伯が亡くなった後もそのまま付けていないんです」

「なるほど。では、警備システムは人感センサーだけ？」

「そうです。家人や客の出入りがなくなってから作動させていました。このあたりの治安がいいせいでしょうけれど、当家の人たちは防犯についてあまり神経質になっていないらしい。母屋については、夜が更けてみんなが床に就く前になってようやくセンサーを有効にしていたそうです」

「事件が起きたであろう時間帯は、母屋はシステムが作動しておらず、人間が出入りしても警報が鳴らなかったということですね。しかし、森沢が帰った後、外のセンサーは有効にしたんじゃないですか？」

「はい。もう外に出たな、という頃合いに門の戸締まりをしてから」

「センサーをオンにする前に、何者かが敷地内に入り込むことはできたんだ。となると外部犯も考えなくてはなりませんね。金目のものがありそうでもない離れに侵入して、たまたまそこに居合わせた森沢をナイフで刺した、というのは現実味がないとしても」

「外部犯も視野に入れてはいますが、先生が今おっしゃったとおり、その線はいたって薄いでしょう。犯人が離れに押し入って居合わせた森沢幸絵を殺害し、彼女のショルダーバッグ、部屋にあった数千円入りの財布と扇を盗んだ上、センサーが作動する前に颯一を連れ去ったとは考えにくい。時間的にも無理がありすぎる」

「絶対にないとは言えません」

南波は目を剝いた。

「本気ですか？」

「冗談を言ったつもりはなく、そんな突拍子もない事態も今は考慮すべきである、と思っているだけです。何しろ私は現場を見たばかりで、殺された森沢幸絵がどういう人物であるのかも、この家にどんな人たちがいるのかも知りませんから」

警部補の顔に苦笑いが浮かんだ。

「人が悪いですね、先生も。何か根拠があって本気で外部犯を疑っているのかと思いました」

「私は南波さんと同じことを言っただけです。外部犯の線は『絶対にあり得ない』ではなく『考えにくい』とおっしゃったじゃないですか」

「揚げ足を取られた気もしますが……」

端で聞いていた私にもそう思えた。外部犯説など成り立たないことを明言してもいいではないか、という気持ちから火村に言う。

「外部から侵入した者が犯人やとしたら、森沢を刺殺してショルダーバッグを奪い、数千円と扇を奪った上で颯一を攫《さら》うただけやないぞ。現場を密室に仕立ててる。忍び込んだ奴がそんなトリックを弄《ろう》したりせえへんやろ」

犯罪学者は首を九十度近く回転させて、私を見た。

「内部の人間だったら、やるのか？」

返答に窮した。ナイフは森沢の背中に刺さっていたのだから、わざわざ現場を密室にしても他殺を自殺に偽装できるわけではない。

「密室の謎は、現時点では要検討ということで保留しよう」

自分から言い出しておいてバツが悪かったが。

「あっさり退くな。こっちから有栖川先生に訊かせてもらおう。もしも犯人が颯一だったら、離れを密室にしたことに説明がつくのか？」

「……少しでも死体発見を遅らせるため、かな」

今度はとっさに返せたつもりだったが——

「施錠したのは判る。だけど、トリックを使ってまで鍵を寝室の机の抽斗に戻しておく必要はないだろ。さっさと逃げればいいのに」

「謎やな」

「違う。それは謎じゃない。変なところで壁にぶち当たるな。何故、現場は密室だったのか？　これが向き合うべき謎だ」

「えー……君が何を言うてるのか、よう判らん」

不本意ながら白状するしかない。火村は体ごとこちらを向いた。

「どんな人物が犯人であっても現場を密室にする理由はなかった。これはどういうことか？　答えは自明だろう。この離れは、犯人が意図しないまま密室になってしまったのさ」

今回のフィールドワークは初手から頭が混乱する。

「まだ俺には難しい。もう少しやさしさが欲しいな」

易しさ、もしくは優しさが。

「密室の謎は、お前に解いてもらうつもりだったのに。ミステリ作家に花を持たせようとしたのが間違いか」

その口振りからすると、彼は謎の答えを知っているようだ。知っているなら御託は省いて南波に言えばいいものを。警部補が色めき立つ。

「『犯人が意図しないまま密室になってしまった』とはどういうことですか？　聞き捨てなりません。先生にお考えがあるのなら教えてください」

火村は座り直す。

「まだ仮説にすぎないのですが、南波さんのお話をひととおり伺ってからお伝えするつもりでした。お話の内容によっては私の仮説が大ハズレであることが判るかもしれないので」

「仮説でいいので早く教えていただきたい気もしますが……」

「有栖川が思いついて、どこかで言い出すと思ったんですけれどね」

南波と目が合うと、気にすることはありません、と慰めてくれるかのようで優しかった。

「では、先生から確認なさりたいことを質問してきてください。私としては、昨日の電話と合わせて概要はお話ししたつもりなんですが」

「すでに伺っていることもお尋ねしますが、頭を整理するためなのでご了承のほどを」

火村から南波への質問タイムになった。

「水曜日の夜、玄武亭にいたのは誰ですか？　――

ああ、その前に武光家の家族構成を確認させてください。家族以外にも同居人がいましたよね。その人物も含めてお願いします」

　警部補は手帳を開いて答える。私はメモを取った。年齢の順に並べると以下のようになる。

武光雛子、亡き宝泉の妻、六十一歳。

武光誓一、長男、三十三歳。

武光柚葉、長女、二十九歳。

武光颯一、次男、二十六歳。

楠木《くすのき》利久《としひさ》、雛子の甥《おい》、二十一歳。

「家政婦が二人いますが、どちらも通いです。これは先ほど言いましたね。事件当夜も七時前には上がっていました。長男の誓一は、先ほどもお話ししたとおり北大路のマンションで暮らしていますが、週末はたいていここに戻って月曜日の朝まで過ごすそうです。ウイークデーにやってきて泊まることもある。事件当夜もそうでした」

　南波が補足する。

「楠木利久という雛子の甥も同居しているんですね？」

「洛北大学経営学部の二回生。年齢と学年が合わないのは一浪しているからです。岡山から出てきてこの世話になり、大学に通っています。武道や格闘技の心得があるわけではないそうですが、なかなか屈強な若者ですよ」

「事件当夜には、森沢の他にも客がいたんでしたね。その人物も車でやってきた」

「宇津井《うつい》白雲《はくうん》。武光家の菩提寺《ぼだいじ》の住職で、生前の宝泉とも鴻水とも親しい仲だとか。事件があった日は鴻水宅を訪ねてきたんですが、宝泉の月命日にあたっていたので、まずはこちらにきて読経を。月命日に毎月くるわけではありません」

　宇津井がやってきたのは午後五時頃。雛子と話してから木戸を通って隣家を訪ねた。六時過ぎにそちらで夕食を摂ってから、麻雀《マージャン》に興じたという。

「不定期的に、鴻水宅では麻雀の会を開くんですよ。

当夜の参加者は五人。メンバーは鴻水、その妻の汀《てい》子、宇津井、颯一の兄の誓一、そして楠木利久です」

「五人だと、半荘《ハンチャン》ごとに負けた人間が抜けて入れ替わっていた？」

「そのパターンです」

「楠木は麻雀好きだったんですか？　最近の学生にしては珍しい気がします」

「昭和みたい、と思いますか？　好きな人間は好きですよ。大学のまわりに雀荘《ジャンそう》がいっぱいあって講義をサボる学生で賑《にぎ》わったりはしていないでしょうけれど、今はゲームで面白さを知ってネットで対戦を楽しめます」

「当節の麻雀事情には疎いもので。——楠木は麻雀の会によく参加していたんですね？」

「誘われたら、支障がない場合は喜んで卓に着いていました」

「隣家にいるのは、鴻水・汀子夫妻の他には？」

「蟹江信輔《かにえしんすけ》という男が同居しています。汀子の遠縁にあたる人物なんですが、色々あって職を失い、困窮していたのを助けてやっている恰好でしょうか」

「家が広いので居候をさせているわけですね？」

「ただ居候をしているのとは違うようですよ。車の運転から庭の手入れまで、万事引き受けているそうなので。蟹江以外には、やはり通いの家政婦。夫妻には娘が二人いますが、長女は結婚して現在は愛媛県住まい。次女はフランスで暮らしています」

彼女らが今回の事件に直接関与している可能性はないそうなので、夫妻に二人の娘がいることだけを心に留めた。長女は大学で知り合った旧家の御曹司と大恋愛の末に結婚していて、次女はパリでギリシャ人男性と同棲《どうせい》しているという。

ミステリの登場人物表風にメモすると、関係者はこうなる。

武光鴻水、隣家に住む宝泉の弟、六十五歳。

武光汀子、その妻、五十八歳。

宇津井白雲、住職、六十歳。

蟹江信輔、同居人、四十歳。

そして被害者である――

森沢幸絵、画商、三十一歳。

はたと思い当たった。私がさっき木戸の向こうに見掛けた男は、年齢からして蟹江信輔だと思われる。あちらの裏庭の手入れをしていたのかもしれない。

「森沢がやってきたのは六時半頃。七時から雛子らと夕食を一緒にしました。食卓を囲んだのは雛子と森沢の他に、誓一、柚葉、颯一と楠木。食事の支度《したく》をしてから家政婦は帰っていきます」

「宇津井は隣家で食事をしたんでしたね？」

「はい。そして、食後にそのまま麻雀になりました」

「誓一と楠木はいつ麻雀に加わったんですか？」

「夕食を済ませた後です。八時過ぎに隣家に行くと、蟹江が仮のメンバーにさせられてゲームが始まっていたので、しばらくは観戦していた、と」

「夕食の後、ここの母屋にいた他の四人は――」

火村の言葉が途切れた。彼の視線が向いた先に目をやると、ドアが開いている。戸口に女が立ち、私たちを見据えていた。

7

「そちらのお二人がお着きになるのを二階から見ていました。犯罪学者の火村先生と作家の有栖川さんですね？　いらっしゃるのは刑事さんから伺っていましたから、すぐに判りました。お話をする準備をして待っていたんですよ」

六十一歳にしては若々しいが、彼女が雛子だろう。年齢の割に声が高く、突き刺すように響く。発音は一語ずつ明瞭だ。

やや吊《つ》り目なのと声の印象のせいで、きつい感じを受けたが、色白でよく整った顔立ちである。額、鼻筋、頰から顎にかけて、いずれもラインが美しい。画家なら描きたくなる顔かもしれない。日本画家であれば美人画に。ゆったりとしたシルエットニットを着ているが、和装も似合うだろう。

「ご無礼いたしました。こっそり立ち聞きをしていたわけではありませんよ。たった今、ドアを開けたところです。事件があった夜のことを、先生方にご説明していたようですね」

南波が腰を上げ、火村と私を紹介してから言う。

「先生方へのご説明が長くなっていました。現場をご覧いただきながら話した方が判りやすいと考えたもので」

軽く頷いた雛子は、私たちの顔を見る。名刺を出せということだな、と思った。火村から差し出す。

「英都《えいと》大学の准教授でいらっしゃいますか。誓一が受験に失敗した大学ですね。こんな形で英都大の先生とお目にかかるとは思いませんでした」

私の名刺には、こんなコメント。

「大阪からお越しですか。宝泉の大叔父はそちらで画家をしていました。近年は大阪とのご縁が薄くなってしまいました」

余談になってしまうが、私は反射的に尋ねる。

「宝泉先生のお祖父《じい》様のご兄弟も日本画家でいらしたんですか？　絵の才能は受け継がれるようですね」

「音楽の才能は遺伝するそうですが、絵はどうでしょう。武光家の場合は、飛び飛びに画才のある者が出てくるようではありますね」

雑談をしている場合ではない、とばかりに彼女は口調を改めて言う。

「夕食の後の様子をお話しになっているところのようでしたね。娘の柚葉は二階の部屋へ、颯一は離れに戻りました。私は森沢さんとリビングでしばらく話し込んで、彼女がお帰りになったのがだいたい九時半です。これまで刑事さんにお答えしましたとおり」

「森沢さんとはどんな話をなさったんですか？」

火村が聞き手となる。

「最近の画廊の様子やら何やら。世間話に類することもおしゃべりいたしました。あの日の森沢さんは、宝泉の絵に関する用事があっていらしたのではありません。よくそんなふうに私のお相手をしてくれていました」

「時にはビジネスのお話になることもあった？」

「ええ、もちろん、そういうこともありました。私のおしゃべりに付き合うだけではありません。東京にも頻繁に出掛けていたお忙しい方だったので」

文字に起こせば標準語になるが、イントネーションはいかにも京都のものだ。「ありました」は「り」にアクセントがあり、「東京」は語尾の「お」が上がる。大阪弁で「東京」を発音すると、ごく平板に「トーキョー」になる。

「その夜の森沢さんに、いつもと違う言動はありませんでしたか？　あるいは、どことなく様子が違う、といったことなどは」

「刑事さんにも訊かれましたけれど、これといってありません。ふだんどおりの彼女でした」

「ふだんどおりというのは、どんな感じなんですか？」

「上品でいながら気さくで、話題が豊富で話術が巧《たく》み。ひと言では言い表わしにくいですね。よい方でしたよ。安心してお仕事を任せられて、人に好かれるタイプです」

故人を讃《たた》えて弔意に代えているのか、事実そうであったのかは判断できない。てきぱきと問いに答えていく雛子は、表情の変化が乏しかった。抑制を利かせているのだろう。

「颯一さんのことも話に出たのではありませんか？」

「出なかったらおかしいですね。あの子の様子を気にしてくれていました。『何かよい兆候は見られませんか？』などとお訊きになったりしました。『これといった変化はありませんね』と言ったら、少し残念そうでした」

「心配なさっていたんですね」

「優しい人でしたからね。以前から颯一のことを可愛《かわい》がってくださっていましたし」

「颯一さんにとっては、お姉さんのような存在だったとか？」

「森沢さんが一人っ子なので、あの子に弟のイメージを見ていたかもしれません。ですが、颯一にとってはどうでしょうね。姉のように慕《した》って懐いていたふうでもない。気軽に話ができる大人の女性ではあったかもしれません」

「夕食の席で、二人がどんな会話を？」

「『体調はどうですか？』とか『近所を散歩したりしているんですか？』とか、森沢さんが話し掛けて、颯一が短い返事をするだけでした。そんな甲斐《かい》のない反応が返ってきても、彼女はにこやかに接してくれていましたよ」

テンポのよい質疑と応答。

「颯一さんも絵がお上手だと聞きました。その点にも森沢さんは興味をお持ちだったのでしょうか？」

「もったいない才能だと言ってくれていましたけれど、買い被《かぶ》りですね。あれぐらいの絵が描ける人間はざらにいます。せいぜい職場のカラオケ名人ぐらいの値打ちでしょう」

「辛辣《しんらつ》な批評なのか、適切な見方なのか、颯一さんの絵を見ていない私には判りかねますが」

「美大に行くのを森沢さんに勧められたこともあるようですが、本人にその気がないのですからどうにもなりませんでした。あの程度で美大に進むのは到底無理でしたけれどね」

母親は次男の才能をまるで認めていないのだ。その方面の評価が低いだけでなく、愛情が薄いようにも感じてしまう。

「森沢さんがお帰りになったのが九時半頃とのことですが、実際はこちらのお宅を出ていませんでした。彼女を門まで送ったんでしょうか？」

「いいえ。玄関先までお見送りしただけです。門まで行こうとすると、『ここで結構です』と固辞なさるので、いつもそのようにしていました」

「すると、母屋を出た森沢さんがその後でどういう行動を取ったのかは、まるで判らないんですね？」

「はい。いったん外へ出てから何かの理由があって舞い戻ってきたものやら、帰りかけて離れを覗いてみたくなったものやら、私には判りません」

「離れを覗くとしたら、颯一さんに会うためとしか考えられないのですが、事前にそのようなことをする素振りもなかった？」

「ございませんでしたね。雨になるという予報が出ていたので、『降りだす前に帰ります』とおっしゃっていたんですから」

「森沢さんと玄関先で別れた後、どうなさいました？」

「私ですか？　すぐにお風呂に入りました。それぐらいの時間に入浴し、十時半には床に就くのが日課です」

「母屋の警備システムは、皆さんが寝る前に作動させると警部補から聞きました。誰か決まった人がそれを行なっていたんですか？」

「たいてい娘の柚葉が。人の出入りが絶えた時点で、誓一がすることもありました。担当が決まっているわけではありません」

「当夜は、誓一さんと楠木さんが隣家に麻雀に行っていました。そういう場合はどうなさるんですか？」

「外周警備用の赤外線センサー、つまり門や塀のセンサーは有効にしますけれど、母屋の警備はいたしません。誓一と利久が深夜に帰ってきた時、家に入ろうとしたら警報が鳴り響いてしまいますから」

「なるほど。外部からの侵入者にだけ用心すればいいですからね。しかし、宇津井さんがお帰りになる時、こちらの車庫から車を出さなくてはならないのでは？」

「ご住職は、麻雀にいらした際はいつも向こうの家でお泊まりになります。朝には警備を解除しますので問題ありません」

　お気楽な住職である。半ば隠居していて、寺の切り盛りは跡取りに任せているのかもしれない。

「敷地内でホームセキュリティが施されているのは母屋だけなんですね？　離れや土蔵にはない」

「そうです」

「過去に不審者が侵入してきたりしたことはありますか？」

「一度もございません。おかげさまで平穏無事に暮らしておりました。三日前の水曜日までは」

「入浴中もその後も、庭で物音や悲鳴がするようなことはなかったんでしょうね。そんなものが聞こえたら、のんびり寝床に入れませんから」

「お風呂は離れとは別の方角にありますので、よほど大きな音でなければ耳に届かなかったでしょう」

「柚葉さんもお聞きになっていないようですね」

「聞いたら騒いでいたはずです。あの子なら『お母さん、大変！』とお風呂の中まで飛んできましたよ」

森沢の死体を発見した時の話を火村が尋ねようとしたところで、雛子がストップを掛ける。

「さんざんお話ししてから申すのもおかしいのですけれど、立ったままで延々とご質問を受けるのではなく、母屋の応接室でお話をさせてもらってもよろしいですか？　そのつもりでお越しになるのを待っておりました」

犯行現場で語るのは生々しすぎて、抵抗があるのか。火村は了承した。

「大変失礼しました。では、場所を変えましょう」

四人で母屋に向かいかけると、玄関付近に男女の姿があった。部外者が紛れ込んでいるとは思えず、素性は紹介されずとも見当がつく。年恰好からして長男の誓一と長女の柚葉だ。両人とも目許《めもと》が雛子によく似ている。

「なんや誓一、仕事に出るて言うてたのに、もう帰ってきたんかいな。柚葉もどないしたんや？」

雛子が言ったので、私の推量が正しいことが判った。

「警察に協力してる探偵みたいな人がきはると聞いて、気になったよってな。急ぎの案件が電話で片づいたから戻ってきたんや。柚葉に『どうや？』と訊いたら、『お母さん、離れに行ったきり戻って来いひん』言うから、見に行きかけてたんや。もしかして……こちらさん？」

細く鋭い眉をした男は、やや眩《まぶ》しげな目で最初に私を、次に火村を覗き込むように見た。どちらが探偵みたいな人――警察にそんな紹介のされ方をしていたとは――なのか迷っているらしい。

傍らでは、黒髪をクレオパトラカットにした妹が不安そうな表情で立っている。私たちが得体の知れない二人組に映っているのだろう。

「こちらが探偵で――」火村を手で示して言った。

「私がその助手です」

第三章　木戸のこちら側

1

火村と私の二人だけが母屋に通される。

南波警部補がずっと私たちに付き添うのが難しそうなのを見抜いた雛子が「刑事さんが同席なさらなくても、先生方からのご質問にはきちんとお答えしますよ」と言ったためだ。

応接室は洋室で、東向きの窓は庭に面している。来客が対峙《たいじ》する北側の壁には、松林を描いた大きな日本画が飾られていた。言うまでもなく武光宝泉画伯の作品だ。天井から下がったシャンデリアは乳白色の丸い電球を組み合わせた大正ロマンの趣があるものだった。布張りのソファは固めで、体が沈み込みすぎないので落ち着く。

「見事な絵ですね」

正面の壁に顔を向けたまま、私は言った。初めてここに座った者は、たいてい同じ言葉を口にするだろう。渋い金色で塗りつぶされた画面の中ほどを、抽象化された松林がベルトのように横断していた。構図も画題もいたってシンプルながら、絵の奥へと観る者を手招きするような力を感じる。こういう絵なら飾っていて飽きがこないだろう。

「お褒めいただき、ありがとうございます。福井県の気比《けひ》で見た浜辺の風景を再構築したのだそうです。幻想の船で海に漕《こ》ぎ出し、沖合から眺めた風景ですね。五十を過ぎて描いた絵で、宝泉は気に入っていました。それで、ここに」

雛子は滑《なめ》らかに言う。何度も同じ応答をしてきたのかもしれない。

「画才に恵まれた方が出る家系だそうですが、ご当家には何人も画家がいらしたんですか？」

　ほっそりとした四十代らしき家政婦がお茶を運んできたので、本題に入るのを先送りするかのように火村が訊く。

「宝泉の大叔父に一人。遠縁の女性にもう一人。その程度です。世間に今も名前が通っているような大家ではありません」

　宝泉の大叔父は大阪に居を構えて、船場《せんば》の裕福な商家に求められるまま、すっきりと判りやすい日本画をたくさん描いたという。遠縁の女性とやらも手掛けたのは日本画らしい。

「颯一さんの絵について、宝泉さんはどう評価なさっていたんですか？」

　先ほどの雛子は手厳しかった。ここでは少し困ったような表情になる。

「評価というほどのものは下していませんでした。子供の頃から絵を描くのが好きではありましたから、絵の具やクレヨンをおもちゃとして買い与えたりしたくらいです。当の颯一に絵の道に進む意欲や気概がありませんでしたから、励《はげ》ましたり指導したりすることもなく」

「親子関係は？」

「どちらかというと宝泉は子供たちへの接し方が淡泊でした」

「お子さんに絵の世界に進んでもらいたい、という希望もなかったわけですか」

「子供はめいめい好きにすればよい、と放任していました。ゆとりのある家に生まれたせいか、武光の者はのんびりと鷹揚《おうよう》です。宝泉の弟の鴻水さんも含めて」

　武光家の先祖は、村役人を務める豪農などではなく商人だった。幕末まで京の町で紙問屋や書肆《しょし》を営んでいたというから、小説家としては親しみを覚える。御一新の後も商才に長《た》けた家として栄えた。この頃の当主が人に頼まれてまとまった田畑を購入したのを契機に、土地持ちになっていく。太平洋戦争中には苦しい時期もくぐったが、戦後、宝泉の父の代になると家業を不動産業に転じて蓄財したという。

「名家ではありませんが、余裕のある暮らしを続けてきた家です。ですから、一族の中に道楽で絵がやりたいだの音楽がやりたいだのという者が現われたら、気ままに生きるのが許されました。文学にかぶれた人もいたようですね。他の方面はただの道楽で終わりましたが、絵に関してだけは実を結ぶことがあったわけです。宝泉を筆頭として」

「画伯がお亡くなりになったのは——」

火村の問いを断ち切るかのように答えが飛ぶ。

「七年前です。享年六十二。糖尿病に罹《かか》ってしまい、晩年は悩まされていました。ある美術館から個展のお話があった時は、あの人、『生きてるうちに開いてもらえてよかったわ』と喜んだものです」

「特別な思いがあったから、記念の扇を作ったわけですね？」

私が言うと、雛子は小さく頷いた。

「お世話になってきた皆さんへ、ささやかなお礼の気持ちをこめてお配りしたものです。最後まで出来にこだわりましたね。見本ができているというのに、『やっぱりこの絵やないな』と変更したりして、扇子屋さんを困らせたり」

「富士山の絵から鶴の絵に替えた？」

「有栖川さん、そんなことも警察からお聞きですか。はい、そうです」

扇については何かと気になる。どんなものだったのか見たいと言うと、「ちょっとお待ちを」と雛子は席を立った。一つしかない実物は颯一とともに消えてしまっているのでは、と思ったら、写真のアルバムを手に戻ってくる。

「紙焼きの写真をご覧いただけます。ついでに宝泉の顔も見てやってください。これがそうです」

開いて差し出されたページには、和装の画伯のバストショットが貼られていた。心持ち斜《はす》に構えて、開いた扇を胸のあたりに掲げている。

扇を見るために出してもらった写真だが、人物に先に視線が行った。やや薄くなった頭髪を後ろに撫《な》でつけた宝泉は脱力した感じの澄まし顔で、癇性《かんしょう》の芸術家という印象から遠く、おっとりとして穏やかそうである。二重瞼の目許は涼しげだ。雛子から聞いた話に照らして、雰囲気は柔らかく、苦労知らずのまま生きてきた男と見ることもできた。

ただ、この時はもう闘病中だったせいもあってか覇気《はき》は感じられず、太ってもいないのに顔の肉に弛《たる》みがある。平素から和服で過ごしていたらしいのは、無地の紬《つむぎ》の着こなしから窺えた。淡茶の色合いも落ち着いていて上品だ。写した場所はこの家の廊下のようで、スナップショットだろう。

扇はというと、金色の地に霊峰を描いただけなのに不思議な魅力のある絵が描かれていた。あの名山の独特のフォルムを記号的に表現しているようで、日本人ならこれまで写真や絵で幾度となく見てきたどの富士山とも違う。画家だけの脳裏に浮かんだイメージを絵筆によって定着させたかのような新鮮さがあり、それが夢幻的な空間に漂っているかに見える。そう思いながらこの部屋に飾られた松林に目をやると、宝泉の画風が少し理解できる気がした。

「お判りいただけたかと。扇だけを撮った写真はありません」

雛子はアルバムを受け取ろうとしたが、火村はそれを手にしたまま尋ねる。

「この試作品を颯一さんがもらったそうですね。彼がこれをいたく気に入ったのには、何か理由があったんでしょうか？」

「この絵が好きだっただけです。原画もたいそう好んでいました」

「原画は今どこに？」

「東京のあるIT企業の社長さんに売却しました。目《め》利《き》きの日本画コレクターがいらっしゃるんです」

「宝泉さんがこの絵を不採用にして、別の絵に替えた理由は何ですか？」

「『富士山が小そうなったらこんな感じになるんか。これではどうもな』と渋りまして、使うのをやめたんです。深い理由なんかありません。——事件に関係ないのに、なんでお訊きにならはるんやろう。火村先生もそんなにこの絵が気になりますか？」

雛子はいかにも怪訝そうに言う。

「私が気になっているのは、忽然と帰ってきて忽然と姿を消した颯一さんです。その彼とずっと一緒だった扇なので、どうしても興味が向きます」

「あの子は幼《おさな》い時から妙で、何かを持ってないと不安になる癖がありました。ミニカーやらピンポン玉やら、時期によって変わるんですけど、それを手にしてないと落ち着かんようになる。中学に上がる頃にはそんな癖も収まりはしたものの、やっぱり手が淋しくなることがあったのか、扇を自分のものにしてからよく持ち歩いていました」

奇癖というほどでもないと思うが、雛子の口調からすると、彼女にとって息子のそれは愉快なものではなかったらしい。

「このアルバムの他の写真も拝見したいのですが、かまいませんか？」

火村が請うと、雛子は了承した。

「どうぞ。個展の風景など後ろに貼ってあります」

アトリエらしきところで創作に没頭している作務《さむ》衣《え》姿の宝泉、帯に右手を掛けて庭で佇む宝泉、どこか明るい部屋の窓辺の籐《とう》椅《い》子《す》で寛《くつろ》ぐ浴衣姿の宝泉。画伯の日常を記録したアルバムだ。

私が横から覗き込んでいると、火村はページをめくりながら雛子に訊く。

「颯一さんは、どういう方なんですか？」

「真面目《まじめ》でおとなしい子です」

それだけでは人物像が摑めない。

「もう少し詳しく伺えるとありがたいのですが」

「実の息子を悪く言いたくはないのですが、気が弱くておどおどしたところがありました。社交性に富んで行動的な長男とは対照的に」

先ほど挨拶をした誓一については、短い会話を交わしただけながら、確かにそのように見えた。

「絵が得意だったのなら、宝泉さんにとって可愛かったのではありませんか？」

「息子が可愛くないわけはありません。ただ、あの子に特別な接し方はしていませんでした。さらに言うと、宝泉は子煩悩な人ではなかったんです。お互いに干渉を控えた淡泊な親子関係を望んでいました」

火村が頷いても、なお言う。

「宝泉は創作に打ち込まなくてはなりませんでしたから、どうしても時間や精神がそちらに割かれます。子供たちをかまってやる余裕はなくなりがちで……と言うと、庇《かば》っているみたいですね。本当のところ、宝泉はおぼっちゃま気質のせいで自分のことばかり気にして、家族への関心は薄かったかもしれません。妻としても子供としても、それはあながち悪いことではなくて、日々、おかげで気楽に過ごせました」

よく判る話だ。ずっと家で作品と格闘する画伯が、気難しい厳父でなかったことは家族にとってはむしろ幸いだったであろう。

「そんな父親に対して、絵を描くのが好きだった颯一さんは尊敬の念を抱いていたんでしょうか？」

問いながら火村がまたページをめくる。美術館で開かれた個展のレセプションを撮った写真になる。隆《りゅう》とした紋付羽織姿の宝泉は顔を綻《ほころ》ばせ、雛子は艶《あで》やかな色留袖《いろとめそで》で並び、二人して来賓たちを会場に迎え入れていた。

「尊敬していたのでしょうね。あの子は感情表現がぎこちなくて、父親への気持ちもはっきり外に示すことはありませんでしたけれど」

アルバムの次のページにあったのは、十代半ばから二十歳前後と思《おぼ》しい男女三人がカメラに正対している写真。うち二人は会ったばかりの誓一と柚葉だから、残る一人が当時中学生だった次男であることはおのずと知れる。

火村と私の視線がどこに注がれているのかを察し

て、雛子が「右端が颯一です」と言った。さすがにここでは冷たい響きの「あの子」ではなく、名前を口にした。

一枚の写真からどんな人間かを推し量るのは無茶だが、真面目でおとなしく、感情表現がぎこちないという母親の評を思い返すにつけ、そんな感じの男子中学生に思える。口許には薄い笑みがあるものの、目には明るさがなく、じめりとした暗さを湛《たた》えていた。整った顔立ちなのに惜しい。

兄や姉は母親に似て吊り目気味だが、颯一はまるで違った。表情を調整すれば、二重瞼の父親の面立ちと重ならなくもない。父方の顔なのだろう。

「十四歳の写真ですね。宝泉が他界したのはその五年後。あの子が十九歳の夏でした」

雛子は、やや感傷的な口調になって付け足す。

「扇のことですけれど……あの子が大事に持っていたのは、父親を偲《しの》ぶ縁《よすが》でもあったのでしょうね。中学生の時に『これ、もろてもええ？』と頼んで、『気に入ったんやったら持っとけ』と宝泉に渡された品ですから」

父親が愛用していた扇ではないが、形見に近い存在だったのかもしれない。

「颯一さんの最近の写真も、あれば拝見したいですね」

閉じたアルバムを返して、火村が言う。

「この後、誓一と柚葉ともお話しになるのですね。どちらかに持ってこさせましょう。新しいものが何枚かあります」

「舞鶴で見つかって、こちらに戻ってきてからの近影ですね？」

硬い声が「はい」

「どうして颯一さんが家を出たのか、経緯をお聞かせいただけますか？　立ち入った話になって恐縮ですが」

「捜査のためのお尋ねですから、仕方がありません」

武光颯一は森沢幸絵殺害に関与していることが疑

われ、記憶を喪失して当家に戻ってきたばかりだという特異な境遇にあるので、どういう人物であるか概略は南波警部補からも聞いてはいる。母親が語る内容は、それをなぞるものだった。

十八歳の時、三つの大学を受験しようとしたところ、インフルエンザに罹患《りかん》したせいで答案が不出来だったり、寝込んでしまって試験に臨めなかったり、すべて不合格に終わる。母親と兄の奨《すす》めに従って経営学部に進もうとしたのだが、その進路は本人が強く希望したものでもなかった。

颯一は浪人生となって予備校に通うが、実際はろくに出席していなかったことが後になって判明する。接客を伴わないアルバイトばかりしていたらしい。したいことや欲しいものがあって金を貯《た》めていたのではなく、受験勉強に倦んで。

この年の夏に宝泉が歿《ぼっ》した。

そして入試を一週間後に控えた一月の下旬、彼は家族の誰の目にも触れずに家を出て、それっきり行方知れずとなってしまう。以降、二十六歳の九月に記憶をなくして帰還するまで、どこで何をしていたのかは謎だ。

書き置かれた直筆の手紙があり、大きめの旅行鞄や衣類がなくなっていることから、自発的な家出であることは明らかだった。手紙は家族の誰に宛《あ》てたものでもなく、知っている人がいない環境に飛び込んで自分を見詰めなおしたい、という意味のことが綴《つづ》られていた。

「入試のプレッシャーに耐えかねて逃避したのでしょう。宝泉が他界して精神が不安定になっていたのかもしれませんね。誓一などは『何もかも放り出して逃げるやなんて、それもすごい度胸が要る』と驚いていましたけれど、気が弱い人間ほど大胆なことをしでかすものです。と言いながら、私もその時はびっくりいたしましたけれど」

「心当たりを捜されたんですか？」

「ほったらかしなんて薄情なことをするわけがあり

ませんよ、先生。親戚《しんせき》の家にのこのこ顔を出していたらお笑い種《ぐさ》だと思いながらも、ひととおり当たりました。中学高校時代に仲がよくて、東京の大学に進んだ友だちなどにも。友人が少ない子だったので、すぐに調べ尽くしてしまいました」

ならば警察に届けを出さなかったのは理解できる。

「彼が銀行から預金を引き出した記録から、どこの街にいるか見当をつけたりはできなかったんですか？」

「たどれませんでした。十数万円の預金は事前に下ろしていたので、計画的な家出です。アルバイトで稼いだお金も資金にしたのでしょう。家族用のクレジットカードを使わせたりはしていませんでした」

大学入試からの逃走とは聞いていなかった。母親と不仲だったらしいので、そのあたりが原因かと想像していたのだが。雛子が言い出しにくくて本当のことを隠しているのかもしれず、誓一や柚葉に質す必要がありそうだ。

「十九歳の一月から二十六歳の九月まで。颯一さんの不在は六年八ヵ月に及んだわけですね。帰ってきた彼に、以前と異なることはありましたか？」

「大ありです」

母親は言い切った。

「ほぉ。どんな点が？」

「おどおどした態度がなくなって、たくましくなったように感じました。まるで別人です。ああ、いえ。戻ってきたのは颯一に間違いはありませんよ。別の人にすり替わっていたわけではないので、くれぐれも誤解なさらないでください。同じ顔をしていても、面構えが違うんです。あとで昔と今の写真を見比べていただいたら、その変化が先生にも感じ取っていただけると思います」

「話し方はどうですか？」

「声は同じですが、しっかり話すようになっていました」

「話す内容は？」

「それは何とも申せません。頭の中がリセットされた状態ですから、ものの見方や考え方が変わったようでもありますけれど……。時間を掛けて色々なことを話し、自分が武光颯一であることは思い出してもらうつもりでおりました。まさか、また突然どこかに行ってしまうとは」

記憶が戻る予兆めいたものは、まだ感じたことがなかったという。時間が経てば恢復すると信じていた、とも。

「行方を晦《くら》ましていた六年八ヵ月の間、颯一がどこで何をしていたのかわかりませんが――」

ここで雛子の口調がしみじみとした湿り気を帯びる。

「おかしな場所でよからぬ人と過ごしていたのではないでしょう。たくましさを感じさせる男になって戻ってきたのですから。いい人にお世話になり、いい影響を受けたんです、きっと。その方に感謝したい気持ちでおりました」

過去形でしか語れないのは、颯一がまた失踪《しっそう》してしまったからだけではないだろう。彼は殺人の大罪を犯して逃げた可能性がある。

2

翌朝の死体発見時の模様については、南波警部補から聞いたとおりだった。柚葉の悲鳴でまず雛子が、少し遅れて夜更かしをしていた誓一と利久が何事だと駆けつけ、隣家の面々が顔を出したのは、警察が到着した後だったとのこと。

私たちの質問に答え終えると、雛子は部屋を出て行った。誓一を呼んできてくれるという。

私はふうと息を吐《は》き、温《ぬる》くなった茶を飲んだ。火村も湯飲みに手を伸ばしていた。すぐに誓一がやってくるかもしれないが、それまでの間に彼と意見交換をしておきたくなる。

「夕食後にリビングでしばらく森沢幸絵と話して、

森沢が帰ったのが九時半。玄関まで見送ってから、お茶を飲んだ片付けなどをして、門に施錠したのがおよそ九時四十分。それから警備システムを作動させたということやから、颯一が犯人やったとしたら、その十分ほどの間に森沢をナイフで刺して、逃走したことになる。さっさと逃げへんかったら警報が鳴ると知ってたからにも思えるけど……そうとは限らんか」

警備システムのタッチパネルは母屋の玄関を入ってすぐのドア脇にある。颯一はその存在も使い方も知っていたであろうから、慌てて逃げ出さなくてもそれをオフにできた。

「夕食が済んだのは八時前。それ以降、颯一を見た者はいてないらしいけど、いつ出て行ったんやろうな。彼が犯人であるか否かは別にして」

「まだ判らないだろう、そんなこと。関係者の一人から話を聞いたばかりだ」

「まあな」

「こちらの門から出て行ったかどうかも不確かだ。木戸を抜けて、隣の家の門を通ったのかもしれない」

「あっちの門は警備が入ってなかったんやったかな」

「未確認だよ。自分で言っておいて突っ込むのもナンだけれど、彼がそんなことをしたのなら、わざわざ隣の家を経由した理由が判らない」

「謎をたっぷり振りまく男やな。六年八ヵ月の失踪中、どこで何をしていたのかも謎や。おどおどした男が、怖そうなお母様が驚くほどのしっかり者に変身して帰ってきたというから、世間の荒波に揉まれて成長したわけか」

「六年八ヵ月は短くない。まして二十歳前後の若者にとっては」

「たまたま口を突いたんやろうけど、そのフレーズと似たようなタイトルの短編ミステリがある。いや、全然似てないか」

「何をごちゃごちゃ言ってるんだよ。――〈男子三日会わざれば、刮目《かつもく》して見よ〉とか言うじゃないか。

誰が言ったのか、いつから言うのか知らないけれど」

「『三国志演義《さんごくしえんぎ》』が出典や。誰が誰について言うたのかまでは解説できん」

男というものは何かのきっかけで発奮し、短期間で見違えるほど成長することがある。だから三日間会わなかった男が以前と同じだろうと決めつけずに注意してよく見よ、といった意味の慣用句になっているが、いかにもと膝を打つ気にはなれない。

「まさにあの言葉どおり、と実感した経験があるか？」

火村から返事がくるまで寸時あった。真面目に記憶を探ってくれたらしい。

「特にないな。そんな友人や知人はいない。お前を見ていると、こいつ変わらないなぁ、と思うばかりだ」

「お互いさまや。——中国由来の言葉にありがちやけど、大袈裟すぎるわな。男子に限定してるのも納得がいかん。急激に変わる人間もいてるにせよ、性別は関係ないやろ。むしろ、ちょっと見ないうちに変身するのは女子やないか。高校を卒業した半年後に会ったら、クラスメイトだった女の子が見違えるほどきれいになっていた、とかいう見た目の話ではなく——」

世の女性はパートナーの男性がよりよい方に変わってくれることを望むが、えてして男は変わらない。一方、男性はパートナーの女性が変わらずにいてくれることを望むが、女は変わる。そんな警句だか箴《しん》言《げん》だかを何度か聞いたことがあり、これはそれらしく響く。出典はシェイクスピアの戯曲なのか結婚相談所のPR用コラムなのか知らない。

要するに、颯一が母親を驚かせるほど変わって戻ってきたのなら、男性としては稀有《けう》な例ではないか、と言いたかったわけだが、結論を言い終わる前にノックの音がして、ドアが開いた。

「お待たせして失礼いたしました」

誓一だった。左手にタブレット端末を持っている。

ドア越しに話を聞かれていたら、捜査の最中に男がどうの女がどうの無駄話をしていたと思われてしまいそうだが、この部屋のドアは厚いからセーフだろう。

「お尋ねには何でもお答えいたします。母に言われて、颯一の最近の写真も持ってきました」

写真のデータを保存してあるタブレットを持参したのだ。母親が座っていたところに腰掛け、さっそく颯一の近影を見せてくれる。

「男っぷりがだいぶ上がって戻ってきました。家を出る前は、もっと陰気な感じやったんですよ。写真に撮られるだけで緊張してたのに、まっすぐカメラを見て堂々と写ってます。姿勢もいい」

離れの前あたりで撮ったものだ。口許に浮かんでいるのは写真向けの形式的な笑みだが、爽《さわ》やかさがある。目のあたりに漂っていた暗さはなく、表情が締まっている。

「何枚かありますよ。これは父のアトリエで撮ったスナップ。こっちは母とのツーショット」

過去の颯一とも現在の颯一とも対面していないが、様変わりしているのは見て取れた。タブレットを引っ込めた誓一は、こんな証言をする。

「今の写真を撮ったのは僕なんですけれど、面白いことに気づきました。写真を撮られる際、颯一はいったん目をしっかり閉じてから、『チーズ』の『チー』で開く。シャッターが切られた瞬間に目を瞑《つぶ》ってしまうのを避けるためで、僕があいつに教えたコツです。それを律儀にやるものだから、そういう記憶はなくなっていないのか、と感心しました」

「興味深いですね」と私がコメントすると、彼はにこりと笑った。

「あれが颯一であることは確かで、疑念は持っていません。母も、僕も、妹も。叔父たちも同様です。見た目がどうこうだけでなく、警察のお手を借りて指紋が一致することも確認済みなんです。そうしないと記憶をなくしている颯一が安心して帰れませんでしたから」

指紋照合のために提出したのは、颯一がスケッチを書き溜めていたノートで、残されていた絵の画風も一致していた。当人がそれを見ただけで「僕の絵ですね」と言ったそうだ。

誓一は、やや芝居がかった感じでソファに深くもたれる。

「正直に言いましょう。僕は、弟の記憶が戻らなくてもいいのではないか、戻らないのがベターかもしれない、と思っています。たくましくなって帰ってきたんです。元に戻るのはもったいない」ぽつりと言い足す。「母も同じ思いなんやないかな」

その心理は私にはよく判らないが、そこまで言われると過去の颯一が貶《おとし》められているようで、不憫《ふびん》な気もする。陰気だの暗いだの、個性だからいいではないか。

「弟については母から色々とお聞きになったでしょうが、頼りない子だったんです。母が後ろから呼ぶだけで、びくりとなるような。将来どうしたいという夢や希望もなくて、心配になることもありました。帰ってきた弟は生まれ変わったように面目を一新していて、うちの会社でばりばりやってくれそうだったんです。現在、叔父と一緒にやっていますが、叔父もいい齢ですからね。颯一と組めたら願ったりかなったりではあります」

私が口を出す間もなく、火村がすかさず尋ねる。

「母親に後ろから声を掛けられてそんな反応をするということは、颯一さんはお母さんを怖がっていたみたいですね。気が弱いとかどうこうではなく。違いますか？」

母親と不仲だったらしい、と南波から聞いた。難子にダイレクトに質すのは憚られたが、兄や姉には訊く必要がある。そのいいタイミングを誓一が作ってくれた。

「隠さずに話します。関係はよくありませんでした。母は気が強くて、消極的な人間を嫌いがちです。颯一は小さい頃から『大きな声ではっきりしゃべりなさい』とか『言いたいことがあるなら言いなさい』とか、よく怒鳴《どな》られていました。怒られたら萎縮《いしゅく》して、また母の不興を買う。その繰り返しでした。大学受験で躓《つまず》いたせいで、さらに母があいつを見る目が厳しくなった。入試の日にインフルエンザというのは間の悪いことですけれど、一番悔《くや》しい思いをしたのは当人です。それを責められたらたまらないな、と颯一に同情しましたね」

「入試の失敗でより関係が悪くなったのかもしれませんが、『小さい頃から』とおっしゃいましたね。颯一さんの性格がお母さんのお気に召さなかった以外に理由はないんですか？」

「親子関係にも相性というものがあります。残念ながらあの二人は相性がよくなかった。そういうことでしょう」

「あなたや柚葉さんは？」

「母との関係ですか？　まぁ、普通です。とりたててよくもなし、悪くもなし。ゆくゆくは叔父が社長をしている会社を継ぐことになっているので、僕なんかも大学時代からプレッシャーは掛けられました。今もきついことを言われたりします。妹への当たりはいくらか柔らかいけれど、甘えさせもしない」

「柚葉さんは武光エステートの経営に関わっていないんですね？」

「はい。父が残した作品やこの家の管理を任せられるように、自分のそばに置いて指導したいようです。外で働いたら、母の意に添わない男とくっついてしまうかもしれません。それを避けたがっている節もあるかな。叔父のところみたいになるのを嫌がって」

　隣家の鴻水・汀子夫妻には二人の娘がいるが、遠方に嫁《とつ》いだり海外で自由に暮らしたりしていると南波に聞いた。婿《むこ》を見つけようとしないことを、雛子は嘆《なげ》かわしく思っているのか。

「帰ってきた颯一が様変わりしていたことに母は喜んでいたと思いますよ。あえて強い表現をすると、

『これならば使い物になる』と思ったかもしれません」

「ところが、再び消えてしまった」

「わけが判りませんね。——小説家の有栖川さんはどういうことだとお考えになりますか？」

不意に意見を求められた。

「ご本人に訊かなくては判りませんね。よくない形で事件に関係していなければいいが、というぐらいしか言えません」

誓一は右手の人差し指を顳顬《こめかみ》に押し当て、上下させる。

「まさにそれが問題です。肉親の僕が考えても、あいつが森沢さんを襲って逃げた可能性を拭《ぬぐ》い去れません。そんなことをするわけがない、と思いながらも、状況が状況ですからね。——先生方は警察からどう聞いていますか？」

「ぜひ話を聞かなくてはならない重要参考人だそうです」

火村が答えた。南波から聞いたとおりではある。

「建前みたいですね。犯人ではないかと怪しまれても仕方がないでしょう。しかし、森沢さんをナイフで刺す理由がありませんよ。恨みなんか持っているはずがない。あいつが中学生の頃から森沢さんはうちに出入りしていて、無口で無愛想《ぶあいそう》な颯一に優しく接してくれていました。可愛がってもらった、と言ってもいい。母親との関係がさっきお話ししたとおりですから、颯一にすればうれしかったと思いますよ。森沢さんには少しは心を開けたんやないでしょうか」

「森沢さんの方も、颯一さんの記憶が戻らないことを心配していらしたようですね」

「ええ、親身になって案じてくれていました。あいつは戸惑い気味でしたが、心遣いに感謝していたはずです。——先生、どうかしましたか？　おかしなことは言っていないつもりなんですけれど」

誓一は、火村の表情のわずかな変化を見逃さなかった。話している相手をよく観察している。

「中学時代から可愛がってくれていた森沢さんが、今も自分を案じてくれている。そう思えば感謝するのは当然。ですが、颯一さんは人格がリセットされていたようになっていたのでしょう。昔の彼と今の彼に連続性はない。素直にありがたく思ったかどうか」

「なるほど。いくら森沢さんが親身になっても戸惑うばかりで、面倒に感じていたかもしれない、ということですか」

誓一はすぐに了解した。それだけではない。火村の見方を敷衍《ふえん》して、別の事態にも思い至ったようだ。

「帰ってきた颯一は別人格。目の前に現われた森沢さんは初めて会った女性。多感な中学時代から優しくしてくれた画廊のお姉さんではない。自分に降りかかったトラブルに心を砕《くだ》いてくれることに感謝や感激する以前に……。単に魅力的な女だな、と思ったかもしれないのか。もしそうだとしたら……」

彼は前髪をくしゃくしゃと掻き乱してからやにわにタブレットを操作し、先ほどとは別の写真を私たちに見せた。花柄《はながら》のブラウスを着て、アトリエらしき部屋に佇む森沢幸絵の近影だった。

「窓から柔らかな陽が射していて、西洋絵画みたいになっている。光の具合がよかったので、戯《たわむ》れに撮ったスナップです。これは特に写りがいいショットではありますが、森沢さんがどんな感じの女性なのか判ってもらいやすい。――きれいな人なんです」

描写するのが難しい。きりっとした美しさと穏やかさが混ざり合い、ありふれているようでいて心を惹《ひ》きつける何かを持つ顔立ちだった。内側から涼しい光を放っているような雰囲気もある。艶《つや》のいい髪はいかにも清潔そうで、黒いスカートの裾から伸びた膝から下はすらりと長い。

「このとおり、美しいものを取り扱うのが似合う人です。話せば話題が豊富。上品だけれど堅苦しいところがありません。そういう素敵な人ですから……颯一が好意を抱いても何の不思議もない」

「つまり、別人となった颯一さんは懐かしいお姉さんをそれまでとはまったく違う目で見ていたのではないか、とおっしゃりたいんですね？」

　火村は彼が言わんとすることを的確に理解したらしいのに、誓一は当惑を露《あら》わにした。よけいなことを洩らしてしまった、と後悔しているようでもある。

「森沢さんは弟を気遣うように颯一さんを案じていたのに対し、颯一さんは魅力的な女性として好意を持つようになっていたとしたら、両者の気持ちには齟齬《そご》が生まれる。その行き違いから諍《いさか》いが起きたとも考えられます」

「『おっしゃりたいんですね？』って言われましても……おっしゃりたくなかったんですけれどね、僕。変なことを言ってしまいました」

　誓一は、両の顳顬を人差し指で突く。混乱を鎮めたい時に出る癖らしい。

　そんな彼に、火村は遠慮がない。

「森沢さんが思春期の頃から可愛がってくれた記憶は失われていても、彼女が好意的に接してくれたことが颯一さんの潜在意識下で眠っていたとしたら、そして出会い直した森沢さんに恋愛感情を持ったとしたら、おかしな勘違いをしてしまうこともあり得ます。そんな気持ちをぶつけられたら森沢さんは驚いて、必要以上に強い態度で拒絶したかもしれない。あなたのご指摘は、事件の捜査に新たな視点を提供してくれます。森沢さんに危害を加えたのが颯一さんだとしたら、動機がまったく判りませんでしたから」

「まいったな」

　誓一は唇を噛み、低く唸《うな》った。私も声には出さず唸っていた。

　颯一犯人説を後押ししてしまったのは本意ではない、と誓一は言いたげだが、はたして心底はどうなのか。実は颯一のことを疑っており、警察はまだ気づいていないようだが彼が犯人だとしたら動機もあるぞ、と失言を装ってアピールしているとも考えられる。この兄と弟の仲がいかなるものだったのか、部外者には判らない。

「僕が話したのは根拠のない憶測です。弾みで要らぬことを言ってしまいました。捜査のノイズになりますから、警察には伝えないでください」

「警察がその憶測に飛びつくことを懸念なさっているようですが、問題視されないかもしれません。根拠が薄弱なだけでなく、颯一さんの恋愛感情が犯行の動機だと見るには無理がある」

伏せられていた誓一の視線が上がる。

「無理とは?」

「彼女ならば自分の想いを受け留めてくれるはずだ、と錯覚した颯一さんが森沢さんに言い寄り、まさかあの颯一君がそんなことを言い出すなんて、という驚きからきっぱり拒《こば》まれたとしましょう。彼はショックを受けるでしょうが、たちまち愛が憎悪に転じるとも思えません。『変なことを言わないでね』と立ち去る彼女の背中にナイフを突き刺すというのは、あまりにも突飛な行動です」

「突飛すぎる、と警察は思いますか?」

ならば残念だ、と肚の中で考えていないとも限らない。

「振られるかもしれない、その時は刺そう、とばかりにナイフを所持していたのも不自然です」

「それは……そうですね」

「だいたいそのナイフを颯一さんはどうやって入手したんでしょう? この家に戻ってきた時点で、彼の所持品は身に着けていたもの以外では扇一つだけでした。こちらで暮らし始めてから外出もしていたようですが、近辺を散策するだけだった彼にあんなものを購入できたとは考えにくい。この家だか離れだかのどこかにあって、ご家族の皆さんが存在を忘れていた品というわけではありませんよね?」

誓一は気圧《けお》されたように「ええ」と答える。

「散歩中に道で拾ったり、行きずりの人にもらったりしたという可能性を微かに残すだけで、颯一さんは誰よりも凶器を入手するのが困難でした。この点を警察は考慮しないはずがありません」

実際のところ、南波はそのような観点には言及していなかったが、颯一犯人説が捜査会議の場で検討されたら無視されることはないだろう。

「凶器の入手方法なんか頭にありませんでした。確かに、あいつはナイフなんか持ってなかったし、手に入れる機会もありませんでした。それは事件があった夜にここにいた全員にも当て嵌まることですね」

火村は、残念そうな表情を作ることもなく否定する。

「いいえ。他の方たちが凶器のナイフを入手できなかったことを証明するのは、ほぼ不可能です。たまたま手に入れ、犯罪のために利用するつもりなどなく、捨てるのはもったいないし何かの役に立つこともあるだろう、と以前から持っていたかもしれませんから」

「颯一以外の人間は容疑者の身分を逃れられないぞ、ということですか。当事者の一人である僕にすれば、とんでもない話ですが」

「犯人は外部の者だと?」

「内部にはいないから、外部の人間ということになりますね」

「何故そう考えるんですか？　事件があった時、この敷地の内部にいた全員の行動をすべて見ていたのではないのに」

ここから誓一の口調が棘々《とげとげ》しくなってくる。

「神様ではないので、みんなの動きを同時にすべて眺めていたわけではありませんが、誰が犯人だとしても合点が行きませんね。森沢さんをナイフで刺す理由がない。あの人は武光の者みんなに好かれていたし、父の絵のことでお世話になっていました。いなくなると困る人です」

「麻雀にいらしていた住職の宇津井さんや、こちらに同居している楠木さんにも好かれていた、と？」

「その二人と森沢さんは面識があるという程度です。

殺す動機はまったくない」

「隣家には蟹江さんという方もいらっしゃいましたね。その人はどうです?」

「信輔さんですか。あの人と森沢さんは顔を合わせたら挨拶するぐらいで、あまり接触がありませんでしたよ」

「颯一さんが恋心に目覚めた可能性があるのなら、蟹江信輔さんが密《ひそ》かな想いを寄せていた、というようなことは?」

「ないでしょうね。森沢さんは二十代の頃から親の跡を継いで画廊を経営していますから、ビジネスの才覚もあって活動的なんです。明るくて、動作が機敏で、はきはきと話す人でもある。当たりの柔らかい女性ではありますが、信輔さんが苦手なタイプでしょう。そういう人は男女問わず、あの人にとって眩しすぎるらしい」

　誓一の見立てにすぎないが、正確な観察なのかもしれない。

「蟹江さんは、どういういきさつで隣家にいらしたんですか?」

　私は垣根越しに蟹江らしい男と目が合ったが、火村は瞥見《べっけん》もしていない。

「僕も詳細には知らないんですが、人間関係で躓いた上、健康も損《そこ》なった時期があって、遠縁にあたる汀子さんが『うちにいらっしゃい』と救いの手を差し伸べたそうです。叔父さんのところは男手を欲しがっていたので、車の運転やら庭の手入れなんかをしてもらうと助かる、という事情もあって。信輔さんは人付き合いが苦手ですけど、器用に何でもこなしてくれるので、ちょうど具合がよかったんです」

「双方にとってそれは好都合でしたね。色々な用事をこなしているようですが、汀子さんの遠縁でもあるし、蟹江さんは家族の一員みたいなものかな」

「叔父夫婦は助かっているし、信輔さんも居心地はいいみたいです。重い責任を背負わされてもおらず、満員電車に揺られて通勤することもない。コロナ禍の最中ものんびり過ごしていました。――そんなわけで、森沢さんに危害を加えそうな人物は、うちにも叔父の家にもいません」言い切ってから言葉を足す。「もちろん、颯一を含めて、ですよ」

「そのようですね」

ひとまず相手を説得できたと感じたのか、当家の長兄は満足そうだったが、思い出したように――

「先生、事件があった日のことはお尋ねにならないんですか？」

「これから伺います」

火村がネクタイの結び目に手をやって言う。誓一は座り直した。

3

「夕食はこちらで召し上がったんですね。あなた以外に雛子さん、柚葉さん、颯一さん、楠木さん、そして森沢さんの六人で」

「はい。時々、うちにいらした森沢さんを交えて食事をします。いつもどおりで、特に変わったことはありませんでした」

「森沢さんの様子も、ふだんどおり？」

「身近な話題からウクライナ情勢まで出ましたが、よくある雑談です。中国の現代アーティストの動向なんていう話もあったかな。懐かしい父の個展の話も出たりしましたが、あれは颯一の記憶を刺激するためでしょう。あいつのことを気に掛けてくれているのが伝わってきました」

「七時頃から始まった食事が終わったのが八時でしたっけ？」

「八時ちょっと前ですね。それから利久と一緒に叔父の家に行きました。不定期で開いている麻雀の集いに参加するために」

「当夜、その集いが催されるのは早くから決まっていたんですか？」

「ひと月ほど前から決まっていました。父の月命日に当たるので、ちょうどいいということで。麻雀のついでにお経さんを上げてもらって、父はあの世で苦笑していたかもしれませんが」

お豆さんだのお月さんだの、関西では色々な事物をさん付けで呼ぶが、大阪人の私はこうもナチュラルにお経さんとは言えない。京都の人と話しているな、と実感した。

「いつも平日に？」

「いいえ。たいていは週末にやります。前回は九月の第三金曜日でした。今回の集いが平日になったのは、住職に週末の予定が色々と入っていたからでした」

宇津井白雲の都合は特に優先されるのかもしれない。メンバーは鴻水・汀子夫妻、宇津井、誓一、利久だが、場合によっては蟹江が加わることもあり、事件当夜も誓一たちがくるまで付き合わされていた。

「すでに始まっていたゲームを八時半ぐらいまで利久と見ていました。蟹江さんは半荘で抜け、僕たちが卓に着いたんです」

「抜けた蟹江さんは？」

「自分の部屋に戻りました。あの人、椅子にずっと座っていると腰が痛くなるそうで、麻雀は苦手らしい」

「それから五人で白熱の戦いが始まったわけですか？」

「牌《パイ》が雀卓《ジャンたく》を叩く音が小気味よく……という戦いではありませんよ。うちの麻雀は高齢のメンバーが多いので、いたって長閑《のどか》なものです。おしゃべりをしたり、おやつを食べたりしながら、うだうだと続きます。叔母さんは長考の癖があるし、頻繁に煙草休憩が入る」

「煙草を吸いながら打たない？　そこは競技麻雀みたいですね」

「叔父夫婦が大の煙草嫌いで、あっちの家は禁煙厳守なんです。玄関の外に灰皿が置いてあって、吸いたい人はいちいちそこに行かないといけません。半荘ごとにではなく、ひと回りしたら『ちょっと一服』と立つ人が現われる」

火村がメンバーに加わっていたら、しょっちゅう中座しそうである。

「参加者の中で喫煙者はどなたですか？」

「僕、白雲さん、利久です」

楠木利久は喫煙チームか。麻雀好きでもあるし、なかなかに昭和スタイルの大学生だ。

「蟹江さんも吸わないんですね？」

「昔は吸っていたらしいんですけど、あの家で暮らすからには禁煙は必須《ひっす》でした。『おかげで止《や》められた』と喜んでいます。隣同士できれいに分かれたものですね。あちらは全面禁煙、こっちは母も吸うので全館喫煙オーケー。――どうしました？」

「いえ、別に」

火村の表情が微妙に変わったのか。誓一はそれを捉えたらしい。

「もしかして、お吸いになるんですか？　それやったら灰皿をお持ちします。僕もさっきから我慢してたんです。なぁんや、お互いに要らん辛抱をしてましたね。――有栖川さんは？」

「私はやりませんが、どうぞ」

昔であれば、こういう部屋のテーブルには最初から置かれていたであろう大きな灰皿を誓一は取ってきた。クリスタルガラス製で、きれいなカットが施されている。

ふた筋の煙を立ち昇らせながら、二人の話が再開される。

「ご質問の続きを」

「何時何分頃にどなたが雀卓を離れたのかが知りたかったんですが、頻繁に煙草休憩が入ったのなら、正確に答えていただくのは難しそうですね」

「吸いたいタイミングは必ずしも一致しないので、大袈裟に言うなら入れ替わり立ち替わり喫煙者三人が灰皿への小旅行に出掛けましたからね」

マイペースな喫煙者たちだ。私ならば、吸いたい人間はまとめて行けよ、と言いたくなりそうである。そんなだらだら加減も楽しい集まりなのだろう。

「九時半頃はどんな様子でしたか？」

「そういう訊き方をされるのも困るんです。誰も時間を気にしていませんでしたから。いつも午前二時ぐらいまで打ちます。時計を気にしだすのは、日付が変わりかけた頃になってからです」

「時計を見ていなくても見当がつくのでは？　八時過ぎから半荘戦を始めたのなら、九時半だと二ゲーム目の途中だと思うんですけれど」

「先生も麻雀をなさるんですか？　強そうに見えるんですが」

「嗜《たしな》みませんが、半荘というのが四十分から一時間近くかかるのは知っています」

「そう、よくご存じ。野球やテニスの試合と同じで、どれぐらいの時間になるかゲームごとに大きな差があります。始めたのが八時何分だったかも曖昧《あいまい》なので、九時半が二ゲーム目に入っていたかどうか、自信を持って答えられません」

頼りないことだが、他の参加者に訊けばもう少しはっきりするかもしれない。

「九時半というのは、森沢さんが帰った時間ですね。先生がその時間の各人の行動に注目なさるのは当然です。誰が卓を囲んでいて、誰がフリーで動けたかを知りたいわけですよね」

「まさに、そうです。警察からも訊かれたのではありませんか？」

「しつこく。しかし、殺人事件の捜査にあたってのお尋ねですから、あやふやなことは言えません。利久と『どうやった？』と記憶を手繰《たぐ》ったりもしたんですけれど……」

「四人でやるゲームですから、一ゲームごとに一人が抜けていますね。最初に抜けたのはどなたですか？」

「まず叔母が抜けました」

「抜けている間、ずっと観戦していた？」

「最初のうちは僕の後ろに椅子を持ってきて見ていましたけれど、じきに立ってどこかに行きました。あの人だけでなく、抜けた人はたいていそうします。観戦が好きなのは利久ぐらいかな」

「部屋を出て行ったら、どこで何をしているのやら判りませんね」

「細々とした家事をしてたんやないですか。ゲームの進行状況を覗きにきて、『まだ東場《トンバ》かいな』と引き返したりしていました。どれぐらい時間がかかったかは言えませんけれど、みんな親になるとしつこく連荘《レンチャン》して最初の半荘は長かった」

「一ゲーム目で負けたのは？」

「叔父が最後で沈んで抜けました。白雲さんの純チャン三色《さんしき》に振り込んで」

「細かいことをよく覚えていますね」

「住職の得意技が派手に炸裂《さくれつ》して、インパクトがあったからですよ」

「九時半頃、間違いなく席に着いていた人を一人でも確定できませんか？」

「繰り返しますが無理です。喫煙者の煙草休憩だけでなく、みんなトイレに立つこともありましたから」

もどかしいが、証言にあたっては正確を期してもらわなくてはならないから、この回答を受け容れるしかない。麻雀をしていたのなら、何人かの参加者のアリバイが成立するのでは、と思っていたのが甘かった。隣家の間取りは知らないが、誓一らが麻雀に興じていた場所は犯行現場に非常に近く、誰にとっても完全なアリバイを持つことは難しいか。

もとより、犯行時刻が九時半頃だったと断定することもできない。何らかの理由があって、森沢幸絵はしばらく敷地内に留まっていた可能性もある。

その後、誰がどんな順でゲームから抜けたのか、途中でハプニングのようなことは起きなかったかといったことを火村は尋ねたが、そんな情報を収集して犯人にたどり着ける気がしなかった。

「九時半以降、普通ではない物音や悲鳴などを聞いたりは……していませんよね」

「はい。そんなものを耳にしていたら、とうに警察の方に話していますよ、先生」

一段落したところで、二人は二本目の煙草に火を点けた。次々に質問を投げ掛けられていた誓一が、ここで聞き手に回る。

「やはり犯人は外部の人間ではありませんか？　内部の人間であれば、麻雀の集いが開かれて、いつもより人が多くなった機会を選んで犯行に及ばないでしょう」

「いいタイミングではありませんね」

「最悪だと思いますね。推理小説では、いがみ合った一族が顔を揃えた場で殺人事件が起きたりします。あれも不自然な気もしますが、まだ判る。容疑者がたくさんできるので、犯人にとってメリットがあります」

私の方を見たので、頷いておいた。

「でも、今回の事件は違う。ここには森沢さんを憎む人間はいなかったし、彼女が死んで利益を得る人間もいませんでした」

「そうお考えになるのは無理もありません。ですが、外部犯であってもやはり不可解であることに変わりはない。ふだんよりも多くの人間が集まっている時に、何故わざわざご当家に侵入したのか」

「客の出入りがあると警備システムを切らなくてはなりません。それを見越したんだと思います。――ん？　納得していないご様子ですね」

やはり誓一は相手の反応にひどく敏感だ。火村は感情を露骨に表わしていないのに、それを見透かしているかのようである。はったりではなさそうだ。

「活動的な森沢さんを襲撃するのなら、もっといい機会がたくさんありそうです。こちらを訪問して帰りかけたところを狙うとは考えにくい。彼女は近くのコインパーキングに車を駐めていました。あの夜に襲わなくてはならない事情があったのなら、そこで待ち伏せしていればよかった」

「ああ……同意するしかありません。しかし、突発的な事態が生じて、彼女が車に戻るまで待てずにやった、ということはありませんか？」

　苦しい仮説であることは本人も自覚しているだろう。とっさに言い返す反発力はひとまず認めよう。

「その蓋然性《がいぜんせい》が低そうです。現時点で答えが出そうにありません」

「警察が助《すけ》っ人《と》に招いた火村先生でもお手上げですか。有栖川さんはいかがですか？」

　ずっと黙って聞いているけれど何か言いなさいよ、か。いいだろう。訊いてみたいことがある。

「では。——先ほど私たちは、颯一さんが森沢さんに恋愛感情を抱き、求愛を拒まれたので刺したのではないか、という可能性を否定しました。彼には凶器のナイフを入手する機会がなかった、ということで」

「火村先生がそう指摘なさって、もっともだと思いました」

「凶器の問題がクリアできたら、颯一さんがやったかもしれない、とまた考えを改めますか？」

「あいつがナイフを手に入れる手段はなかったでしょう」

「もらったのかもしれません」

「この家の誰かに、ですか？　住職からプレゼントされたなんて言わないでしょうね。もしも渡した人がいるのなら、そんな重大なことを警察に話さないはずがありません。まさか、『これで森沢さんを刺して、お前は逃げろ』と命じられたなんてことは——」

「さすがに非現実的ですね。彼が理性をなくしていて、森沢さんに拒まれたら刺そう、と思ってナイフを調達したと考える方がまだ無理がなさそうです」

「どうやって調達したんです？」

「だから、もらったんですよ。森沢さんに。彼女は『私があげた』と証言できません」

　誓一は火村に顔を向けた。

「先生、有栖川さんの仮説をどうお考えになりますか？　被害者が加害者に凶器をプレゼントするだなんて、あり得ますか？」

「『これで私を刺して』と頼んだとは思えませんが、颯一さんがもっともらしい理由をつけてリクエストしたとも考えられます。あり得なくはない」

犯罪学者が泰然として答えると、いささか不満そうにした。

「言葉巧みに森沢さんを操った、というわけですか。それこそ蓋然性が低いと思いますよ。犯行に使われたのが美術工芸品ならいざ知らず、ただのナイフだったんですよね。買ってきてもらおうとしても、『どうして私に頼むの？』と怪しまれるに決まっていますす」

私だって、そんなことが本当に行われたと思ってはいない。質したいのは、誓一が弟をどう見ているのか、である。

「今の仮説については却下していただいて結構です。私たちが見落としている何らかの方法で颯一さんがナイフを入手できたとします。その場合、彼が森沢さんを殺害して逃げた、と思いますか？」

凶器についての問題がなくても弟の無実を信じるのか、それとも犯人であるかもしれないと疑うのか、どちらか聞かせてもらいたかったのだ。母と次男の関係はよくなかったらしいが、長男と次男はどうであったのか興味がある。森沢殺害とどうつながるのか不明ながら、兄弟の関係が事件の遠因になっているかもしれない。

誓一は、私の問い掛けの意図をちゃんと理解した。

「僕があいつをどこまで信じているかを探るお尋ねですか。デリケートな質問ですね。あいつが昔のままの颯一だったら、断乎《だんこ》として無実です。どんな時であろうと暴力を爆発させるような奴ではありません。厄介なのは、記憶をなくして別人格になっていることです。無実を信じたいのはやまやまでも、一抹の疑念が拭えません。複雑な心中、お察しください」

はぐらかしやがった、とは思わなかった。別人格となって帰ってきた弟の内面は窺い知ることが難しく、彼としてはそう考えるしかないようだ。

「以前の颯一さんだったら信じられるんですね。おとなしい子だったから、というだけですか？」

「ただ気弱で温和というだけでなく、優しい奴でした。傷つけられたからといって、仕返しに相手を傷つけたりはしません。ましてや、好きな女性に振られたぐらいで暴力を振るうなんて、するわけがない。いや、颯一が森沢さんに一方的に恋愛感情を持ったというのも憶測未満ですが」

颯一に対する親愛の情が感じられた。私にとってはそれで充分だった。

「また颯一の話になったので、もやもやと思っていることを吐き出します。先生方のご意見を聞かせてください」

私たちが頷いても話し始めなかったので、「何でしょう？」と火村が声に出して言った。誓一は最後のためらいを振り払う。

「颯一が大それたことを仕出かしたと思いたくはないんですが、事件があった夜に姿を晦ましたのが解《げ》せません。理由もさることながら、どうやって去ったのかも判らない。車やバイクを用意できたとしてもあいつは運転できないし、警察によると叡電《えいでん》や地下鉄に乗った形跡もないという」

最寄駅は叡山電鉄の岩倉駅。その南一キロ弱、徒歩で十分ちょっとのところに地下鉄の国際会館《こくさいかいかん》駅がある。

「暗い夜空の下、ひたすら歩いたのかもしれませんね」私は言った。「ごく少額の現金しか持っていなかったみたいですし」

「変ですよ、それも。不審者としてお巡りさんに呼び止められそうです」

警察官の目に留まるとは限らないが。

「解せないだけでなく、何かお考えがあるようですね」

　どうぞ、とばかり火村が右掌を上にして促す。

「颯一が舞鶴の布引浜というところで発見された経緯。これまた解せないことだらけです。何かの事故で記憶喪失に陥ったのだとしても、どこからどうやって浜辺にきたのか警察が調べても判らないなんて、おかしすぎる。まるで人知れず布引浜に潜入したかのようです。わけあって潜入しようにも、誰かの手助けが必要でしょう。誰かが彼の裏にいるんです。その人物に現地まで車で運んでもらったんですよ」

「どういう人物なんでしょう？」

「さぁ。火村先生に推理していただきたいものです。あるいは物語を創る専門家の有栖川さんに」

　即興のストーリーを披露するにも手掛かりが欲しかったので尋ねる。

「颯一さんは舞鶴に縁があるんですか？」

「皆無です。あいつは丹後地方に行ったこともありません」

「ご当家とのつながりは？」

「ないですね。親類や縁者がいるわけでもない。うちの両親や叔父夫婦は、宮津《みやづ》の天橋立《あまのはしだて》に旅行したことはありますが」

　舞鶴という発見場所からして説明不能であれば、私たちが知っている情報からは想像できない事情があるのだろう。

「僕が言いたいのは、こういうことです」誓一の声に力がこもる。「颯一を布引浜まで車で運んだ人間がいるらしい。あいつが頼んでそうしてもらったのか、強制的に連れていかれたのかも判りませんが、とにかく誰かいるんです。年齢も性別も不明のX。そうやって予告もなく帰ってきた颯一が今度は突然いなくなってしまった。出て行った方法や経路はやはり警察でもたどれない。現われた時と状況が似ています。Xが車であいつを迎えにきたのだ、とは考えられませんか？」

　交互に私たちの顔を見る。答えたのは火村だった。

「荒唐無稽《こうとうむけい》だとは思いませんよ。大胆な空想のようでいて、どこかそれらしさを感じます。残念なのは、虫が食ったような空欄が多くて、それを埋めるのは容易ではなさそうなことです」

「肝心のところが空欄だらけの文章みたいではあります。しかし、一つ有力な手掛かりが見つかったら一気に埋まるのではないでしょうか。たとえば……えーと……颯一がXを急遽《きゅうきょ》呼んだのは、自分の身に危険が迫っているのを察知したからかもしれません。森沢さんが殺された件が何か関係しているんでしょう」

文章の空欄が増えてしまったようでもある。

「まだ埋められそうもありませんね。手掛かりを探すしかありません。何かお気づきになったら、ぜひ聞かせてください」

火村の言葉に、誓一は両掌を擦り合わせて喜びを表わした。

「お話ししてよかった。先生方だから真剣に耳を傾けてくれたんです。警察は、自分たちの捜査に不備があるのを認めるのが嫌みたいですね。よく調べれば、颯一がこの近くで車に乗り込んで去るのを目撃した人がいるかもしれないのに。それができないから、おかしな方に頭が向かう。あいつが出て行った形跡がないのは、まだうちの敷地内にいるからではないか、なんてアホなことを言いだす始末ですよ」

「あらゆる可能性を考慮に入れなくてはなりませんから、警察としては検証せざるを得ないでしょうね」

苦笑する相手に合わせて火村も口許を緩めるが、目は笑っていない。誓一はそれには気づいていないらしい。

「先生は警察を庇いますか。見当違いもいいところだと思いますけれどね。庭中を探してから、蔵に隠れているんじゃないか、と言うので調べてもらいました。いないのを確認したら、母屋に潜んでいるのでは、と疑いだす。うちの家族が生活しているのに、そんなことできるわけがない。『事件後、冷蔵庫の食べ物や飲み物がなくなっていたりしませんか？』なんて間抜けな質問を家政婦さんにもしていましたよ。うちの誰かが、あるいは全員が颯一を匿《かくま》っているとでも言いたいのかな。まさか家宅捜索までは求めてこないでしょうけれど」

私たちを信じたから安心して不満をこぼしているようでもあり、私たちを通して直接はぶつけにくい不満が警察に伝わるのを期待しているようでもある。

「蔵には宝泉画伯が残した絵などが収蔵されているんですか？」

火村に訊かれ、誓一は世間話モードになって答える。

「父の作品はこの母屋のアトリエや収蔵室で保管しています。ふだん目の届かない蔵に入れたままにするのは心配ですから。あそこは雑多なものが押し込んであるだけの大きな物置きですよ。お宝は眠っていません。旧家なのでガラクタが多いんです。叔父の家と共用で、あっちの品も入って、ごちゃごちゃしています」

警察が捜索済みとはいえ、火村は中を見たいのだろう。私がさらりと頼んでみると、あっさり了承された。

「小説を書く参考になりそうもありませんが、あとで見てください。僕がご案内します。何でも見てみたくなるのは、いかにも作家さんですね」

これでええんやろ、と友人に目で問うてみた。彼は、誓一からは死角になったテーブルの下で親指を立てる。

死体発見時の状況を確認して、彼との面談は終わった。

4

柚葉は二杯目のお茶を運んできてくれて、そのままソファに座った。性別が同じであるだけに、より雛子と顔立ちの印象が重なるが、母親を若くした感じというのではない。目の光も物腰もずっと柔らかく、勢いよく話すこともなかった。むしろ言葉を選びながら遠慮がちにしゃべるタイプらしかった。

それは好ましかったのだが、クレオパトラカットの長女の表情には、どことなく翳《かげ》りがあった。雨の日の薄暗さに似ている。ふだんからこうなのだろうかと気になったが、明朗快活でいられる時ではないだろう。

事件当夜にあったことを訊いても、新しい情報は出てこない。夕食の場で森沢幸絵に変わった言動はなく、八時前に食事が済んだ後は、自室のテレビで途中まで観てやめていた映画の続きを観たり、音楽を聴きながらパズルを解いていたというだけで、何も見たり聞いたりしていない、と証言した。私たちから取り調べを受けているような気がするのか、緊張した面持ちのままで。

「パズルがお好きなんですね。どんなものを?」

世間話モードを私が導入してみた。

「有栖川さんは、さすがはミステリ作家ですね。観ていた映画や聴いていた音楽よりも解いていたパズルが気になるのが」声の硬さがいくらか取れた。「数独が好きで、やり始めると夢中になってしまいます」

隣の火村はどんなものか判っていないようだったが、説明すると長くなるので放っておく。

「数独は楽しいですね。この升目《ますめ》に入るのはこの数字しかない、と一つずつ確定させながら進められるのがいい」

「そうなんです。クロスワードパズルのように、これで合っていると思うけれど違うかもしれない、と迷わないので、鉛筆ではなくペンで升目を埋めていけるのが気に入っています」

無駄話と馬鹿にしたものではない。この短いやりとりで、彼女の表情はかなり和らいだので、質問をつなぐ。

「映画鑑賞中だったのかパズルを解いていらした時だったのか判りませんが、九時半に森沢さんが帰るのに気づきましたか？」

「まったく気がつきませんでした。九時半というと、イヤホンで音楽を聴きながらパズルで遊んでいた頃です。十時ぐらいになって、もうお帰りになっただろうな、と思ったのを覚えています」

イヤホンをしていたのなら聴覚は外界から遮断されていたわけで、不審な物音についての証言は引き出せない。そうでなくても彼女の部屋は二階の西にあるそうで、現場となった離れとは反対側だ。

十時を過ぎてからはスマートフォンをいじったりテレビを観たり。十一時になって、ゆっくり風呂に浸《つ》かった。母親が入った後の残り湯である。就寝は十二時。まさか翌朝にとんでもないことが明らかになるとは思わず、快眠できたそうだ。

森沢が遺体となって発見された経緯についても、南波から聞いた以上の事実は語られない。彼女は手掛かりを提供してくれそうにないな、と私は早くも諦めかけていた。

だが、と思い直す。目の前にいる柚葉こそが森沢殺しの犯人であり、私たちに一片の有益な情報も与えまい、と懸命にとぼけているのかもしれない。今のところ彼女が森沢を殺す動機は見当たらないが、気を許すのは禁物だ。

「事件が起きたのとほぼ同時に、颯一さんがいなくなったことにも心を痛めておいででしょうね」

火村が言う。柚葉の心情に寄り添った言葉だが、彼女を容疑者の一人としてリストアップしていないはずがない。

「とても心配しています。まるで殺人犯が逃亡したみたいで、よくないことが起きたのだと思えてなりません」

憂《うれ》いが隠しようもなく声に滲む。

「彼を疑っているのですか？」

「弟は人を殺したりしません。そんなことから一番遠い子です。まして森沢さんを襲うなんて考えられません」

「温和で優しい人が、殺人の罪を犯すことはあります。あくまでも一般論で、颯一さんを指して言っているのではありませんけれど」

「犯罪学者の先生がおっしゃるとおり、人はいつどんな理由で誰かを殺さないとも限らないのだろうと思います。それでも私は颯一が無実であることを信じます。理屈を超越した確信で、颯一と会ったこともない先生には納得していただけないでしょう」

「弟さんと、大変仲がよかったんですか？」

「特別仲がよかったとは思っていません。普通の姉と弟です」

私には、そして火村にも兄弟姉妹がいないから、普通というのが実感できないきらいはある。それでも何とはなしに、長兄の誓一より彼女の方が颯一に向けた親愛の念が篤《あつ》いように感じられた。

「七年近く前、颯一さんが家を出てしまった時も心配なさったんでしょうね」

「母はすごく怒って、兄は呆《あき》れていました。私は心配でたまりませんでした。家出だなんて、泳げない子供が海に飛び込んだようなものでしたから」

受験の苦しみがすべてではないにしろ、それは颯一を家出に走らせた原因ではあるらしい。

「でも彼は、予備校をサボってアルバイトをしていたそうですね。二十歳が近かったのだし、覚悟を決めれば自活できたでしょうから、泳げない子供というわけではありませんでした」

「姉だから弟を見縊《みくび》っているつもりはありません。友だちもうまく作れない子だったんです。ガールフレンドとなると影もない。急に世間の荒波に立ち向かえるとは思えなくて、どんなにバツが悪くてもさっさと帰ってきてほしい、と祈る思いでした」

「何ヵ月か経てばベソをかいて戻ってくる、と予想しましたか？」

柚葉は目を伏せた。

「どうだったのか、よく覚えていないんですけれど、帰ってこない予感がしました。颯一なりに一世一代の決意をして出て行ったんですから。もう会えないかもしれない、と淋しく思いながら、戻ってこないのなら私たちのいない場所で幸せになってもらいたい、とも祈りました」

雛子や誓一と話した時にはなかった悲痛さが、柚葉からは伝わってきた。〈あの子〉ではなく〈颯一〉と名前を呼ぶ声の柔らかさにも、姉の想いが感じられる。

しかし私はミステリ作家であるし、火村のフィールドワークの助手でもある。そんなに柚葉が颯《あや》一を大事に思っているのなら、彼のために森沢を殺める事情が出来《しゅったい》した可能性も疑わなくてはならない。まことに因果《いんが》で悩ましい。

「颯一さんが見つかった時は、とてもうれしかったでしょうね」

「もちろんです。もう諦めかけていたので、うれしくて目眩《めまい》がしそうでした。記憶喪失に陥っていると聞いて、びっくりしましたけれど」

「こちらに帰ってきてからの颯一さんは、どんな様子でしたか？」

「見ず知らずの人の家に引き込まれたのも同然ですから、ひどく戸惑っていたはずです。でも、極力それを外に出さないようにしていました。私たちへの礼儀として、『ここの息子なんだ』と自分に言い聞かせながら、毎日がんばっていたんだと思います。離れが空いていたのは幸いでした。私たちと同じ屋根の下で寝起きするよりは気楽だったでしょう。そう思っていたのに、あの子にとって新しい安息の場だった離れであんなことが……」

「森沢さんが殺害された夜に、颯一さんが出奔したのは何故か。思いつくことがあれば話していただけますか？」

「あっ……いえ。ちょっと待ってください。出奔というのは、家出と同じような意味ですか？」

作家だからか、私に向けて質問がくる。

「はい。ランナウェイです」

「自分の意思でどこかに行ってしまうことですね？」念を押してから「私は颯一が自ら出て行ったとは思っていません。そんなことをする理由がないからです。意思に反して家から連れ出されたのに違いありません」

　火村は彼女の見方を頭ごなしに打ち消しはしないが、そのまま受け容れることはない。

「思わぬ理由が生じたのかもしれませんよ。意思に反して連れ出されたことを示す何か。せめて状況証拠でもあればいいのですけれど」

「出て行く理由がないのにいなくなった、というのが状況証拠とは言えませんか？」

「さすがにそれは通りません」

「前回の家出と違って、今回は書き置きの手紙が残っていません」

「それも彼が強制的に連れ去られた証拠にはなりません。颯一さんが記憶喪失の状態で発見された際も持っていた扇が、離れからなくなっています。その事実は、彼が自分の意思でここを出たのを示唆《しさ》しているかのようです」

「拉致《らち》される時に、扇だけは持って行きたい、と颯一が頼んだからかもしれません。もしくは、素早く手に取った」

「拉致という言葉が出ましたね。どんな人間に拉致されたと想像しますか？」

「私には判りません。それを警察や先生方に調べていただきたい、と思います。離れをもっとよく調べたら、弟が拉致された証拠が残っているんじゃないですか」

「拉致に関わった謎の人物……Y」

　思わず呟いていた。柚葉はそれを聞き逃さない。

「ワイというのは何のことですか？」

　説明しなくてはならなくなった。先ほど誓一がこういう仮説を述べ、颯一を布引浜まで送り届けた人物をXと呼称した旨を伝えると、彼女は「ああ」と納得する。

「素性が知れない未知の人物ですから、XとかYとか、文字記号で呼ぶしかありませんね。人物といっても個人とは限らない。二人、三人……もっと大勢のグループかもしれません」

誓一の仮説に対して、火村は「大胆な空想のようでいて、どこかそれらしさを感じます」などと評していた。柚葉が仮構した拉致者Yは、リアリティがより低く思えるが、本当に誰かが颯一を攫って行ったのならどんな理由があったのだろう、と考えるのも無為ではない気がする。少なくとも私にとって、想像力の嫌な使い方ではない。

「兄はそんなことを考えていたんですね。初めて知りました」

「誓一さんの仮説には、まだ続きがあるんです」

怪訝そうな柚葉に、颯一を布引浜まで運んだ人物の手を借りて、彼は事件後にここから去ったのだ、と話して聞かせた。

「つまり、XはYを兼ねているんですね？」

「誓一さんのお考えでは、そうなります。ただ、柚葉さんのお話を聞いていて、XとYは切り離せるのかもしれない、と思いかけています。XとYは別の人物あるいはグループなのかも」

火村がこっそり苦い顔をしそうなので、想像の翼を畳むのがよさそうである。

彼のつれないリアクションを回避するためだけではない。柚葉とはさっきから何度も目が合っているのだが、私が内心どう思っているのか探っている気配を感じる。颯一が何者かに拉致されたと言ったらこの人は乗ってきてくれるだろうか、と試されているようで、気持ちが冷め始めていた。

彼女自身、自分の言っていることを信じてはいないのではないか？　それなのに拉致者Yの存在をアピールするのは、颯一が森沢を殺して逃げたと思うのが恐ろしくて、現実から目を逸らそうとしているかのようだ。

火村はここから話の焦点を颯一に合わせる。

「帰ってきた颯一さんについて聞かせてください。誓一さんは『別人格』という言葉を使って、その変わりっぷりを表現していました。雛子さんも誓一さんも、その変化は悪いものではない、むしろよくなった、と思っているらしい。あなたは颯一さんのことをどう見ていますか？」

「『むしろよくなった』は、あんまりですね。ひどいと感じました。昔の颯一の人格を否定するようで……」

母や兄と妹では、大きく見解を異にしていた。柚葉は不愉快そうにして、こんなふうにも言う。

「頼りない子がたくましくなって戻った。そんな見方をしているんでしょう。二十歳を挟んで七年近くも経っているんですから、記憶をなくすなんて不幸なアクシデントがなくても颯一は日常生活を送りながら変わったと思います」

「颯一さんへの思いやりがこもったご意見ですね。率直に言って、私はほっとしました」

火村に言われて、柚葉は胸に手をやる。思いがけない反応を喜んだのだ。

「先生方から色んなことをびしびし問い詰められるのを覚悟していました。警察のアドバイザーなんていうものを務めていらっしゃるので、刑事さん以上にドライな方かと思って。でも、違うようなので安心しました」

「犯罪捜査をしているので、あまりウェットにもなれないんですけれど。――颯一さんの変化について、何か思うところはありますか？」

ふわりとした質問が柚葉を自由にしたのか、はきはきと答えてくれる。こちらを試すような気配もなく、思ったままであろうことを。

「判りやすく言ってしまうと、以前の颯一は暗くておどおどしていました。帰ってきた颯一にその面影《おもかげ》はなく、不安いっぱいでこの家の敷居《しきい》を跨《また》いだはずなのに、ほとんど物怖《ものお》じをしません。だから、成長したと母や兄は受け取っているんでしょう。でも、暗いとか明るいとか、物怖じするとかしないとかは、その人の個性です。私は手放しで歓迎できません」

私も同感だ。

「なるほど。──他には？　思っていることを全部言ってください」

「私は弟の記憶が戻ることを希っています。思い出したくないことも、あの子にはいっぱいあるでしょう。忘れたままが幸せだろうな、と私が思うことだってあります。だけど、今のままだといい想い出も消えてしまっている。私をモデルに、颯一が絵を描いてくれたことがあるんです。遊び半分でしたが、素敵な絵を描いてくれましたよ。中学生だった私がセーラー服で、椅子にこう肘を掛けて」

体を横に向けて再現してくれる。父が留守の時に、アトリエで描いたそうだ。

「名画のパロディみたいな感じの絵ができて、気に入っていたんです。『可愛く描いてくれたやないの』と言うと、『だいぶサービスしたわ』と笑っていました。大事にしていたのに、部屋の整理をした際にその絵をうっかり捨ててしまいました。ですから、私がモデルになった絵とそれが描かれた時のことは、二人の記憶の中にしかありません。そんな想い出もなくなってしまったままは悲しいんです」

「お察しします。──颯一さんの記憶が戻るように、何か試したことはありますか？」

「今お話しした絵のことを始め、弟だったら覚えているはずのことをあれこれ話して、彼の記憶を刺激してみました。近所を一緒に散歩しながら、『この家に私の友だちが住んでて、颯一も一緒に遊びに行ったことがあるんやで』と言ってみたり。そんなことをしても、『思い出せません』と敬語で答えるだけでした。ちょっと申し訳なさそうな顔で」

「お姉さんにも敬語ですか」

「まだ姉弟らしい話し方はできないみたいです。そんな様子でしたが、私は焦らないことにしました。せっつくような真似をしたら、かえって悪い結果になりそうに思ったからです。長期戦の構えをしているうちに前触れもなく出て行ってしまって……困惑するばかりです」

ひとまず話が尽きたようである。火村が体からすっと力を抜くのを感じた。彼女から聞いた諸々を咀嚼《そしゃく》しなくてはならないためか、いったん情報集めは打ち切りらしいので、私も気を緩める。

「あの絵、見事ですね」などと言ってみた。「気比の松原《まつばら》だと伺いました。福井の敦賀《つるが》ですよね。ずっと向き合っていますが、いつまでも観ていたくなります」

多少のおべんちゃらが入ったが、やはり飽きない絵だ。

「機会があれば、宝泉画伯のアトリエなるものを拝見してみたくなりました」

何でも覗きたがる作家根性で言ってみたら、彼女はあっさりと了承する。

「父の絵を気に入っていただいて、ありがとうございます。よろしければ今、アトリエにご案内しましょうか？　そう珍しいものではありませんけれど」

蔵より先にアトリエ見学になった。ソファから腰を上げかけたところで、火村が口を開く。

「麻雀の集いというのは、月一度ぐらいのペースで催されているんだそうですね。その時、参加なさらない雛子さんやあなたはどうしているんですか？」

声の調子からして、どうでもいい間の抜けた質問に思えた。柚葉は律儀に応じる。

「どうしてるって……何も。母と私は麻雀に関心がありませんから、見学に行くわけでもないし、お茶やお菓子を運んであげる奉仕はしません」

「もちろん、そうでしょうね。三日前の夜のような感じですか。前回の麻雀の集いの際も？」

「はい。ああ、前回の夜はコンサートに行っていました。母が知り合いからピアノリサイタルのチケットを二枚いただいたので」

「麻雀のメンバーは今回と同じですか？」

「はい。あの日は早い時間から始めて、金曜の夜だから徹夜していました」

「あなたと雛子さんと二人でコンサートに、ですか。母娘《おやこ》でよくお出掛けなさるんですか？」

「月に二、三度。歌舞伎《かぶき》からお友だちの踊りの会まで、色々とお供します。独りで外出するのは好きではない、ということですけれど、私と一緒なら車で動きやすいからでしょう。自分だって運転できるのに面倒臭がって。あんな事件がなかったら、今日も母の知り合いに誘われてコンサートに行く予定がありました」

　自分の意向を押し通し、子供の上に君臨しようとする母親らしい。かつての颯一が苦手にしたのが判るし、誓一と柚葉も内心では煙たがっているのではないか。

「アトリエはこちらです」

　柚葉が先に立って、廊下を進む。東側の奥にあるらしい。

　それにしても、火村にしてはあまり意味のない質問をしたな、と思って歩いているうちに彼の意図に気づいた。前回の麻雀の集いが開かれたのは、九月の第三金曜日。舞鶴の布引浜近くの路上に颯一が現われた夜に当たる。

　――颯一を布引浜まで車で運んだ人間がいるらしい。

　――とにかく誰かいるんです。年齢も性別も不明のX。

　森沢幸絵が殺害された時にこの敷地内にいた人間の中に、誓一が言うXに該当し得る者がいるかどうか。火村はそれを確かめたかったのだろう。

　Xが存在するとしても、事件当夜ここにいた者ではない。

5

　ある程度以上の大きさの絵画を描く人は、まず描くための場所の確保に苦労するらしい。広いスペースを制作のため自由に使えること。そんな資格を必要としない分、小説を書く者は恵まれている。

　でき上がった作品をどこに保管・収蔵するかについても悩まなくてはならない。立体作品に比べたら絵画は場所を取らないにせよ、応接室に飾られていた絵——長い辺が人間の身長ぐらいあったから100号だろう——ぐらいのサイズが何枚もあったら、普通マンション住まいだと持て余す。

　ここ玄武亭のアトリエには、たっぷりと豊かな空間が広がっていた。宝泉画伯亡き後、画材の類はきれいに片付けられているため、清々《すがすが》しくもあり寂《さび》しげでもある。顔料の痕がそこここに残る乱雑な仕事場を思い描いていたので、いささか拍子抜《ひょうしぬ》けした。スナップ写真に写っていたアトリエは作業場の趣もあり、ごちゃごちゃしていた。

「父が絵筆を揮《ふる》っていた時の風景は想像していただくしかありません。現在はこんな様子です」

　私の胸中を読み取ったがごとく柚葉が言った。ここを整理したのは彼女と森沢で、母の命による。夫が芸術と格闘した痕跡《こんせき》が生々しく留まっているのが重たく感じられたのか。

　直射日光が射すのを避けるため、アトリエは母屋の東北角にあった。いわゆる鬼門《きもん》だな、と思っていたら、柚葉はそれも見透かしたように風水の話を始める。

「鬼門に当たりますけれど、父は気にしていませんでした。『ここをアトリエにしたら間取りとして一番具合がええな』と言って。合理的な判断を好んだんです。祖父もそうだったので、蔵はあそこに」

　東の窓から、低い庭木越しに離れと蔵の屋根が見えている。

「蔵が鬼門を守ってるみたいな位置関係ですね」と私。

「敷地内の色んなものの収まりがよくなるから、あそこに建てただけです。風水では、蔵は家の西側がよいとされています。日が沈む方角、つまり人生の終わりに財産が貯まっているように、ということで」

どこかで聞いたことがある。

「蔵が西でのうてもええやないか。鬼門でかましまへん、ということですね」

「はい。あそこになった理由がもう一つ。あの蔵は、お隣の叔父が住んでいる家と共用で使っているんです。二軒分の蔵なので両方の家の間近く建てた、と生前の父から聞いています」

陽光が届かない一角には、木板に描かれた作品が重ねて立て掛けてある。アトリエの壁にもたれさせてあるのは、ほとんど描き損じたものや破損したものだという。絹や楮紙《こうぞがみ》、雁皮紙《がんぴし》といった基底材に描かれた作品は、隣の小ぶりの収蔵室で保管してあるのだ、と説明された。

廊下でパタパタとスリッパの音がする。それを聞いただけで、柚葉は「利久君です」と言った。大学から帰ったのか。

「彼からも話をお聞きになりますね？」

火村が「お願いします」と言うと、柚葉は廊下に出て声を掛ける。足音が「はい」と止まり、彼女が手短に事情を伝えた。「判りました」と太い声が答える。

彼については、南波から「なかなか屈強」と聞いている。どんな大入道だろうか、と思いながら対面すると、背丈は火村や私より低いぐらいだった。ただ、長袖をめくったシャツから覗いた腕は筋肉質でたくましい。麻雀愛好家はツーブロックの髪型もよく手入れされた眉毛《まゆげ》も令和の大学生らしかった。落《お》ち窪《くぼ》んだ眼窩《がんか》で細い目がぱちぱちとよく瞬く。体を鍛《きた》えているようでいて、どちらかというと色白でインドア派に見えるなど、各要素の組み合わせに微妙に意外性がある。

大学に提出し忘れていたものがあったので、原付バイクでひとっ走り行ってきたところだそうだ。今日受ける授業はないとのこと。

「バイト、どうするん？」

柚葉に訊かれて、渋い顔になる。

「やっぱり行かん。まだそんな気分にならんし、どうせ暇やから休んだら店長が喜ぶやろ。もう連絡はしとる」

ふだんなら土曜日は午後早くからカラオケ店でアルバイトをしているのだが、賑やかな職場に出勤する気になれないらしい。

「彼、事件のことでショックを受けているんです」

柚葉が私たちに言った。「亡くなった森沢さんと親しかったわけではありませんけれど、あんなことがうちの家で起きて、動揺するのも無理はありません」

「こう見えて繊細やから、僕」

あえて軽口を叩いたのだろう。私たちにはこう告げる。

「捜査に協力しますけど、僕が証言できることは特にないと思います。あんまり期待せんでください」

役に立てないことはあらかじめお断《こと》わりしましたよ、と目が言っている。

「利久君、何か用事の途中だったんやないの？」

思い出したように訊く柚葉。

「別にないよ。縁側でぼけっとしようとしてただけや。外、気持ちのええ風が吹いとるよ」

廊下は収蔵室の先で左に折れていた。ガラス戸から外が見える。母屋の北側は芝生が植わった庭になっているようだ。

応接室に戻ると、利久は吸い殻が入った灰皿に目をやった。火村がキャメルのボックスをポケットから覗かせながら言う。

「誓一さんと吸っていました」

「僕もいいですか？」

大学生は返事がこないうちに加熱式の電子煙草をくわえた。准教授に「どうぞ」と勧めてから一服ふかして、三本目に火を点けた火村に言う。

「喫煙する友だちはみんな電子なんで僕も切り替えて、最近やっと馴染めました。充電せんならんのが面倒ですね。火村先生は、電子は駄目ですか？」

「アコースティックを続けるつもりです」

「誓一さんと一緒ですね」

煙草の話から自然に麻雀の集いにおける喫煙の様子に流れていく。参加者のアリバイ調べであることは明らかだが、利久は抵抗感を見せるでもなく、すらすらと答えてくれた。

素直に話してくれるのはいいが、出てくるのは既知の情報ばかりだ。誓一から聞いた話をいくらか薄めたようなことしか語ってくれない。よほど麻雀が好きな青年らしく、自分が上がった手役や、メンバーの点棒の動きについては詳しく覚えていた。こちらはそんなものに興味はないのだが。

「こんな話しかできんで、すみません。その場の雰囲気はだいたい判ってもらえたんやないか、と思うんですけど」

誓一の証言とも照らし合わせ、ゲームがしばしば中断し、人の出入りが頻繁だったことは確認できた。麻雀に没頭していた彼は不審な物音などを耳にしてもいない。

彼は雛子の親戚の子で、大学に通うため当家に下宿しているだけだ。森沢と親しくしていたわけでもないが、颯一についてはどうだろうか？

「楠木さんは、雛子さんの甥御さんなんですね？　つまり颯一さんの従弟」

私が訊くと、「はい」と答える。

「幼い頃からよく遊んで仲がいい従兄弟《いとこ》同士もあれば、法事で会うだけのこともある。あなたと颯一さんの場合はどうでしたか？」

「物心がつく前に、ここで遊んだこともあるそうですけれど、さっぱり覚えてません。その次に会うたんは伯父さんの通夜・葬儀の時でした。そんなんですから、親しい間柄からはほど遠かったです」

彼が当家で下宿を始めたのは一昨年からなので、すでに颯一は家を出ていた。過去の従兄の人物像を語ってもらうこともできない。

「颯一さんについて、どんなことを知っていますか？　伝聞でもかまわないので教えてください」

アコースティック煙草派の男が尋ねた。

「本人とはほとんど会うたことがないんで、人から聞いたイメージしかありません。優しい、おとなしい、ちょっと気が弱い。そんなんだけですね」

「あなたが下宿しだしてから聞いた話ですね？　つまり、彼が失踪中にこの家の人たちが話していたこと」

「はい」

「心配しながら、そんなふうに話していたんですか？」

「はい。……まぁ、そうでしょう」

「言いにくそうですね。判りますよ。家出した子供のことを、家族はひたすら心配するだけでもない。どこで何をしているんだろうね、あの頼りない子は、なんて腐しながらぼやくこともあるでしょう」

「先生、鋭いですね」

「というほどでもない。ぼやく程度でしたか？　罵《のの》る場合もありそうですが」

「さすがに罵るまではいきませんでしたけれど。何かの拍子《ひょうし》に颯一さんの名前が出たら、伯母さんがよくぼやいていました。あれ、愛情の裏返しなんかなぁ。帰ってくるはずがない、と思うてたらぼやきもせんと思うんです。そんな子供は元からおらんかったような扱いをして」

「うん、なるほどね。――誓一さんや柚葉さんがぼやいたりはしなかった？」

「はい。――二人が颯一さんのことを話してるのを、陰からたまたま聞いたことがあります。柚葉さんが『好きな絵の修業をして、売れっ子のイラストレーターにでもなって錦《にしき》を飾ってくれたらええんやけど』と言うたら、誓一さんは笑っていました。『そんなん、あるわけないわ』と。温度差があるみたいでしたね。誓一さんの方が……冷たかった」

「柚葉さんは優しかった？」

「普通ですよ。捜す手立てもないし、なるようになるしかない、諦めてたんやないですか」

　そんな次男が、ある日、突然帰ってきた。各人の反応がどうであったかについても、火村は尋ねる。

「警察から連絡が入った時は、家中がひっくり返るような騒ぎでしたよ。お隣の鴻水さんのところへ報せたら、そっちもびっくり仰天してました。汀子さんなんかは『よかったな。元気にしとったんならよかったわ』と喜ぶばかりでしたけど、こっちの家の三人はちょっと違いました。記憶喪失のことも聞いたからです」

　肉体的にも何かダメージを受けているのか、と危《き》惧《ぐ》するのは当然だろう。それだけではない。記憶をなくしている間に、何かよからぬことに関係していたのではないか、という不安が雛子たちを襲ったのだ。

「『おかしなことに巻き込まれて記憶が飛んだのかもしれへん。あの子、どこぞで恥ずかしい真似をしたんやないやろな』と伯母さんが言うのを、『そんな心配、後回しにしよう』と柚葉さんが制してました。誓一さんは『どうなってるんや。わけが判らん』と繰り返す。えらいドラマに立ち会うたなぁ、と部外者の僕は思いました」

「めったにできない経験をしましたね。――颯一さんが帰ってきてからはどんな様子だったんですか？」

　利久が両手でTの字を作り、質問の中断を求めた。

「先生、もっとラフな感じで話してもらって結構です。他校の者とはいえ、こっちは一介の学生ですから」

「堅苦しくて、かえって話しにくいですか？　じゃあ、ちょっと切り替えようかな。――記憶が戻らないままでいたそうだけど、それに対して家族や彼本人はどんな様子だったか、と尋ねたんだけれど」

「焦らずにいこう、がスローガンみたいになっていました。まだそんなに時間が経ってないせいもあるのか、やきもきしている人はいなかったと思います。

少なくとも表面上は」

「君は颯一さんのことをよく知らなかったけれど、何か感じるものはなかった？　ここにきたことを彼は内心は喜んでいないのでは、とか何でもいい」

「責任を持って言えないですよ」

「誰も責任を取らせようとはしないよ。はぁん、何か思うところがあるんだね。ほら、こうなったら言うしかない」

　火村は准教授モードになっていた。やはり学生への接し方はうまい。利久は肚を括《くく》った。

「参考意見にもならないかもしれませんが、僕が感じていたことを言います。――この家の人たちは、颯一さんの記憶が甦るのを怖がっているようでした。僕は、人の不安を敏感に察知する質なんです」

「そう見えて繊細なわけだ」

　彼に武道や格闘技の心得がないことは南波から聞いている。色白なのに筋肉質。その理由をここで彼は打ち明けてくれた。高校時代に片想いをしていた女の子がマッチョな男子が好みだと知り、部屋で夜な夜な筋力トレーニングに励んだ成果が今の肉体なのだそうだ。恋は実らなかったが筋トレは習慣として残り、外出自粛が叫ばれたコロナ禍のおかげでさらに腕が太くなったとのこと。そんな余談を挟んでから、彼は前の話に戻る。

「颯一さんが家を出る前の記憶を呼び戻すのは望むけれど、ここを出ていた空白の六年八ヵ月のことは忘れたままでいてもらいたい、という思いがあるみたいです。よくないこと、聞きたくなかったという記憶は消えたままでいて欲しいんやないでしょうか」

「自然な感情に思えるよ」火村は言う。「その恐れには、別に根拠はないんだろう？　実はある？」

「根拠があるわけでもなさそうです。誓一さんは、振り込め詐欺《さぎ》のニュースをテレビで観て、『まさか犯罪の片棒を担ぐみたいな変な仕事に手を染めてないやろな』と言うたりしてました。そう、特に誓一さんは……」

利久は少し黙る。頭の中を急いで整理しているようだ。

「この家の人の怯え方は、それぞれ違うのかもしれません。誓一さんはそんな感じですが、伯母さんは颯一さんがここを出る前の記憶を取り戻すのが怖いのかもしれません。帰ってきた颯一さんについて、『たくましくなった』と目を細めるぐらいでしたから」

「柚葉さんは？」

「また違うんです」

彼は、私に向き直って、今さらのように言う。

「僕は、失礼ながら有栖川さんの小説を読んだことがありません」

わざわざ言うほどのことでもない。私の小説を読んでくれた人は、この広い世界で非常に限られている。

「僕はミステリって読まんのです。食わず嫌いで申し訳ありません。時代小説は割とよく読みます。藤《ふじ》沢周平《さわしゅうへい》やら平岩弓枝《ひらいわゆみえ》やら。この家にきてからは、宝泉先生の本棚にあった山本周五郎《やまもとしゅうごろう》を読んで気に入りました」

何がいいたいのか、と思ったら——

「『その木戸《きど》を通《とお》って』という短編小説があるんです」

題名を聞いただけで、はっとした。利久がすかさず言う。

「有栖川さんはご存じみたいですね」

「あれは名編ですね。読んだのはだいぶ前ですが、よく覚えています。——記憶をなくした娘が出てくる小説なんや」

未読の火村にあらすじを掻い摘んで説明した。

主人公は平松正四郎《ひらまつせいしろう》。いったんは廃家になった平松家を再興せんとする若い当主である。城で監査役の勤めに精を出し、城代家老の娘との婚約も決まったのだが——一人の娘の出現で運命が大きく変わる。

ある日、記憶をなくした娘が、「平松正四郎様にお会いしたい」と留守中に訪ねてきた。家扶《かふ》は彼女を家に上げるが、正四郎には覚えのない者だった。

彼の縁談を壊そうとする誰かが差し向けたのでは、と疑いもしたが、そうではないらしく、神隠しに遭ってどこかから飛んできたようであった。

　謎の娘をふさと呼んで面倒を見るうちに、正四郎に恋慕の情が芽生える。彼はお家再興の後押しとなるありがたい縁談を自ら破棄し、ふさと夫婦になる。愛のある人生を選択したのだ。

　ところが、ある夜のこと。ふさは寝惚《ねぼ》けでもしたかのように奇妙なことを言う。どこかの屋敷の間取りらしく、ここへくる前の記憶がフラッシュバックしたらしかったが、じきに正気に返った。いつか彼女が記憶を取り戻してしまう、過去が奪い取りにくるのでは、と案ずる正四郎。

　娘が生まれ、幸せな日々を過ごしていたが、ふさはまたも変調を来し、「これが笹《ささ》の道で」「そしてこの向うに、木戸があって」などと口走る――。

　火村は熱心に耳を傾けていた。私がここで切り上げようとしたら、結末を知りたがる。

「ミステリではないけれど、あらすじだけで静かなサスペンスを感じるな。不思議な物語でもある。で、最後は？」

　ミステリではないし、リクエストされたから紹介することにした。

　正四郎と幼い娘を残して、突然ふさはいなくなってしまう。木戸を通って向こうに行ってしまったのだな、と嘆き悲しみながら、妻がまた木戸の向こうから戻ってくることを彼は希う。

　私が語り終えるのを待ちかねていたように、利久は言う。

「僕が何を言いたいかというと、颯一さんが過去を思い出したら、またいなくなってしまうんやないか、と柚葉さんが恐れているように感じられた、ということです。この読みが当たってたら、颯一さんのケアをしながら柚葉さんの心境はすごく複雑やったでしょうね」

　颯一より三つ年上の姉。彼女の顔に差していた翳りを思い出す。身近な人間が自宅の敷地内で殺害されて、弟は失踪。浮かぬ表情になる状況ではあるが、あの翳は予期していた不吉な事態が現実になったことによるのではないか。

あたかも逃走したかに思える颯一は、実は森沢幸絵の殺害にまったく関与しておらず、布引浜で発見される前の記憶が甦り、どこかへ、誰かの許へ帰らなくてはならなかったようでもある。

しかし――殺人事件と記憶の恢復が奇《く》しくも偶然に一致した、というのは信じがたいし、どんな事情があったにしても、記憶を取り戻した颯一が家族に何も告げずに姿を消すのは常軌を逸《いっ》している。

結局、何が起こったのか、私には仮説すら組み立てられない。楠木利久から色々な話を聞いて、謎の暗い森はさらに深くなった気さえした。

無理もないか。火村と私はこの事件現場につい先ほど到着したばかりで、まだ玄武亭の住人・四人から事情を聞いたところだ。

玄武亭と隣家を隔《へだ》てる垣根には、木戸がある。あの向こう側の人たちにも会って話を聞かなくてはならない。

木戸。

颯一があれをくぐって、わざわざ麻雀に興じる人たちの横をすり抜け、あちらの門から出て行ったとも思えない。もしかしたら、玄武亭の庭には目に見えないもう一つの木戸が存在するのではないか。颯一はそれを通り抜け、甦った記憶の中へ、われわれの手が届かないところへと去ったかのようだった。

第四章　木戸を通って

1

南波警部補がいったん下鴨署の特別捜査本部に戻ってしまったとのことで、火村や私は玄武亭に取り残された恰好になったが、誓一がアテンド役を買って出てくれた。こんな成り行きはフィールドワークでは珍しい。

「叔父のところにも話を聞きに行くんでしょう。僕がご案内しますよ。あそこの家は昼食が早いので、もう終わっている頃だから具合がいい。……いや、少しだけ早いやろか」

正午の十分ほど前だった。こんな提案をしてくれる。

「さっき話に出た蔵をご覧になりますか？　事件に関係がなさそうなのは警察が確認済みですけれど」

捜査に益せずとも、断わる理由もなかった。旧家の蔵の内部に興味があったし、もとより時間調整だ。火村は見分したがっているようでもある。

「では」と彼は玄関先の靴箱から鍵を取り出した。門に備えた新聞・郵便受けや宅配便用のロッカーの鍵など、そこにまとめて入れてあるようだ。

「いかめしい鍵が出てくると思われたかもしれませんけれど、ありふれた南京錠《なんきんじょう》の鍵です。昔はL字形の落とし錠を使ってたんですけど、錠の具合が悪くなったもので、こういうのに付け替えました。蔵の鍵にしては頼りなく見えますか？　中に入ったら判りますよ。さっきも言ったとおりがらくたが押し込んであるだけです」

がらくたは誇張《こちょう》がありそうだが、鍵の保管場所からしてお宝が収蔵されているとは思えなかった。

離れの北側の蔵は、風雪に晒《さら》されてきた漆喰の壁が趣のある色合いになっていた。凝《こ》った装飾は施されていないが、佇まいに風格がある。入る前に、火村はわざわざまわりを一周して眺めていた。

「立派な蔵は扉からして二重、三重になっているものですけど、うちのは簡単な造りです。この南京錠を開けたら――」鍵をガチャガチャとやる。「このとおり、すぐに蔵の中です」

格子が嵌った小さな窓から陽が射し、内部が静謐《せいひつ》な一幅の絵のように映ったが、誓一がスイッチを押して蛍光灯を点けたので、たちまち眺めが平板になる。正面に二階へ上がる段梯子《だんばしご》があり、その影が床にくっきりと落ちていた。

古い箪笥《たんす》、古い机、古い椅子、古いソファ、古い行李《こうり》……。両側の壁面にも段梯子の下の空間にも、年代物の家具・調度品が収められていた。

整頓《せいとん》が行き届いているだけではなく、清掃にも怠りがないようで、埃《ほこり》や黴《かび》の臭いはしない。それでも停滞した空気の澱《よど》みが皮膚で感じられた。時間が積もっているせいだろうか。

「ひんやりとしていますね」

これが火村の第一声。私と感じ方が違った。

「敷地の北、離れの陰なので日当たりがよくないし、このあたりは比叡《ひえ》颪《おろし》が吹き下ろして冬場なんか寒いですよ。夏場やと蔵の中は涼しくて気持ちがいいんですが」

誓一はそう応えてから、手近な品に触れながら話す。

「捨てたらよさそうなものばっかりですけど、なまじ置いておく場所があると処分できないものですね。どれも下手にいい品だけに。昔は映画会社に頼まれてちょくちょく小物を貸し出したりもしていたらしいんですけど、最近はそういうリクエストもほとんどなくなりました」

彼に続いて奥へと進んだ。左手の棚には、大小の木箱が並ぶ。

「祖父が買い集めた骨董品《こっとう》です。青磁の皿やら漆器やら。そういう趣味だったわけでもなく、人に紹介された業者に勧められるまま買ったものばかりで、審美眼のある父は苦笑していました。こういうのも悪くない出来なので捨てかねて置いています。こっちの段ボール箱には衣類や雑多な思い出の品。旅先で衝動的に買った土産物だとか。どれも金銭的価値はゼロです。そちらの衣裳《いしょう》箱には祖母の着物類が。いくらか値が付きそうなのは、それぐらいかな。でも、柄が古くてそのまま着られそうにない。――こういうのも残っています」

整理箪笥の抽斗をいくつか開けて、紙問屋や書肆を営んでいた頃の大福帳を見せてくれる。時代劇の小道具になりそうだが、ちょっとした古書市に行けば出回っていそうなものである。

宝泉画伯の作品や画帳、画材類はどこにもなかった。先ほど柚葉に見せてもらったアトリエやそれに隣接する収蔵室、あるいは母屋の納戸で保管しているそうだ。

「舞鶴から戻ってきた後、颯一さんはここにも入ったんですね？」

火村が尋ねる。

「見せました。きょろきょろと物珍しそうにする以上の反応はありませんでしたね。子供の頃、兄弟で隠れんぼをして遊んだこともあるのに。五歳や六歳の子供にしたら、なかなか広大な空間なので、遊び甲斐《がい》がありました。夜中に一人で閉じ込められたらどうしよう、と想像すると怖いところでもありますが。親にそんなことをされたらトラウマになったでしょう」

幸いなことに、悪戯をしたお仕置きでここに入れられることはなかったという。厳しそうな母親にも、そういう節度はあったのだ。

「兄弟で隠れんぼですか。楽しそうですね」私が言う。「しかし、これだけ片付いていたら子供でもうまく隠れる場所は少なそうですね」

「以前はもっと乱雑だったので、それなりにできたんです。少しずつ整理して、こうなりました」

「妹さんは参加しなかったんですか？」

「柚葉は、ここの静けさや時間が止まったような雰囲気は好んでいたんですけれど、隠れんぼという遊び自体を苦手にしていました。今に見つかるのではないか、と息を殺して潜んでいるのを怖がって。スリルがありすぎるんだそうです」

そんな子供もいるだろう。もしも彼女が森沢殺しの犯人だったら、尻尾《しっぽ》を隠して平静を装いつつ、心臓が早鐘のように打っているのではないか。成人になって、もはや隠れんぼを苦手としていないのかもしれないが。

段ボール箱の山が歪《ゆが》んでいたのをまっすぐに揃えてから、誓一は少しばかり警察の捜査を批判する。

「颯一が姿を消していると知って、警察はすぐにここを調べました。おかしな発想だと思いましたよ。事件に関係していて逃げたんだとしたら、離れの裏の蔵に身を隠したりするわけがありません。自らを袋小路《ふくろこうじ》に追い込むに等しいし、ここには水も食料もなければトイレもない。せいぜい数時間しかこもっていられないでしょう。扉が施錠されていたことからも、中に誰もいないのは明らかでした。この蔵は内側から施錠できない」

火村が無言なので、私が言う。

「警察としては、念のために蔵を調べたくなるのも自然やと思いますよ。中がどうなってるのか、見ないと判らないわけですから」

「確かにそうではありますね」誓一は認める。「しかし……ざっと見渡したら、ここにはいないと判ったはずですが、しつこく調べていましたよ。箪笥の抽斗をいちいち開けて覗くので、いい気分はしませんでした。中が刳《く》り貫《ぬ》いてあったら人が隠れられる、とでも疑ったんでしょうかね」

異論があったが、口にするのは控えた。庭や離れで見つからなかった森沢幸絵の所持品など、どこにどんな手掛かりがあるかも知れないので、警察が箪笥の抽斗まで調べるのをおかしなことだとは思わない。

「秘密めいた場所というのは、居心地がいいな」

火村が呟いた。独り言めかして誓一に聞かせたのだ。

「こういうところだと虚心に話せそうだから伺います。——あなた、警察や私たちに隠していることはありませんか？」

不意を突くような問い掛けだったが、相手は動じなかった。

「内緒話のお誘いですか。告白することはありませんね。お尋ねに応じて、さっき応接室で包み隠さず話しました」

「尋ねられなかったので話さなかった、ということがあるとか」

「思い当たりません。先生は僕が何を隠していると言いたいんですか？」

私も興味をそそられたが、火村は肩透かしを食らわす。

「なければ結構です。打ち明けることがあるのなら今がチャンスですよ、と訊いてみただけですから」

誓一は不愉快そうにするでもなく、笑みで余裕を示した。

「鎌《かま》を掛けたんですね。先生の訊き方にはまったく具体性がありませんでした。森沢さんについてだとか颯一についてだとか言わず、ただ『隠していることはありませんか？』だけでは、揺さぶり方が弱いのでは？」

「返す言葉がありません」

いささかバツが悪そうに火村は頭を搔く。ふだんのフィールドワークでは見ない光景だったが、私には思うところがあった。警察が連れてきた犯罪学者とやらはこの程度だ、と油断をさせるのが狙いだったのではないか。それは買い被りで、ただ空振りをしただけかもしれないが。

「僕が秘密を持たない男だと判っていただいたところで——二階もご覧になりますか？　同じようなものですけれど、梁《はり》の形でも見学して行ってください」

段梯子の下に私たちを誘導しかけた誓一が足を止める。いつからだろうか、柚葉が厚い扉を開いてこちらを見ていた。

「お兄さん……何してるん？」

妹の問いに、兄はさらりと答える。

「何をって、火村先生と有栖川さんに蔵をお見せしてるだけやないか。珍しいやろうと思うて。事件の捜査には関係あらへん」

「見たい、と先生方が希望しはったんやないの？」

「うん、そうやない」

「……お兄ちゃん」

小さく手招きをしたので、誓一は私たちに断わる。

「ちょっと失礼します。二階、どうぞご自由に見て回ってください」

誓一は出て行き、扉が閉じた。

「柚葉さんは蔵の中をむやみに他人に見せとうないんかな」

私にはそのように感じられた。扉に耳を近づけてみるが、外の話し声は聞こえない。声を落としているのか、蔵から少し離れたのか。

「何やろう。まぁ、殺人事件が起きて警察やらそのアドバイザーやらが押しかけてきてるんやから、敏感になるのは無理もないか」

火村は気にしたふうでもなく、段梯子の下から二階を見上げている。上ってみることにした。

誓一が言ったとおり、階下と代り映えがしない。比較的軽いものを運び上げ、目的もなく保管してあるだけのようだ。

幕末の頃のものらしい和本の山が棚に二つあった。洛外《らくがい》の名所図会やら百人一首の平易な解説書、子供の手習い本、何とか庭訓《ていきん》とあるマナーブックらしいものなど雑多で、さほど高尚なものは出版していなかったようだ。破損させるのが怖くて、中を開いてみるのはやめておく。

「スペースというのは、あるところには潤沢にあるもんやな。この十分の一でも譲ってもらえたら、俺の部屋もなんぼか片付くんやけど」

火村は私にかまわず、収蔵品を一つずつ見ていた。何も発見がないようで、面白くはなさそうである。

「彼が隠し事をしているように感じて、鎌を掛けたんか？　見事に不発やったけど」

これには返答があった。

「彼の証言に小さな矛盾があったから揺さぶってみた、とかいうんじゃない。打ち明け話に恰好の場所で唐突にあんなことを言ったらどういう反応が返ってくるか、ふと興味が湧いただけだ。『いいえ、何も隠していません』で済むのに、返事がくどかったな」

「お前がしつこく訊いたからやろう。それより——」

他の人間の耳が完全になくなった今、内緒で話すべきことを思い出した。

「犯行現場の離れが密室だったことに、どう説明をつけるんや？　考えがあるらしいやないか」

「ある。お前だって、もう仮説ぐらい立てられるだろう？」

「立てられるやろうけど、関係者の話を聞いてる間、密室の謎は頭から抜けて考えてなかった。時間を節約するために教えてくれ」

「もったいぶるほどのことでもない。現場の様子と当日の天気から——」

火村がこちらを向いたところで、扉が開いた。誓一が二階に向かって大きな声で言う。

「中座して失礼しました。蔵を二階までご覧になって、何か気になることなどありましたか？」

邪魔が入った。私たちは段梯子を軋ませながら階下へ戻る。

「隅々まで拝見しました。お尋ねすることはありません。有栖川は、ここをモデルにした蔵を小説に書きたくなったようです」

火村は適当なことを言ってから、柚葉は何を伝えにきたのかを訊いた。誓一は抑揚《よくよう》のない声で答える。

「お話しするほどでもない内輪のつまらない用事でした。――ここがもういいのでしたら、叔父のところへご案内します」

隠し事をされたように感じた。

離れの横を通り過ぎながら、火村は母屋の裏手の芝生に目をやって言う。

「芝目がきれいですね。パターの練習ができそうだ。どなたかゴルフをなさるんですか？」

「いいえ」

誓一の返事は短かった。パターの練習のために芝生を敷き詰めているのではあるまい。中ほどにこんもりと縦長に盛り上がった個所《かしょ》があった。

友人は質問を重ねる。

「何かをするために場所を空けているんですか？」

「以前はあそこに池があったんですけれど、夏場になるとひどく蚊が湧いたので埋めてしまったんです」

あの盛り上がった芝生の下に何かが埋められているのではないか、と想像しかけたが、事件に関係があるとは思えない。そこの芝生も美しく生え揃っており、掘って埋め戻したようには見えなかった。そんな形跡があれば警察が見逃すはずがない。

2

木戸を通った。

隣家の裏庭は玄武亭に比べれば小ぢんまりとしていて庭木も貧相ではあったが、あくまでも比較の問題で、ここだけ見れば立派なものである。苔生《こけむ》した雪見灯籠《ゆきみどうろう》がその風趣を点綴《てんてつ》しており、庭石のランダムな配置も面白い。建物自体は和風モダンと称する和洋折衷のスタイル。

縁側からそのまま家に入って行けるのだが、いったん東向きの玄関に回って、誓一がドアホンを鳴らす。軒下に灰皿スタンドと椅子が一脚。暑さ寒さは受け容れなくてはならないが、雨に濡れることは避けられる喫煙所だった。

　誓一が「さっき言うてた先生方、お連れしました」と言っている間にドアが開き、眠たげな顔をした女性が顔を出した。汀子だと紹介される。

　ゆったりとしたスウェットのプルオーバーにワイドパンツという出《い》で立《た》ちで、健康的にふっくらしている。眠そうなのは睡眠不足のせいではなく地顔らしい。おっとりとした印象ではあったが、声に張りがあって五十八歳という年齢にしては若々しく響いた。

「こちらの先生方に訊かれたことをお答えしたらええんやね。判った」

「信輔さんもいてるね？」

「おる。話を聞きにきはること、言うてある。——颯一のこと、まだ判らんの？」

「警察は何も言うてきいひん。見つけたらすぐに連絡してくれるやろ」

「ほんまに、どないなってるんやろな」

　そんなやりとりが軽くあって、「どうぞお上がりください」と私たちは汀子に招き入れられた。誓一は上がらない。

「僕が一緒でない方がいいでしょうから、ここで。会社に戻る用事もできたので。——叔母さん、また後で」

「ああ、ちょっと待ち」

　汀子は誓一の肘を軽く摑んで引き寄せ、ぼそぼそと小声で何か呟く。聞き耳を立てたら、「あのことで会社に顔を出すんか？」「そっちは収まった」などと言っていた。何のことか気になるが、事件にまつわる重大な情報を交換しているわけではあるまい。そんなものなら、火村と私の前でぼそぼそとやるはずがない。

「またすぐ戻るけどな」

「そうか。ご苦労さん。何かあったら報せてや。——失礼しました。先生方はどうぞ中へ」

私たちが通されたのは床の間のある和室だったが、カーペットを敷いた上にテーブルと椅子という部屋だったので、正座を強《し》いられることはなかった。下座の席に座っていた男性が立ち、「武光鴻水です」と渋い声で挨拶してきた。

スタンドカラーの純白のシャツは、普段着としてはなかなかお洒落なデザインだ。白髪交じりの髪をオールバックにきれいに撫でつけており、理髪店によく通うのだろうな、と思わせた。夫人とは対照的に細身で、腕が長い。

「本家の皆さんと一人ずつお話しなさったそうですね。利久君も含めて。雛子さんからそう聞いてます」

汀子が茶を運んできて、そのまま話している夫の隣に着席した。

「何でもお答えしますが、私たちは夫婦一緒にお願いできますか？　一人ずつで容疑者が取り調べを受けるみたいになるのはかないません」

火村が了承したので、鴻水はほっと息を吐いた。身構えて私たちを待っていたらしい。夫妻は顔を見合わせる。

「別々にならんでよかったね、お父さん」

「うん。あんたも安心やろう。緊張しぃやから」

仲がよさそうである。揃って話すことを望んだのは、時間を惜しんでのことではないらしく、本題に入る前に火村や私についてあれこれ質問してきた。ふだんは会わない人種への興味だろうか。場面が場面だけに歓談には遠かったが、夫妻が大らかで話しやすい人柄であることは判った。

不動産会社の社長である鴻水については、もっと押し出しが強い人物かと思っていただけに意外ではあった。事業をがんがん拡大していく会社ではなく、家業の不動産保全・管理を継承して守っているだけ、という姿勢なのが窺える。

「いやぁ、しかし、こんなことになるとはなぁ」話の切れ目で鴻水は嘆息した。「颯一がひょっこり戻ってきて大騒ぎになったかと思うたら、殺人事件やなんて」

「まだ信じられへんね。森沢さん、お気の毒」と汀子。

「ほんまにな。秋晴れのええお天気やし、あんな恐ろしい事件がなかったら楽しい一日になってたのに。――今日は、私らの結婚記念日なんです」

「それはとんだことで」

お祝いの言葉はそぐわないので、私はそれだけ反射的に言った。

夫妻は嵐山《あらしやま》で遊び、ご馳走《ちそう》に舌鼓を打つべく有名料亭に予約を入れていた。あんな事件が起きなければ、同居人の蟹江信輔も遠出して羽を伸ばすことになっていたという。みんな好日の予定が狂ってしまっている。

「うだうだ言うても詮《せん》ない。早いこと事件を解決してもらいましょう。私らにお手伝いができたらええんですけど」

森沢幸絵と武光家の関わりから始まり、事件当夜のことへ。鴻水が答えるのに汀子が補足する、というパターンで話は進んだ。聞き手はもっぱら火村で、私は立会人のごとく黙ったままでいた。

「熱くなって牌を打つんやないんです。ゆるゆるで、だらけた打ち手ばっかりですから、ほんまの麻雀好きが交じったら怒りだすかもしれません。しょっちゅう人が抜けて休憩して、お菓子をつまみながら雑談タイムになる。そんな集まりを月一回ぐらいやってました」

「しょっちゅう中座できるんがええんです。ずーっと座りっぱなしやと腰が痛うなるんで。煙草休憩になったら喫煙せん私らも席を立って、ちょっとした用事を済ませたりできます」

おかしな麻雀の打ち方だとは思わないが、誰のアリバイもはっきりしないのは残念である。五人で麻雀に興じたのは玄関から近い遊技《ゆうぎ》室で、こっそり裏庭に回って玄武亭に行って戻るだけならば、ものの二、三分で足りるだろう。森沢が隣家を辞した九時半頃に絞っても、この人だけは席を離れていない、と断定できる者はいなかった。煙草やトイレに立つなどして、全員が五分ほど部屋を出ているというから、早業で犯行に及べなくもない。

二人の話をすり合わせると、最初の半荘で抜けたのが汀子、次が鴻水、その次が白雲という順だったのは確からしい。お開きになり、誓一と利久が玄武亭に引き上げて行ったのが午前三時ぐらい。

ゲーム中の言動が不審だったり、途中から様子が変わったりした人物もいないという。そして、夫妻とも怪しい物音を聞いてもいなかった。煙草を吸って戻った白雲が「雨が降ってるで」と言うまで、降雨に誰も気づかなかったほどだ。

翌朝に離れで森沢の死体が発見された時、鴻水はまだ寝床で眠っていた。ショートスリーパーの汀子は起き出しており、好きな朝風呂に入っていたため、隣家の騒ぎに気づくのが遅れた。彼女が異変を察知したのは、機動捜査隊の捜査員が到着してからである。慌てて鴻水を起こし、二人で現場を見に行ったのだ。

麻雀で夜更かしをしていない蟹江は先に様子を見にきていたが、木戸の手前で狼狽《うろた》えていた。白雲はというと、騒ぎの渦中でも熟睡していたとのこと。

ひととおりの話を聞き終えた時、鴻水は申し訳なさそうな顔になっていった。

「お話しできるのはこんなところでして、お役に立てんようですね、私ら」

「記憶にあるとおり正確にお答えいただいているのなら、それで結構ですよ。――お話を伺っていると、そういう麻雀も楽しそうですね。蟹江さんは最初だけ参加なさっていたそうですが、麻雀が打てるのにふだんは打たないんですか？」

「長い時間やると飽きるし、腰痛持ちやし、下手やから負けだすのが面白くない、ということで加わりません。あの日みたいに、メンバーが揃うまで卓に着いてくれることは時々あります」

「ピンチヒッターやね。白雲さんが『蟹江さん、ちょっとだけ入ってや』と頼んだらよう断わらんよって」

蟹江信輔についての話になる。

「奥様の遠縁の方だそうですね。仕事を色々とこなしてくれるとか」

「体を壊して養生するために、うちでゆっくりしてもろうたんが始まりです。仕事でしくじって気持ちも参ってたんですけど、今は元気ですよ。器用で何でもできるんで、助かってます。うちの会社で正社員として働いてもろうてもよかったんやけど、それは本人の気が進まんそうで、無理強いはしませんでした」

夫の言葉には温かみがあった。妻が言い足す。

「人付き合いが得意やないとこ、信輔は颯一に似てるね。血がつながってるわけやないし、颯一は感じが変わって帰ってきたけど」

遊びに出歩けなくなった蟹江は、今日は朝から車を洗ったりしているそうだ。

「蟹江さんは森沢さんとあまり接触がなかったと伺っています。颯一さんとはどうだったんですか？」

「どっちも無口なんで、あんまり話すことはありませんでしたよ。似た者同士、相手をどう思うてるんかもよう判りません」

「信輔の器用さは颯一にはなかったけどね。そのかわり、あの子は絵が上手《うま》い。記憶をなくしてもその特技は変わってなかったそうやね。不思議なもんやわ」

するりと颯一の話へ切り替わる。突然の家出については、二人とも言いたいことがありそうだった。

切り出したのは鴻水だ。

「受験の重圧から逃げたようやけど、やっぱり父親が亡くなったのが精神的に応えたんやろうと思います。べたべたと仲のええ親子ではなかった。そやけど、颯一は父親を慕い尊敬してましたよ。雛子さんらはどう言うてるか知りませんが、私らみたいにちょっと距離を置いて見てると判ります。――なぁ」

「そうやね。絵の才能を父親から受け継いでることを喜んでたようやし。ただ、宝泉さんの方はそれに対してつれない感じもしたね」

その件について夫婦での意見交換が始まる。

「兄貴は子供時代から誰に対してもよそよそしかった。そういう性格なんんや。冷たいというのとも違うし、孤高の芸術家気質というようなもんでもない。美大の講師にと声が掛かっても全部撥ねつけたし、弟子も取らんと創作だけに専念した。もし絵が売れんようになっても金の心配は要らんかったし、気楽だったやろな。雛子さんにしても、やりやすい亭主ではあったたと思う」

「颯一の絵、もっと褒めてやったらよかったのに、とは思うわ。本気で絵の勉強をするでもなしに、半《はん》端《ぱ》に上手いのが気に入らんかったんやろか？」

「どうなんやろな。弟の俺にもよう判らんけど、気に入らんということはなかったやろう。内心、喜んでたんやないかな」

「内心ではあかんわ。表現せんと颯一に伝わらん」

うんうんと頷いてから、鴻水は妻の肩を叩いて私たちに言う。

「この人は颯一贔屓なんです。そやし、あの子が家出した時は雛子さんより蒼《あお》い顔になってました。帰ってきたら飛び上がって大喜びです。帰ってきてくれた……まではよかったんやけど」

私も何か言いたくなった。

「颯一さんの家出について、宝泉さんが亡くなった影響が大きいのでないか、という見方を鴻水さんはなさっていました。では、また出て行ってしまったことについてお考えはありませんか？」

「いえ、さっぱり。当惑するばかりです。――どうや？」

「何か深い事情があるんやないか、としか言えんね。記憶が戻って、ここにはもう宝泉さんがいてないことにあらためてショックを受けたから出て行った、というのも変な話やし」

「万一そんな理由やったとしても、置き手紙ぐらい残して行くんやないかな。この前は手紙を書いて残してたんやから」

「そやな。何も言わんとはあの子らしないね」

森沢殺しの犯人だから逃走したとは考えてもいないのか、考えたくもないのか。汀子は表情を曇らせていた。

「颯一さんは六年八ヵ月の間どこで何をしていたのかも覚えていませんでした。どうやって暮らしていたと思われますか？」

火村が質問の方向を変えたが、夫妻にも見当がつきかねるようだった。

「あの子のことですから、まっとうな仕事に就いたんでしょう。どこで何をしてたかは判りません。身元を証明するものもない若造を大きな会社が雇うはずもないので、誰か親切な人と出会うて、飲食店かどこかで働いてたのかもしれんと思うてます。人馴《ひとな》れした物腰になってましたから」

「私もあの子が居酒屋さんのフロアで汗かきながら働いてる姿を想像したりしましたけれど……それやったら苦労したでしょうね。コロナで飲食はものすごう大変な目に遭うたから」

「それや」鴻水は高い声を出す。「コロナ禍があった。まだ終息したわけやないけど、去年、一昨年は未曾《みぞ》有《う》の非常事態やったな。颯一は身一つでそれを乗り越えたんや。歯を食いしばってがんばったんやろうな。労《ねぎろ》うてやりたい」

汀子は私たちに顔を向けた。

「とにかく悪い環境におったんやないと思いますよ。帰ってきたあの子を『たくましくなった』と雛子さんは言うてましたけれど、たくましくなりながら言葉遣いや態度が粗《あら》くはなってません。柔らこうて優しいしゃべり方は以前のままでした」

留意すべき指摘に思えたが、颯一が何をしていたのかを突き止めるヒントにはならない。当人と面談する機会も失われた今、彼の過去を探るのはますます雲を摑むような話だ。

宇津井白雲については——

「武光家の菩提寺のご住職で、白雲さんには祖父の代からお世話になってるんです。お寺は義理の息子さんがしっかり継いでるので、気ままにしてはります。人懐《ひとなつ》っこい方で、月一度のペースで麻雀にいらして、たいていお泊まりになる。麻雀の集いは、もう三年ほど続いてます」

「捌《さば》けた面白いご住職ですけど、太い声でええお経さんを上げてくださいます」

住職と森沢の間には、ほとんど接点がないことがここでも証言された。互いに武光家に出入りする者で素性を知っている、という程度らしい。

「森沢さんは宝泉の絵を大切に扱うてくれはる人で、ありがたかったのにな」

「ほんまにねぇ。それがなんであんなことに……」

「雛子さん、えらいショックやったみたいやな」

「そらそうでしょう。森沢さんを好いて、幸絵という名前まで気に入ってたから。『絵を扱いはるのにぴったりの名前や』って言うて」

私たちを置いて、二人だけで話に耽《ふけ》りそうな夫妻であった。ふだんからよくおしゃべりをする夫婦なのだろう。火村がそれをやんわり断ち切る。

「こちらのお宅の警備システムはどうなっているんですか？」

「ホームセキュリティのことですか？」鴻水が英語で言い直す。「雛子さんのとこと同じ会社と契約してます」

「よう入れ忘れてるけどね」

汀子が言い添える。防犯上の不安をあまり切実に感じていないので、しばしば夜になってもシステムをオフにしたままでいるという。

「事件があった日はどうでした？」

「門には入れてましたけど、煙草を吸いに出る人がいてますから家の警備はオフのままでした。中にようけ人がおって、丑三《うしみ》つ刻《どき》になっても遊んでましたし」

「お開きになって、寝る前にはちゃんと入れましたよ、私が」

麻雀の最中も門の警備システムは作動していたのなら、木戸を抜けてきた颯一がこちらの家を経由して外へ出たのでもないのだ。ますます〈幻の木戸〉の可能性を探りたくなる。

「少し話が逸れますが」火村はさらりと質問をつなぐ。「不躾《ぶしつけ》ながら事業の方は順調ですか？」

おかげさまで、といった返事はこず、鴻水はやや表情を硬くした。

「先生、お尋ねの意図がよう判りませんね。森沢さんの件とうちの事業の間には何の関係もないやないですか。あると疑う根拠でも？」

「いいえ、そうではありません。先ほど奥様が、会社に戻る誓一さんに何やら心配そうにお訊きになっていらしたので、お困りの事案が起きたりしているのかな、と気になっただけです」

「あれですかいな」汀子は苦笑して、鴻水を見る。「隠し立てすることでもないので、お話ししてもよろしいね？」

彼女曰《いわ》く。武光エステートが所有するある賃貸マンションで住民トラブルが発生した。迷惑行為を繰り返す入居者に退去を命じたところ、いったんは受け容れたものの不満がぶり返したのか、「俺の言い分も聞け。契約解除は不当や」と会社まで怒鳴り込んできた。その場に居合わせた誓一が応対してもなかなか引き下がらず、剣呑《けんのん》な雰囲気で「度を越したら警察に連絡やな」となっていたのである。

「『そっちは収まった』と言うてましたから、もう片が付いたんでしょう。それだけのことです」

「ならばいいんですけれど、もし危険を感じたら通報することをお奨めします」

火村の忠告に、鴻水が低頭した。

「ありがとうございます。まぁ、たまにあることですよって、われわれも対処の仕方は心得てます」

間が空いたので、またも私がどうでもいいことを差し挟む。

「宝泉さん、鴻水さんというのは、ご兄弟とも風雅なお名前ですね。特に宝泉さんは日本画家になる運命を先取りしていたみたいです」

鴻水は、照れたように笑った。

「和歌や漢詩が好きだった祖父が文人気取りでつけた名前です。大原の三千院に宝泉院さんていうお寺さんがあるので、そこから取ったみたいです。鴻水は雰囲気がなんとなく宝泉に合うようにしたんやとか。名前に意味があらへん」

「泉と水。意味が響いているようではあります」

とかいう会話を火村が掬う。きっかけを窺っていたかのように。

「水といえば、玄武亭の裏には池があったそうですね。埋めてしまったのが惜しい気もします」

鴻水の笑みがすっと引っ込んだ。

「芝生もええと思いますけれどね。夏場は青々としてきれいですよ。池は蚊の発生源になって厄介です」

「池はいつまであったんですか?」

「埋めたのは、もう二十年以上も前です。よう判らんことをお尋ねですね。池がどうかしましたか?」

「いいえ、別に。縁側に面したあの裏庭に錦鯉《にしきごい》が泳ぐ池があったら似合うだろうな、と思っただけです」

「はあ、錦鯉が泳ぐ池ね。先生が家を建てはる時は、設えたらよろしいんやないですか。蚊にはどうぞご注意なさって」

汀子は、両掌で湯飲みを包んでお茶を飲む。

たかが埋められた池のことで、何故か妙な空気になった。

3

蟹江信輔は私たちを待ちかね、手持無沙汰を紛らわせるため裏庭で作業をしていると聞いたので、火村と私の方からそちらに出向くことにした。縁側に出てみると、彼は箒《ほうき》で掃き掃除をしているところだった。

　面長で尖った顎。やはり私が玄武亭の離れに入る前に見掛けた男であったが、あの時のようにぎらついた目ではない。爛々と輝くどころか、むしろ湖面のごとく静かな目をしていた。内面がどのようなものか測りにくい。

　犯行現場に立ち入るにあたり緊張が高まっていた私の錯覚だったのか、はたまた蟹江信輔の精神状態が最前とは違うせいなのか。いずれであるかは判らない。

「お手を止めさせて、申し訳ありません」

　火村が言うと、蟹江は箒を用具入れにしまった。動きはきびきびとしている。「こちらに」と言われて、縁側に腰を下ろした。火村を真ん中にして三人で日向《ひなた》ぼっこをしているような図になる。

「ワタシの話なんか、参考にならんと思いますけど、訊かれたことには何でも答えます」

　これが第一声。どことなくではあるが一人称の〈私〉がぎこちなく、言い慣れていないように聞こえた。ふだん鴻水夫妻と話す際は〈俺〉なのか、〈僕〉なのか？　どれもしっくりこない。一人称を使わないようにして話すタイプではないか、と勝手に想像した。

「ただね」断わりが入る。「ワタシは大学の先生や小説家さんと違《ちご》うて、しゃべるのはあんまり得意やないんです。そこはご勘弁ください」

　誤解があるので解きたくなる。

「小説家というのは黙って文章を書くだけの仕事ですから、しゃべるのが得意なわけやありません。苦手な人も多いですよ」

「そうなんですか？」

「しゃべって自己表現するのが苦手やから書くことで補おうとしているうちに小説家になった、という人もいます。私もそのクチです」

「そういうもんですか。いや、文章に書かんでも今、口でうまいこと言うてはるやないですか」

これしきの会話でいくらか彼の態度が和らいだ。刑事よりは気楽に話せそうだ、と思ってくれたのなら御の字である。

事件があった夜のことから火村は尋ねていく。下手に雑談めいた話や彼自身についての質問から始めたら、かえって警戒されそうに思ったのかもしれない。

返ってくるのは、これまで聞いた証言をなぞるような内容だった。誓一と利久がやってきて麻雀の集いが始まると、蟹江は二階の自室でテレビを観たり、スマホでゲームをしたりしていて、何も気がつかなかった、と。

「他の方たちは麻雀に興じていましたが、あなただけはずっとフリーでした。何か手掛かりになるようなことをご存じでは、と思ったんですが」

火村は残念がって見せるが、蟹江の反応はつれなかった。

「引っ掛かったことがあるなら話しますけど、なかったんですから諦めてください。ワタシの話なんか参考にならん、と最初に言いました」

「まだ判りません。――翌朝は何時にお目覚めでしたか？」

「七時。いつもどおりです」

夜更かしをした麻雀参加者たちは早くとも八時を過ぎるまで起き出してこないので、彼だけでトーストと茹《ゆ》で卵の朝食を摂り、ざっと庭の掃き掃除をしてから部屋に戻った。そうこうしているうちに八時半になり、離れで森沢の死体が発見される。

「『きゃあ！』と柚葉さんらしい女の声がして、それから雛子さんが『どうしたんや？』と――」

通報を受けた機動捜査隊の車がやってくる前に隣家の変事に気づいた。手助けが要るかもしれないと思って向かったものの、柚葉が転んで怪我をした程度のことではないようだった。何やら恐ろしいことが起きたらしいので怖気づき、木戸の手前で立ち尽くしていた、と語る。

「臆病者《おくびょうもの》やと嗤《わら》われそうですけど、ほんまに足が止まってしもうたんです。只事《ただごと》やない、という気配がすごかった。そのうち『森沢さんが死んでる』と誰かが言うのが聞こえて、びっくりしました。庭や離れで死ぬような事故に遭うとも思えませんでしたから。そうしたら『殺されてる』という声がして……」

遅れて駈けつけた鴻水と汀子に「何があったんや？」と背中から訊かれても、まともに返事ができなかったそうだ。大騒ぎになっているのに白雲だけは姿を現わさない。「寝てはるんやろか。起こしてきて」と汀子に言われた蟹江が住職の泊まっている客間に飛んで行くと、涎《よだれ》を垂らしてまだ夢の中だった。

「白雲さんを呼んできても、何の役にも立ちやしません。殺人現場ですかさずお経を上げてもらうのも手回しがよすぎて変ですから」

などと冗談めいたコメントを付け足すのだから、聞いていたほど無口な人物ではないようだ。いつも黙りこくっているのだとしたら、鴻水や汀子とは共通の話題を見つけにくく、玄武亭の人たちともあまり波長が合わないのかもしれない。

事件の真相解明に役立ちそうな情報は、これまでのところ皆無。「ふぅん、そうですか」と火村は落胆した様子も見せず、わずかに声を低くして言う。

「率直なところ、蟹江さんはこの事件をどう見ていますか？」

「ワタシの意見なんか訊いても仕方がないでしょう。亡くなった森沢さんについてよう知らんのですから」

思いがけない問い掛けだったようで声が上ずったが、不快そうではない。

「ええ。でも、何かぼんやりと感じていることなどありませんか？　私と有栖川は警察の人間ではないので、多少は無責任にお話しいただいても大丈夫ですよ。凶事が起きる予感めいたものがあったとか」

「まったくありませんね」

「事件発生後に感じることも、ない？」

「ワタシも含めてみんな動転してます。みんないつもと違います」

火村は肩越しに後ろを見た。鴻水と汀子が近くにいないのを確認するような仕草である。

「事件の夜から颯一さんが行方知れずになっていることについては？」

「とても変ですね。もちろん気になっています」

「当然ですよね。彼が事件に関係しているとは思いませんか？」

「あからさまですね。そういうのは誘導尋問というんやないですか？」

「失礼」火村は間髪を入れずに詫《わ》びた。「そう受け取られかねない訊き方をしてしまいました。しかし、事件と無関係に颯一さんが姿を消したとも思えず、警察も頭を悩ませているところです。彼が森沢さんを刺したと考える根拠は何もありません。でも、森沢さんが倒れていたのが颯一さんの暮らしていた離れだ。どうしても事件と彼を結びつけたくなる」

蟹江は火村の誘いに乗った。

「結びつけるのは当然でしょうね。森沢さんが彼に会いに離れに出向いて、事件に遭うたようにも思える」

「ええ。彼女は颯一さんのことを気に掛けていたそうですから、帰り際に少し様子を窺いに行ったのかもしれません」

「けど、そこで急に喧嘩《けんか》が始まって、颯一さんが暴力をふるったとは考えにくいし、殺したんで逃げてしもうたんやったら、離れの鍵が寝室に残ってたことに説明がつかんでしょう。——鍵、机の抽斗に入ったままやったそうですね？」

その件については蟹江もよく承知していて、不可解に思っていたのだ。

「はい。おっしゃるとおり」

「一本しかない離れの鍵が抽斗に残ったままやのに、なんでドアに施錠されてたんでしょう？　誰が犯人やったとしても説明がつかへん」

「密室の謎といって、ミステリの世界ではお馴染みです。いくつものトリックが考案されていて、その方面は有栖川が専門としています」

蟹江はぬっと首を突き出して、火村の陰にいる私を見た。

「そしたら有栖川さんはその謎の答えを見破ったんですね。警察がアドバイザーとして呼ぶだけのことはある。何がどうなってるのか、ここで教えてもらうわけにはいきませんか？」

努めて真剣な表情を作り、重々しく答えた。

「あいにくですが、現時点では捜査上の秘密なので」

「はあ……そうでしょうね。無茶なお願いでした」

火村がとうの昔に見当をつけているらしい密室トリックについては、次々に関係者と相対しているのでじっくりと考える暇がないままだ。

「現場が密室だった謎についてはご放念いただいて、颯一さんについてお話を聞かせてもらえますか？」

「何をどう話したらええやら。知りたいことを先生から質問してください」

頭上に瓢簞《ひょうたん》のような形の雲がぽっかり浮かんでいた。太陽がそれに潜り込んでいき、しばし日が翳る。

「蟹江さんは、家出をする以前の彼のことをどれぐらいご存じですか？」

「同じ屋根の下で暮らしてたわけやないので、そう詳しくは知りません。隣の家の子という感覚です」

「親しく話したりは？」

「そんな機会はほとんどありませんでした。お互いに愛想《あいそう》のええタイプでもないし、顔を合わせても短く挨拶するぐらいでした」

「彼のことを何歳ぐらいから知っていますか？」

「ワタシがこの家にきたのは十年前なんで……十六

歳かな。あの子はまだ高校生でした」

「印象は？」

「明け透けに言うてしまうと、どよーんとした感じの子でした。木戸を抜けてこっちに入ってくる時なんか、漫画やったら〈どよーん〉と頭の上に大きく文字が出るみたいな」

誰から聞いても十代の頃の颯一についての人物評にはブレがない。

「他人のことは言えんな。こっちの頭の上にも〈どよん〉ぐらいは出てくるやろうから」

「記憶をなくして帰ってきてからの彼について、蟹江さんはどう見ていましたか？　かなり変わったと皆さんおっしゃっていますね」

「さすがは記憶喪失になっただけある……とか言うのは不謹慎ですね。別人っぽくなりましたけれど、でもまあ、一人でぽつんと庭に立っているのを遠目に見たら、紛れもなくあの子やと思う佇まいでした。右脚に体重を乗せて、腰に手を当てているポーズなんかが。以前もよくそんな感じで立ってました」

雲が太陽の前を通り過ぎ、庭が明るくなる。

「彼と話してみたりは？」

「汀子さんに頼まれて、ちょっと。『あんたの顔を見て何か思い出すかもしれんよって』と。母親や兄姉でさえ判らんのに、そんなにうまいこといきません。こっちが何者なのか、説明してもよう呑み込めてなかったんやないですか。住み込みの使用人と思われたかもしれません。当然のように話は弾みませんでした」

「特に気がついたことなど、ありませんか？」

「まったく」

傍観者的な立場の蟹江だからこそ察知できるものがあると考えているのか、火村はさらに尋ねる。

「颯一さんは家庭内で誰に対して一番心を開いていたと思いますか？　雛子さんではないようですが」

蟹江は喉のあたりを掻きながら、歯切れ悪く答える。

「小さい時は、お祖母《ばあ》ちゃん子やったそうですよ。お訊きになってるのはそういうことやなしに、今の話ですよね。柚葉さんには割と優しくしてもろてたようですけど、心を開いてたかどうかは、また別かな。性格がだいぶ違うて、ぶっきら棒な態度を取られることがあっても、同性の兄貴の方が接しやすかったかもしれませんよ」

「鋭い洞察に思えます」

機嫌よく話し続けてもらうための手管なのか、火村は感心したように言った。

4

「蟹江さんは汀子さんの遠縁にあたると伺いましたが、具体的にはどういう間柄なんですか？」

「そうややこしい関係でもありません。死んだ母親と汀子さんが従姉妹同士というだけで。齢は母親が五つ上でしたけど、子供の時分から仲がよかったおかげで、こんなふうに世話をしてもろてます」

つまり彼は汀子の従姉甥《いとこおい》——従甥《じゅうせい》にあたるわけか。蟹江から見たら汀子は従叔母《いとこおば》。遠縁という表現に明確な定義はないが、それぐらいならはるか遠い親戚でもない。

「世話をしてもらっているのは蟹江さんではなく、こちらのご夫婦じゃないですか？　色んな仕事をこなしていらっしゃるそうですから」

「大したことはしてません」

事件のことから話が切り替わったせいで、蟹江はリラックスしたようだった。横顔を見ているだけで判る。

彼が生まれたのは六地蔵《ろくじぞう》。京都市を南にはみ出して宇治《うじ》市である。幼い頃に身持ちのよくない父親が妻子を捨てたため、母親の手一つで育てられた。

経済的に苦しい中、大学を卒業できたのは彼自身が懸命にアルバイトをしたことと汀子の援助に依《よ》る。その頃から世話になっていたのだ。大学在学中に「車の免許を取っとき。社会人になったら要るで」と勧めてもらってもいた。それが後年、この家で役に立っている。

運命は彼に冷たく、大学を出る間際に母親が病《やまい》で他界し、親孝行をする機会が失われた。失意のまま大阪で通信システム関連会社に就職するも、精神的に苦しい時期に人間関係のごたごたに翻弄《ほんろう》され、三年ほどで退職。アルバイトや派遣社員としていくつもの仕事を転々とするうちに体調も崩して、就労が困難になってしまった。

「そこを汀子さんが助けてくれたわけです。命拾いをした、と言うても大袈裟やありません。ありがたかった」

手を合わせて拝むふりをした。

「恩人なんですね」

「鴻水さんも、です。よくしてもろてるので、その恩にはできるだけ報《むく》いたいとはいつも思うてます」

塀で囲まれたこの静かな空間に安らぎを見出《みいだ》し、満足しているのが窺えた。

「ワタシにとっては神様みたいな人らです。『いつまでもおったらええ。ずっとでもかまへん』とまで言うてくれてるんですから。『もしここが嫌になって出て行きとうなったら、それも自由や』とも。ワタシ、結局は恵まれてるのかもしれません」

彼が順応しようと努めた結果なのではないか、とも思う。恵まれていると本人が感じているのなら、どうでもいいことではある。

恩人である従叔母夫妻への感謝を蟹江はつらつらと述べた上で、こんなことも付け足す。

「鴻水さんは苦労知らずのおぼっちゃんで、あくせくせんでも毎月たんまりお金が入ってくる結構な身分です。社長というても持ってる資産を守ってるだけみたいなもんやし。汀子さんも裕福な家で生まれ育ったお嬢さん。そういう人種の中には、もっともっとお金や力が欲しくなってがつがつする奴もいるみたいですけど、あの二人は違います。為すがまま、成るように。運命が自分たちにつらく当たることはないと安心しているのか、悠々と生きてます。羨《うらや》ましいことです」

生活に余裕があるので心安らかというだけでもない、と言う。

「そんな暮らしをしてたら、かえって不安になる人もおりそうです。満足のいく生活を守ろうとして、みっともないことを平気でするのもいてるけど、鴻水さんと汀子さんは違う。常に今現在を味おうて楽しんでる。済んだことにくよくよせんし、先のことを心配することもない。齢を取ってきてからやのうて、昔からです。そういうの、なかなかできひんでしょう」

言うは易《やす》しで、実行するのは難しい。私など、子供時代からお祭りに出掛ける時にもう帰り路《みち》の淋しさを想像してしまう損な質だ。今だけを存分に楽しみ、味わおうとしても、十年後も作家稼業を続けられているか案じてしまう。

「刹那《せつな》的というのとも違います。とにかく今を生きてる。今、今、今で、夫婦揃って将来に漠然とした不安を抱くやなんてことがありません。見習いたいけど、ワタシなんかにはできそうにないな」

「私にも実践できません」

本音を口に出した。自分の話が相手の心に届いているのを感じたのか、蟹江は微笑する。

「日本人にしては珍しいタイプでしょう。聞き齧《かじ》っただけの知識ですけど、日本人は心配性で、生きづらくて幸福度が低いと言います。遺伝子が関係しているそうですね。不安遺伝子というのを外国の人より高い比率で保有してるんやそうで、漠然とした不安に怯えがちです。——有栖川さん、こんなことを言われたことがあるでしょう？　将来に備えてしっかり努力しろ。十年後にこうなりたいという目標があるのなら五年後はどうあるべきか。そうなるためには三年後にどうあるべきか」

十代の頃、そんなことを言うのが好きな学校の教師がいたし、会社員になってからも上司から聞かされた。

「一年後、一ヵ月後、一週間後とブレイクダウンしていって、それやったら今何をするべきかまで目標を定める。計画性がのうて頼りないワタシなんかは耳が痛いな、と思うてしまいます。ある時、テレビでコメンテーターみたいなのがそんな話をしてたら、鴻水さんと汀子さん、何と言うたと思います？　くすくす笑いながら『アホやがな』『アホらし』ですよ。常に今を踏みにじった虚《むな》しい生き方やと感じたんでしょうね。すごいな、と感心しました。お金の心配がない身の上やから言えるにしても、遺伝子も違うんかな」

　結局、蟹江が最も熱心に語ってくれたのは、鴻水と汀子についてのこんな話だった。そんな夫妻は、年に何度か温泉のある高級旅館を泊まり歩くこと以外、これといった趣味や道楽はないそうだ。

「二人の娘さんが自由に生きているのも、両親の影響なんかな」

　私がぽつりと言ったら、即座に「そうです」と返ってきた。

「愛媛に嫁いだ上の娘さんとは二、三回会うてます。優等生タイプなんですけど、楽観的で気さくなところは汀子さんとよう似てる。下の娘さんは外国に行ったきりで会うたことがありません。やっぱり気質が遺伝してるんでしょうね。両親は『世界のどこにおっても幸せにしてたらええ』と娘の生き方を受け容れてます。——鴻水さんと汀子さんの話、しすぎましたね」

「少しお話ししただけで仲のいいご夫婦だと判りました」私が言う。「今日が結婚記念日だそうですね。祝うどころではなくなったのが残念でしょう」

「嵐山に行く予定がパーです。舟遊びをしてからご馳走を食べるはずが……。仕方がありません」

「蟹江さんも本当やったら息抜きできる日だったそうですね」

「遠出の予定がねぇ」とステアリングを握る真似をするので、ドライブが趣味かと思ったのだが、別に車の運転が好きなわけではない、と言う。

「常日頃こんなところに閉じこもってる大人の男が羽を伸ばして息抜きと言うたら、判るやないですか」

ヒントを与えるつもりなのか、うっすらと下卑《げび》た笑みを浮かべたので、見当がついた。

私たちを相手に気が緩んでいるらしいと感じたのか、火村がまた質問の方向を変える。

「こことお隣では裏庭の様子が違いますね。あちらは芝生が敷いてある。元あった池を埋めたと聞いたんですが、何か事情があったんでしょうか？」

蟹江は、そんなことを訊いてどうするのだ、というように唇をすぼめた。

「事情……ですか。うーん、秘密にするほどのことでもないか。ないな」

ためらいを見せてから、打ち明けてくれる。

「ワタシは名前すら知りませんけど、颯一さんの下に妹がおったんです。一つか二つ年下やったんかな。かわいそうなことに、その子がよちよち歩きで遊んでるうちに池に落ちて、溺《おぼ》れて亡くなったんやそうです。雛子さんは半狂乱で悲しんで、『こんな池はもう見とうもない。埋めてしまう』となったらしいです」

「よちよち歩きで庭の池に落ち、溺死《できし》するというと、よほど幼い時ですね？」

「二歳ぐらいだったんかな。詳しいことは汀子さんにでも訊いてください」

痛ましい事故だ。愛娘《まなむすめ》を死に至らしめた池を見たくもないから埋めさせた、という雛子の心情も理解できる。

颯一に妹がいたことからして初耳だったが、そんな幼い時の出来事が十九歳での家出やその後の記憶喪失につながっているとは思えない。ましてや三日前の森沢幸絵殺害に。捜査に関係のない情報を引き出してしまったようだ。

「芝生の庭、先生方は見はったんですね？　真ん中あたり、細長くぼこっと盛り上がったところがあったでしょう。あれは池に架かってた石橋を埋めた跡やそうですよ」

　事件に関係がないのは明らかだから、悲しい事故について正直に話す必要はないと判断して、誓一も鴻水も汀子も蚊のせいで池を埋めたことにしたのだろう。以前にも誰かにそんな説明をしたことがあるので、三人の口裏がぴたりと合ったと思しい。

「玄武亭最大の悲劇です。――いや」蟹江は言い直す。「訂正します。最大の悲劇は森沢さんが殺されたことですね」

　訊くことが尽きたようだ。

　ちょうどそんなタイミングで、木戸が音もなくゆっくりと開いた。

5

　蟹江の話をぼんやりと聞いて精神が弛緩《しかん》していたわけでもないのに、不意に木戸が開いた途端、もしや颯一が戻ってきたのでは、とあらぬことを思ってしまった。楠木利久が山本周五郎の短編小説に言及してから、過度に木戸を意識してしまう。

　現われたのは南波警部補だった。縁側に並んだ私たちを見て、「おや」と言ってから近づいてくる。

「日光浴をしながらお話しになってたんですか。本当に今日はいい日和ですね」

「捜査は進んでるんですか？」

　呑気《のんき》な言い草に鼻白んだ顔をして、蟹江が尋ねた。南波は真面目ぶった事務的な口調で答える。

「やるべきことを全部やり、結果が出るのを待っている状況です。引き続き、ご協力をよろしくお願いします」

「颯一さん、舞鶴に向こうたんやないですか？　あっちで見つかりそうに思うんですけどね、何となく」

「念のため舞鶴署に照会中です。あちらで記憶をなくして発見されたというだけの縁ですから、その線は薄いと思いますけれどね」

「そうですか」

蟹江は腰を浮かせながら、行ってもかまわないか、と目顔で私たちに問うた。

「お時間を取らせました。ありがとうございます」

火村が言うと、軽く会釈をして家の中に去った。

予定が潰《つい》えた午後、彼はどうして過ごすのやら。

事件当夜、現場の敷地内にいた者で残るは宇津井白雲だけになったが、ここにきて住職から爆弾発言が飛び出す気もしない。それでも火村は会って話を聞きたがるだろうが。

「うちの親分が離れにきていはります。先生方のお話を伺うために」

南波は親指を立てて、玄武亭の方を示す。

「柳井さんがこちらに？　下鴨署に出向いてお目に掛かろうと思ったのに」火村はすっと立った。「では、行きましょうか。その前に、ご夫妻に挨拶をしてきます」

出向くまでもなく鴻水と汀子が奥から出てきた。蟹江が戻ってきたので、面談が終わったことが知れたのだ。

「森沢さんのためにも早期の解決をお願いします」

「颯一のこと、早う見つけてやってください」

頭を下げられた南波は、「必ず」とだけ威厳《いげん》のある声で応えた。

夫妻に見送られて、私たちは玄武亭へと戻る。木戸が閉まるまで、背中に二人の視線が感じられた。

南波が離れのドアを開くと、死体が横たわっていたあたりの床を見下ろしていた柳井警部が顔を上げて、私たちを迎えるように小さく両腕を広げる。人形遣いに操られ、静止していたマリオネットが動き始めたかのごとき動作だった。

「有栖川さんとはお久しぶりですね。火村先生にはコロナの最中《さなか》もちょくちょくお目に掛かって助言をいただいていますが」

「お変わりないようで」

広い額がせり出した短軀の警部を見ると、いつも福助人形を連想してしまう。敏腕刑事らしい目付きの鋭さを別にすれば、やっぱり福助だな、と今日も思った。

「あちらで聞き込みをなさっていたんですね。せっかちに訊いてしまいますけれど、この事件を調理する食材は揃ってきていますか？」

火村に答えてもらう。

「さすがに、まだ。あれこれ手に入れはしましたが、食べられるかどうかの判別もつきかねます」

「如何《いか》に先生と有栖川さんであっても、無理はありませんね。宇津井白雲という麻雀好きの住職のところには、南波に案内させます。ここから車で十分ちょっとです。——座りましょう」

警部は挨拶をするためだけにやってきたのではない。ソファに腰を下ろすなり、「ところで」ときた。

「死体発見時にこの離れが密室状態だった謎について、先生は早々と仮説を立てられたそうですね。南波からそう報告を受けました。どういうことなのか、お聞かせいただけますか？」

傍らで南波がこっそり微苦笑をしている。警部の思わぬ勇みぶりを可笑《おか》しがっているらしい。雛子の登場によって話がぷつりと切れたままだったので、密室の件については南波も気になっていたはずだが。

「あくまでも仮説としてお聞きください。うまく行けば鑑識の捜査によって、その正しさが立証できるかもしれません。——密室トリックの専門家を差し置いて、俺がしゃべってもいいんだな？」

私に確認を求めてきたので、やや邪険に頷いておいた。

「森沢幸絵を殺害した後、犯人が意図して現場を密室にしたとは思えません。被害者の背中にナイフが突き刺さっているのですから自殺や事故死に偽装できるわけもなく、わざわざそんなことをする必要がまるでないからです。この離れが密室になったのは、犯人さえ予期せぬハプニングによると考えるのが妥当でしょう」

柳井と南波は、同じように脚を組んで聞いていた。斜めになった脚の角度がきれいに揃っている。

「異論はありませんね？　予期せぬハプニングといっても奇想天外な事象が起きたわけではない。すぐに思い浮かぶのは、以下のような状況です。——犯人が庭で森沢を刺し、被害者は離れに逃げ込んだ後、施錠してから絶命した。これだけのことです」

「離れが犯行現場ではなかった、とおっしゃるんですか？」

失言を咎《とが》めるような調子で南波が言った。

「はい。被害者の出血が少なかったため、凶行が演じられたのはここではない、と見極めにくかったものと考えます」人差し指が立つ。「もう一つ。捜査する側にとって不運なことに、事件発生からまもなく雨が降りました。犯行現場に錯誤が生じたのは、降雨が庭にこぼれていた被害者の少量の血を洗い流してしまったせいもあるかと」

「可能性は否定できません。しかし……」

そう言ったきり、警部補は黙した。大いにありそうなことだと認めたようだ。柳井はすんなりと納得しない。

「ナイフで刺されながら離れに逃げ込みますかね。助けを求めて母屋に向かいそうに思います」

火村より早く、隣に座る南波が応じた。

「離れのすぐ近くで刺されたのなら、母屋に向かわず離れに飛び込むんやないですか？　以前から武光邸に出入りしていた被害者はここが施錠できることを知っていたでしょうし、離れにいる颯一に助けを求めようとしたとも考えられます」

犯人は颯一ではない、と仮定した場合のことだ。

「待て。颯一はその時は離れにいたのか？」

「いたかどうか判りませんが、被害者は彼がここにいると考えたんですよ。母屋に逃げ込めたとしても、そちらにいるのは女二人、雛子と柚葉です。男の方が犯人の暴力に対抗しやすい」

「離れに颯一がいてなかったら大変やぞ。電話がないんやから。こんなところに自分を閉じ込めたら救助を呼べんようになってしまう」

「自分のスマホを使うつもりだったんでしょう。ところが、離れに飛び込む直前にスマホの入ったバッグを奪われてしまった」

「さらにまずいことに、離れに颯一はおらんかったんやな？」

「すでにこの家の外へ出てしまっていたんでしょうね。そうでないと彼も閉じ込められてしまったはずですから」

「瞬時にどこまで被害者の頭が働いたか……。何とも言えんな」

火村がその点は認める。


「はい。確実な推理をすることができません。どれだけそれらしい仮説を組み立てても、被害者が亡くなっているため答え合わせはできなくなりました。

——こんなことも考えられます。背中をナイフで刺された被害者は、自分の命が助からないことを直感した。助かるのは諦め、せめて犯人が何者であるか言い残したくなったとも考えられます。しかし、メッセージを書き記す紙とペンはない。出血が少なくて血文字も残せない。たとえ筆記具が揃っていたとしても、犯人の眼前でそんなものを書いたら消されてしまうに決まっている。だから、離れに入って施錠した」

「ここに入れれば筆記具が、あるにはありますね。最期の力を振り絞り、奥の部屋まで行かなくてはなりませんけれど」

南波が言うのに「はい」と応えてから、火村はこんな見解を示す。

「瀕死の被害者は、歩いても這っても奥の部屋まで行けなかったようですが、それでも目的を果たすことはできると思ったかもしれない」

　思わず私は「どうやって？」と訊いてしまった。あたりを見回しても、筆記具に代用できそうなものはない。

「ミステリ作家からの質問に答えよう。犯行が突発的なもので、犯人が手袋をしていなかったとしたら？　背中に刺さったナイフのグリップには犯人の指紋が付いている、と被害者は期待できた。期待したなら、死にゆく自分を離れに閉じ込めるという選択もあり得ただろう」

　犯人が手袋をしていなかったという仮定に基づく仮説にすぎないが、そんな可能性まで考えていたことに驚いた。言った本人は得意げどころか、もどかしそうに口許を歪めている。

「――なんていうのも、被害者が死んでしまった今となっては答え合わせできない。理詰めで考えても被害者の想いにたどり着けない場合は多々あるにしても、もう少しクリアにしたかった」

　柳井から声が飛んだ。

「火村先生がいくら頭脳をフル回転させても、無理なものは無理です。犯行の動機にしても、しばしばそうやないですか。やった本人が、とぼけているわけでもないのに『なんであんなことを……』で説明し切れない。われわれにできるのは、実証できることを実証する。それだけです」

　犯罪捜査の限界を弁《わきま》えていることに、かえって刑事としての矜持を感じた。火村も「そうですね」と素直に聞く。

　と、南波が唸りだした。柳井は眉間を寄せる。

「何や、どうした？」

「あ、いえ。火村先生のお話を聞いて、犯行の様子が頭に生々しく浮かんできたんです。ナイフで襲撃され、離れに逃げ込もうとする森沢幸絵。彼女からバッグをひったくる犯人。からくも離れに入って施錠する森沢。ナイフはその背中に刺さったまま。床に倒れて絶命する森沢。一連の流れを想像すると、ドアが開かないことに犯人は焦ったでしょうね」

「トドメを刺せないから、か？」

「どうでしょう。トドメは刺せなくても、被害者に致命傷を負わせた手応《てごた》えはあったんやないでしょうか。犯人が焦ったのは、凶器が自分の手の届かないところにいってしまったからです。グリップに指紋が付いているかもしれないのに、回収できなくなりました」

窓から覗けば、倒れて動かなくなっている被害者とその背中に突き立つナイフが見えたはずだ。すぐそこに見えていてもドアは閉ざされ、取り戻せない。

「離れの外で地団駄を踏むことはない。どうしても回収したかったんやったら、窓ガラスを石で叩き割って中に入ることもできた」

「危険ですよ。窓から出入りするのは楽ではないし、ガラスを破る音で不審に思った誰かが様子を見にやってくるかもしれません」

「指紋が付いた凶器を放置はできんやないか。であるにも拘《かかわ》らず犯人が回収を諦めたのは、あのナイフのグリップの形状からして残留指紋はない、と考えたからやろうな」

「抜かりなく手袋を嵌めていたとも考えられますね」

どこまで的中しているのか判らないが、離れのドアのノブを引いたり、窓から内部を覗き込んだりする犯人の姿が確かに脳内に浮かんだ。茫洋《ぼうよう》としていた事件に幾許《いくばく》かのイメージが付与された。

柳井と南波のやりとりが一段落したところで、火村が言う。

「犯人が窓ガラスを破ってまで離れに入ろうとしなかったのは何故か？　おそらくお二人がおっしゃったことのどれかが正解であろうと考えますが、これについては答え合わせが可能です。犯人を捕まえて吐かせればいい」

静かな声ではあったが、柳井や南波を、そして私や自分自身を鼓舞しているかのようだった。

「答え合わせができることは他にもありますね」柳井は目を細める。「犯行現場が離れではなく庭だったのなら、雨が降ったとはいえ敷石の縁にでも被害者の血が残っているかもしれません。目に見える形で付いてなくても試薬で検出はできそうや。ちょっとした雨ぐらいでは消えん。鑑識を呼んで徹底的に調べ直します」

「ぜひ」

南波は反省の弁を口にする。

「離れで死体が見つかったもので、ここが現場だと初手から思い込んでいたのは迂闊です。短絡的すぎました。少しは疑うべきやったのに」

これについては、火村からフォローが入る。

「思い込みが生じた原因は、ここで寝起きしていた颯一が失踪してしまったことでしょう。彼が森沢と揉めて殺してしまい、慌てて逃げた。そんな図がいったん浮かんだから、すべてはこの部屋で為されたように錯覚してしまった」

「まさにそんな感じです」

私も無言で独りきりの反省会を催していた。どうやって密室ができたのか、火村より先に解明できなかったのが悔やまれる。彼が言ったとおり、ミステリ作家ならば現場の状況を聞くなり閃《ひらめ》いてもいい類のハプニングであった。

――どんな人物が犯人であっても現場を密室にする理由はなかった。

――この離れは、犯人が意図しないまま密室になってしまったのさ。

そこまで答えを示唆してもらい、「密室の謎は、お前に解いてもらうつもりだったのに」とまで言われたのに、何たることか。

「こっちで有栖川が内省に耽っているようですが」火村が警部らに言う。「邪魔せずそっとしておきましょう。私たちが木戸を通って行ったり来たりしている間に、新たに判った事実はありますか？」

捜査の司令塔たる柳井は、苦々しげに首を振る。

「舞鶴署から報告を受けましたが、颯一は向こうに姿を見せたりはしていません。身元不明で見つかった彼の世話をした生安係の者が丁寧に調べてくれているようなんですが。颯一が舞鶴に戻る理由もありませんからね」

「藁《わら》にもすがる思いで頼るとしたら、その生活安全係の人か、彼を浜辺で見つけた女性ぐらいですか。中学校の若い先生でしたっけ？　身元が判明するまでの数日間ですが、交流があったように南波さんから聞いています」

「入院中、何度か見舞いにきてくれた程度です。わずかな縁ですけれど、生安の人間は――権野というんですが――その教諭の身辺に注意しています。颯一が頼ってくることもあり得る、と読んでいるらしい。そう思わせるものがあったんでしょう。優しくされたんかな」

わずかな縁とはいえ、彼と彼女は極めて特別な出会い方をしている。権野はドラマの第二幕が始まる気配を感じているのかもしれない。

6

南波が運転する車で、次の関係者の許へ向かうことになった。宇津井が住職を務める法海寺《ほうかいじ》は、鞍馬方面に向かう道の途中にあるという。

その前に、運転席から「先生方、食事がまだでしょう？」と人間らしいことを訊いてくれる。警部補は署で軽いものを腹に入れてきたそうだが、私たちにそんな間がなかったのを判ってくれていたのだ。

「一食ぐらい抜いても平気ですけれどね」

私の意思を確かめもせず火村がとんでもないことを言っても、「いやいや」と軽食が摂れる近くの喫茶店に車を付けた。頼んだ海老《えび》ピラフがおいしかったので、南波の好感度が上がって止まらない。

食後のコーヒーを飲みながら、こんな配慮も。

「有栖川さんは、新作の取材のために京都にいらしたんですね。火村先生から事前に聞いていています。朝から晩までずっと捜査にお付き合いいただくのは申し訳ない」

「かまいません。どこで何を見る、という目的があったのでもなく、京都の空気が吸えたらそれだけで取材になってます」

「お言葉に甘えてばかりも気が引けます。今晩は篠宮さんが有栖川さんをお迎えするご馳走を用意なさってるんやないですか？　がっかりさせるわけにはいきません。適当なところで切り上げていただいたら結構ですよ」

　火村がお世話になっている下宿の大家さんの名前をちゃんと頭に入れている。婆ちゃんは「おいしいもん、用意しときますよ」と言ってくれていた。

「お二人で捜査会議に出ていただくこともよくありますけれど、今回はご無理なさらないでください。どんな報告が集まってどういう方針が立てられたか、追ってご連絡します」

　では、そうしようか、ということになった。明日は午前中から捜査に加わることにした。

「では、行きましょうか」

　宇津井白雲の寺まで十分少々しか要しないという。たったそれだけしか離れていないのに白雲が麻雀の集いに泊りがけでやってくるのは、どうしてもアルコールが入るからだった。

　法海寺までの車中でも意見交換が行なわれる。南波は火村と話す時間を無駄にしたくないのだ。食事中だけは我慢していたらしい。

「いまだ行方が知れない颯一は歩いてどこかに向かったとも思いにくい。誰かが車で拾ったのではないか、という見方をする者もいます。先生方はどうお考えですか？」

　運転席から訊かれて、火村が応える。

「誓一とそんな話をしましたよ。何か企《たくら》みのある人物あるいはグループXが彼の背後にいるのではないか。Xは、颯一を舞鶴の布引浜まで運んだ。そして事件当夜、そのＸもしくはそれとは別のＹが颯一を連れ去ったのでは、と。ＸとＹが同一人物の可能性まで出ました」

南波は「ほお」と声を上げた。

「ＸだのＹだの実在するとしたら何者なんでしょうね。ＸとＹが同一人物やとしたら、まるで森沢を殺害するため颯一を刺客として武光家に送り込んだみたいですけど、そんな馬鹿な話はないでしょう」

「現実味がありませんね。事件当夜に武光邸にいた人たちのほとんどは、Ｘではない。颯一が浜に現われた夜も麻雀の集いがあったので、舞鶴にはいなかったことが明らかです」

私は火村を制せずにはいられない。

「待て。『ほとんど』と言うたけど、全員やろう。雛子さんと柚葉さんも京都におったことが証明できるみたいやぞ」

「すぐにバレる嘘はつかないだろうから、アリバイが成立するんだろうな。でも、一人だけまだ可能性を消し込めていない。森沢幸絵だ」

見落としていた。しかし、その後に被害者になる彼女がどんな事情があって颯一を布引浜に運んだのか、見当もつかない。火村自身も同様だった。南波はというと——

「その発想はありませんでした。色んな見方ができるものですね。しかし、Ｘが実在するとしても森沢ではありません」

颯一が布引浜で発見された日、森沢は前夜から商用で東京に行っていたという。事件に関係があるとも思えない事実なので、私たちには話していなかったのだ。

「確認が取れているんですね？」と火村。

「はい。被害者の最近の行動を洗っていたところ、問題の夜は晩《おそ》くまで銀座の画廊のオーナーと一緒でした」

准教授に失望した様子はない。

「何だよ、横から人の顔を覗き込みやがって」と私に。

「盲点を突く仮説が潰えて、がっかりしたんやないかと」

「可能性の問題として指摘しただけで、XだのYだのが武光家の内部や周辺にいるというのが俺にはしっくりこない。論理的に説明しにくいところだけれどな」

何者かが颯一を車で運んできたのではないか、というのは舞鶴署の権野も考えたことらしい。だが、それらしい車を突き止めることはできなかった。存在したかしなかったかも判っていない。

「舞鶴での颯一の言動に、何か手掛かりはないんでしょうか？　些末《さまつ》なことが思いがけず今回の殺人事件につながっているかもしれません」

私の言に、南波は面倒がらずに答えてくれる。

「有栖川さんもそう思いますか。私もそこが気になって、権野さんとは電話で長い時間しゃべったんですよ。随分と細かい話も聞かせてもらいましたが――」

権野が語ったことを、南波は口移しで伝えてくれる。話し上手な捜査員なのだろう。浜辺や病室の情景、女性教諭とのやりとりが脳裏に浮かび、私は引き込まれた。聞いているうちに、小説に書いてみたくなったほどだ。彼と彼女の出会いと別れは、感傷的な短編になりそうである。

ラストシーンまで思い描けたが、オチらしいものは付かなかった。付かないままでいてもらいたい。殺人を犯して逃走してきた彼を、彼女が匿って窮地に陥るなどという展開がないことを希う。

「しかし、事件に関係がなかったとしても、颯一の身に何があったのか知りたいもんですね。六年八ヵ月の間にどこで何をしていたのか、赤の他人の私でも気になります」

「六年八ヵ月」

捜査中に繰り返し出てきている時間なのに、火村が今さらのように復唱した。人差し指が唇をなぞっている。

「どうかしたか？」

訊いたら指が止まった。

「引っ掛かるんだ。六年八ヵ月。……七年弱」

「なんで言い換える？　何がどう引っ掛かってるのか言え。車の中やから密談にはもってこいやぞ」

「込み入った話でしたら、そのへんで停めます」

二車線の府道で路肩に停めるスペースはない。ゆったりとした駐車場を持つコンビニがあったので、警部補はその片隅に車を入れた。短い時間なら商売の邪魔にはなるまい。

「南波さんに一つお訊きします」火村は言う。「六年八ヵ月前に家を出た際、颯一は書き置きの手紙を残したと聞いています。それは確認していますか？」

「見せてもらいました。筆跡鑑定も済んでいて、本人が書いたものです。不自然な点はありません」

「日付は？」

「入っていませんでした。あらたまった手紙でもあるまいし、普通そこまでは書かないでしょう。――あれが事件と結びつくんですか？」

「書き置きの手紙自体はどうでもいいんです。颯一がいなくなった時、警察へ行方不明者届も出していなかったそうですが、それは颯一が知らなかったことなので、やはり問題にならない」

「先生、何をおっしゃろうとしているのか判りません」

火村は「失礼しました」と言って、説明をやり直す。

「舞鶴で颯一が発見された後の様子について、先ほどの南波さんのお話を聞いているうちに妙な気がしてきたんです。身元が不明のままだったので、颯一は仮に〈オウギ〉と呼ばれていたそうですね。その時、舞鶴署の権野さんたちは、こんな疑念を抱いた。

――オウギは本当に記憶をなくしているのか？」

「本当に記憶喪失に陥っているのかどうか、医学的に断定はできませんでしたからね。わけありで演技をしているかのう性も疑ったみたいです」

「その時点で、オウギは三つの謎を持つ男でした。一、彼は本当に記憶喪失なのか。二、彼が記憶をなくしたふりをしているのなら目的は何か。三、彼はどこの誰なのか。——彼が所持していた扇を手掛かりとして調べると、武光家が発注したものであることが判り、六年八ヵ月前に家出をした次男・颯一だと判明しました。颯一は迎えにきた家族に連れられて自宅に帰還」

「ええ、ええ」

南波はじれったそうである。

「家に帰った後も颯一の記憶は戻らないまま。人格に変化が生じていたので、空白の六年八ヵ月の間に何があったのかが謎の焦点になっていた。森沢幸絵が殺害される事件があり、颯一がまたも失踪してしまったために、謎は深さを増したのですが……いつの間にか疑念の形が変わってしまっている。空白の六年八ヵ月、彼はどこで何をしていたのか？　そればかりを詮索していましたが、問い直すべきでしょう。先ほど三つ並べた謎の一と二です。——颯一は本当に記憶をなくしていたのか？　演技をしているのなら目的は何か？」

南波はステアリングに両手を置いたままで、すぐには応えなかった。火村の問い掛けについて検討しているのだ。

なるほどな、と私は思う。どうしたことか、颯一に何があって人格が変わったのかを考えるばかりで、記憶喪失そのものが演技ではないかと疑うのをやめていた。

「ずっと記憶をなくしてる演技をするのも楽やないぞ」私が言う。「わざわざそんな真似をする目的は？」

予想してはいたが、火村は明確な答えを用意していなかった。

「何らかの目的があってそんなことをしている。そうとしか言えない。——これじゃ不満か？」

「いや、想像力を使えるのが楽しい。こんなストーリーが考えられる」

運転席の南波は、後部座席の私たちのやりとりを聞くため上半身を捻った。火村は言う。

「聞かせてくれ。有栖川有栖・作のとんでもないストーリーを」

「とんでもなさが足りんかもしれへんけど——颯一が家を出たのは、武光家で何かやばいものを見るか聞くかしたためだった、としよう。彼は身に危険が及ぶのを恐れて家を出たんやが、時間が経つと自分の見聞を疑うようになる。何かの勘違いだったのではないか、と。疑いだすと悩ましくて、確かめずにはいられなくなる。確かめるためには、家に戻らなくてはならない。もし勘違いでなかったら、戻った途端に危害を加えられるかもしれない。そこで一計を案じ、記憶を失って帰ってきました、という芝居を打つことにした。そういう状態であれば、彼が恐れている相手もいきなり攻撃はしかけてはこず、様子を見ようとするやろう。そうしておいて、疑惑の真偽を確かめようとした」

すぐには返事がない。

「あかんか？」

「颯一が知ってしまった武光家の秘密というのがイメージしにくいけれど、一考に値する仮説かな」

「おお、高評価やな」

「高く評価したつもりはまったくないんだが」

南波が私を焚《た》きつけてくる。

「有栖川さん。火村先生のイメージがふくらむようなストーリーはありませんか？　われわれは正解に手を伸ばしているのかもしれませんよ」

そこまでの自惚《うぬぼ》れは持てなかった。職業柄、ある家の重大秘密ときたら、誰かの死の真相といったことを思い浮かべてしまう。颯一が家出をする数ヵ月前に父の宝泉が他界しているが、持病の糖尿病によるもので不審な点はない。あったとしても、医学の心得がない次男だけが真相に気づくというのは考えにくかった。

「父親が毒を盛られているのを目撃した、ということもないやろうしな」

「ないでしょう」南波がきっぱりと言う。「そんなことだったら黙っていられず、彼は警察に相談したはずです。匿名の電話や投書という手段も取れましたた」

「リアリティがありませんよね。他に亡くなった人はいてない。人死にとは違う秘密となると……」

幅が広がりすぎて考えられなくなった。そんな私を見限ったか、南波は質問の相手を変える。

「先生は六年八ヵ月という年月に引っ掛かりを覚えているようでした。何故ですか？」

「行方が知れなくなってからもう少しで七年というタイミングで颯一は姿を現わしました。偶然かもしれませんが、際どいタイミングです。生死不明のまま七年が経過したら、失踪宣告によって死亡したと見なされかねなかった」

ここで失踪宣告という言葉が飛び出すのは、思ってもみなかった。誰かの所在・生死が不明になった場合、その状態を法律は放置しておけない。相手が姿を消したからといって婚姻関係の解消も遺産の分配もできなくなっては社会的にまずいので、生死不明から七年が経過したら法的に死亡したものとして扱うことを民法が定めているのだ。乗っていた船が沈没するなど、死亡した疑いが濃厚な場合は特別失踪といい、一年が経過したら宣告が下される。本人の生存が確認されたら死亡の宣告が取り消されるのは言うまでもない。

「書き置きの日付がどうの、行方不明者届がどうの、南波さんに訊いたのは、失踪宣告に関わるかもしれない、と思ったからです」

「失踪宣告は自動的に成立せず、利害関係人の請求を要するものですから、先生は行方不明の起点が確定しているかどうかを確かめたかったんですね？」

「ええ。でも、顧慮する必要はありませんでした。家族が行方不明者届を出したのか、颯一がいつ失踪したかが周知のことになっていたか、いずれも彼自身は知りようがなかった。いつ家を出たのかは確定している可能性が高い、と考えたはずです」

「と考えて……。すみません、何の話をしていたんやったかな」

「あと四ヵ月が経過したら家族が――取りも直さず雛子でしょうが、失踪宣告を請求できるようになる。そんな時期に颯一は布引浜に出現したんです。偶然、そういう巡り合わせになっただけかもしれませんが、引っ掛かりを覚えます」

　火村が言わんとするところは理解した。

「つまり、お前はこう言いたいわけや。颯一が姿を現わしたタイミングには意味がありそうで、わざとらしい」

「忌憚《きたん》なく言えばそういうことだな。――思いつきの域を出ず、邪推っぽいですね。南波さんがお尋ねになったので、吐き出しました」

「先生が感じた引っ掛かり、覚えておきましょう。私も、わざとらしい気がしてきました」

　もういいですね、とばかりに南波は車を出す。シートに深くもたれた私は、火村が持ち出した失踪宣告の件について考えた。

　まだ二十歳前の息子が家出をし、七年経っても所在不明というだけで、法律的に死亡したとみなしてもらいたがる母親はいないだろう。いたら異常である。火村は当人が自覚しているとおり邪推をしかけただけだろう。

　失踪宣告されるかもしれない、と颯一が懸念したのであれば、それもまた普通ではない。母親との関係が複雑であったとしても、過剰な心配ではないか。まかり間違っても死んだことにされたらたまらない、という事情が彼の側にあったのだろうか？　近々、遺産の分割で揉めるといった事態が予想されたとも思えないが――

　作家的想像力がむくりと起き上がり、私に物騒《ぶっそう》なことを耳打ちする。

もしも、近いうちに武光家の遺産の分割について話し合われることになる、と彼が未来を知っていたら？

7

宇津井白雲が住職を務める寺は、武光邸から鞍馬方面に向かう道沿いにあった。宗派は臨済宗。観光客が立ち寄るような寺ではなさそうだが、山門の前には萩《はぎ》の白い花がきれいに咲き誇っていた。

庫裏《くり》を訪ねると、恰幅《かっぷく》のいい住職が出てきて応接スペースらしい部屋に上げてくれる。八人ほどで囲めそうな大きなテーブルがある部屋だ。私たち三人が並んだ向かいに、黒い法衣《ほうえ》姿の白雲が「よいしょ」と座った。

「何度もすみませんね。一昨日もご迷惑をお掛けしました」

南波が言うのに白雲は、「お気になさらずに」と応じる。ご迷惑とは、森沢の死体が見つかった日、警察の事情聴取のせいで正午過ぎまで足止めされたことを指していた。どうやら住職は「いつになったら帰れるんやろな」と不満を露わにしたらしい。

「協力はしますよ。とんだことで、ほんまに」

丸顔に丸い鼻につぶらな目。コンパスで描けそうな顔である。野太くて響きのよい声は、なるほど読経に向いていそうだ。火村と私が何者か、南波が紹介すると「ご苦労さんですな」と言っただけで、不審がったり興味を示したりはしない。

「私らが麻雀で遊んでる間に、ほん隣の家の離れで殺人事件があったやなんて。まだ信じられませんわ。実感が湧かん。――森沢さんのお通夜やご葬儀はどうなってるんですか？」

明日、近親者だけで執《と》り行なわれると南波が伝えた。コロナ禍のこともあるので、死因が殺人でなくとも密葬になったかもしれない。

「無念を晴らしてあげるためにも、早う解決していただきたいもんです。そちらの先生方のお力も借りて」

法海寺は武光家の菩提寺であり、ずっと檀家《だんか》であることから始まり、同家との関わりを住職は語りだした。宝泉との想い出話も出たが、目新しい情報はない。

森沢幸絵については「お話しした時間を寄せ集めても五分ぐらい」で、颯一の評は「おとなしい子でて礼儀正しい」で済んでしまう。これでは聞き手としても甲斐がない。事件当夜のことについても同様だったので、退屈してしまうほどだった。

「九時半頃、卓を離れてたのは誰でしたかなぁ。負けて抜けてたんは、汀子さんか鴻水さんかな。蟹江さんは、誓一君らがくるまで入ってくれただけやよって――」

みんな雨が降ってきたのにも気づかずに打った、という話も既出だ。何ゲーム目だかの途中に白雲が煙草を吸いに行った際、「降ってたんやな」と思ったそうだ。

翌朝のこととなると、「蟹江さんに起こされるまで寝てました」なので、火村が質問に工夫を凝らす余地もなかった。さすがに彼であっても、白雲の証言から事件解決の手掛かりを摑み出すのは無理だろう。そう思っていたら――

「颯一君が夢に出てきましてな」

白雲が自ら語りだす。何かしゃべってくれるらしいぞ、と火村の様子を窺ったら、強い光が目に宿っていた。俺が食いつくことを言え、と促しているようだった。

「私が境内《けいだい》で掃除をしてたら、泥だらけで歩いてきよるんです。落ち葉なんかが服にへばり付いてて、山奥から転がり出てきたみたいやったんで、『どないしたんや？』と訊きましたよ。夢の中では、彼は行方不明のままやったんで、『どこへ行ってたんや？』とも。『自分でも判りません。気がついたら山門の前にいました』と申し訳なさそうに言う。風呂にでも入れてやりたい有り様に、『こっちへ来《き》い』と手招きしたら、『すみません。また行かんと』です。『行ったらあかん。家に帰らな』と言うても、『もう行きます。向こうにも待っている人がいるので』。『誰がどこで待ってると言うんや？　待ちなさい』と止めてもあきません。『ご住職、どうかお元気で』。後《あと》退《ずさ》りして、途中で振り向いて小走りに去ってしまいました。おかしな夢です。颯一君にとって特別な人間でもないはずやのに、なんで私の夢に出てきたんやら」

何の不思議もない。白雲自身の夢なのだから、彼が颯一のことを気にしていたせいだろう。本人にそんな意識が稀薄《きはく》であったとしても。山奥から転がり出てきたような姿にも深い意味はなく、颯一が舞鶴の浜辺で見つかったのを知っているから、海が山に置き換えられたにすぎないと思われる。

「向こうにも待っている人がいる」が意味深だが、しょせんは夢だ。真意を探る価値はないし、白雲が本当にそんな夢を見たかどうかも定かではない。

「颯一さんの身に起きたことに関して、住職には何か思うところがあるのではないですか？」火村は言う。「昼間、肚に収めたことが睡眠中に脳の中でにじみ出したんでしょう」

「ずっと気に掛けてはいました。突然消えて、突然現われて、突然また消えて。首を傾げるしかありません。今どないしてるんやろか、と心配もしてます」

住職はそこで小さな溜め息をついてから、南波に向かって言う。

「警察に感謝してることがあります。この事件、新聞やテレビでも大きく報道されてますけど、次男の颯一君が行方知れずになってることは出てきません。警察が伏せてくれてはるからですね？　賢明な措置やとありがたく感じてます。あの子がやったやなんて、私は爪《つめ》の先ほども思うてませんよって」

今の状況で颯一を犯人視した情報を公表できないのは当然なのだが、南波はくだくだと説明することなく簡潔に応えた。

「ご安心ください。事態がはっきりするまで、今後も彼のことはマスコミに流しません」

先ほどの話では、颯一にとっての白雲は子供の頃から馴染みがあるお坊さんにすぎなかった。悩みの相談に乗ったり、人生訓を授けたりするほど近しい間柄でもなかったそうだが、颯一を取り巻く状況の不可解さが、住職の心を掻き乱しているのか。

「颯一さんについて、もう少しお話を聞かせていただけますか？　彼が事件を解く鍵を握っています」

火村に言われて、白雲は神妙な顔になった。

「やっぱりそうですか。そうですやろな。おとなしいて、礼儀正しいて、気の優しい子です。人間、事情があったら過ちを犯したりもしますが、あの子が大それたことをするとは思えません。もしも事件に何かしら関わりがあったにせよ、森沢さんを刺した犯人のはずはない」

武光家の次男について話すうちに、白雲の口から「かわいそう」という言葉がこぼれた。母親に疎まれていたことを指しての同情である。住職の目にも、それと知れたのだ。

虐待というほどのものではなく、接し方がどことなく冷たい。颯一に話す時にだけ言葉に険がある。その程度だったとは言うが、兄や姉と扱いが異なっていたのなら、それだけで傷ついただろう。

「颯一君だけお父さん似でしょ。誓一君や柚葉ちゃんは雛子さんにそっくりやのに。そやよって、知らん人が見てたら『この子だけ母親が違うんやろう？』と思うたかもしれませんな。そやないんやけど」

雛子が腹を痛めて産んだ実の子であることを白雲はよく知っていた。彼女が颯一を出産する際、同じ産院に住職の妹が入院していたからだ。

「産まれたんは颯一君が三日だけ先でした。あんまり泣かん子で、この世に出てきた時からおとなしかったな。うちの妹の方はというと、産まれたんが女の子とは思えんぐらい暴《あば》れん坊《ぼう》で――」

人懐っこいと鴻水は評していたが、気難しい一面もありそうな住職なので、話が脇に逸れても我慢だ。舌が滑らかになってきたので、自由にしゃべってもらうのがよさそうでもある。

「波留子《はるこ》さんがおるうちは、まだよかったんやけどな。波留子さんというのは颯一君のお祖母ちゃんです。可愛がってくれたんで、あの子もよう懐いてましたわ。亡くなりはったんは、もう十五、六年前になりますやろか。いつも上品な和装でにこにこして、顔からして菩薩《ぼさつ》みたいやった」

「ああ」

南波がそんな声を上げたのは、火村と私に話し忘れていることを思い出したからだった。

「颯一さんは、見舞いにきた女性教諭に朧《おぼろ》げな記憶を話していたんですよ。どこかの池に架かった石橋の上で、着物のお婆さんが扇で何かを招いてる情景。笑いながらも、どこか寂しそうな表情で、こんなふうに、ゆらゆら。身元がはっきりした今となってはどうでもいいことだと思っていましたけれど。……祖母の波留子さんだったんやな」

「石橋の上で扇を？　ああ、そんなこと、ありましたな」

白雲がしみじみと言う。その場にいたのだ。

「お墓の修理の件で相談することがあってあちらさんに立ち寄ったら、賑やかにお祝いをしてる最中やったことがあります。お誕生会やとかで。波留子さんが橋の上で扇を振ってたんは、その時です」

「波留子さんの誕生日ですか？」と火村。

「あのお宅には、もう一人女の子がおりました。その子と波留子さんの誕生日がたまたま同じやったんで、合わせてお祝いしてたんです。うれしそうでしたね、波留子さん。私が『プレゼントは持ってきてないけど、おめでとうございます』と言うたら、『幸せの絶頂です。孫と一緒に祝ってもらえるだけで充分。プレゼントなんか要るもんですか』とおっしゃって、石橋の上に立たはったんですよ。それから愛用の扇を取り出して、こう」

高いところに視線をやりながら、白雲は架空の扇をゆっくりと振る。二度、三度と。

「この仕草、何をしてるとこやと思います、先生？」

火村は「判りません」

「お天道さんに向かって、戻っておいでと招いてたんです。時間が過ぎて、幸せな一日が終わってしまわんように。人間、そんな気持ちになることもあるんですな。『今が幸せの頂点みたいで、そう思うたら悲しぃなってくるほど幸せや』とか言うてはりましたな」

次作『日本扇の謎』執筆の参考に、と片桐が送ってくれた扇に関する何冊もの本に目を通していたおかげで、平清盛《たいらのきよもり》の〈日招き伝説〉を即座に思い出せた。広島・呉《くれ》で音戸《おんど》の瀬戸を開削した際のこと。難工事のせいで一日では終わらないかと思われた時、清盛が扇を振って沈みかけた太陽を呼び戻した、という。波留子は感極まって悲しくなるほどの幸福に酔いながら、清盛の故事に倣ったようでもある。

舞鶴で颯一が女性教諭に語ったエピソードは出まかせではなかった。記憶喪失を装っているだけなら、そんな昔話を引っぱり出さずとも、適当なことを言っておけばよかったのに。

記憶をなくしていたというのも、懸命にそれを取り戻そうとしていたというのも、嘘偽りではないのかもしれない。消えた記憶の中で、大好きだった祖母の想い出だけがぽつりと甦るということはありそうに思える。

と考え込みかけたが、白雲の話を聞き逃してはならない。

「あれだけ波留子さんが喜んでたのに。その子は早うに亡くなってしもうたんで、合同のバースデーは一回きりしかありませなんだ。そのせいもあって忘れられず、情景が頭に刻まれてます」

「もう一人、娘さんがいたんですか。あの家に池が」

南波は、武光家に夭逝《ようせい》した末娘がいたことも裏庭にあった池が埋められたことも知らなかった。森沢の殺害にも颯一の失踪にも関係があるとは思えないから、調べが及んでいないのも当然だろう。

「睫毛《まつげ》の長い、天使みたいに愛らしい子でした。……しもた。仏門に入った者が天使やなんて言うたらあかんな。颯一君とは二つ違いでした」

その子のことは捜査に関係がない、と火村は切り捨てなかった。武光家に秘密があるのなら、どこかで真相究明への回路が開けるかもしれない、と考えてのことだろう。

「ある人から伺ったのですが、その女の子は裏庭にあった池に落ちて亡くなったのだとか。悲しい出来事を思い出させるので、雛子さんが池を埋めさせたとも」

「なんでそんなことまで……」

白雲は胸を突かれたような驚きを見せ、尋ねる。

「誰から聞かはったんですか？」

「蟹江さんです。裏庭にあった池が話題に出た折、私が埋められた理由を訊いたら答えてくれました」

「蟹江さんはあそこにきて十年ぐらいやから当時のことは知らんはずなんやが、何かの拍子に汀子さんあたりが話したんやろうな」

その件を蟹江が洩らしたことを咎めるふうでもない。

「その娘さんの名前は？」

「サンズイに少ない、お月さんの月で、沙月《さつき》です。今も命日には欠かさず供養に行ってます」

「雛子さんは強いショックを受けたそうですね」

「目に入れても痛うないほど可愛がってましたよってな。見てる方もつらい有り様でした。ほんまに残念なことです。颯一君にとっても残念なことになりました」

どうしてそんな言い方になるのか判らない。もしや沙月の死に颯一が関わっているのでは、と思いかけたところで、火村は次の質問を放っていた。

「やはり、それこそが彼が雛子さんに疎まれるようになったきっかけ、ということですね？」

すでに知っていることを確認するような口調。白雲はそれに引っ掛かった。

「はい。『なんで助けてやらんかった。なんで助けを呼ばんかったんや』と、四歳やそこらの子を責めて責めて。無茶な話ですよ。そんなことを言うんやったら、よちよち歩きの娘が池のある裏庭に出られんように大人が注意しとくべきや。本人も無体なんは承知しながら、悲しみのあまり感情が制御できんかったんですやろな。時間が経ってそのひどさを自覚できるようになってからも、颯一君に優しくはできませんでした。どうにもならんかった」

私たちはそこまでのことを蟹江から聞いていないのに、住職は勘違いをして明かしてくれた。母親と次男の関係がうまくいっていなかったのは、それが原因か。

「四歳の颯一さんに落ち度があったと指弾するのは、さすがに酷ですね」

相変わらず火村は、もうすべてを聞いています、といった顔で言う。

「子供同士で一緒に遊んでおったとしても、ぴたりとくっついてるわけはない。妹が勝手にはしゃぎ回って、転んで池にはまったんですよ。水はせいぜい大人の膝までの深さやったとしても、転んで起き上がれんかったら溺れます。幼いお兄ちゃんが機敏に動けるとは限らん。パニックになって声も上げられず、足がすくんで動きもできず、どうしたらええんや、と混乱しているうちに手遅れになってしもうた。痛恨の極み。ほんまに、かわいそうです。苔で滑ってたせいかそんな浅い池で立ち上がれずに溺れた沙月ちゃんも、目の前で水飛沫《みずしぶき》を飛ばしながら苦しむ妹を助けてあげられなんだ颯一君も、痛ましい」

白雲は一拍置いてから、感情の高ぶりを隠さずに言う。

「沙月ちゃんと颯一君は、そらもう仲のええ兄妹《きょうだい》やったんです。二人が仔猫《こねこ》みたいにじゃれ合うてるのを見てたら幸せな気分になるぐらい。颯一君が受けた心の傷がどれだけ大きかったことか。雛子さんは判ってあげられへんかった。今になってもまだ判ってない。母親として判ってあげなあかん、と何回も言うたんですけどね。あかんのです、あの人は」

太い声は怒気を孕んでいる。私たちに訴えても仕方がないのに、言わずにいられなかったのだ。

「きついですね」南波が言う。「彼にそんな過去があったとは露知りませんでした。しかし、四歳児だったら妹の死をあまり覚えてないのではないですか？」

「一番古い記憶は何か、人によって随分と差があるもんです。ある檀家さんなんかは、幼稚園に通うた記憶もほとんどない、と言うてました。私の場合は二歳の記憶が鮮明です。妹が産まれて家族が増えた時、えろう不思議な気がしたもんです」白雲の口調が変わる。「颯一君が沙月ちゃんの件を忘れるはずがない。雛子さんとは悲嘆の仕方が違うとったけど、悲しみのどん底に沈んでました。目に暗いもんが宿る子になって……それっきりやったんですよ」

最後は南波を諭《さと》すようだった。

8

白雲の話を聞き終えて外に出ると、風が本堂の裏の杉木立の梢《こずえ》を揺らしていた。空にはいくらか雲が増えている。

「先生、あそこに」

境内の隅に喫煙所があるのを、南波がわざわざ教えた。火村は「では」とキャメルの箱を出し、吸い殻入れの方へと向かう。仕入れたばかりの情報を吟味するため、南波と私も付き合ってそちらに。

「颯一が十字架のように背負った過去が判明しましたが、事件には関係がなさそうに思うんですが」

風上で警部補が言う。自分が吐いた煙が沁みたか、犯罪学者は目をきつく閉じてから応える。

「私もつながるとは思いません。彼と母親の冷えた関係の理由がぼんやり判った、というだけですね」

私には理不尽に思えてならない。

「四歳の子供に罪を着せるような母親の態度は、あんまりや。しかも、いつまでも根に持つ執念深さがやりきれん」

「ただ不運だったと諦められなくて、そうなってしまったんだろうな。幼い子供二人から目を離した不注意を棚に上げ、自罰の念が爆発するのを回避するためかもしれない。こじれた関係を修復できなかった。罪の意識から颯一は母親を恐れて萎縮し、それがまた不興を買うという悪循環が止まらなくなった」

「まとめてくれんでも判るわ。——せやけど、記憶をなくして帰ってきた颯一に対しては、それなりに優しかったみたいやないか。次女を死なせた事実は消えてないのに。どういう心理なんやろうな」

「雛子本人も説明できないんじゃないか。親子の間のわだかまりを実は気に病んでいて、そこから脱却する機会を探していたとも考えられる」

やはり捜査に役立つ情報ではなかったと判断したのか、ここで南波がスマホを取り出す。白雲からの聴取が終わったことを柳井警部に報告するらしい。

「本部に何か新しい情報が入っていないかも訊いてみます」

五メートルほど離れて話し始めた。「颯一には沙月という妹がいたんですが」などと報告している。

火村は煙草をくわえたまま、庫裏の横の墓地のあたりに目をやっていた。背の高い立派な墓石がいくつか頭を突き出している。どれかが武光家のものであろうか。

そんなものに彼が興味を向けるのもおかしい。視線の先をたどり直すと、通用口の近くに駐車してあるセダンのようだ。陽光を浴びてシルバーの車体が輝いている。

「インプレッサか。当節はお寺や神社の経営も大変なところが多いそうやけど、ここは羽振りがええんやな。われわれの車とは大違いや」

火村につれなく無視されてしまった。彼が見つめているのは車でもないのか？　私たちは会話もないまま五分近く過ごした。

電話を終えた南波は、「失礼しました」に続けて言う。

「武光エステートのオフィスに気になる電話があったそうです。昨日の夕方と二時間前の二回。受けたのは営業担当の同じ男性社員です。昨日は午後五時過ぎにかかってきて、何も言わないのでどうしたのかな、と思ったら、『武光エステートさんですね？』と尋ねてきた。『はい、そうです』と応えるなりガチャリと切れました。二度目は『あのぅ』と言ったきり黙るので、『武光エステートですが』と言うと、ガチャリ。どちらもまだ若い女性の声で、同一人物らしいということです」

気の弱い人間が賃貸物件の問い合わせをしようとして、緊張のあまり切ってしまっただけとも思えるが、いささか不審ではある。

「二度目は『あのぅ』だけでしょう。同一人物からのものと言えるかな」

火村の反応は鈍《にぶ》かった。

「短くても声が似ていたし、沈黙の気配がそっくりだった、とその営業担当者は証言しています。いずれも非通知だったので、どこからの架電かは不明。──臭いませんか？」

勢い込む南波に、火村は問い返す。

「颯一を連れ去った犯人からの電話だとでも見ているんですか？」

「可能性はあります。犯人グループの一人かもしれません。用件は、身代金《みのしろきん》の要求といった交渉。あるいは、仲間を裏切った一人がタレ込もうとしているとも考えられます。二回とも途中で切れたのは、びびったからでしょう」

「だったら会社ではなく武光家にかけてくるのでは？　あるいは家族のスマートフォンに」

「先方はそれを知らないんでしょう。颯一から聞き出すこともできず、だからネットで調べれば電話番号が判る会社にかけてきたんです」

「どうでしょうね」

軽々に判断を下せることではなかった。警察では、会社の電話に逆探知機をセットすることも検討しているという。

「局面が変化しかけているみたいです。この事件、動きますよ。先生方に出馬していただくなり風が吹いてきました」

「喜ぶのは早すぎます」

腑に落ちなかった。南波はものの喩《たと》えで言ったのだろうが、身代金要求とは突飛すぎる。森沢幸絵が殺害された夜に、颯一が営利目的で自宅から攫われるという偶然があるはずもない。それよりも――

「南波さん、いいですか？」

「どうしたんですか、有栖川さん。えらく改まって」

「そのためらいがちの電話、舞鶴で颯一を保護した女性教諭からの電話だった、とは考えられませんか？」

きょとんとされた。言いかけたことは止められない。

「わけあって颯一は舞鶴に向かって、彼女に匿われているとしたら？　その状態をよくないと思った彼女が家族に連絡しようとしているのだとしたら？」

「森沢を殺して逃げた颯一を彼女が匿っている、ということですか？」

「彼が殺人犯とは言うてません。二度とも用件を伝えないまま切れてしまったところからすると、よほど言いにくい話なんでしょうけれど」

「了解しました。詳細は不明ながらやばい事情で匿われている、ということですね。しかし、それやったら彼女は警察に通報するでしょう。権野という顔見知りの警察官もいることですし」

私は反論できない。

「女性教諭のことが気になるようですね。彼女が関わっていると考える理由がおありですか？」

「いいえ」と答えて引き下がろうとしたら、火村がしゃしゃり出てきた。

「メロドラマ要素をたっぷり盛ったサスペンス小説の構想が浮かんだんじゃないのか？」

当たらずとも遠からじ、という指摘をされてしまった。南波からは別の疑問が提示される。

「サスペンス小説風になってもかまわないんですけれど、有栖川さんの仮説だと颯一がどうやって舞鶴まで移動できたのかがはっきりしませんね。謎が残ります。何者かの車でピックアップされた、もしくは連れ去られたと見る方が自然やないですか？　さっきYと呼んだ存在。電話をかけてきたのはそいつでは？　ちなみに女性教諭は車の運転ができないそうです」

ここでまた火村が口を開いた。

「自然というのは相対的な見方で、颯一を運んだYが存在すると確定はしていません。彼が玄武亭を離れる手段は、他にもありました」

「徒歩ですか？」南波は頭を掻く。「丁寧に聞き込みを掛けても、目撃者が見つからないんですけれどね」

「歩かなくても移動できたんです。見落としていたことがあります」

南波と私が、「ほお」と同時に言った。これは拝聴せねばならない。

「颯一がそんなことをしたはずだと推測する根拠はなく、あくまでも可能性の指摘です。――事件当夜、彼は敷地内のどこかに身を隠しただけで、翌日になってから外に出たのかもしれない」

「何故そんなことを？」

「南波さんに満足していただける答えは持っていません。繰り返しますが可能性について話しています」

「しかし、翌日は朝っぱらから死体が見つかって大騒ぎでしたよ。警察がどっと押し寄せた後で、どうやったら抜け出せるんでしょうね」

〈幻の木戸〉を通るしかない。

「武光邸の駐車場にあった宇津井白雲の車のトランクに忍び込んでおけばよかった。翌日、住職は事情聴取を受けた後、正午を過ぎてから帰宅を許されたそうですね。その時に颯一は敷地外へ出られました。どこか人目に付かないところでトランクから出たんでしょう。下りた場所はこの寺かもしれない」

火村が先ほど見ていたのは、やはり白雲のものらしきインプレッサだったのだ。南波もその車に目を留める。

「まるで手品の種明かしを聞いたようですが……。しかし、どうやってトランクに出入りしたんですか？住職に助けてもらわないとできませんよ」

「ならば、住職が手を貸したんでしょう」

火村はあっさりと答えた。

第五章　急転

1

　火村の下宿に着いたのは、夕方六時を過ぎてからだった。捜査会議には出ないことになったのに、思ったよりも遅くなったのは、宇津井白雲の寺を出てからもフィールドワークが続いたせいだ。

「たんと召し上がってや。有栖川さんと食卓を囲むのは久しぶりやわ。きてくれたら賑やかでよろしいな」

　七時から夕食。心優しい大家の婆ちゃんこと篠宮時絵さんは、松茸《まつたけ》ご飯を炊《た》いてくれた。この秋、私が口にする最初で最後の松茸かもしれない。独り暮らしで自炊をサボりがちなのを見越したように、煮物など家庭的な献立《こんだて》を並べてくれた心遣いにも感謝しつつ、手を合わせていただく。

「こんなにご馳走してもろうて、すみませんね。いつものロールケーキぐらいしか手土産を持参してへんのに」

　私が言うと、横から火村の声が飛んでくる。

「『すみませんね』じゃなく、『ありがとうございます』だろ。いい齢をして、しかも作家のくせに」

　間違った指摘ではないし、彼も本気で非難したわけでもないのを承知した上で、軽く言い返そうとしたら、婆ちゃんの方が早かった。

「先生、口やかましいことを。言葉尻を摑まえてそんなふうに言わんと、さらっと流すところやないの」

「すみません」と彼が詫びたので、婆ちゃんと私は吹き出した。結局、すみませんという言葉が出る展開になった。

　食卓は六人で囲めるだけの広さがある。壁には近所の花屋の名前が入ったカレンダーが掛かり、水屋に丼《どんぶり》などの食器が積み重ねられているのが覗き、天井から昭和チックな和風の蛍光灯がぶら下る空間でありながら、生活感は不思議と感じない。今となってはノスタルジックな雰囲気が漂っているのと、婆ちゃんが所帯やつれと無縁のせいだ。還暦前に配偶者を亡くし、苦労も多かったはずなのに、七十を過ぎてからも老《ふ》け込まない。

「有栖川さん、食べる量が減ったんやないの？　まだまだ食欲が落ちるのは早いでしょう」

大学時代から火村に会いに出入りしていて、よくご馳走になってきたからこんなことを言われる。

「ピッチが落ちたかもしれませんけど、量は減ってませんよ。この蕪《かぶら》もおいしいな」

「挽肉《ひきにく》のええ味が付いてるでしょ。それ、火村先生も好きなやつ」

「まだ婆ちゃんに手料理を振舞われてるんですか」

友人は「たまに」と言った。

かつてはこの食堂で下宿生に朝夕の食事がまかなわれていた。火村が大学院生になった時期に改築が施され、部屋で自炊ができるようになる。建物の老朽化が進み、店子《たなこ》が減っていく中、ずっとここで暮らすことを望んだ彼のための配慮だった。ずっとここでといっても未来永劫《えいごう》いつまでも住み続けられるわけはないのだが。

「例の業者がまた訪ねてきたようですね」

「先生、なんで判るの？　魔法みたい」

火村と婆ちゃんが意味不明の会話を始める。

「独特の整髪料の匂いが玄関に残っていました。私たちが帰ってくる少し前にきたんでしょう？」

「玄関先で五分も話してないのに。鋭い嗅覚《きゅうかく》やわ」

何のことかと訊いたら、さる不動産会社がここを買い取ることを希望して、婆ちゃんに売却を勧めているという。インバウンド客向けの宿泊施設にしたがっているらしい。

「ここを売って今さらどこかへ移るやなんて、なんぼお金を積まれても嫌やわ。しっかり意思表示したよって、交渉しても無駄やと判ってくれたと思うんやけど」

「向こうも商売ですからね。物件が気に入ったら、あっさり引き下がってはくれないでしょう」火村は千枚漬けに箸《はし》を伸ばして、「もしも売りたくなったら、店子のことはご心配なく」

「やめて、先生。売るわけないやないの。——インバウンドか何か知らんけど、関係ない人間に皺寄せせんといて欲しいわ。コロナが落ち着いたらまた観光客があふれて、バスが混《こ》んで乗られへん。乗っても渋滞してさっぱり進まへん」

オーバーツーリズム、観光公害。その余波がひたひたとここにも及んでいるのだ。婆ちゃんがあまり煩わされないことを祈るばかりだ。

売るわけないやないの、ときっぱり言えるのは、亡夫がそれだけの財産を遺《のこ》してくれたからである。健康上の不安を抱えていないのも幸いだ。結婚したりしていなかったりする二人の娘は離れて暮らしているが、年に何度かは孫を連れて帰ってくるし、ふだんからよく連絡を取ってくれているらしい。

土地家屋を含む亡夫の遺産。離れて暮らす二人の娘。武光雛子や鴻水・汀子夫妻を連想した。婆ちゃんと共通点がある。時絵という名前に絵の一文字が入っているのも、日本画家や被害者の名前とつながっているように感じられた。もちろん単なる偶然で意味はないのだが。

珍しく婆ちゃんがフィールドワークについて尋ねてくる。

「岩倉の事件、難しそうなん?」

火村は「まだ何とも」とだけ言う。婆ちゃんが気にしているのは、殺人事件ではなく私のことだった。

「時間が掛かりそうやったら、有栖川さん、ここに何日泊まらはってもよろしい。京都を舞台にした小説の取材もせんならんのやし」

二泊の予定でやってきた私に、さらなる連泊を勧めてくれる。

「ありがとうございます。もしかしたら、もう一泊ぐらいお世話になるかもしれません」

「何泊でもええ。朝御飯ぐらいは用意させてもらうけど、ほったらかしにするよって遠慮せんといてや」

どんな事件なのか、捜査はどこまで進展しているのか、といったことには踏み込まない。婆ちゃんらしい慎みだ。が、ちょっとは気になるようだ。

「日本画の先生のお宅やとニュースで聞いたけど、立派なお屋敷?」

「敷地が広くて、離れや蔵までありましたよ」火村が答える。「豪華絢爛《ごうかけんらん》というお屋敷じゃありません」

「その離れで事件が起きたとか言うてましたね。女の人が刺されたんやとか。恐ろしいこと」

離れは死体発見現場にすぎず、犯行は庭で行なわれた、というのが火村の推理だ。警察はその説の真偽を確認している最中だと思われる。

婆ちゃんは報道されていることしか知らない。離れが密室だったことも、次男の颯一が行方知れずになっていることも。その颯一が記憶を失って武光家に舞い戻ったばかりだと聞いたら、さすがに好奇心を強く刺激されるだろう。

「気をつけてくださいね」

婆ちゃんが言う。ひどく唐突に聞こえた。

「何に、ですか?」

火村が問うと、こんな答えが返ってくる。

「先生らは毎度のことで感覚が麻痺《まひ》してはるかもしれへんけど、殺人犯と向き合うてる。今日も事件の関係者と何人も会わはったんでしょ。その中に犯人がいてるんでしょ。尻尾を摑もうとしたら、逆上してどんな反撃に出るかも判らんやないですか。決して油断はしたらあきまへん」

「今日会った人間の中に必ず犯人がいるとは限りませんが。ご心配いただいて、ありがとうございます。危険な気配を感じたら、ひらりと——」

火村が言うのにかぶさって、廊下でニャアと猫が鳴く声がした。この下宿に三匹いる飼い猫のうちのどの子かだ。彼はそちらを指差す。

「――逃げますよ。猫のように、身を翻《ひるがえ》して」

婆ちゃんが案じてくれているのに感謝して、私も言った。

「警察がそばにいてくれるんやし、大丈夫ですよ。充分、注意もしてます」

「さよか。それやったらええけど。――よけいなこと言うて、ごめんなさいね。学生時代から二人とも知ってるよって、おせっかいなこと言うてしまうんかな。今は警察に頼られる探偵コンビやのに」

どこかほのぼのとした探偵コンビという言葉に苦笑してしまう。火村はどうかと見たら、にこりともしていない。婆ちゃんの心尽しの手料理を前にしながらも、つい事件のことを考えているようでもあった。

2

火村の下宿に泊めてもらう際、私には一階の客間が与えられる。床の間のある和室に敷かれた布団に入ると、いつもと違う枕《まくら》であってもぐっすり眠れて朝まで目覚めない。寝不足気味でもあるし、今夜もしっかり熟睡できそうだった。

夕食後、片付けを手伝ってからいったん部屋に戻り、スマホに入っているメッセージ――片桐からの様子伺いなど――に返信して二階に上がった。火村と二人での捜査会議のために。

食堂で「コオちゃんの好きなやつやで」と婆ちゃんの声。白黒柄の小次郎《こじろう》が餌《えさ》をもらっているようだ。階段を上がりかけたら、茶トラの瓜太郎《うりたろう》が下りてくるのとすれ違った。「久しぶりやな」と挨拶したが、返事はない。

一番年下で紅一点の桃《もも》は、火村の部屋にいた。でれでれと人に甘える子ではないので、友人の膝に載ったりはしない。部屋の隅でスフィンクスのように座っているだけ。私と一瞬だけ目を合わせた後、ぷいと視線を逸らした。いつもながらの無愛想さだが、それでいて火村の部屋で寛ぐところがいじらしくもある。

学生時代から過ごしている六畳間。櫛《くし》の歯が欠けるように他の店子が去ってからは、二階のほとんどの部屋を彼が書庫がわりにするなど自由に使わせてもらっていた。家賃は割増しで払っているようである。

桃が欠伸をしてから座り直した。

「オブザーバーがいてるけど、捜査会議の妨げにはなれへんか？」

「ならない。このレディは口が堅いからな。──コーヒー、飲むな？」

火村はインスタントのものを二杯淹《い》れ、さっそく煙草をふかし始めた。食事の席で私は勧められて少しばかりビールを口にしたが、彼はお茶だけだった。

「今夜、警察から何か報せが入ることになってるのか？」

出された座布団に座りながら訊くと、「いいや」と言う。

「ふぅん。アルコールを控えてたやないか。車を運転するのに備えてると推測したんやけど、なんや違うんか」

「そういうことになるかもしれない、とは思っている。可能性は高くないにしても」

「事態が急転するとしたら、どんなふうに？」

「心積もりをしているだけだ。多分、何も起きない」

「それやったらええけど」

捜査が進展するのを希ってはいるが、夜中に呼ばれるのは勘弁してもらいたい、というのが偽らざる本音だ。遠き山に日は落ちて、今日の業をなし終えた、と体はリラックスしてしまっている。頭だけを動かすのなら吝《やぶさ》かではない。

「森沢殺害の犯行現場が離れではなく庭だった、と判っても南波さんから急報は入らんやろう。明日の朝、聞いたらええことやからな。もっと緊急性があることというたら——」私は想像を巡らせる。「颯一の居所が判明することかな」

「ビッグニュースだから急報が入ってもおかしくない」

火村は畳の上に置いたスマホに一瞥《いちべつ》を投げる。

「宇津井白雲の寺に匿われてるのが見つかる、とか？」

「たとえば、そんなことだ」

法海寺を出た後、私たちは武光邸に戻って再度関係者たちと話したり、駐車場を見分したりした。それが済んで南波警部補と別れてからも、火村は車で現場周辺を見て回るなどした。颯一が夜間に誰にも目撃されず徒歩で移動した可能性はごく低い、と確かめたかったようである。

事件当夜に颯一がどういう経緯で姿を消したのかが判らないので、逃走でも誘拐でもなく〈移動〉と呼ぶしかないのだが、火村から一つの仮説が提示された。森沢幸絵が殺害された後も敷地内に留まっていて、死体が発見された後に白雲の車に身を隠して現場から離脱したのではないか、と。そのようなことが実際に行なわれたのであれば逃走の色が濃く、白雲が手を貸したことも考えられる。

「お前の出した仮説が的中してたとして、なんで住職は颯一を匿うんやろう？」

「可能性の指摘だと言っただろ。仮説と呼ばれると困る」

「仮説には違いがないと思うけどな。面白い見方や。まさか颯一が敷地内で一夜を過ごして、翌日になってから住職の車で外へ出たとは考えもせんかったわ」

「ちょっと待て、アリス。お前は面白がりすぎだ。言い出したこっちが否定したくなる。颯一がそんなことをする理由が考えつかないし、住職が手を貸す事情がさっぱり判らないだろ」

「逃げずに言い出した本人がなんとか説明をつけろ」

「無茶言いやがって。おちおち可能性の指摘もできないな」

「住職と颯一の間に特別なつながりがあって、それが見えないんやとしたら、どんなつながりやろうな。利害関係があるとは思えんから心情的な結びつきか」

宇津井と三十分ばかり話したぐらいでは情報が足りない。小説に書くとしても無数のエピソードが考えられる。

「利害関係がないとも断言しかねる」

火村はくわえ煙草のまま、桃の背中をひと撫でした。愛猫はまんざらでもなさそうに目を細める。

「二人の関係については保留するとして、颯一がこそこそ現場を離れ、それを住職が手伝《てつど》うたんやとしたら……やっぱり颯一が森沢殺しの犯人やということかな。どんな経緯でそうなったんかは不明やけど」

「颯一は、煙草を吸うため外に出ていた白雲を見つけ、『森沢さんを殺してしまいました。逃げるのを助けてください』と頼み、住職はその場で承諾した？変な話だな」

「あり得なくはない。変なことが起きたんやろう」

「今日はやけに強引じゃないか」

「議論を進めるために、あえてそうしてるんや」

「判った。変な話と切り捨てないでおこう。――颯一が住職に頼み込んだのではなく、無断であのインプレッサに潜り込んでいた可能性もある。その場合、どこでどうやってトランクから抜け出したのか、という問題は残ってしまう」

「難しそうに思うぞ。やっぱり白雲の助けが要るやろう」

「この件については結論が出そうにない。警察が法海寺に張りつくそうだから、報告を待とう」

気になっていることがあった。

「話は変わるけど、武光エステートのオフィスに二度あった電話は事件と関係があるんやろうか？」

「さぁな。颯一を連れ去った犯人グループからの電話ではないか、と南波さんが言っていたけれど、そう思うのか？」

「判らん」

「お前は違う見方をしていたな。ためらいがちに電話をしてきたのは、舞鶴の浜辺で颯一を見つけた女性教諭じゃないか、と」

「メロドラマ要素たっぷりのサスペンス小説と言われたけれど、これはあながち変な話でもないやろう」

「南波さんはそれに対して否定的だった。女性教諭は車の運転ができないらしいから、颯一を連れ去れなかっただろう、と」

「運転できる人間に協力してもらうとか、彼を運ぶ方法はあったんやないかな」

「誰かの協力を仰ぐまでして颯一を連れ出す理由が判らないな。武光家に帰ってきた後、颯一とその先生が連絡を取り合っていた形跡があるわけでもないのに、さすがにその線は薄すぎるだろう」

私は腕を組んで唸るしかなかった。

「『局面が変化しかけているみたい』とか『風が吹いてきました』とか南波さんは言うてたけど、錯覚かもな。わずかに風が吹いたかと思うたら、ぴたっと凪《な》いでしもうたりして」

「逆もあり得る。同じ女から三回目の電話が入って、すべてを自白するかもしれない」

悲観的になりかけた私を引き戻すかのように、火村は気楽なことを言う。

「果報は寝て待て、か。警察としては大歓迎の展開やな。電話をしてくるのは記憶をなくして放浪していた颯一と知り合い、深い仲になったのにつれなく棄《す》てられた女……かな」

「それだ」と火村が指を鳴らしたので、私は調子づいて続ける。

「颯一のことが諦められなかった彼女は、彼を捜し出して攫った。ところが、拉致してみたら思いどおりにならない。愛が憎しみに転じて殺してしまいました、と涙ながらに語る」

「殺してしまいました、は物騒だな」

「想定される最も悲劇的なケースや。そこは冗談やと思うて聞いてくれ」

「森沢殺しもその女の犯行ということになるな」

「もちろん。颯一を拉致しようとしている現場を見られたので、彼を脅すために持っていたナイフで衝動的に刺してしもうたんやろう」

「すごいじゃないか。難事件がするする解けて全体像が見えた」

火村が拍手のふりをした。私は鼻で溜め息をつく。

「目が笑うてるな。今のが真相やったらおかしいか？　俺はしゃべってるうちにもっともらしく思えてきた」

「一応、筋は通っているけれど、そんな女がいたら警察の聞き込み捜査で引っ掛かりそうに思う。事前に武光邸の様子を窺っていたはずで、不審人物として近隣住民や家人の目に留まっていそうだ」

「うまく立ち回ったら目撃されへんやろう。未知の女が犯人では真相としてつまらん、と言いたいんやないか？」

「そんなことを言っていないし思ってもいない。事件が早く解決すればいいんだから。明日は日曜。お前が言うような電話が入るとしたら週明けだろうな。待つしかない」

森沢殺害や颯一の失踪に関係している人物からの電話であれば、どうして武光家ではなくオフィスにかかってきたのか、という疑問もある。もやもやした気分にさせる電話だ。

オフィスと言えば――

「武光エステートにクレームを入れてる人間がいる、と誓一が言うてたらしいな」

「ああ。それがどうかしたか？」

「叔母の汀子がその件で心配してるようやった。物騒な雰囲気があったんやないか？　誓一は身辺を警戒してたかもしれへん」

「夜道でクレーマーに襲われたりするのを？」

打てば響くような反応をしてくれた。

「まさに。身辺を警戒するとはそういうことや。もしそうやとしたら、丸腰では不安やから護身用にナイフを携帯したりもするんやないか？」

「お前が言いたいことに察しがついたよ。森沢殺しは突発的な犯行のようにも思えるけれど、だとしたら犯人がナイフを持っていたことと矛盾する。何故、犯人の手許にお誂《あつら》え向《む》きの凶器があったのか？　クレーマーの襲撃に備えた護身用ナイフだったとしたら説明がつく、と言いたいわけだ」

　話が早くてよろしい。

「筋は通るやろ？」

「まぁな。しかし、筋が通るだけじゃ不充分だ」

「あかんか」

「有栖川先生が色々と考えているのは認める」

　思案すれども空回りをしている自覚はあった。思いつきを次々に投げてきたが、このあたりで火村が何を考えているのかを聞かせてもらいたくて尋ねる。

「何か引っ掛かってることはないんか？　実はあるやろ」

「身を乗り出されても大したことは言えないけれどな。――引っ掛かっていると言えば、そりゃ姿を消した颯一という存在のことだ。まるで滾々《こんこん》と謎が湧き出す泉みたいだからな」

「気取った表現をするやないか。颯一について、何が一番引っ掛かってる？」

「すべて。と言うか、色んな疑問がつながっていて要素に分解しにくい。住職の話を聞いて、彼が家を出た理由はだんだんと呑み込めてきたけれどな」

「ああ、妹の悲惨な事故死か。本人もつらかったはずやのに、それが原因でいつまでも母親に疎まれるとはな」

　雛子の性格の偏りのせいで親子関係が歪んだようだが、颯一が萎縮することによって悪循環ができてしまった。画家である父親を息子は慕っていたらしく、その死が引き金となって居心地の悪い家を出てしまった。

「最初の出奔までは理解できるけれど、彼が家を出た後のことは何も判らないままだ。事件当夜、どういう役割を演じたのか、演じなかったのかも。今どこでどうしているのかも」

「颯一をお前に会わせてやれたらええのにな」

「どういう意味だ？」

言葉そのままで、深い意味などない。

「彼の身に何があったのか、本人に会えたらお前は推理できるんやないか？　たとえ向こうが秘密を守るために口を噤んだままやったとしても」

「せっかく会えても口を開いてくれなきゃ推理のしようもない」

「どうやろ。お前やったら見抜けるかもしれへん」

おだてられても面白くもない、という顔をされた。私は思ったままを言ったにすぎない。

話が堂々巡りになりそうだし、日中の疲れもある。二人だけの捜査会議はこのへんで切り上げた方がよさそうだ、と思ったのだが、火村は人差し指で唇をなぞっている。脳細胞を駆使している時の癖だ。まだ事件のことを考えている。

「何か思いついたら言葉にしてみたらどうや？　聞いて反応するために俺がいてる」

しばらく待っていると、やがて——

「密室は謎でも何でもない。被害者が離れに逃げ込んで、自ら施錠したというだけだ。問題はそこじゃない」

私は黙って聞く。密室の件は解決済みだと思っていたが、そこから敷衍した何かに着目したらしい。

「翌日の朝早くに森沢の死体が発見されたのは、離れの明かりが消えているのを柚葉が不審に思ったからだ。いつもなら颯一が起き出している時間なのに暗いままなのはおかしい、と思って様子を見に行った」

間が空いたので、「それがどうかしたか？」と問う。

「明かりは点いていなかった。消したのは森沢じゃない。彼女は離れに入るなり床に倒れ、そのまま絶命したと思われる。死に至るまでいくらか時間があり、壁のスイッチを押すだけの余力があったとしても、わざわざ消灯するわけがない」

　いかにして密室になったのか、ということばかりを気にして、離れの明かりが消えていた事実を失念していた。虚を突かれた思いだ。

「言われてみたら、そうやな。瀕死の森沢が明かりを消す理由はない。できることならサイレンを鳴らして周囲に助けを求めたいぐらいの場面なんやから」

「つまり、彼女が離れに逃げ込んだ時に、すでに明かりは消えていたんだ。消灯したのは颯一だろう。他の誰かの可能性もあるけど、離れは彼が居住しているスペースで、当夜も八時頃に夕食が済んだ後、あそこに戻っていた――はずだ」

「明かりが消えていたということは、森沢が何者かに襲われた時、すでに颯一は離れの外に出ていた、ということになるな」

「ただ外に出ていただけじゃない。庭をうろついて夜風に吹かれたり、木戸をくぐって隣の家の様子を覗きに行ったりするぐらいなら、消灯はしないだろう」

「するとは思えん。もしかして、敷地の外へ……つまり、殺人の前に彼はいなくなっていた？」

「ああ。扇と一緒に」

　頭の回転が火村の話に追いつかない。彼は何を言おうとしているのか？

「颯一と扇はセットみたいなものだ。何かわけあって彼が武光家から再び失踪したくなったとすれば、愛用の扇を携えて出て行くだろう。扇を持って彼が離れを去り、その後で殺人が起きたように思える」

　やっと理解した。

「何があったのか判らんことだらけやけど、彼は犯人ではないんやな？」

　死体発見現場は颯一の居住スペースで、事件後に彼が姿を晦ましていることから疑わしく思われていたが、ハプニングによる密室のおかげでそうではないらしいと判った。彼が森沢を庭で刺してしまい、慌てて逃走したという見方は成立しない。森沢によって離れが内側から施錠されたため、寝室に置いてあった扇を持ち出せなくなってしまったのだから。

「颯一が犯人ではないと断定はできない。落ち着け、アリス。彼が扇を持って失踪しようとしているところで森沢とばったり会い、事件が起きてしまったという可能性がわずかに残る」

人に言えない事情から再び出奔しようとする颯一。彼が去ろうとしているのを知って驚き、止めようとする森沢。颯一が武光家に留まれない事情が深刻なものであれば、力ずくでも邪魔者を排して出て行こうとするだろう。彼がナイフを所持していたのならば――どうやって入手したのかは不明だが――、揉み合いの最中にうっかり使ってしまうこともあり得たのではないか。

「颯一が犯人やとしたら、考えられるのはそんなケースだけや。まず彼女を刺してしまい、大変だ、こうなったらここにはいられない、と慌てて逃走した――なんていう線は消えるな？　離れが内側から施錠されて、扇を取りに戻れなかったんやから」

「消える」

その答えに私は満足した。

「よし、論理がわずかながら道を拓《ひら》いた。捜査は一歩前進したやないか。颯一が家を出ようとして森沢と庭で出くわし、そこで殺人が起きたというケースについて、お前はさっき『可能性がわずかに残る』という慎重な表現をしたな。言い換えたら、その可能性はほとんどない。颯一はシロや」

「推理を四捨五入して真実を決定しようとしているな。やっぱり今日のお前は強引だ。シロは言いすぎなんだよ。――せっつかれたので話したけれど、ここから先には進めない」

「シロと断言はせず、シロっぽいぐらいにしておけ、ということか。まぁ、それが論理やな」

ディスカッションに区切りがつき、今度こそ会議は終了だと思ったのだが、火村はなおも唇に指先を当てたままで、じっと動かない。訊いた。

「他には?」

「いいや。もう言うことが尽きた」

「何かが気になってるんやろう? 考えがまとまるまで言いたくないんやったら、まだ秘密でもええ」

「聞いて反応してくれる助手に対して、秘密にしておかなくてもいいんだけれど——」

ジージーと音がして、桃が半目を開ける。スマホに電話が入ったのだ。てっきり火村にかかってきたと思ったが、そうではなかった。

「俺か」と自分のスマホを取り上げてみると、発信者の番号が表示されていて、誰からのものか判らない。片桐からとも思えないし、こんな時間にどこから、と訝りながら出てみた。

「有栖川さんですね?」

遠慮がちの声。武光柚葉だとすぐに判った。

「夜分に申し訳ありません。ご相談したいことがあってお電話しました。今、よろしいでしょうか?」

私はスピーカー機能をオンにし、火村に目配せする。准教授は煙草に伸ばしかけていた手を止めた。

「柚葉さんですね? まだ九時過ぎですから夜分というほどではありません。大丈夫ですよ。どんなご用件ですか?」

「非常識なお願いがあります。できれば今夜中に、火村先生と一緒にうちにきていただきたいんです」

話があるのなら電話で済むのに、訪ねてきて欲しいとは妙である。彼女は付け足した。

「母や兄には知られたくないので、こっそりと」

3

電話を切った後、私たちがただちに行なったのは交代で風呂に入ることだった。婆ちゃんから「お風呂の用意、できてますよ」と声が掛かり、入らずに済ますのは気が咎めたからだけではない。

「うちにきていただきたいんです」と頼んできた柚葉は、「ご無理でなかったら零時ぐらいに」と申し訳なさそうに言った。そこへ階下から声が飛んできたものだから、ひと風呂浴びて時間調整をすることになったのである。

湯から上がると昼間の恰好に着替え、十一時を過ぎてから外出しようとする私たちに、婆ちゃんは驚いていた。

「二人揃うてこんな時間に、お風呂も済ませてから出掛けるやなんてどういうことやの？　警察が呼び出したんやったら、ひどいわ」

詳しい説明はしかねたが、火村は警察を庇った。

「事件の関係者と会うんです。先方の都合に合わせるしかないので、ちょっと行ってきます」

「さよか。気ぃつけて」に送られて、火村の運転で岩倉に向かう。アルコールを控えていたのは大正解だった。

「さすがは火村先生と言うしかない。関係者が連絡してくる事態もなくはないと予測してたわけか？」

自慢げに肯定するかと思ったら、そうでもない。

「まさか本当に出掛けるはめになるとは、が本音だ。ひと風呂浴びてからの残業か」

「お互いに、こんなさっぱりした顔でフィールドワークというのも初めてやな。二度とないかも」

白川通《しらかわ》に出て、まっすぐ北上する。コンパスを持っていたら針は真北を指したままだろう。昼間は観光客でごった返す京都だが、この時間の繁華街でもないエリアだと静かなものだ。

「小説の取材にきたのにフィールドワークの助手が長時間労働になって、悪いな」

気遣われた。迷惑に思うどころか、私は突然の夜の出動に高揚《こうよう》感を覚えていた。柚葉はどういう用件で私たちを呼び出したのか電話では語らず、謎を掛けられた状態になっている。

「気にしてもらわんでもええ。午後十一時を過ぎた白川通はこんな様子なんやな。そういうのを知るだけでも取材になる。最近は白川ラーメンとかいうのが有名になって、このあたりはラーメン店のようけできてると聞くけど、あんまり見当たらんな」

「この西に激戦地がある。まだ時間に余裕があるし、遠回りでもないからそっちを通った方がいいか？」

「いや、結構。お前も無愛想なくせに律儀な男やな。気にするな。俺ぐらいの作家になると、その土地の駅に降りたり車で通り過ぎたりするだけで取材になるんや」

「文豪に失礼した」

一乗寺《いちじょうじ》、修学院《しゅうがくいん》を過ぎて、なお北へ。夜になって曇ってきたせいか空が暗く、比叡山は闇に溶けている。夕刻には上り下りするケーブルカーの灯が見えるのだが、こんなに夜が更けたらさすがにそれも消えている。

「『非常識なお願い』と言いながらの頼みやから、気になるな。明日まで待てん火急の用で、母親や兄にも内緒にせなあかんとは、どういうことやろう」

「手短に言えばいいのにな。どうせ家族のいないところでこそこそ電話していたんだろうし」

スピーカーフォンにしていたから、彼女と私のやりとりはすべて火村も耳にしている。

今夜の零時という時間を指定した理由について、柚葉はこう言っていた。

――昨日までは警察の方が夜通し敷地内にいたんですけど、今夜はいません。母と兄はお酒を飲みながら事件のことを長々と話していました。ああいうお酒の飲み方をした夜は、二人とも早い時間に寝てしまって朝まで起きないので、とても都合がいいんです。

警察に打ち明けるのはためらわれるし、母親や兄とは意見が食い違っているということらしい。どういうことなのか早く相談内容を知りたいものだ。

些事《さじ》ながら気になることがもう一つある。

「お前、気分を害してないか？」と訊いてみる。

「何に対して？」

「彼女が火村先生を差し置いて、俺に電話してきたことや。思い悩んでることがあるんやったら俺にすがって欲しかった、と思わんか？」

「微塵《みじん》も思わない。どっちに電話しようか迷った末、お前にした理由は説明があったじゃないか。納得したよ」

柚葉が私を選んだのは、「ご無理なお願いをしやすそうだったから」とのことだった。比較において、火村よりフレンドリーに思えたわけだ。それだけが理由ではなく、私という助手が秘書的な役目も担っていると見て、先生に取り次ぎを依頼したつもりなのかもしれない。

「どういう用件か見当はつけへんのか？」

「さっきも言ったとおりだ」

「ついてへんのやな。推理したか？」

「飯は食ったか、みたいな調子で訊くんだな。推察はしてみたさ。判らねぇよ」

「なかなか手強い謎やな」

昼間は語りそびれた事実を打ち明けたいだけならば、込み入った内容であろうと電話で話せばよいし、警察ではなく私たちを相手に選ぶのが解せない。彼女が南波警部補を始めとする刑事らに不信感を向けている様子はなかった。

「『できれば今夜中に』というのも謎や。情報の鮮度が重要で、明日の朝になったら手遅れになるんやろうか？」

「答えはCMの後だ。じきに出題者から発表される」

スマホに着信。柚葉だった。

「そちらに向かっているところです。高野川を渡りましたから、もうすぐ宝ヶ池通に入ります」

零時にこっそり訪ねて行くことにしていた。このままだと十一時四十分頃には武光家に着きそうである。

「少し早いですか？　零時ぴったりに伺うのがよかったら、そのように調節しますよ」

「四十五分ぐらいでしたら、かまいません。車をうちに着けず、近くのコインパーキングに駐めてから歩いてお越しいただけますか？　ホームセキュリティを切って、表の門は鍵を開けておきます」

「先ほどの電話でもおっしゃっていたので、そのようにします。音を立てずに静かに入るんでしたね」

「本当にすみません。先生方には感謝します」

電話を切ると、火村が言う。

「鍵は開けてある。音を立てずに静かに入れ。まるで間男か盗賊の仲間を引き入れるみたいだ。よっぽど母親や兄に隠したいんだな」

「家族ではない同居人の楠木利久には知られてもええんやろうか？」

「そっちは眼中にないのかもしれない。——俺たちと会うことを雛子と誓一に知られるのをひどく気にしているのも不可解なんだよ」

「CM明けの正解発表が楽しみでたまらんな」

左折して宝ヶ池通を少し走り、次に右折して岩倉川に沿い、北へ向かう。シルエットとなって続く並木は桜で、春ともなれば淡いピンク色の帯が河岸にできるらしい。川面《かわも》には華やかな花筏《はないかだ》ができるのだろう。

車を駐めて、武光家へゆっくりと歩く。一人の通行人とも出くわさず、ちょうど十一時四十五分に門前に到着した。

柚葉はすでに待機しており、「どうぞ」と私たちを中に招き入れる。何故か左手に懐中電灯を提げていた。

母屋の窓の明かりはどれも消えていて、家人らはみんな寝静まっているようだ。みんなが就寝するのを待つ必要があったから、こんな時間を指定したらしい。

「こちらへ」

彼女が私たちを導いた先には離れがある。死体発見現場に何か見せたいものがあるのか、と思ったが、そうではなかった。離れの前を通り過ぎ、裏手の蔵までやってきた。

「お呼びした用向きについては、中でお話しさせてください」

外で説明していたら、雛子や誓一に気づかれる虞《おそれ》があるからだろう。鍵を取り出して施錠を解くと、素早く体を入れた。私たちも続く。すぐ壁のスイッチに手を伸ばすと思ったのに、彼女は電灯を点けようとはしなかった。

「明かりが蔵の窓から洩れるのもまずいんですね？」

火村が言うのに「はい」と頷き、小声で話す。

「私がしようとしているのは、母や兄が禁じたことです。それに逆《さか》らって、先生方に調べていただきたいことがあるんです」

「あなた独りではできないんですか？」

「はい」と言うから、重いものを持ち上げるなどしなくてはならないのかと思った。

「怖くて、できないんです。情けないことに、考えただけでも膝が顫《ふる》えてしまいます。がくがくと」

反射的に目をやると、彼女の小さな膝は本当に小さく顫えていた。いったい、どんな恐怖に囚《とら》われているというのか。

説明が始まる。ここまできたら普通にしゃべっても大丈夫だろうに、よほど警戒しているのか、彼女は声を潜めて話すのをやめなかった。

「先生方にこんなお願いをしたのは、わずかな時間しかお話ししていませんが、信頼できると思ったからです。ただ、誤解されると困るんですけれど、警察を信じていないわけではありません。本来は迷わず刑事さんにご相談すべきだとも思うんですけれど……」

「警察に話さずに済ませるのがベスト、ということですか？」と火村。

「はい。あることを確かめていただきたいんです。そして、もし何事もなければ、ここにいらしたことは黙っていてもらえるでしょうか？」

「約束しましょう。何事もなければお安い御用です。しかし、捜査に関係しそうなことがあったら——」

「その場合は、ありのままを警察に報告してください。私が言うまでもなく、先生方はそうせざるを得なくなります」

少しずつ目が暗順応して、柚葉の顔や蔵に収められた品々の輪郭《りんかく》がはっきり見えるようになってきた。何も語らないモノたちが、私たちの密談にじっと耳を欹《そばだ》てているような気がしてくる。

「実は、この蔵には隠し扉があります。どこかに抜け道が通じていたりはしませんが、中には人間が入れるぐらいの空間があるんです」

「そんなものが？」私は驚く。「捜査に入った刑事が見落とすとは思えませんけれど」

捜査員たちだけではない。火村と私も、十二時間ほど前にこの中を見て回ったが、それらしきものにはまるで気がつかなかった。

「警察は、颯一がここに潜伏していないか、森沢さんの所持品が隠されていないか、といったことを調べました。だから行李の中を検めたり箪笥の抽斗を開いたりしましたけれど、抜け穴、抜け道、隠し部屋のようなものを血眼《ちまなこ》で探していたわけではないようです」

「抜け穴、抜け道、隠し部屋。私はそういうものを意識しながら見て回ったんですけれどね」

火村が言うと、柚葉はバツが悪そうだった。しかし、彼が迂闊だから見落としたというのでもなさそうだ。

「ただ、誓一さんと一緒だったし時間も限られていたので、隅から隅まで血眼になって検めるのは無理だと諦めました。蔵の周囲を見たところ壁に不審な点はなかったし、隠し部屋を設けるほどの余分なスペースもなさそうでした。しかし——あるんですね？」

柚葉は答えて、「さっき言ったとおり人が入れるぐらいの空間で、隠し部屋と呼べるほどのものではありません。扉はとても見つけにくいようになっています」

「何なんですか、その空間は？」

「用途は、母や兄が警察に言いたがらない理由の一つです。蔵を建てる際に祖父が作ったもので、表に出したくないお金やモノをそこに隠していました」

脱税のために財産を隠す場所か。なるほど、そんなものが資産家の蔵にあっても不思議ではない。

「もう長い間、使っていないみたいです。生前の父は利用したことがないかもしれません」

「では、雛子さんも使っていない？」

「下手なことをしてバレたら大変だから、と。節税のためのもっと賢い方法を知ったからかもしれませんね」

「国税庁のアドバイザーをしているわけではないので、今使われているかどうかを追及するつもりはありません。あなたは、そこに颯一さんがずっと潜伏しているとお考えなんですか？」

「いいえ。そんな真似ができるような広さはありません。大人が一人か二人、体を横にするぐらいはできますが」

高さはせいぜい一メートル強しかないという。彼女が何を言おうとしているのか読めてきた。恐ろしくて膝が顫えるのも当然だろう。

暗がりの中、火村と柚葉はまっすぐに向き合っている。

「彼が一時的に隠れるのに利用した可能性はあるにしても、何日間も潜んでいられる場所ではなさそうですね」

「いったん隠れるだけにしても、扉を閉めるには誰かの手を借りなくてはなりません。出る時も助けが要るでしょう」

「手伝う人間がいて、事件が発覚した後、颯一さんはそこから抜け出せたとしても、敷地の外へ出る機会がなかった。あたりは警察官だらけでしたからね」

「ええ、昨日までは。今晩から夜間の監視がなくなったんです。母と兄も早くに床に就いたので、こっそり先生方にきていただけました」

柚葉は前置きめいた言葉をつらつらと並べる。この期に及んで問題の空間のご開帳を秒単位で先送りしたがっているかのように。

「非常識なお願い」をするまで、逡巡を繰り返したのだろう。勇を鼓して、いくらか話しやすそうな助手に電話をし、私たちをこの蔵に呼び寄せることができた。今さら後戻りはできない状況になったわけだが、最悪の事態に直面するのが怖くて、なお躊躇《ちゅうちょ》している。

そんな彼女に火村は言う。

「税金逃れのためのスペースだから、雛子さんや誓一さんが警察に話したがらなかった、というのは解せない。今現在、そこに隠し財産が入っているわけでもないし、殺人事件の捜査に関わることだというのに」

「先生がおっしゃるとおりです。でも、母は『よけいなことは絶対に言うたらあかん』で、兄もそれに追従しています。兄に深い考えはなく、母に盾突くのが面倒だからかもしれません」

「雛子さんはどうしてそこまで強く言うんでしょうね」

答えは返ってこない。火村は重ねて問おうとはしなかった。

「隠し扉はどこですか？」

促されて、柚葉はやっと懐中電灯を点けた。

「左手の奥です」

雑多な品々の間を進んだ彼女は、一番奥で足を止める。そして、懐中電灯の光を古びた行李に向けた。中に衣類が詰まっていたのは日中に見ており、怪しい点はなかったのだが。

「行李の中に颯一が隠れていないことを確認して、警察は満足したようです。まさかこの下に隠し扉があるとは疑いもしなかったんでしょう」

「こいつを動かせばいいんですね？　大して重くなさそうだ」

火村は一人で移動させようとした。思ったよりは重量があるらしかったので、私も手伝った。掛け声とともに手前に引き出してみたが、柚葉の懐中電灯で照らされた床に変わった点は見当たらない。

「一見したところ何もないみたいですけれど、開くんです」

「前後や左右にスライドしそうにはありませんが」

火村は両手両膝を突き、床に顔を近づけて言う。

「横に滑らせるのではなく上げ蓋《ぶた》になってるんです。このあたりに」光を小さく振って位置を示す。「小さな孔《あな》があります。そこへこれを引っ掛けて、持ち上げていただけますか？」

彼女は傍らの棚に置いてあった棒状の金具を取って、火村に渡そうとする。長さは二十センチほどで、片方の端が鉤《かぎ》になっていた。

手を伸べて受け取ろうとした火村だが、金具がゆらゆら揺れているせいで摑み損ねる。

「すみません。手が顫えて……」

彼はそっと金具を取って、「これも」と懐中電灯を借りた。それから私の方を見て言う。

「柚葉さんと一緒に、少し後ろに下がっていてくれ。そばに立たれたら窮屈でやりにくい」

隠し扉を開けたら、中に何があるか知れたものではない。万一の場合に備えて、柚葉の目に触れないようにしたいのだ。

「下がってましょうか。もうちょっと」

私は彼女の肘に手を添えて、五メートルほど退く。これで火村が隠し扉を大きく引き上げ、懐中電灯の光で照らしても、中がどうなっているか見えなくなった。

彼は鉤を孔に引っ掛けて、ぐいと持ち上げた。それなりに力を要するようだが、両手を使えば女性でも開閉は可能に思えた。

何があったか。

私にも見ることはできなかったにも拘らず、無惨なものが脳裏に浮かんだ。火村が扉を開けるなり、微かな臭いが鼻を衝いたのだ。本能が忌避する不快なそれは——死臭。

「先生。そこに、何が……」

柚葉の声は掠《かす》れ、途切れた。

火村は静かに顔を上げて、残念そうに答える。

「颯一さんのご遺体のように思われます」

ずっと声を低くしていた彼女だが、堪えられず甲《かん》高《だか》い悲鳴を上げた。最悪の事態を覚悟していたはずなのに、堪え切れなかったのだ。

柚葉だけではない。

もう一人。

私の胸の裡《うち》では、名前も顔も知らない女性教諭が叫んでいた。

4

——ここにいたんですか。

開いた目でこちらを見上げる亡骸《なきがら》に、私は詫びたかった。

——あなたが森沢さんを殺害して逃げた、と言われたりしていました。私もその可能性を否定できずにいたんですけど、申し訳ありません。犯人どころか、あなたも被害者だったんですね。それなのに今まで見つけられず、こんな場所に放置していたとは。

声に出さず話し掛けても、亡骸が答えるはずもない。

——赦してください。どうしてこんなことになったのか、必ず突き止めます。

遺体の傍ら。顔の右横に閉じたままの扇が落ちていた。颯一とこの扇の縁は、死してなお切れなかったようだ。

法海寺に宇津井白雲を訪ねた直後に、火村は〈可能性の指摘〉と断った上で、颯一が白雲の車のトランクに潜んで武光邸から脱出したのかもしれない、と言った。南波も関心を示す仮説で、私も軽い興奮を覚えたのだが、真実は全然違っていた。

たった今、開いた隠し扉こそ〈幻の木戸〉だったのだ。

大きな声を出した後、柚葉は取り乱すこともなく深呼吸をした。落ち着こうと努めているように見えた。

彼女が倒れぬよう支えなくてもよさそうだったので、私は足許に注意しながら電灯のスイッチがあるところへ向かった。こうなったら雛子らの目を気にする必要はない。

蔵の中がぱっと明るくなった。火村は懐中電灯を消すことなく、床下を照らしたまま言う。

「私は颯一さんと面識がありませんが、写真は拝見しました。彼で間違いはなさそうです」

柚葉は一歩踏み出した。

「先生が見ても判るということは、そんなにひどい顔にはなっていないんですね？　確認させてください」

森沢と同じ夜に死んだのなら、死後三日が経過していることになる。腐敗が始まっているはずだが、ひんやりとした蔵の床下で横たわっていたのなら、その進行は緩やかであったと思われる。隠し扉が開くまでは、死臭にはまったく気づかなかったほどだから。

とはいえ、腐敗は着実に進行している。床下のスペースは金庫のように密閉されているわけでもないから、あと一日もしないうちに異臭は外に洩れ出していたかもしれない。

「ご遺体は仰向けです。ひと目見るだけで、判別がつくでしょう。ですが、あまりご無理はなさらずに」

「見せてください」

火村が照らす先を覗き込む柚葉。その肩越しに、あらためて私も。

ネイビーシャツを着た男の上半身が見えた。同一人物と即断はしかねるが、颯一の近影とよく似ている。開いたままの両目は何か言いたげだ。何故こんなことを、と死の直前の犯人に問うた瞬間が化石となったかのよう。喉に黒ずんだ傷があるのが痛々しかった。

「颯一です」

はっきりと答えて、柚葉は視線を逸らした。認めたくないことを認めるしかなかったようだ。

「かわいそうに。この子……殺されたんですね？」

「そのようです」火村は顔を上げずに答える。「頸《けい》部《ぶ》にある黒い傷をご覧になったでしょう。絞殺されたように見えます。司法解剖の結果が出てから言うべきことかもしれませんが」

柚葉は冷静だった。

「殺されたんですよ。こんなところに押し込まれて、上から行李が置いてありましたから、誰かが関わっているのは間違いありません。紐《ひも》か何かで絞め殺された後、ここに運び込まれた」

この状況で事故死や自殺だとは考えられない。森沢殺しの犯人ではないか、という疑いを掛けられていた彼もまた被害者だった。捜査員たちが蔵の中まで入ってきて右往左往している間、ずっとここで横たわっていたとは。

「俺が警察へ連絡しよか」

スマートフォンを出そうとしたら、火村は「待て」と言う。制止されるとは思わなかった。

「見たところ颯一さんの死後二、三日は経っている。検視をするのに一刻を争う状況でもない」

「何を言うんや。早い方がええに決まってるやないか」

彼の真意を測りかね、私はむっとしていた。柚葉に代わって言いたいこともある。

「お前、颯一さんの遺体をその窮屈で冷たそうな場所からさっさと出してあげたいとは思わんのか？」

「もちろん通報するし、颯一さんを早く出してあげたいとも思う。ただ、一刻を争う緊急性はないから、警察を呼ぶ前に柚葉さんと少しだけ話したいんだ。夜が明けるまでじっくり、というのじゃない。せめて十分でも」

柚葉は、自分の胸に手をやって訊く。

「私の話って……どういうことでしょうか？」

片膝を突いていた火村は、ここで立ち上がった。

「警察に先んじてあなたから事情聴取をして、手柄《てがら》をものにしたがっているのではありません。あなたは私たちに信頼感を覚えたから、連絡してくださったんでしょう。有栖川に好印象を持ってくれたようですが、私も含めて信頼されたことをうれしく思っています。今、ここには私たち三人しかいない。お互いに、そんな場だから話せることがあるかもしれません。そして、今ここだからあなたが口にできる答えが」

火村は、初めてこの蔵に入った際に誓一にも同じようなことを言った。この秘密めいた空間に神秘的な力が宿っていると信じているのでもあるまい。思わぬ発言がひょっこり飛び出すのを繰り返し期待するのは彼らしくない。事態の思わぬ展開を自分のしくじりと捉え、気が逸っているのかもしれない。

「おっしゃっていることがよく判りません。どんな話をするんですか？」

柚葉は戸惑った顔になりつつも、拒否する姿勢は見せなかった。私はひとまずスマホを仕舞う。

「颯一さんは敷地内に潜んでいない。この家から出て行った。警察はそう思い込み、彼の足取りを追っていました。蔵にこんな空間があるのを知っていれば、隠し扉を開けて調べなかったはずがありません。あなたや雛子さんや誓一さんは、どうして黙っていたんですか？」

「母がきつく止めたからです」

「あなたや誓一さんは、お母さんの指示だか命令だかに従ったんですね。それはさっきも聞きました。では、雛子さんが口止めをした理由は？」

「それも先ほどお話ししました」

「財産隠しのために作られただのどうのというのは理由にならない。現在ここに金の延べ棒がたくさん隠匿してあるわけでもないのに、隠し立てするのは変です」

「……警察は、颯一が身を隠していそうな場所について私たちに尋ねたんです。ここはそういう場所ではありません。だいいち、記憶をなくして帰ってきた颯一は、このスペースの存在も忘れていたはずです。それに、蔵は外から鍵が掛かっていましたから、中に誰かが隠れているとは思いもしませんでした」

「なるほど、ごもっとも。しかし、その理屈の通った答えが真っ先には出てこなかったのに引っ掛かりますね」

「質問にお答えしているのに絡まないでください。こんな時ですから、頭がうまく回ってないだけです」

火村は引き下がる。

「判りました。雛子さんに直接お尋ねしてみます。――きつく止められていたにも拘らず、あなたは私たちにここを調べさせようとした。どういう気持ちでそうしたんですか？」

「何もなかったら、それでいい。確かめて安心したい。けど、母や兄が寝入ってから夜中に一人で蔵に調べに入るのは怖い。それで、火村先生と有栖川さんにすがったんです。先生方だったら警察にしゃべったことにはならない。母の命令には背くことにはならない、と」

詭弁《きべん》だが、そのように自分を言いくるめた心理は判る。火村もこれはすんなり受け容れたようだ。

「隠し扉を開けてみるべきか否か、あなたは悶々《もんもん》と迷っていたわけだ。日中、誓一さんがこの蔵に私たちを入れているのを見て、さぞや驚いたでしょうね。お兄さんが雛子さんの発した禁を破ったのか、と。だから誓一さんを外に連れ出して、どういうつもりなのか詰問した」

「はい」

「しかし、誓一さんはこんな答え方をしたんじゃないですか。『隠し扉のことは言わない。蔵がどんなものか見せた上で、警察が捜索済みなんだからここに興味を持たなくていい、と判らせようとしているんだ』」

「はい。お二人が蔵に興味がありそうだったので、早めに対処したかったようです。そのためには中を進んで見せるのが得策だと考えたんでしょう」

「誓一さんが思ったとおり、私たちは何も気づかなかった。しかし、あなたの心が休まるはずもない。不安はますます膨《ふく》らんでいき、ついには我慢ができなくなった。相談相手に私たちを選んで電話。非常識を承知で『今夜中に』と希望なさった気持ちは――理解しているつもりです」

柚葉が口許を押さえた。今になって気分が悪くなったのではない。両手の間から洩れてきたのは、低い嗚咽《おえつ》だった。

どうするべきか、もう一日かけて思案してみよう、という時間的余裕はなかった。颯一が何日間も自分の意思で床下に隠れているはずもなく、そこに彼がいるとしたら、もう生きてはいない。早く引き上げて弔《とむら》ってやらなくてはならない。さもなくば、死体となっている弟の肉体は滅びていく。多湿の国の宿命である。

「あなたは、ぎりぎりまで迷った。決断が遅れはしましたが、遅すぎたわけではない。今夜、勇気を振り絞って、有栖川に電話してくれたおかげでなんとか間に合いました」

彼女は肩を顫わせながら、啼泣《ていきゅう》の声を懸命に堪えているようだった。切れ切れにかろうじて言えたのは――

「何度も……スマホで……調べました。……人間が、死んで……時間が経ったら……体がどう、変化、していくか」

変化は始まり、進行している。床下から立ち上る臭気がそれを表わしているが、颯一の死に顔は生前の面影をしっかり留めていた。間に合ったのだ、と彼女に思ってもらいたい。

「この隠し扉のことをご存じなのは、雛子さん、誓一さんとあなたの三人だけなんですか？」

柚葉は、ぎくりとなったようだ。今さらのように気づいたのだろう。もしそうであれば、遺体を床下に運び入れたのはそのうちの誰かでしかあり得ない。

「鴻水さんと汀子さんも知っています。蟹江さんについてはよく判りませんが、多分、叔父や叔母から聞いているでしょう」

「他にはいない？　ごく限られていますね。財産の隠し場所ですから当然ですが」

「そんなご質問だったら、今ここでなくてもありのままお答えします。嘘のつきようがないことです。どうせ警察にも訊かれるでしょう」

覚悟はしています、とばかりに唇を結んでいた。涙は止まっているし、膝が顫えてもいない。不吉な予想が最悪の形で的中してしまったために、もうこれ以上ひどいことにはならないのだ、とかえって落ち着いたようでもある。

「失礼しました。もう一つだけ質問を。これが最後です」

「何でしょう？」

「舞鶴から戻った颯一さんが記憶を取り戻しているように感じたことはありませんか？　ないという返答は伺っていますが、重ねてお尋ねします」

「いつどこで尋ねられても言うことは変わりません。そんなふうに感じる場面は一度もありませんでした。先生がどうしてそんなことをおっしゃるのか、こちらからお訊きしたいぐらいです。恢復してたら、私は察知できたと思います。……そう思いたいです」

また涙がひと筋、走るように流れた。

「お答えいただき、ありがとうございました。颯一さんの記憶が戻っていたかどうかは、事件を捜査する上で引き続き重要な問題となるでしょう。彼が過去を取り戻していたら、この隠し扉のことを思い出していたはずでしょうからね」

「そうやな」と私は、われ知らず呟いていた。

「思い出していたら、どういうことになるんですか？」柚葉は言う。「隠し扉の上に行李が載ったままでした。颯一は自らここに潜り込んだのではありません。誰かに運び込まれただけです」

「まだ断定できないんですよ、それさえ」

「頸《くび》を絞められた後、自分で床下に潜ったとでも言うんですか？」

彼女は唇を尖らせたが、火村は平然として答える。

「私たちはここから覗いて、颯一さんの遺体を発見しただけです。警察の現場検証が済むまで、迂闊な決めつけは慎まなければなりません。彼は、床下に潜って何かをしているところを襲われたのかもしれず、外から運び込まれたとも言い切れない」

「ここは空っぽでした。覗いたり潜ったりする用なんてなかったはずです」

「あったのかもしれない。——かもしれない、ばかりになりますね。情報が足りていないので、憶測しかできない。だから情報を掻き集めようとしています。颯一さんに過去の記憶があったのか、なかったのか。彼は何を知っていて、何を知らなかったのか。正しく認識したい」

「先生は——」

澱んでいた空気が動く。蔵の扉が開いたのだ。

楠木利久が立っていた。

5

彼から問い掛けてきた。

「こんな時間に何をしてるんですか？」

柚葉と一緒にいるのが火村と私だと気づくと、不思議そうな顔をする。

「柚葉さんに電話で呼ばれたんだよ。この時間を指定されて」

私たちがここにきた経緯を簡単に話してから、火村は訊き返す。

「君は、蔵に明かりが点いているのを見掛けて様子を見にきたんだね？　いい度胸をしている」

「二階からやと蔵の明かりが見えるんです。別に勇敢でもないですよ。泥棒が忍び込んだかもしれんと思うたら、丸腰で見にきたりしません。玄関を見たら靴がなかったんで、柚葉さんやと思いました」

彼が登場したことに、従姉の方もいたく驚いたようだ。

「利久君はこの時間には寝てるのに。寝たら朝までぐっすりというタイプやのに、なんで今日に限って起きてたん？」

「ベッドに入ったら事件のことを考えてしもうて、昨日も今日も寝つきが悪かったんや。いつも言うとるやないの。僕は見掛けによらず繊細や、と」

トイレに立った時、二階の廊下の窓越しに蔵から洩れる明かりを見たのだそうだ。警戒しつつも単身で蔵にやってきたのは、腕っぷしにそれなりの自信があるからだろう。サンダルではなくスニーカーを履いてきているのも、いざという場面に備えてのことか。

「夜中やというのに、何か調べてたんですか？」

彼の立ち位置からは、私たちに遮られて隠し扉が開いているのは見えていないようだった。が、死臭には反応した。

「何か臭いますね」

颯一の遺体が見つかったと聞くと、彼は「嘘でしょう！」と大きな声を出した。

火村は体を斜めにして、隠し扉が開いているところが見えるようにする。床下に秘密の空間があり、そこに遺体があったのだ、と説明される前に筋トレ愛好家の大学生は言った。

「あ、扉が開いてる。颯一さんは、あの小さな地下室で見つかったんですか？」

地下室というのは独特の表現だが、その存在を彼が知っているのは明白だった。柚葉が訊く。

「待って、利久君。この蔵の床下に隠れた空間があるのを知ってたん？」

「誓一さんに教えてもろうた」

「いつ？」

「だいぶ前。六月ぐらいやったかな。蔵の整理を手伝うた時に、『珍しいもんがあるんや。武光家の取って置きの秘密やぞ』と見せてくれた。中は空っぽやったけど……余裕で人間が入れそうやったな」

便利なので、彼に倣ってあの空間を地下室と呼ぼう。その存在を知るのはこの家では三人だけと柚葉は証言していたが、不正確だったことがたちまち露見した。利久当人の口から、地下室を知っていたことが明かされた。

「柚葉さん、大丈夫？」

利久が気遣い、歩み寄ってきて背中に手を添える。彼女は顔色が優れなかった。

「部屋に戻って休んでください。こんな時に色々お訊きして、申し訳ありませんでした」

火村は彼女に詫びてから、利久に言う。

「柚葉さんを頼む。彼女を母屋に連れて行ったら、雛子さんと誓一さんを起こして、ここに呼んでもらいたい」

「判りました。――行きましょう」

柚葉と利久が蔵を出ようとしたところで、スマホを手に私も言った。

「俺が南波さんに」

「ああ、連絡を」

事態の急転を報せる電話をしている間、火村は蔵の奥へと戻り、懐中電灯で照らして地下室を見分していた。最初は片膝を突いて、やがて腹這《はらば》いになって。

電話を終えた私は、彼の許へと向かう。

「大至急、飛んでくるそうや。南波さん、『ほんまですかぁ』と声が裏返ってたわ」

「俺たちが発見者になった経緯も話してたな。ご不満はなさそうだったか？」

懐中電灯の光で地下室内をまさぐりながら彼は言う。

「不満どころか。『先生方に相談が持ち掛けられたのは、われわれの不徳の致すところです』やったわ」

「人間ができてるな、あの人は」

南波警部補は、捜査本部のある下鴨署に泊まり込んでいた。同署からここまで車を飛ばせば、十分ほどだろう。その間、火村は何もせずに待つつもりはない。

「これを持て」

懐中電灯を手渡された。自分はスマホを取り出して構える。

「遺体の頭部から足に向けて、順に撮る。照らしていてくれ」

助手も並んで腹這いになるしかなかった。どこに光を当てたらいいのか、探偵から次々に指示が出される。

「頭部は撮った。いったん横に振って、扇を照らしてもらえるか。……よし、胸部へ。……腹部。……下半身。スキニーパンツの右裾にぽつんと血痕《けっこん》らしきものがある。足許は暗くてよく判らないな」

「ん？　何かあるぞ」

「森沢幸絵の所持品だろう。ほら、ショルダーバッグだ。遺体と一緒にここに放り込んでいたのか。こっちにも微量の血痕が付いているみたいだ。土で汚れた痕もある」

「なんでバッグが一緒に？」

「おそらく、敷地の外へ持ち出す間がなかったというだけさ。手許に置いておくわけにもいかず、遺体と共に隠した。――紐状のものがあるな。あれが犯行に使われた凶器かもしれない。腕を伸ばして、明かりをもっと奥へ」

「こうか？」

「腕、もう少し伸びないか？」

「俺はゴム人間やない」

撮影が終了すると私たちは上体を起こし、膝を突いた姿勢で地下室内を見下ろした。私から尋ねる。

「森沢は刺殺、颯一は絞殺されたらしい。殺され方が違うけど、二人を殺したのは同一犯人やな？」

「その確証はない」

「まさか別々に起きた事件やと言うつもりか？」

「二つの事件が関連しているのは間違いないだろう

な。別々の事件が、同じ場所でほぼ同時に発生したとは考えにくいし、森沢の遺品が颯一の遺体と同じ場所に隠されている」

示し合わせてもいないのに、私たちは猛烈な早口でしゃべっていた。凶報を聞いて雛子たちが駆けつける前にたくさんの意見交換をしておきたい、という意識が働いたせいだろう。

「この地下室が犯行後に利用されたことで、容疑者はぐっと絞られたわけや。外部犯という見方もされてたけど、そっちは完全に捨てられる」

「通りすがりの人間の犯行じゃないな」

「地下室の存在を知ってて、蔵の鍵を持ち出せた人物。その中に犯人がいてるということは……」

該当者を数えてみた。雛子、誓一、柚葉、の三人に加えて、楠木利久。鴻水・汀子夫妻で六人。蟹江信輔を入れたら七人だ。宇津井白雲はさすがに除外していいだろう。

「住職だって仲間に入れてもいいかもしれないぜ。地下室の存在も蔵の鍵の在処《ありか》も、誰かに聞いていたかもしれない」

「そこまで疑うか」

「誰が何を知っていて、何を知らなかったのか。何を覚えていて、何を忘れているのか。推測するのは単純な嘘を見破るよりも難しい」

一人ぐらい消し込めないものか。

「楠木はシロっぽいな」

「どうして？」

「彼が犯人やったら、こんなものの存在を知らんかったふりをするのが自然やないか。さっきみたいに知ってたことを自分からアピールはせえへんやろう」

「知らなかったふりはできない。彼に見せたことを誓一が証言する」

「あ、そうか」

粗忽《そこつ》な発言をしてしまったのは、死者の視線に見上げられて平静でいられないせいでもある。死体の発見者になったことは何度もあるとはいえ、慣れたりするものではなく、受け留めるのが苦しい。

柚葉からの電話が入る前、私は火村に言った。

——颯一をお前に会わせてやれたらええのにな。

——彼の身に何があったのか、本人に会えたらお前は推理できるんやないか？　たとえ向こうが秘密を守るために口を噤んだままやったとしても。

今、臨床犯罪学者は死せる颯一と向き合っている。推理しろ、推理してくれ、と私は念じた。

外の物音は聞こえてこないが、何が起きているのか見当がつく。利久は柚葉を落ち着かせてから、雛子と誓一を順に起こす。最低限のことだけ伝えても呑み込んでもらえず、「どういうことや？」と訊かれたりしたのではないか。酔いのせいで二人は足許がふらついたりしたかもしれない。もたもたしているにしても、玄関を飛び出した頃か。次の瞬間にも蔵の扉が開きそうだ。

「閃いたことはないか？」

我慢できずに訊いてしまった。

「判らない。まだ」

「……やろうな」

颯一の死体が見つかったことで、真相が垣間見えるどころか、謎はさらに深まった。探偵の頭は今、混乱が最高潮に達しているだろう。

扉が開き、雛子が現われた。すぐ後ろに誓一。いずれもパジャマ姿のままだ。

私たちは隠し扉の前から退き、悲しい対面の時間となる。二人は声もなかった。

「このことを警察には——」

懐中電灯を手にした誓一が言いかけた時、ちょうどサイレンの音が聞こえてきた。雛子は茫然《ぼうぜん》とした様子で、床下を見たままだ。長男は火村に質問をぶつける。

「頸を絞められたような痕に見えるんですけど……そういうことですか？」

「おそらく、そうでしょう。足許に凶器らしい紐状のものがあります」

「ということは、颯一は殺されたんですね？　森沢さんを刺したのと同じ奴に」

「よく調べた上で結論を出さなくてはなりません」

誓一は苛立《いらだ》ったりはしていない。ただ狼狽《ろうばい》しているように見えた。

「惨《むご》いことを」

雛子が声を発したので、誓一がはっとなる。

「なんで、こんな惨いことをするんやろう」

悲しみや怒りがこもっていない。颯一に対してそこまで冷たい態度を貫くのか、と呆れかけたのだが——

「颯一が見つかったと聞いたけど、違うやないか」

誓一に真顔で言う。

「お母さん、何を言うてるんや？」

「似てるけど、顔が違うやないの。よう見てみい」

顔貌《がんぼう》が変化してはいるが、颯一その人であることは確認できるはずだ。母親は受け容れがたい現実を拒絶している。

「これは颯一や。認めとうないやろうけど、あいつなんやで」

「ようそんなアホなことを。これは知らん人や」

「しっかりしい。これは悪夢やないで。現実なんや」

母と長男のやりとりが続く中、サイレンが屋敷の前で止まった。まもなくこの蔵は捜査員であふれる。

「颯一……なんか？」

雛子は膝から崩れた。誓一も屈《かが》み込んで、母親の両肩に手を置く。

「残念やな。こんなことになって、僕もほんまに残念やわ」

火村も私も、掛ける言葉がなかった。

6

南波警部補の表情は険《けわ》しかった。事件が複雑さを増したのだから当然である。丹念に調べたはずの蔵に見落としがあったことも苦々しく思っているのだろう。

「遺体が颯一さんであると確認なさいましたね？」

「はい。母も僕も」

誓一との間で、そんな短いやりとりが交わされた。

捜査員以外の者は外に出された。火村と私も庭で待機する。パトカーのサイレンが隣家に聞こえなかったはずもなく、木戸の向こうから鴻水、汀子、蟹江も姿を見せた。何があったのかと問う鴻水に、柚葉が説明をする。

「なんちゅうこっちゃ」

「信じられへん」

驚愕《きょうがく》する鴻水と汀子。颯一贔屓という汀子の衝撃は相当なものだろう。妻に気力を送り込むかのように、鴻水が背中をぽんぽんと叩いている。

蟹江は口を半開きにし、ぽかんと蔵を見やっていた。ワタシ、この展開には付いて行けませんわ、という顔だ。

彼らは真夜中のキャンプファイヤーのために集まってきたのではない。悲痛な全員集合の図である。

雛子が歩み寄ると、汀子は泳ぐようにそちらに向かい、二人は肩を抱き合う。低い啼泣の声に交じって、世を儚《はかな》むような言葉を交わすのが聞こえた。

「うまいこと……いかんな」

「お互いに……」

宇津井白雲は不在だが、それ以外の関係者たちが首を揃えたので、片《かた》っ端《ぱし》から質問をするチャンスとも言えた。蔵の鍵の保管場所と管理状況が気になるところだ。しかし、動揺の渦中にいる彼らに無遠慮なふるまいは憚られたし、そんなことをする間もなく蔵から顔を覗かせた南波警部補が、それぞれの家に戻って待つよう求めた。

「先生方、お願いできますか」

私たちは蔵の中へ。柳井警部がいたく恐縮した顔で立っていた。

「長い一日にさせてしまいました。まさか火村先生と有栖川さんが颯一の発見者になるとは」

「自分でも思ってもみませんでした。今日の捜査は二部制でしたね。幕間《まくあい》でしっかり休憩しています」と火村。

「ひと風呂浴びての再出勤のようですね。申し訳ない」

現場をざっと見分した警部は、関係者たちの話を聞きたがっていた。ここは南波に任せて、私たちと入れ替わりに外へ出て行く。

「颯一の死体を地下から上げました。あんな窮屈なところでは検視もままならないので」

床の上に横たえられた遺体を南波は指差して言う。制服・制帽姿の検視官が検めているところだった。どこにどんな傷があるかを調べなくてはならないので、作業はすべての衣類を剝《は》ぎ取って行なわれる。見ていてつらいものがあり、私は視線を逸らした。

「死後二日から三日経過。言えることはそれだけみたいで、死亡推定時刻どころではありません」

南波に言われるまでもなく、素人の私ですらそうだろうと思っていた。死亡した日時が不詳どころか、高度に腐乱した死体では死因の特定さえもできなくなる。

「柚葉が連絡してきたそうですけれど、いやぁ、際どいところでしたね。あと半日でも遅かったら、家族に顔を確認してもらう時に厳しいことになっていたでしょう。できることなら、もっと早くに教えてもらいたかったんですが。それならホトケさんの姿がきれいなままだったし、われわれも彼の行方を追って無駄な聞き込み捜査をせずに済みました」

南波のぼやきを聞いてから、火村は言う。

「死因は絞殺と見ていいんですね？」

「はい。言わずもがなですが、自絞死の可能性はありません。他の外傷の有無についても調べています。ぱっと見た感じでは何もなさそうです」

殺害される前に格闘したりひどい暴力を振るわれたりはしていないらしい。顔見知りの人物に不意を突かれた、ということだろうか。

「いくつかのブツが床下に放り込まれていたようですが、それも──」

「回収しました。指紋の採取を行なっているので、後ほど実物を見ていただきましょう。扇、遺体の下に三千円ほど入った被害者の財布、洗濯紐らしいロープ、森沢幸絵のものと思しきショルダーバッグ。中にはスマホも入っていました。ロックされていて中身はまだ見られていませんが」

洗濯紐らしいロープは薄汚れていて、長さは八十センチばかり。古いものだが、片端には最近切断されたらしい跡があるとのこと。

「死体と共に隠してあったことからして、それが凶器でしょう。絞殺の道具にするため、手頃な長さに切ったように思われます。森沢殺害と違う凶器が使われている」

「ええ、違うんですよね。同一犯の仕業に見えるのに、何故か凶器が異なる」

「先生、どちらの犯行が先だとお考えなんですか?」

「床下を覗き込んで観察しただけですから、まだ何とも。検視で突き止めるのも難しいでしょうね」

「司法解剖でも決められそうにありませんよ。とにかく時間が経ちすぎています。──それというのも、この家の連中のせいです。けしからん」

人間ができていても、立腹することはある。

「あんな場所があるのに、どいつもこいつも警察に隠していたとは。非協力的な態度と言うしかありません」

「颯一がもう生きてはおらず、床下に隠されているのではないか、と柚葉は不安でたまらなかったようです。ところが雛子の命令で、あんな空間があることを警察に話すのは固く禁じられていた」

「とんでもない行為です。悪意をもって捜査を妨害したかったとしか思えん」

「まさか妨害はしないでしょう。彼女本人が犯人でもない限り」

地下室の存在を明かそうとしなかったからといっ

て、雛子が犯人だと断じる根拠にはならない。そんなことは南波も承知している。

「妨害でないとしたら、森沢殺害は颯一による犯行であり、彼が逃走したと確信していたんですかね。それ以外の可能性はないと思い込んでいた。もしそうだとしても、誓一や柚葉にきつく口止めしたのはおかしな気がします。……ほんま、あの母親は普通やないな」

警部補は、先ほど雛子が見せた悲嘆の様を見ていない。私には空々しい芝居とは思えなかった。遺体が颯一であることさえ認めたくなかったようだ。その胸中を正しく推し量ることはできないが、何らかの悲しみに打ちのめされていたのは間違いない。

「森沢の所持品はどうですか？」

火村は次の質問に移る。

「五万円ほどのキャッシュが入った財布、カード入れ、手帳、自宅の部屋のものと思われる鍵などが付いたキーホルダー、車のキー、化粧道具といったものので、変わった点はありません。なくなっているものがあるかどうか、確認できる者はいないでしょう。スマートフォンは破損していませんが、電源が切ってありました」

「バッグそのものに異状は？」

「抜かりなくお訊きになりますね。土が付着していました。発見場所の床はコンクリートで固めてあるので、あそこに持ち込まれる前に付いたものと見られます。この答えでご満足ですか？」

「非常に。被害者は庭で襲われ、離れへ逃げ込む前にバッグを落としたと推察した状況に合致しますね」

「さらに満足してもらいましょうか。ご報告は明朝でもいいか、と思っていたんですけれど」

どういう速報かと思ったら、離れの付近の敷石から血痕が見つかったとのことだった。

「微量の血液が石の窪みに残っていたため、雨で流されていませんでした。ルミノール反応が出ただけで、実のところ人間の血液かどうかは未確認ながら、庭に紛れ込んだ動物のものとは考えにくい。人血検査を行なった上で、時間を掛けたら詳しい血液型まで特定できそうです。ＤＮＡまで行けたらいいんですけど」

やはり森沢殺害の現場は離れの中ではなく、庭だったと見てよい。密室ができてしまった理由も火村が推理したとおりだろう。問題はそこから先である。

「刺殺と絞殺。ナイフとロープ」

火村が呟く。また彼が振り向いて急に何か訊かれるのに備えたが、同じことは起きなかった。

「係長」

奥から鑑識課員が声を掛け、「済みました」と言いながら南波に何かを差し出す。もちろんのこと、手袋を嵌めた同士での受け渡しだ。

扇だった。颯一が肌身離さず持っていた扇の実物をやっと拝める。

南波がそれを大きく開く。写真で見たままで、変わった点はない。裏向きにしても同じ。

「なかなか結構な品なのは判ります。富士山の絵もいい。しかし、ただの扇子でしかありませんね」

南波がコメントしたとおりだった。颯一はこれを手許に置いておきながら、実際に使用する機会は多くなかったのかもしれない。使い込まれてくたびれたりはしておらず、大切にしていたのが窺えた。

「斜めにして光に翳したら財宝の隠し場所を示す暗号が見えてくる、ということもありませんね」

つまらなそうな顔で戯言《ざれごと》をこぼしてから、警部補は扇を火村に渡そうとする。犯罪学者は絹製の黒手袋を嵌めて受け取った。

『日本扇の謎』のタイトルで小説を書こうとしていた際、お粗末《そまつ》なトリックや仕掛けがいくつも私の頭を通り過ぎた。その経験が役に立てば少しは苦労が報われたのだが、結果は虚しかった。

「実物を見られたから、この扇自体は特別なものではない、と判りました。颯一が手許から離さなかったもの、という意味を持っていたにすぎないようです」

私にもじっくり見せてから、彼は扇を閉じて南波に返した。

「颯一だけにとって意味があったんですね。しかし、そうであれば犯人は何故これを床下に隠したのやら。殺しておいて、せめてもの手向けのつもりで遺体に並べた？」

私は賛同しかねた。

「手向けにするため扇を遺体と一緒にしたのなら、もっと丁寧に扱うんやないでしょうか。傍らにぽいと投げ落としたりせず、懐《ふところ》に忍ばせてやるとか、そっと胸に置いておくとか」

「……」

「有栖川さんのご意見もごもっともです。とすると」

火村は手袋をした手で前髪を払う。

「私も被害者に対する弔意は感じませんでしたね。この扇は、颯一が自発的に姿を消したように思わせるために犯人が持ち出したんでしょう。被害者と扇がセットのように認識されていたのを利用したわけです」

手向け説よりもこちらの方がすっきりとした説明だ。

「私にもそう思えてきました」南波が言う。「いたって単純な偽装工作ですね。犯人はそんなごくわずかな手間で捜査を攪乱《かくらん》したわけか。謀られました」

南波が右手に持った扇を、軽く左掌に打ちつけた。私がまた発言する。

「捜査を攪乱するだけでなく、誤った方向に積極的に導こうとしていた節もありますね。颯一が自発的に姿を消したように見せかけることで、彼が森沢殺しの犯人であるように勘違いさせるのも目論《もくろ》んだんやないでしょうか」

火村は何も応えなかった。南波はさらりと「そのようです」と言ってから、口調を改める。

「火村先生も有栖川さんも、とんだ深夜残業になってしまいましたけれど、お付き合いいただきますよ」

どうせ付き合うのだ。申し訳なさそうに頼まれるより、これぐらい威勢よく言われる方が小気味がよい。

「指紋採取も完了する頃かな。森沢の所持品を見ていただいてから、関係者からの事情聴取に立ち会ってもらいましょう。こんな時間ですから、あまり待たせておくわけにもいきませんし、訊きたいことがたくさんある。——ちょっと失礼しますよ」

奥に様子を見に行く警部補。

火村は近くの棚に片手を突いてもたれた。その横顔を見ると表情に緩みがあり、一心に何かを考えているようではなかったので話しかけてみる。

「住職と会《お》うた後、南波さんは『局面が変化しかけているみたいです』とか『風が吹いてきました』とか言うてたけれど、その予感が当たったな。事態が急転した」

棚の方を向いたまま、彼は言う。

「どういう事件なのか判らない。混乱は今、最高潮だ」

「フィールドワーク一日目やないか。真相が見えてくるのはまだ先やろう」

ネクタイの結び目をいじってから、こう応えた。

「俺の頭の中では、事件解決の手掛かりになるかもしれないものが散乱している。ひらひら舞いながら降ってきて、うまく摑めない。落ちたものから順に拾い上げるしかなさそうだ」

何も訊かず、しばらく考えさせてくれ、と言いたいようだった。

「了解した。ひらひら落ちてくるのが収まるまで、当面ディスカッションは控えるわ。助手が探偵の邪魔をしたらどうしようもないからな」

「そうしてもらいたい」

当面とは、二、三日ぐらいのつもりだったのだが、彼は思いがけないことを言う。

「混乱が最高潮に達してくれたおかげで、かえって何か見えてきそうだ」

こっちの頭も混乱してきた。

第六章　空白が埋まる時

1

　母屋の応接室で事情聴取が行なわれることになった。時計の針は午前一時を指そうとしている。

　最初に呼ばれた雛子は、黒いニットのセーターに着替えていた。取り澄ました感さえある表情で現われ、一礼してソファに掛ける。そして、火村と私に視線を向けながら言った。

「先ほどは見苦しいところを。失礼いたしました」

　南波警部補にはその意味するところが判らなかったはずだが、察しはついたであろう。あらためて悔やみの言葉を述べてから、質問を始めた。

「蔵にああいう場所があると早く話していただけたらよかった、と思います。うっかり忘れていたということはないでしょう。警察に教えたくない事情でもあったんですか？」

　雛子は威厳すら漂わせて答える。

「先ほど、柳井さんからもお叱《しか》りを受けました。失念していたなどと言い訳はいたしません。蔵の扉はちゃんと施錠されていましたから、事件には何の関係もないと信じていただけです」

「犯人が逃げ込み、隠れているわけがない、と？」

「はい。でも関係があるかどうかは警察の方が判断することだと考えもしたので、お求めに応じて蔵の中を調べていただきました」

「隠しスペースがあるとは――」

「ですから、そこまでお話しする必要を感じなかったまでのことです。人が隠れたりしたら、扉の上のものが脇によけられて一目瞭然《いちもくりょうぜん》だったでしょう」

　南波が苛立っているのは傍目《はため》にも明らかだったが、

雛子に動じる様子はない。刑事を前にして昂然《こうぜん》たる態度を取ることで、颯一の痛ましい姿と対面した悲しみを押さえ込もうとしているのでは、という気がした。

「と、あなたはそう考えた。そこまではいいとしましょう。しかし、息子さんや娘さんが警察に話すことも禁じたそうやないですか。否定なさっても駄目です。どうしてそんなことをしたのか、本当のところを話してもらいたい」

「いつの間にそんなことを聞き出したのか、と驚きます。柚葉が先生方にしゃべったんでしょうね。よけいなことを、べらべらと」

「どうなんですか？」

彼女はセーターの右の袖《そで》を少しいじってから言う。

「私が愚かだったと認めて、謝りました」

問いと答えが食い違っている。

「誰にですか？」

「まず、胸の中で颯一に。私が判断を誤ったために、あんなところに二、三日も放置してしまいました。悔やまれます。誓一と柚葉にも詫びました。特に柚葉に。あの子は、颯一が被害者になって床下に隠されていることも考えて、警察に話したがっていました。『想像したくもないことやけど、警察に言うた方がええと思う』と相談されたのに、私は許さなかったんです。不安が抑え切れなくなって火村先生と有栖川さんに連絡を取るまで、気を揉みながら過ごしたんでしょう。あの子の言うとおりにしていたら、颯一を早く出してやれたのに」

警察に謝罪するつもりはないというわけだ。南波は二、三度頷いてから、訊き直す。

「今のお気持ちは判りましたから、質問に答えてください。あなたが警察に隠し事をした理由は何なんですか？」

重ねての問い。雛子は、もうはぐらかさなかった。長い返答になる。

「事件後に颯一が姿を晦ましたせいで、警察はあの子に疑いの目を向けていましたね。恨みを申したりはしません。とんでもないことをしでかして逃走したのでは、と警察が考えて捜査をするのは当然でしょう。的はずれもいいところだ、と私はずっと思っていましたが。どんな状況であろうと、颯一が刃物で人を刺すなど、あり得ません。だから、私たちには計り知れない理由があってこの家を出たのに違いない、と自分に言い聞かせていました。半ば自己暗示です。ええ、判っていました」

　伏し目がちに話す彼女を、火村はじっと見つめている。

「がんばったんですけれど自分をごまかし切れず、別の可能性が頭をもたげてくるのは避けられませんでした。颯一も犯人に襲われ、被害者になってしまったのではないか、と。もしそうなら、犯人はあの子を担いで運び出したりせず、そのままにしておくでしょう。そうでないなら、敷地内のどこかに隠したのではないか。わざわざ隠すのもおかしく思ったんですが、もしそうであればどこに、と考え始めたら、蔵の床下のことに思い至らないはずがありません。そやけど……」

　雛子の視線が、瞬時だけ泳いだ。込み上げてくる感情を押し殺したのか、それでも落ち着いた口調は変わらない。

「床下を調べて、恐ろしい想像がはずれていることを確かめたいと希う一方、そこを覗いたりしなければ颯一が生きている可能性が残る、あそこを見たら終わりなんや、とも思いました。理屈に合う話はしていません。世迷《よま》い言《ごと》です。私は精神が弱くて愚かだったんです」

　即座に咀嚼するのが難しかった。呪《のろ》わしい現実と直面するのが怖くて、拒否していたわけか。ことの重大さと釣り合わないようだが、そういう心理自体はさして珍しいものではない。

　南波が唸ったきり黙ったので、私が横から尋ねる。

「結論を先送りにしたかったんですね。お気持ちは判らないでもありません。ですが、床下を調べなければ颯一さんが生きている可能性が残ると言っても、いつまでも持ち越すことはできないでしょう。最終的にどうするおつもりだったんですか？」

まさか未来永劫そのままにしてはおけまい、と思っていたのだが、雛子の答えはそのまさかだった。

「いつまでも見ないままにしておけば、颯一が死んだとは確定しません。どこかで元気にしているのだろう、と思うことができます。あの子が十九で家を出て行って以来、七年近く続いた状態に戻るだけです」

極限まで先送りしても現実が消えてなくなったりはしない。理解しようと努めたが受け容れがたい発想だったので、私は黙っていられなくなる。

「そんなふうに思い切れるものですか？　遺体となった颯一さんが床下にいたらどうなるか、という想像も働かなかったはずはありません。それも見なかったら存在しないのも同然ということですか？」

火村の肘が私の二の腕をさりげなく突いた。感情的になるな、と止められたらしい。雛子は逃げずに答えてくれる。

「有栖川さんがそうおっしゃるのは、ごもっともです。臆病で自分勝手なふるまいに呆れておられるのでしょう。実の息子に対してあまりにも非道ですね。今の私にはよく判りますが……さっきまでは違ったんです。颯一が死んだと認めるのは無理。まだ無理。それだけでした。いつまでも無理な気もしていました」

私が言葉を探している間に、火村が問う。

「二度と隠し扉を開かず、あそこを封印してしまうつもりだったんですね？」

彼女は首肯する。

「あなたが言い張れば誰も逆らえなかったんでしょうか？　あの蔵を共同で利用していた鴻水さんや汀子さんも含めて」

「鴻水さんや汀子さんには、あそこを開けないように言うつもりもありませんでしたよ。命令もお願いも必要ない。床下に空間があるのは二人とも知っていますけれど、そこに何かを収納する機会がありそうにないので、よけいなことは言いませんでした。藪《やぶ》をつついて蛇を出すことになったら大変です」

「床下を警察に調べてもらうのがいいのではないか、と柚葉さんに勧められたそうですが、鴻水さんや汀子さんは何も言わなかったんですか？」

「はい。蔵の中の捜索が行なわれたのは知っているので、床下も調べが済んだと勘違いしていたかもしれません。そのへんについては鴻水さんたちに訊いてください」

その勘違いを、これ幸いと放っておいたのか。

蔵の鍵の管理状況が気になったが、火村は話を別の方に持っていく。

「颯一さんが記憶を取り戻していた、と感じたことは本当になかったんですか？」

質問が飛んでくる方向が急に変わり、雛子は面食らったようだ。返事がわずかに遅れる。

「まだそんなことをお尋ねになるとは。何度も申したはずです。そのようなことはない、と」

「彼の記憶が恢復していて、それに気づいていたとしても、あなたには知らぬふりをする理由がありました。ついさっきまで。彼が帰らぬ人となっていたことが判明した今となっては、それも失われた。もう打ち明けてくださってもよいかと」

雛子は怪訝そうな顔になる。人の心を見透かす能力など私にはないが、彼女の当惑は演技には見えなかった。

「先生のお話は婉曲《えんきょく》すぎます。私ごとき凡愚にも判るように、親切な言い方でおっしゃってください」

「言葉足らずだったようで、失礼しました。――ご本人に会ったこともない私に、颯一さんの記憶が戻っていたかどうかなんて判るはずもありません。恢復していたのに記憶を失ったままのふりをしているなんてことは、普通は考えられない。しかし、ご当家で殺人事件が発生し、彼が行方知れずになったため、疑念が生まれました。何らかの事情があって、記憶がないままのふりをしていた可能性です」

「そこまでしつこく言うのは、その事情がどういうものか見当がついているんですか？」

「沙月さんが事故で亡くなった件」

雛子は、ここでその名前が出てきたことに驚いた様子だった。目を細めて火村を見返している。

「法海寺で住職に伺ったんですよ。今は芝生が敷かれている裏庭にかつて池があり、そこで次女の沙月さんが事故に遭ったこと。一緒にいた颯一さんが妹を助けられなかったことにあなたが悲憤したこと。それが原因で親子関係がぎくしゃくしたままだったのでは、とも聞きました」

「事件に関係のない内輪の話を、住職はべらべら話したんですか？　……そういうの、いかがなものかと思います」

「宇津井さんは秘密を暴露したのではなく、話の流れでそうなっただけなので不快に思わないでください。——もし、本当にその悲しい事故が原因であなたと颯一さんの関係が悪くなり、ひいては彼の家出につながったのだとしても、問題は解決に向かいつつありました。彼が記憶をなくし、過去がリセットされたからです」

「即物的な表現ですけれど、そう言うこともできますね」

雛子は認めた。

「不幸中の幸いと言えるかもしれません。目の前で溺れる幼い妹を救えなかった遠い記憶は、颯一さんにとって深い心の傷となっていたでしょうし、母親であるあなたから事故に起因する負の感情をぶつけられて苦しかったことでしょう。あなたの側だって、彼との関係不全を改善できないことを残念に思っていなかったはずがない」

よくもそこまで言えるな、というところまで火村は踏み込んでいた。

「ところが、積年の問題は消えつつありました。颯一さんの記憶がリセットされたせいで、わだかまりをクリアできそうなところにきていた。私が言っていること、判りますね？」

神妙な顔になって、彼女は頷く。

「だから、この家に帰ってきてから記憶が恢復していても、颯一は過去を忘れたふりを続けていたかもしれない、とお考えなんですね？」

「根拠のある推察ではなく、可能性の指摘です」火村は、またあの表現を用いた。「率直に答えてください。そのように感じる場面はありませんでしたか？」

「誘導尋問そのものですね。私がどう感じていようと、事実とは限りません。ただの錯覚かもしれないのに」

「というと、そうお感じになった瞬間が――」

「ございません」

険しくなった視線に火村は怯《ひる》まない。

「そこまできっぱりと否定なさるのでしたら、もう同じことは伺いません。――颯一さんの記憶が恢復していたかどうかに私が拘泥するのは、もちろん事件を解明するためです。記憶が甦っていたら、彼は蔵の床下の存在も思い出していたでしょう。何か確かめたいことがあって、調べてみようとすることもあり得ます」

「いったい何を調べるというのでしょうね。記憶を取り戻したのなら、あそこが空っぽなのはよく承知していたはずです」

「ええ、調べようとしたというのは例えばの話で、重要なのはそこではありません。自ら蔵に入って、隠し扉を開けたところを何者かに襲われた可能性もある、と言いたかったんです」

南波は懸命に二人のやりとりに付いて行こうとしているようだ。メモを取りながら聴き入っている。

「可能性のお話はもうたくさん。そんなものを並べても目の前が霞むだけです」

「いえ、この検証は重要です。彼が隠し扉を開けたのでなければ、遺体を隠すために犯人が開けたことになりますから、犯人の条件がぐっと絞られます。すなわち、蔵の鍵を持ち出せて、隠し扉があることを知っていた人物。今この敷地内にいる住人たちの中の誰かです」

「そこまで限定されますか？」

「外部の人間が犯人であれば、あの蔵に遺体を隠そうと考えても、まず鍵の在処が判らない。どうにかして中に入れたとしても、床下に収納スペースがあるのでは、と探すはずもない。犯人は、あの空間があることをよく知っていた者です。該当するのはあなた、誓一さん、柚葉さん、楠木さん。利久君は誓一さんから聞いて知っていたようです。さらには鴻水さん、汀子さん、蟹江さんの七人。宇津井さんはご存じではありませんよね？」

「もちろん、私は話したりしていません。別に得意げに明かすことでもありませんから、他の者が話のタネにすることもなかったでしょう」

「皆さんに訊いてみますよ。ただし、亡くなった颯一さんが洩らしていたかどうかは判りません」

「しつこいですね。あの子は隠し扉のことも忘れたままでした」

同じところで話が進まなくなる。颯一が過去をなくしたままだったのか、部分的にでも記憶を取り戻していたのか、確かめる術は完全に失われた。司法解剖で彼の脳にメスが入っても、これぱかりは判定しようがないのだから。

捜査がやりにくくなった、というだけではない。これこそ犯人が望んだ事態なのではないか？　犯行の動機は謎のままだが、颯一の記憶に関する疑問や疑惑を永遠に解けない謎にしてしまうこと。

妙な発想をしてしまった。彼の記憶がどうなっていたのかを謎にすることに意味があるとも思えない。家人らはもやもやとした気分のまま残りの人生を過ごす羽目になるが、それが目的で犯行に及んだ、というのは馬鹿げている。

「誰が何をどこまで知っているのか。それを突き止めるのは簡単ではありませんね。亡くなった人が何かの弾みにしゃべっていたとして、聞いた人が知らないふりをしていたら、嘘をついていてもバレませんから」

雛子は皮肉のつもりで言ったようだが、火村は力強く頷いた。

「まさに、おっしゃるとおりです。とても難しい。今回の事件の捜査では、困難と言いたくなるほどです」

「専門家なのですから、せいぜいお気張りください。床下のあれについて颯一は思い出していて、ご住職に雑談で話したことがあった、ということにしておけばよろしいのでは。容疑者は白雲さんを入れて八人ですね」

白雲も怪しむべきだと思っているわけではなく、やはり当てこすりだろう。

ここで火村が黙ったので、南波がいくつか質問する。まずは蔵の鍵の管理状況について。次に、あの床下を最後に見たのはいつだったのか。

南京錠の鍵は玄関の靴箱に入っており、それさえ知っていれば通りすがりに容易に取れることは誓一に案内された時に目撃した。郵便受けなどの鍵、各種の予備の鍵も一緒になっているため、蔵の鍵を誰かが持ち出していても、よくよく見なければそうとは判りにくいだろう。

「床下を最後に見たのは、はて、いつでしたか……」雛子は考え込む。「私が覗いたのは、もう三年以上は前になります。集中豪雨があったので、もしや水が沁みたりしていないか、と」

「中には何も入れていなかったんですね？」

「手拭いの一枚も。浸水していなかったので安心して、以降は一度も扉を開けていません」ここで火村を見て「その後で誰かが覗いたかどうかは定かではありません。私に関しては、それが最後だったということです」

「そうですか」

　南波は手帳を閉じ、事情聴取に思ったより時間を掛けたことを詫びた。

「私は一向にかまいませんが、この調子で全員から話を聞いたら夜が明けてしまいそうです。後の者になるほど大変ですから、ご配慮ください」

　はきはきと言う雛子は気丈さを取り戻したようだが、胸中でどれだけの感情を抑えているのかは知れない。南波が膝に置いたタブレットには凶器と思しきロープの写真が収められていたが、彼はそれを彼女に見せようとしなかった。

2

　親子関係について立ち入った話も出るだろうからと、雛子には一人で事情聴取に臨んでもらったが、誓一、柚葉と楠木利久からは同時に話を聞くことになった。リビングにやってきた三人は眠たそうな様子もなかったが、くたびれているのは見て取れた。

　二人掛けのソファがコの字形に三脚並んでいるので、兄妹が火村と私の対面に座り、利久は南波の横に「失礼します」と掛けた。

　蔵の鍵が持ち出されていたのに気づいたことはないか、誰か蔵に出入りするのを見掛けたことはないか、といった質問が南波から出されたが、答えは「いいえ」ばかりである。

「おかしなことがあったら、これまでにお話ししていますよ。あの蔵は事件があった離れのすぐ裏にあるんですから」

　誓一は言った。みんなを代表して発言したようだ。

「まぁ、そうなんでしょうけれど、こちらも尋ねないわけにはいかないので。——これをご覧いただけますか」

　南波はタブレットに汚れたロープの画像を呼び出して、彼らに回覧してもらう。それが何であるかは、説明されずとも見当がつくだろう。

「颯一の首には痕がついていました。これで……」

柚葉は最後まで言えない。

「凶器だと思われます。皆さんの中に、このようなロープに見覚えがある方はいませんか？　よく見て答えてください」

もう一度タブレットが手から手に渡る。利久、誓一、柚葉の順に「いいえ」と返してきた。

「蔵の奥で眠っていたかもしれませんよ。この家にあったものではない、と言い切れますか？」

南波の訊き方が誓一の気に障《さわ》ったようだ。

「見覚えがあるかとお尋ねになったので、見た覚えがない、と答えたんです。絶対にこの家になかったんだな、と言われたら責任は持てません。どこかの段ボール箱の底の底に押し込まれていたのなら、見る機会がなかったでしょう。僕らは博物館の学芸員ではないので、収納してあるものすべてを把握していません」

「少なくとも目につく場所に転がっていたものではなさそうですね」

火村は顎に手をやり、黙って聞いている。雛子の時と違い、自分から質問しようとはせずに。

「誓一さんと柚葉さんは、床下の隠しスペースのことは警察に話すな、と雛子さんから口止めされていたそうですね。おかげで捜査が足踏みをしてしまいました。できることなら、お母さんを説得していただきたかった」

これは問いではなく、ぼやきだ。柚葉は悄然《しょうぜん》としていたが、誓一は「申し訳ありませんでした」と詫びながらも、不服そうに口許を歪める。

「お伝えするべきだと思いながらも、母を説得できそうもなかったので、態度が変わるのを待っていたんです」

「変わりそうな兆《きざ》しがあったんですか？」

「いいえ、それはありませんでしたが」

「私は、どうもすっきりしないんですよ。森沢さんが殺害された事件に颯一さんが関与していないと信じるのであれば、隠しスペースのことを内緒にしておかなくてもよかったでしょう。万一、彼が床下に監禁でもされていたら大変だ、と想像することもなかったんですか？」

「監禁されていたら大変だ、と思ったりはしませんでしたね。なぁ」

同意を求められて、柚葉は頷く。

「あれっぽっちの狭い空間ですよ。人間が入ったら座ることもできかねる収納スペースです」

「確かに。だから、柚葉さんは最悪の事態を頭に浮かべ、火村先生と有栖川さんに相談をした。そこは理解できるとしても、決断がとても遅い。お母さんの命令に背くのは、そんなに恐ろしかったんですか？」

誓一は、わざとらしい溜め息を吐《つ》いてから、諭すように南波に答える。

「母は口うるさいし、癇癪《かんしゃく》を起す面倒な人でもありますが、僕も柚葉も子供みたいに怖がったりはしていません。命令に従った理由は二つ。第一に、母が言うとおり床下には何の異状もないと思ったから。第二に、母の気持ちを忖度《そんたく》したからです。忖度と言うと顔色を窺うようなので、母への心遣いと言い直しましょうか」

「心遣いとは？　よく判りません」

「母と颯一の関係がよいものではなかったことは、もうお聞きになっていますね。優しさを欠いた接し方をしていたのは事実ですが、嫌っていたというのではありません。過去のある出来事がきっかけとなって、母は颯一と接しようとするとバグを起こしたんですよ。僕にはバグよりうまい表現が思いつかない」

「過去のある出来事というのは、末っ子の娘さんのことですね？」

「沙月のことまで洗い出していたんですか」誓一は意外そうだった。「白雲さんあたりから聞き出したんでしょうね。——話を戻します。母の誤作動は直らず、颯一は淋しい思いをすることもあったでしょう。柚葉はずっと気にしていましたが、下手な口出しをするとよけいにまずいことになりそうで、控えていた。困ったことだと思いつつ、僕は気長に見守っていました。母は、颯一を憎んでいるわけではない。自分の感情を持て余しているけれど、いつか関係を修復できるだろう、と」

何が言いたいのか、と思いながら耳を傾ける。

「僕が言いたいのは、母は颯一を愛していた、ということです。あいつが死んで床下に放り込まれているなどと考えたくもない。そうなっていても確かめたくない、という気持ちは理解できましたよ。さっき無情な現実を突きつけられてしまいましたけれどね。ここは柚葉と見解が分かれたところです。妹は母の想いを汲みつつも最悪の事態が頭から振り払えず、颯一が床下に放置されるのは耐えられなかった。もう一つ、言っておきたいことがあります。颯一の方も母を慕っていました」

ここで唐突に、誓一は離席の許しを請う。

「お見せしたいものがあるんです。持ってきます」

彼が出て行くと、警部補は柚葉に語りかけた。

「親子の関係にも色々あるのは知っています。仕事柄、たくさんの家庭を見てきていますから。外部の者がすんなりと理解しにくいケースもあります」

彼は、雛子が涙を流すのを見ていない。誓一の話を聞いて、私は心に響くものがあった。表情を変えない火村がどう感じたかは判らない。

「ややこしい家族で、すみません」

柚葉は頭を下げる。

「謝っていただかなくて結構です。お兄さんは何を取りに行ったんでしょうね」

「見当はついています。颯一が母を慕っていた証拠をお見せしたいのだと思います」

「どんなものですか？」

「すぐに判ることなので、——それより兄がいない間に言わせてください。母を怖がったりはしていません。偉そうに聞こえそうですが、私自身は、伴侶《はんりょ》を亡くした母が生きやすいように合わせてあげているつもりでいます。兄はマザコンです」

言ってから利久に目配せした。本人に言わないように、の意だろう。

「お二人とも形は違えど母親思い、ということですね」

南波が言い替えたところで、誓一が写真のアルバムを携えて戻ってきた。彼が見せたがったのは、雛子と小学生らしき颯一が肩を並べて写った一枚だという。

「十六年前の夏に、家族で河口湖《かわぐちこ》に行った時の写真です。新しくできたホテルが父の絵を購入してロビーに飾ることになり、家族ぐるみで招待されたんです。これは泊まった翌日に湖畔で撮りました。母と颯一のツーショットはこれしかありません。赤ん坊や幼児だった頃のものを除くと、たったの一枚です」

沙月が亡くなった時、颯一はまだ四歳だった。普通であれば、幼稚園児や小学生のわが子との写真があるはずなのに、雛子はそれすら撮りたがらなかったらしい。

警部補はとくと眺めてから火村にアルバムを回す。横から覗き込むと、画面のやや右に寄って立った母と息子は、にこやかに微笑んでいた。背後は湖。左では富士山が美しく青空に映えている。

「撮ったのは父です。新しいカメラを買ったので、うれしそうにシャッターを切りまくっていました。写真の才能はなかったようで、平凡な構図ですね」

南波が聞きたいのはそんなことではない。

「どうしてこの時は親子で並んで写真を？」

「前日から母は上機嫌だったんです。父の大作が堂々とロビーに飾られているのを見て、感激したんですよ。支配人以下スタッフから丁重に持て成されたのも気分がよかったに違いありません。翌日は日本晴れ。だから、父に『そこに並べ』と言われて、笑顔のまま従ったんでしょう」

「それで、これが何か？」

南波の反応の鈍さに焦《じ》れたのか、柚葉が割り込む。

「颯一も母親も笑っています。弟にとって特別な一枚です。宝物のように思っていたかもしれません。後ろにきれいな富士山が映っていますね。そのせいで、颯一にとって富士山も特別な存在になった、と思うんです」

彼が大切にしていた扇に描かれていたのは、宝泉の筆による霊峰・富士だ。父への思慕からその扇を持っていたと思っていたが、扇の意味はそれだけではなかった、ということか。

「父の絵が好きだから、颯一はあの扇がお気に入りだったんでしょう。ですが、わざわざ父が没にしたデザインのものを手許に置きたがったのは、一点物だからと面白がったのかもしれませんけれど、富士山そのものにいいイメージがあったからではないか、と思うんです」


南波は「なるほど」と応えたが、心を動かされた様子はない。だからどうしたのだ、と言うのを堪えたのだろう。

手応えのなさに兄妹は失望したようだ。母親も息子も互いに溝が埋まるのを望んでいたとして、驚くほどのことではないし、それが事件を解明する糸口になるとは私にも思えない。

ただ、誓一と柚葉が揃って母親の印象を少しなりともよくしようと努めているのが伝わってきた。雛子の目が届かないところでそのように振舞うことからして、家族の関係は悪くないようである。

「雛子さんがどういうつもりで警察への情報提供を渋ったのか、口止めされたお二人がどういう思いでいたのか、洗いざらい伺ったということにしましょう。――楠木さんについては、雛子さんは何も命じていなかったんですね？」

所在なげに座っていた利久が、「はい」とはっきり答える。

「あなたは蔵にあんなスペースがあることを知らない。そう思ったから口止めする必要もないと考えたのでしょうが、実は知っていた」

「はい」

誓一が自分を指差した。

「僕が面白がって見せたんです。四ヵ月ほど前に蔵の整理を手伝ってもらっていた時に」

その時、中が空っぽだったことも証言する。

「口止めもされていなかったのなら、警察に話してくれてもよかった気がしますね」

利久は心外そうな表情を浮かべた。

「地下室のことを忘れてたわけやありませんけど、捜査に関係があるとは思いませんでした。逃げた犯人があんなところに身を隠すわけがありませんから」

「行方知れずになっている颯一さんが被害者になっていて、床下に隠されていたらどうしよう、とは思わなかった？」

「遺体が見つかったから刑事さんはそんなふうに言うんですよ。逃げ損ねた犯人が隠れるより、もっとありそうにない。蔵の鍵を持ち出して、邪魔なものをどかして、隠し扉を開けて、颯一さんを中に入れて、どかしたものを戻して、鍵も返しておくやなんて、そんな面倒な真似を犯人がするとは思いません」

彼に反論するのは難しい。だが、犯人は面倒を厭《いと》わず、そんな真似をした。蔵の鍵を持ち出せたことと併せれば、内部者の犯行であるのは決定的だ。

犯人は、遺体を床下に隠すよりなかったのだ。雛子も柚葉も車の運転ができるそうだが、深夜に遺体を運ぶためにこっそりと車を出すのは難しいし、麻雀の宵の参加者はゲームをやめたら不審に思われてしまう。地下室に運び込むしかない、という苦しい決断を迷わず下したのではないか。

「僕からも訊いてかまいませんか？」

利久の求めに、南波は「どうぞ」と答える。

「颯一さんの死因は間違いなく絞殺ですか？」

「司法解剖の結果が出るのを待つまでもなさそうで

す。頸部に生前にできたものらしい索状痕がありましたから」

「ということは、犯人は二人を同時に殺したんですか？」

「次々にナイフで刺したわけではないので、同時ということはない。相前後して襲ったと見るのが自然です」

「どっちが先やったんでしょう？」

「まだ責任を持って答えられません」

「颯一さんと森沢さんの二人に殺意を抱いてた人間って、考えにくいんですけど」

質問の形をとっていないせいか、南波は答えない。利久は訊き直した。

「どっちかは巻き添えで襲われたんやないでしょうか？」

「そうとも考えられます」と南波は慎重だ。

「司法解剖の結果って、教えてもらえるんですか？」

「概要は」

「ですよね。大事なことですから、お願いします」

そこで利久は、ポケットからスマートフォンを取り出した。画面に見入る彼に、「岡山から？」と柚葉が訊く。

「母親からです。さっき電話したけん、気になって『どうや？』とメッセージが。心配せんよう言うときます」

てきぱきと返信を打つのを見ながら、私は彼が「間違いなく絞殺ですか？」という訊き方をしたことに引っ掛かっていた。遺体をよく見てはいないから疑問の余地がないか確認したようだが、この場でわざわざ尋ねたのには理由がありそうだ。

頸部に絞められた痕跡があっても絞殺されたとは限らない。縊死《いし》した後、横たえられたとも考えられる。

誓一と柚葉が同席していなかったら、彼はこのように尋ねたのかもしれない。

——颯一さんが森沢さんを刺した後、蔵で首を吊ったということはありませんか？

郷里の母親への返信を終えた彼が、顔を上げたところで目が合う。ミステリ作家にこう問い掛けているように感じた。

――床下で首を吊って、そうと思わせないトリックとかないですか？

私の妄想にすぎず、彼は実際には何も言っていない。

誓一は、火村に探るような視線を向けていた。自分たちに何も尋ねてこないのが気になるようだった。

3

丑三つ刻《どき》が迫っている。早く鴻水たちの許に行かなくては、と玄関に向かいかけたら、蟹江信輔が立っていた。私たちが遅いので迎えにきたという。

「手早く済ませてもらいたいですね。時間も時間ですし、汀子さんは精神的にまいってしまって布団で寝ています」

抗議口調だった。肩をいからせて、こうも言う。

「警察の車が何台もきたのは仕方がないとして、報道関係らしいのも駈けつけています。大声で騒いでるわけではありませんけど、近所の人の安眠を妨げそうなので、どうにかしてもらえませんか。追い払うわけにはいかんのでしょうけれど」

捜査本部のある下鴨署に張りついていた新聞記者たちか。何が起きたか摑んではいないだろうが、繰り出した捜査員たちを追って武光邸までやってきたのだ。

「深夜ですし、ここらは閑静な住宅地ですから、騒がないようにさせます」

南波が近くの者にその旨を指示したので、蟹江はいくらか態度を和らげた。そして、ぽつりと呟く。

「えらいことになった。テレビや新聞の全国ニュースになるな」

「もちろん」

火村が不意に口を開いた。誓一たちに質問もせず黙り込んでいたのは、何かを考えていたからだろう。そのくせ、ここで「もちろん」は拍子抜けしてしまう。

蟹江とともに隣家に向かうことになった。蔵の扉は大きく開いたままで、写真撮影のフラッシュが瞬いている。生々しい情景だった。

「推理小説も顔負けの展開で、びっくりしてます」

ちらりと蔵を見やって、蟹江が言う。たまたま横にいたので、私に話し掛けたのだ。

「驚きましたね。床下に小さな地下室みたいなものがあるのは、ご存じでしたか？」

「地下室というほどのものやありませんけど、収納スペースがあるのは知ってましたよ。わざわざあんなところに何か出し入れしたことはありませんけど」

「空っぽなのを見たんですか？」

「二年ぐらい前に覗きました。古い屏風《びょうぶ》を運び込んだついでに、雨水が入ってきたりしてないか確かめただけです」

雛子と同じ理由だ。そういう場合でもなければ隠し扉が開閉されることもないらしい。

一列になって木戸を抜けながら、なお私は尋ねる。

「蔵は、鴻水さんのお宅と共用だと聞きました。利用する機会は多いんですか？」

「年に一回も蔵には入りません。嵩《かさ》の高い不用品ができたら、『捨てるのもナンやから、蔵に仕舞《しま》うとこか』と汀子さんが言うので、運び入れるぐらい。中のものを持ち出すことは、まずない」

「蔵の鍵は、あちらのお宅で借りるんですか？」

そうではないと知りつつ、訊いてみた。

「いいえ。うちにも鍵は置いてあります。スペアキーを預かってるみたいな恰好です」

話しながら庭をすたすたと横切りかけた蟹江を、南波が止める。

「あなたからもお訊きしたいことがあります。時間は取らせません。よろしいですか？」

「立ち話で済みそうなんですね？　かまいませんよ。――いや、どうせやったら座りましょか」

昼間と同じく縁側に並んで腰を下ろした。今回は、南波と火村が蟹江を挟む。

蔵に出入りする不審な人物などを見たことはない、という証言を引き出した後、警部補は鍵の鴻水宅における保管方法について質す。雛子宅と似たようなもので、リビングにある状差しに他の鍵類とともに無造作に置いてあるという。

「誰でも持ち出せるし、持ち出しても気づかれにくそうですね」

南波が言うと、蟹江は憂鬱《ゆううつ》そうな声で「ああ……」と言った。

「颯一さんがあんな形で見つかったということは、犯人は蔵に自由に出入りできる人間、つまりは鍵を持ち出せる人間というわけですか。当たり前の話やのに、そこまで頭が回ってませんでした。なんか恐ろしいですね」

「事件があった夜、誰かがリビングにあった鍵を素早く持ち出し、使った後こっそり返しておくことはできた。違いますか？」

「リビングは麻雀部屋の斜め向かいです。トイレに立ったついでに取れそうにも思いますけど……。うーん、できなかったとは言えませんね。ワタシは鍵を持ち出したりしてませんよ」

「状差しに蔵の鍵が入っていることを、宇津井さんも知っていましたか？」

蟹江は口ごもってから答える。

「刑事さんに嘘をつけませんから、正直に言います。白雲さんは知っていますよ」

半年ほど前のこと。鴻水が通販で買った肘掛け椅子が届き、古いものを蔵に仕舞うことになった。さっそく蟹江が運ぼうとしたが、一人では手こずりそうなのを来訪中だった住職が見かねて助けてくれたという。

「その時、ワタシが状差しから鍵を出すとこを白雲さんは見てます。見てはいますけれど、そんなん、もう覚えてないんやないかな」

一人でも容疑者をリストから抹消したいところなのに、捜査側にとっても住職にとってもまずいことに、うまく消せなかった。

「あの時の肘掛け椅子より、颯一さんの体の方が運びにくそうです。蔵の床下をわざわざ隠し場所に選んだということは、犯人は男ですか？　そう思われたら、ますます嫌な気がしますけど」

本当に不安がっているのかもしれないが、私たちの肚を探っているようでもある。南波は「軽々には決めかねます」とだけ応じていた。

「南波さん、あの写真を」

火村に言われて、警部補はタブレットにあるロープの写真を示す。見覚えがあるかと問われた蟹江は、画面を見詰めながら答えた。

「うちで見た覚えがありません。洗濯物を干すロープみたいですから、家政婦さんにも訊いてみたらどうですか？　……なんや汚れてますね。こんなん、使《つこ》うてないやろうな」

土曜日と日曜は、両家の家政婦ともふだんは休みだ。昨日は出入りする警察官が多かったため、雑用に備えて出勤してもらっていたという。

「警察の方、きてはるんか？」

後ろから鴻水の声が飛んできた。蟹江は振り向いて、「はい。すぐお通しします」と答える。

「ワタシの話は、もうよろしいですね？　どうぞ」

縁側から上がり、応接室に導かれた。テーブルの向こうに鴻水だけが掛けている。オールバックの白髪が乱れていたが、そんなことにはまるで気が回っていないのだろう。

「汀子は気分が優れず、寝室で休んでます。今夜のところは私だけでご勘弁願えますか？」

南波は了承し、汀子を気遣う言葉を述べた。

「奥様は颯一さん贔屓だったと伺いました」火村が言う。「かなりショックが大きかったご様子ですね。

お大事になさってください」

鴻水はテーブルに両手を突く。

「ありがとうございます。ショックで私もがくんときてるんです。そやけど、何というても悲しんでるのは雛子さんやろうな。残酷な結末や」

自分が吐いた言葉に驚いたかのように、彼は言い直す。

「いやいや、結末なんかやない。事件は解決してないんやから。よけいわけが判らんようになってきました」

これまでと同じ質問に、これまでと同じような答えが返ってきた。火村はここでも口数が少なく、関係者たちに尋ねたいことすらなくしたようにさえ見受けられた。

推理をまとめようとしているのだと思いたい。が、彼の内面を読み取ろうとしても、私の手には余る。

南波はタブレットをテーブルに置き、例の写真を見せた。鴻水は大きくかぶりを振る。

「知りません。この洗濯紐らしきものは颯一を殺めるのに使われた凶器ですか？」

「そのように思われます。落ち着かれたら奥様にも確認していただきたいのですが」

「やめてください。刺激が強すぎる。妻は洗濯をせんので、家政婦に見てもらうのがよろしいかと。使い古して捨てた紐かもしれません」

「そうします」と南波が応えた時、廊下でスリッパの足音がした。パジャマの上にカーディガンを羽織った汀子が起き出してきたのだ。昼間から眠たそうな顔をしていたが、今は憔悴《しょうすい》のために瞼が重そうである。

「寝とき。無理したらあかん。話をするのは明日でもええと刑事さんは言うてくれたはるよって」

夫が中腰になって止めたが、彼女は従わなかった。

「もう日付が変わって『明日』になってるわ。ご質問に答える気力はないけど、一つだけ言いたいことがあって出てきた」

「何や？」

「何ですか？」

　鴻水と南波が同時に尋ねた。汀子は、私たちの顔を順に見てから、南波に視線を定めて訊く。

「颯一と森沢さんは、どちらが先に亡くなったんですか？」

　まだ判っていない旨を聞くと、不満そうにした。

「案外、すぐには判らんもんなんですね。私は颯一が先やと思います」

「根拠はあるんですか？」と南波。

「森沢さんが颯一の首を絞めて、蔵の床下に隠してから自殺したんですよ」

　根拠など語らない。自分はそう思う、という表明がしたいのだ。やんわりと否定しかけた南波は、しゃべらせてもらえない。

「自分で自分の首を絞めて、床下に潜るやなんて芸当はできませんけど、自分で自分の背中を刺すのはやり様があります。ナイフを背中に宛てごうて、後ろ向きに勢いよう壁にでもぶつかったらええ。離れに入って鍵を締めてから、そないして死んだんやと思います。他に考えられへん」

　先ほど楠木利久と目が合った時、颯一が森沢を殺害してから縊死したのではないか、と彼が言いたがっているような気がした。それとは正反対の仮説を汀子が唱えたことに驚く。どちらも無茶な発想なのだが、森沢犯人説の方が微かに現実味があるかもしれない。密室の謎に説明がつくだけに、汀子は自信ありげだ。その謎は火村が解いており、裏付けとして離れの外で血液が採取されたことを彼女は知らない。

「どうですか？」

　彼女は、火村と私に問うてきた。一緒に警察を凹《へこ》ませてくれ、と求められたようだ。あり得ませんよ、と切り捨てるのに忍びなくて返答に詰まったが、火村は即座に訊き返す。

「森沢さんが颯一さんにそんなひどいことをする理

由があったんですか？」

「知りません。何かいざこざがあったんかも。森沢さんにとって都合の悪い秘密を、颯一が握ってたのかもしれません」

「現在の秘密ですか？　過去の？」

「どっちも考えられます。昔の秘密やとしたら、それを知ってるあの子がおらんようになって安心してたのに、ひょっこり戻ってきたので口封じに走ったんやないですか。颯一の記憶が戻らんうちに、と犯行に及んだんでしょう」

「安心のための犯行ならば、その直後に自殺するのは理屈に合いません」

「それやったら動機は怨恨《えんこん》です。齢は離れてますけど、男と女。複雑な事情があって、事件に発展したとしたら、犯人の自殺で幕引きというのはようある話やないですか」

　汀子は向きになっている。森沢が憎いから強引に犯人に仕立てたがっているのではなく、残された者の中から逮捕者が出ないことを希う気持ちが生んだ苦しまぎれの妄言に思えた。

「森沢さんは蔵の鍵の在処は承知していたでしょうけれど、床下にあんなスペースがあることを知っていたんですか？　あの蔵に収納されているのは、画商とは縁がなさそうなものばかりでしたが」

「いつどこで知ったかは判りません。ひょんなことから知っても不思議はないやないですか」

　夫は困った顔で妻を宥《なだ》めようとした。

「言いたいことはよう判った。刑事さんにも先生方にも聞いてもらえた。もう休んだ方がええ。部屋に戻り」

　火村はこんなふうに言う。

「お話しいただいたことも参考にして、警察は捜査を続けるでしょう。ただ、もしそのようなことが起きたのだとすると、颯一さんのご遺体だけでなく森沢さんのバッグやスマートフォンが床下にあったことに説明がつきません。森沢さんが離れで自殺をしたのなら、それらをわざわざ隠す必要がないからです。どんな理由があってそうしたのか？　何か思いついたら教えてください。――いったん眠った方が閃くかもしれません」

宿題にしましょう、と穏やかに返されたことで汀子は勢いを削《そ》がれたようだ。遺留品が床下に隠されていたのだから森沢が自殺したわけがない、と説得したら、彼女の仮説はますます奇妙な方向に成長していっただろう。

「思いついたら、まず先生に聞いてもらいます」

ぼそりと彼女が応えたところで、蟹江が顔を出した。汀子がいつになく大きな声を出したので、心配になって覗きにきたらしい。

「どないかしたんですか？」と鴻水に尋ねる。

「いや、大したこっちゃない。信輔君、部屋に連れてったってくれるかな。頼むわ」

汀子は「失礼しました」と私たちに一礼して、蟹江に伴われて出て行く。悲しげな後ろ姿だった。

「私の方もぼちぼち解放してもらえるんでしょうか。お話しすることは、もうないように思います」

「捜査を進めているうちにお伺いしたいことが出てくると思いますが、今夜のところはこれで」

靴を脱いだ縁側に戻り、木戸をくぐった。今になって大きな発見があるとは思えないが、蔵では現場検証が続いている。戸口付近にいた柳井がこちらに歩いてきた。

「とんだ延長戦になり、火村先生も有栖川さんも、本当にお疲れさまでした。引き揚げていただいて結構です。お考えになっていることは、また明日伺いましょう」

彼や南波はまだしばらく蔵を調べてから、現場保存のための警察官を残して撤収するという。署に戻って仮眠が取れるとしても三、四時間か。

「午前中にこちらから電話します」火村が言った。「明日は日曜日ですから自由に動けます。ああ、もう明日じゃないのか」

母屋の玄関先に人影があった。柚葉だ。「先生方は門から出ても平気ですか？」と訊いてくる。

「マスコミの人がいるみたいです。お二人とも刑事さんには見えないので、出て行くと目立つと思うんですけど」

不都合であれば駐車場のある西側の通用口から外に出るのがいい、と言うために待機していてくれたのだ。傷心の中でそこまで心配りをしてもらえるとは望外のことだ。火村がすぐに礼を言う。

「ありがとうございます。お言葉に甘えて、そうします」

「こちらへ」

先に立って案内してくれる背中を追いながら、勃《ぼっ》然《ぜん》と思いついたことを反射的に口にしてしまう。

「柚葉さんは、私たちより前に誰かに相談をしようとしませんでしたか？」

彼女の足が止まる。

「相談とは……？」

「蔵の床下を調べる件について、です。お兄さんの会社に信頼できる人がいて、その人に手助けを求めようとしたりは……しませんよね」

武光エステートのオフィスに二回かかってきて、ろくに話さないうちに切れてしまった若い女からの電話。かけたのは彼女だったのでは、と思ったのだ。

「いいえ。お二人以外のどなたにも相談したりしていません。兄の会社に特に親しい人はいませんし」

「おかしなことを訊いて、すみません。勘違いです」

駐車場の周囲には誰もいなかった。柚葉に「お体にお気をつけてください」と言い、玄武亭を後にした。

静まり返った道をコインパーキングに向かいながら、火村が訊いてくる。

「なぁ、アリス。妙な電話をオフィスにかけてきたのが柚葉だと考えたのは、どうして？」

「俺が彼女から受けたのは、まさにためらいがちの電話やった。事件の関係者の中で若い女に該当する人物は彼女だけ。もしかしたら、と思うたんや。

——あの電話についての謎も未解決やな」

「オフィスに三回目の電話はかかってこないだろう」

気を抜いてしゃべっていたのに、そんな返し方をされるとは。

「あー、それはつまり……なんで？」

颯一がすでに殺されて遺体は蔵の床下に隠されているかもしれない、と疑った女が別にもう一人いるとでも？

「そんな気がするだけさ」

「嘘つけ。お前が根拠もなくそんなことを言うはずがない」

彼は鼻の頭を掻いた。

「今日はもう頭を休めようぜ。『なんで』は明日話すよ」

明日ではない。もう日付は変わっている。

4

帰りの車中で、火村は事件について触れようとはしなかった。「頭を休めようぜ」を実践したのだ。

世界的な知名度を誇り、観光都市としての地位をますます高めつつも、近年陥っている京都市の構造的な財政難のことなどが話題になる。さほど突っ込んだ話ではなく、床屋談義に類するものだ。

コロナ禍のせいで今は落ち着いているとはいえ、インバウンドの過熱に起因する地価の上昇もあって、市内から人口が流出する傾向もある。出て行く先は隣県で、大阪への通勤圏でもある滋賀は転入超過が継続中だ。一時的な現象とも言えず、関西圏のコアの一つである京都市から中核性が失われつつあるのが問題だ、などと社会学部の准教授は欠伸交りに語った。中核性の減退は、神戸《こうべ》市についても言える。

「お前の下宿にも業者がアプローチしてきてるそう

やけど、店子として心配はしてないんか？」

婆ちゃんは元気だが、もう七十代半ばだ。今回は業者を撥ねつけたとしても、いつまでも店子一人の下宿をやっていけないのは目に見えている。

「いつか出て行かなくっちゃならない。数年のうちかもしれないな。婆ちゃんの都合が一番いいようにしてもらおうと思っているよ。その件でじっくり話をする心の準備はしている。俺は身軽だからどうとでもなるからな」

鴻水・汀子夫妻は常に今を生きている、と蟹江はしきりに感心していたが、人間は先のことも考えなくてはならない。火村なりに将来のことを思案しているのだろう。

「それにしても……離れの次は蔵で遺体が見つかるやなんてな。どっちも家族の居住空間やなかったことが、せめてもの救いか」

事件について語り合うつもりは毛頭なく、白川通に入ったところで雑感を言った。

「同じ敷地内とは、舞台が狭いよな。箱庭の中で起きた事件みたいだ。都大路《みやこおおじ》を縦横無尽に駈けめぐるようなフィールドワークなら、お前の取材になったのに」

「取材云々《うんぬん》はもうええっちゅうねん。箱庭でうろうろしてるみたいではあるけど、これから捜査がどう転ぶかは判らんぞ。明日の午後、お前が急に『これから舞鶴に行ってみます』と言う展開になるかもしれへんやないか」

「好きだな、舞鶴が。行ってみたいのか？」

「好きとか嫌いとかいう問題やない。行ってみる理由もないけど、例えばの話や」

颯一を見つけた女性教諭に、警察は権野を通じて彼の死を報せるのか？　おそらくそうはならず、今は平和な眠りに就いていると思われる彼女は、悲報を新聞かテレビのニュースで知るのだろう。

一つ思い出した。

「雛子と汀子が、庭で啜《すす》り泣きしながら慰め合うてたんやけど——」

「え？」

前置きもなく切り出したせいか、火村はきょとんとなる。

「聞き取れたんは、ちょっとだけや。雛子が『うまいことといかんな』と言うて、汀子が『お互いに』。よう判らんやりとりやな、と今になって思うた」

運転席の男も、その意味を解釈しかねた。

「すまん。どうでもええことやろうな。その場で当人たちに訊いたらすっきりしたんやけど、しくじった」

「仕方がない。状況からして訊きにくかったんだろ？　訊いたところで、プライベートなことで事件に関係ありません、とはぐらかされたかもしれないな」

とりあえず、その会話については心の片隅にメモしておくことになった。

下宿に帰り着くと、婆ちゃんを起こさないよう静かに上がった。ダイニングの柱に小さなホワイトボードが掛けてある。火村はそこに〈火村だけ9時に起きてきます〉と記した。朝食の準備をしてくれると言っていた婆ちゃんへの伝言だ。

「俺は九時に起きるけれど、お前は寝不足だろうから もう少しゆっくり寝てろ。適当な時間に起こす」

ありがたい言葉をもらったので、「十一時には起きるわ」と応え、めいめいの部屋に分かれた。彼は二階へ、私は一階の奥へ。

布団に入って暗い天井を見上げながら、ここに泊めてもらう機会はあと何回だろうか、と思う。何事にも終わりがあるのは淋しいことだ。地球や太陽どころか宇宙にも寿命があるというのだから、諸行無常と諦めるしかないのだが。

諦めたら、すとんと眠りに落ちた。

5

襖《ふすま》がガタガタする音で目が覚めた。十一時にアラームをセットしたスマホはまだ鳴っていない。

「アリス、起きたか？」

火村による起床の号令である。時計を見たら十時四十分だったので、誤差の範囲内か。

「今しがた南波さんから連絡があって、正午に下鴨署に行くことになった」

すぐには頭が働かないが、捜査に進展があったようだ。布団から這い出し、襖を開けてみる。火村はただちに外出できる恰好で立っていた。

「なんや判らんけど、支度するわ」

「婆ちゃんが鮭《さけ》を焼いて、旅館風の朝食を用意してくれている。俺はもういただいた」

そう聞くなり食欲が湧いてくる。さっさと着替え、洗面を済ませてダイニングに向かった。

「おはようございます。日曜の朝から忙しいことやねぇ。昨日の晩も大変やったのに」

婆ちゃんとしては、もっと私がゆったり寛いで滞在するのをイメージしていただろうから、バタバタして申し訳ない。

南波が何を報せてきたのか、火村は説明しようとしない。食事が終わるまで事件の話は控えようとしているらしい。私もあえて尋ねなかったのだが、テーブル上の朝刊に目が留まった。東方《とうほう》新聞だ。

「新聞、これと違いましたよね。変えたんですか？」

答えて婆ちゃんは、「いいえ。これは火村先生がさっきコンビニで買《こ》うてきはった新聞」

火村は社会面を開き、私に示す。〈京都・岩倉の殺人事件　邸宅の蔵から第二の死体〉の見出しが目に飛び込んできた。颯一の遺体が見つかった件が早々と報じられている。

「よその新聞には載っていない。東方が抜いたんだ」

火村は面白くもなさそうに言った。同紙を嫌っているわけではないが、よい印象を抱いていない記者を一人知っているせいだろう。

「テレビは？」と訊く。

「七時台のニュースから報じているわ。私、観てた」

婆ちゃんが言う。「怖いことやね。息子さんも殺されてはったやなんて」

警察の正式な記者発表が行なわれたのは今朝のはず。その前に現場の門前に乗り込んでいた記者が被害者の名前を洩れ聞くなどして、朝刊にねじ込んだのだ。火村が苦手にしているのは大阪本社の記者なので、今回は関係がない。

食べながらざっと目を通したところ、同家の次男・武光颯一さん（26）の他殺死体が蔵で発見された旨が伝えられているだけで、内容はいたって薄かった。わざわざコンビニまで買いに行くほどのものではない。どこまで情報が出ているのか確かめたかったのだ、と火村は言う。

「次男の颯一、二十六歳と書いてあるだけだ。記憶喪失の件は、十時のニュースになって流れていたよ。ネットでもほぼそれぐらいの時間だった」

婆ちゃんはさりげなく立って、キッチンに行く。私たちが事件について話しやすいようにしてくれたらしい。

「被害者が記憶喪失に陥ってたというのは、好奇の的になってしまいそうやな。そこまで情報がオープンになったか」

私の呟きに火村は相槌《あいづち》も打たない。

「颯一を知っている、という電話が下鴨署に入った。九時前のことだ。掛けてきたのは東京に住む男性で、ヤスウラ・リュウヘイ。颯一の記憶喪失について話したいことがあるそうだ」

「……九時前の電話なんやな？」

彼はゆっくりと頷いた。

「遺体で見つかった颯一が記憶をなくしていたことが報道されるよりも早かった。悪戯電話じゃない」

ヤスウラは東方新聞かテレビで颯一の死を知り、すぐに警察に連絡してきている。伝えなくてはならないことを持っているのだ。

「警察に何を話したんや？」

「颯一のことは記憶喪失のいきさつを含めて色々と

知っている。彼が殺された事件に関係しているかもしれない。電話では済みそうにないので、そちらに直接出向いて話したい、と」

ヤスウラはすでに京都に行く準備を整え、正午前に京都駅に着く新幹線に乗るために、家を出ようとしていた。

「下鴨署に捜査本部があると知って電話してきたんか？」

「現場が岩倉ならば所轄署がどこになるのかは調べれば判ることで、新聞にも載った。通報者は電話の初めに『武光さんのお宅の事件の捜査をしているのは、そちらの署ですか？』と尋ねている」

「わざわざ東京から弾丸みたいな勢いで飛んでくるのか。何者なんや？」

「雑貨店を経営している、としか言っていない。それなりに年配の声だったものの年齢は不詳。警察の方からも連絡が取れるように、とスマホの番号だけは自分から言ったらしい。どんな人物なのかは会ってのお楽しみだな」

私が食べ終えた頃に、婆ちゃんが皿を手に戻ってきた。高菜おにぎりが二つ載っている。

「朝昼兼用の食事になるんやろうから、時間があったらこれも食べて行ったらよろしい。先生も、はい」

握りたてを二人して、ありがたくいただいた。婆ちゃんに玄関先で見送られてフィールドワーク二日目が始まった。

ベンツに乗り込んだところで、昨夜、玄武亭を去り際に話したことを思い出す。武光エステートのオフィスに二回入った謎の電話について。三回目はないであろう、と火村は思わせぶりに言っていた。つまり、それは――

「お前、颯一の過去を知る人間から連絡が入るのを予想してたな？」

運転席に向かって訊く。私のシートベルトがカチリと嵌るなり、火村は発車させた。

「早ければ今日中に警察に連絡してくると思ってい

た。これまでは岩倉の武光邸で森沢幸絵という女性が殺害された、という以上のことは報じられていなかったけれど、颯一が遺体で見つかったとなると、彼が記憶喪失になっていたことも公表される。するとこうなるのは予想できた」

十九歳で家を出て、二十六歳で記憶をなくして帰ってきた颯一。彼の過去には六年八ヵ月間のブランクがある。その空白期間にどこかで誰かと過ごしていて、その誰かが事件のことを知れば、事実確認なり情報提供なりのために警察にコンタクトを取ってくるのは自然だ。

「ためらいがちに掛かってきた電話も、颯一の過去を知る人物からのものやと考えてるのか？　オフィスへのは若い女で、今朝のは年配の男やったそうやけど」

「颯一の過去を知る人物が何人かいてもおかしくない。若い女がおずおずと電話をしてきたのは、颯一が帰るなり生家で殺人事件が起きたことを心配し、彼がどうしているか安否なり近況なりが知りたかったからだろうな。しかし、『颯一さんは元気にしていますか？』とも訊けずに切ってしまった。オフィスにかけてきたのは生家の電話番号が判らなかったからじゃないか。武光エステートの番号なら調べれば突き止められる」

「三回目はないだろう、というのは――」

「イエス、そのとおり」

「まだ何も言うてへんやないか」

「会話の流れからして、お前がちゃんと理解しているのは明白だ。ニュースで颯一の死を知ったら、もう武光エステートのオフィスに安否の問い合わせなどするはずがない。連絡を取るとしたら警察だ」

「実際、そうなった。電話してきた人物が別やけど」

「親子かもな」

颯一が身を寄せていた家族の父と娘。あり得る。凶報を知るなり京都に向かう準備をし、警察に電話をしたぐらいだから、並みの付き合いではなかったと思しい。どんな関係だったのか、興味を掻き立てられる。

これも昨夜のこと。事件が全国に大きく報じられるであろうことを蟹江が嘆いた時、火村は「もちろん」とおかしな反応をした。あの意味も了解した。大きなニュースになって騒がれるほど、颯一の過去を知る人間が現われる可能性が高まると考えていたのだ。

下鴨警察署は出町柳駅からほど近く、鴨川デルタの北東にあり、高野川に面していた。左京区の北部を管轄としており、統合して左京署と名称を変える予定がある。

私たちが到着したのは正午ちょうど。柳井警部と南波警部補が刑事部屋でお待ちかねだった。

「この事件の山場がきたのかもしれません。とうとう武光颯一の秘密が明らかになりそうです」

「期待しすぎると、がっかりする羽目になるかもしれんぞ」

部下とボスはそんなやりとりをしながら、火村の反応を窺う。さりながら、犯罪学者も情報提供を待つ身にすぎない。

「どれほどの価値がある新事実がもたらされるかは判りませんが、期待してしまいますね。——事件に直接つながる情報を持っている、とヤスウラは話していたんですか？」

当該電話に出てはいないが、受けた者から細かい点まで聞いた南波が答えてくれる。

「颯一が家を出てからどこで何をしていたのかについて、誰よりもよく知っているそうです。ヤスウラが世話をしていたらしい。颯一はずっと東京で暮らしていたんです」

「何をしていたんでしょう？」

「雑貨店を手伝ってもらっていた、とだけ聞いています。『詳しいことはお目に掛かって』です」

「話せば長くなる、ですか」

「簡単には話せないので、当人がもどかしげだったそうですよ。波乱万丈のストーリーなんでしょうかね」

「彼が舞鶴で見つかった理由についても知っていそうでしたか？」

「『舞鶴についても説明したい』とのことでした。『自分は武光家とは縁も所縁もない』とも話していました。電話で聞けたのは、それだけです」

南波は腕時計を一瞥する。私たちが着く少し前、ヤスウラから「京都駅に着きました」との連絡があったそうだ。

「まだ海外からの旅行者は入ってきていないにしても、この季節ですから、日本人観光客でタクシー乗り場に大行列ができてるんやないですか？」

「有栖川さん、それが大丈夫なんです。ヤスウラ氏はそのへんの事情を承知していて、地下鉄・京阪と電車を小刻みに乗り換えてくるそうです。いくらか京都に土地勘もあるらしい」

彼を待っている間に、午前中に判明した二つの事実を聞いた。一つは、離れの近くの敷石で採取された血痕が人間のものであること。血液型はO型で、森沢のものと一致する。もう一つは蔵の床下で見つかったバッグの血痕について。これは森沢の血液で間違いないという。

「移動しましょうか」

時計を見て南波が言った。たまたま取調室がふさがっており、柳井の判断で署長室の応接スペースを使うことになっていたのだ。情報提供者にとってより話しやすい環境を、という配慮である。署長は府警本部に出向く用があって不在だった。柳井自身も聴取に立ち会うという。

対面がかなったのは十二時四十五分だった。安浦《やすうら》隆平《りゅうへい》は眉毛の太い五十絡みの男性で、肩幅が広くて顔もごつごつしていたが、目許は穏やかだ。人間として円熟している印象を受けた。訪ねてきたのは彼だけではない。

「娘の葉月《はづき》です」

こちらは肩幅が父の半分もないのでは、と思えるほど小柄だったが、大きな丸縁の眼鏡《めがね》の奥の目は親子でよく似ていた。齢は二十代前半。警察署の中に入ったことなどないのだろう。室内をきょろきょろと落ち着きなく見回し、ソファに何度も座り直している。

警部と警部補が向き合い、同席を許された火村と私がその斜めに着席した。

「東京から遠路ご足労いただき、ありがとうございます。しかも、こんなに急いでお越しくださるとは恐縮です」

警部の挨拶に、二人は腰を折るようにして頭を下げる。緊張感だけでなく、颯一の死に消沈しているのも伝わってきた。

「電話でちらっと言いましたが、東京の浅草《あさくさ》で雑貨店を経営しています。家具や調度から小物まで、扱っている品は様々です。リサイクル品も扱っていますし、娘が作るアクセサリー類の販売も」

話すことを車中で考えてきたのか、言葉が滑らかに出てくる。娘の葉月は俯《うつむ》いていた。まだ彼女の声を聞いていない。

「新聞にはっきり書いてありましたけれど、亡くなっていたのが武光颯一さんなのは間違いないんですか?」

隆平がまず訊いてきたので、南波が「はい」と答え、遺体発見の経緯を説明した。絞殺であろうことも。感情を押し殺しているようだが、聞きながら親子はつらそうだった。

「早期に事件解決を図ろうと努めていますが、被害者である颯一さんが記憶をなくしていたため、過去に空白期間があります。その間にあったことが事件に深く関わっているかもしれず、われわれは重大な関心を向けておったんです。しかしながら、彼がどこで何をしていたのかを探る手掛かりが乏しく、苦労しておりました。その空白を埋めていただけるのでしたら、ありがたいばかりです」

南波は、きびきびと返した。柳井は無言のまま、じっと来訪者二人を見詰めている。

「こちらから質問をしてしまいました。皆さんの方こそ、私たちが本当に颯一君について知っているのかお疑いかもしれません。その点を納得していただこうと思います」

隆平はそう言って、提げてきたボストンバッグからタブレット端末を取り出した。画面に呼び出したのは、颯一と隆平や葉月が写ったスナップ写真だ。

雑貨店の店内で撮られたものが何枚もあり、颯一はエプロンを着けて商品を陳列したり、ショーウィンドウを拭いたりしている。どれも照れたような笑顔で。頭髪は近影よりも短く、すかっとした感じだ。

ドライブにでも出掛けたのだろうか。海を背景に彼と葉月が並んでいるものもある。まるで若い恋人同士――というよりは仲のいい兄妹のように見えた。目の前の彼女は内気でおとなしそうだが、どんなシチュエーションで撮影されたのか、写真の中では大きく口を開けて笑っている。

「なるほど、颯一さんですね。当然ですが、最近写されたものより若い。これは何年前のものですか?」

場の空気が重くなりすぎないようにという意図からか、火村がやや軽い調子で尋ねる。

「店で撮ったのは五年ぐらい前です。その一年前からうちに住み込みで働くようになりました」

「海がバックのは去年。緊急事態宣言が出ていて、息抜きで湘南《しょうなん》に行った時のです」

眼鏡の奥の目をぱちぱちと瞬かせて、初めて葉月が口を開いた。思っていたより大人っぽく、落ち着いた声だった。

どうして彼が安浦親子のところで住み込みで働くようになったのか。順序よく話してもらうのがよさそうだ。南波が訊く。

「颯一さんとのご関係から話していただけますか? いつどんな形で出会ったのか、というあたりから」

「路上で似顔絵を描いていた彼と知り合ったのは、

ちょうど六年ほど前です」

　たちまち警部補はストップを掛けた。

「待ってください。ご家族はもとより、われわれも彼が十九歳で家を出た以降のことは一切知りません。彼は東京に出て、通行人の似顔絵を描いて生活していたんですね？」

「本人からそう聞きました。適当なアルバイトも見つけられずに困ってしまい、半ばやけになって得意な似顔絵を繁華街で描いてみたら、かろうじてネットカフェで暮らすぐらいの収入は得られた、と。新《しん》宿《じゅく》やら渋谷《しぶや》やら、あちこちでやったようですけれど、私たちが出会ったのは正確には路上ではなく、上野《うえの》公園の一角でした。街中よりもゆったりとしている人が多いので、思いのほかお客さんを捕まえやすかったみたいです。外国人観光客も含めて」

「絵を描いてもらったのが知り合うきっかけですか？」

「はい。店が休みの日に上野方面に女房の墓参りに行った折、娘が急に『パンダが見たい』と子供じみたことを言いだしました。秋晴れのいい天気で、気晴らしにどこかに寄りたい気分だったので、それではと動物園に行った帰り、颯一君と出くわしたんです」

「奥様はお亡くなりになっていて、娘さんと二人で雑貨店をやっているわけですか。他にご家族は？」

「もともとは四人家族でした。女房は十年前に病気で……。他には、葉月より八歳上に医者になった姉がおりますが、同居はしていません。北海道の東で僻地《へきち》医療に従事しています」

「たびたび話の腰を折って、すみませんでした。颯一さんとの出会いについて、どうぞ続けてください」

　隆平は、噛み締めるように語った。

6

〈あなたの似顔絵　描きます・I draw your portrait〉。

そんな手書きの案内を掲げずとも、その若い男が露天で似顔絵を描いているのは遠目にも知れた。国内外の人気芸能人やスポーツ選手から政治家まで、何枚ものサンプルが並べられていたから。

珍しくもない。こんな場所で商売になるのだろうか、とぐらいにしか隆平は思わなかったが、葉月がその前で立ち止まる。サンプルの出来映えに感心したのだ。

「どれか気に入ってくれましたか？　プーチン大統領の受けがいいんですけど」

葉月が黙って見入っていたら、折り畳み式のキャンプチェアに掛けた青年から話し掛けてきた。

「あ……どれもいいです。お上手ですね」

会話が芽を吹き、ゆっくりと育っていった。人見知りが激しい娘が行きずりの人間と言葉を交わすのは、めったにないことだ。まして同世代の男が相手というのは。

たまには異性と接するのも結構なことだ、と思いながら絵を見ているうちに、隆平の心にも訴えてくるものがあった。水彩絵の具で淡く彩色されているものもあったが、ほとんどの絵はモノクロなのに、描かれた人物たちが賑やかに語りかけてくるようだ。デフォルメの抑制が巧みで、愉快なのに品がある。

「君はどこかの美大生？　それとも独学？」

訊いてみると、青年は頭を掻いた。

「我流です。美大生なんてとんでもない。お絵描き教室に通ったこともありません」

イントネーションが関西風だ。亡妻が京都出身で、彼自身も京都市内で勤務したことがあるので、隆平は関西弁に対して敏感だった。

「単色も味があるね。かえって人物の特徴がよく表現できるようでもあるけど、華やかさに欠けるから売りにくいんじゃないの？」

「画材を揃えるお金もないから、仕方がないんです。かろうじて生きてる感じで」

空き缶に突っ込まれているのは、サインペン、鉛筆、木炭、コンテ。それと中学生が使うような二十四色の水彩絵の具、絵筆、パレットが画材のすべてだった。

　青年の二重瞼の目に濁りはなく、きれいに澄んでいたが、かろうじて生きているというのは誇張ではなさそうだ。頬がこけ、痩《や》せている。春秋もののシャツがだぶついているところから推して、ここ何ヵ月かで肉が落ちたのだろう。夏場は客を引き留めやすい場所が見つけられず、干上がっていたのか。

「描いてもらうの、どれぐらいしますか？」

　葉月が尋ねた。以前、パリの街角を紹介したテレビの旅番組を観ていて、「いつかあんなふうに似顔絵を描いてもらいたい」と言っていたことがある。パリ旅行は夢に等しいので、上野公園の似顔絵師で疑似体験をしたくなったのか。

　というよりも、この青年を好もしく思ったからかもしれない。少額でも画料を払って彼を助けたい、と。

　サンプルのいくつかを例にして、これぐらいの絵を描くのに時間ならばこれぐらい、料金だったらこれぐらい掛かる、と彼は説明した。

「お父さん、二十分ぐらいそのへんで休憩しててくれる？」

　絵ができていく過程を眺めていたい気もしたが、娘はモデルを務めながら彼とおしゃべりがしてみたいのかもしれず、邪魔はしないことにした。

　離れたベンチに掛けてジュースを飲み、頃合いをみて戻ると、葉月が「ほらほら！」とうれしそうに完成した絵を見せた。さりげなく理想化された部分もあったが、わが娘のポートレートの見事な出来映えに隆平も機嫌をよくして、チップを弾みかけた。

「余分にはもらえません。最初に料金を言いましたから」

「金に不自由しているのに、そう断わるか。『それでは、えへへ』は嫌いか。君は俺と似たところがあるな。損な性分だ」

見た目やしゃべり方から内向的な性格のようで、そこは葉月に似ている。物腰が丁寧なことに好感を持ち、お客が途絶えたタイミングでもあったので、もう少し話したくなった。

どこの出身なのか、目的があって東京にきたのか、ずっと絵を描いているつもりなのか等々。大学に進むことに疑問を覚え、親との折り合いもよくなかったので、誰の世話にもならず生きてみようと思い、当てもなく京都の生家を飛び出してきたことが判った。武光颯一という名前も聞く。

「京都か。俺も保険会社に勤めていた頃、二年ばかり赴任したことがあるよ。脱サラして今は商売をしている」

「飲食関係ですか？」

「雑貨屋だ。娘と一緒にな。死んだ女房がやってきた店を引き継いだ」

「そのために会社を辞めたんですか？」

「辞めたくてうずうずしていたから、すっぱりと。女房は京都育ちでね。東男《あずまおとこ》と京女の夫婦だった。

――しかし武光さん、手ぶら同然で家を飛び出したというのは大胆だね」

「自分でも驚いています。でも、毎日生きている実感が味わえています。目標に向けて前進しているわけでもないから、充実した日々とは言えませんけれど」

「若いうちは色々あっていいんだよ。齢を取ってくると、どうしても安心安全、平穏無事を望みたくなるけれどな」

二人が話すのに葉月は入り込めず、ほとんどしゃべらなかったが、隆平が「じゃあ、がんばってな」と言った時は立ち去りがたそうにしていた。通りすがりの似顔絵描きと客。再び相見《あいまみ》えることはなさそうに思ったのだが――

帰宅してから、葉月は描いてもらった絵を在庫の中にあったフレームに入れ、自分の部屋に飾った。「うれしい」と何度か言うので、父親はその都度「よかったな」と応えた。

雑貨店の商売は順調で、取り扱う品の幅を広げるほどに忙しくなっていた。近所の主婦にパートタイマーで手伝ってもらっていたが、人手不足の感は強まるばかりなので、アルバイトを募集すべきかどうか、隆平は迷っていた。

数日後。上野方面に椅子を何脚か配達した時に、隆平は武光颯一のことを思い出した。パンとジュースの差し入れでもしてやろうか、というぐらいの気持ちで先日の場所に行ってみると、キャンプチェアでがっくりと項垂《うなだ》れている。

「食ってないだろ」

不意に声を掛けられ、彼は驚いていた。隆平のことを忘れたりはしておらず、「どうも」と返す。

「俺は、大学時代はいつも腹を空かせている苦学生だったんだ。食ってないとそんなふうになるのは知っている」

コンビニで買ってきたパンとジュースを渡すと、

「ありがとうございます」とその場で食べ始めた。

やっと食べ物にありつけた、という感じも判る。

「武光さん。君、車の運転は？」

「免許を持っていません」

「だろうな。受験生だったんだから。――パソコンでエクセルぐらい使えるか？」

「いいえ。ネットカフェで寝泊まりしていますけれど、動画を観るのとグーグル検索しかできません」

「まぁ、いい。似顔絵を描いてて、お客さんと接するのは楽しかったか？　もしそうなら、うちでバイトをしてくれると助かる。人手が欲しいんだ」

思いも寄らない提案だったらしく、きょとんとしていた。無理もない。隆平にしても衝動的に言ったのだ。

「接客のバイトは未経験ですけれど、この半年ほどで人には慣れたつもりです」

「なら充分。難しい仕事は頼まない」

「お店は……どのあたりですか？」

「浅草の伝法院《でんぽういん》通だよ」

「じゃあ、近くにネットカフェなんかもありますね」

「ねぐらも心配しなくていい。君がよければ、警備員がてら店に住んでもらおう。二階が空いている」

「僕は身元も証明できない奴ですけど……かまわないんですか？」

「悪いことをして逃げているんじゃないんだろ？」

「はい。悪さをして家にいられなくなったのではないし、食べるのに困って万引きをしたこともありません」

娘さんがいるのに得体の知れない風来坊が同居してもいいのか、と気に懸けるので、はっきりと言った。

「やけに気を回すんだな。俺と娘は隣のマンションに住んでる。店の二階は在庫を押し込んだ物置みたいなもんだ。物置でよければねぐらにしてくれ。家賃は要らない。やっぱり路上がいいと思ったら、いつでも出て行ってかまわないよ」


よい話だと思うのはこちらの勘違いで、断わられることもあり得たが、颯一は救われた目をした。よほど困窮していたらしい。

「アルバイトとして使ってみてください。すごくありがたいです」

「決まりだな。おっと失礼、名乗ってなかった。俺は安浦隆平だ。ここを畳んでいいのなら、このまま車で店まで連れて行こう。荷物をネットカフェに預けてあるなら、それを回収してから」

彼は背後にあるバッグを指し、荷物はそれで全部だと言った。連泊する金がなくなり、退去してきたのだというから、宿無しになる寸前だったのである。

サンプルや画材を片付け、では車に向かおうかというところで、颯一が「待ってください」と言い、一本の扇を取り出した。

「身分証明書の代わりにはなりませんけれど、こんなものを持っています」

開くと、富士山が描かれている。

「亡くなった父の絵をあしらった特注の扇子です。武光宝泉という日本画家で、ウィキペディアに項目があります」

「へえ。暇な時に検索してみるよ」

「僕にとっては父の形見のような品なので、家を出る時に持ち出しました。これを預かっていてください」

「そんな大事なものを預かれない」

「大事なものだからこそ預けたいんです。まったく正体不明のまま、雇われたり家を貸してもらったりするのは心苦しすぎます」

隆平は扇を閉じて言った。

「判った。俺はこんな担保の必要はさらさら感じないんだけれど、君の気持ちを汲んで大切に預からせてもらうよ。言ってくれたらいつでも返す」

「ちょっと心が軽くなりました」

颯一を連れて店に戻ると、葉月が啞然《あぜん》としたのは言うまでもない。父親の話をひととおり聞いた彼女は、「商品のこともパソコンの使い方も、私が教えてあげる」と目を輝かせ、「今晩はよく行く店で外食の予定だったの。中華でもかまいませんか？」と青年に訊く。答える前に彼の腹が盛大に鳴ったので、三人で大笑いをした。

雑貨店〈てまり〉での颯一の生活が始まった。接客のバイトの経験がないというだけあって、最初は店に出ても態度がぎこちなく、商品の説明を求められるたびに葉月やパートさんを呼んでいたが、二ヵ月もすると仕事に慣れ、抜けられては店が困る戦力になっていった。

人間は、誰でも居場所を必要とする。それが見つからなかったり、しっくりこなかったりする場合には世界全体から疎外され、自分や他人を傷つけ、さらに疎外感を深めてしまう。颯一に居場所を提供してやれたのだなと思うと、隆平は満足だった。

その場所が亡き妻から受け継いだ店であることもうれしい。〈てまり〉という店名は妻の名前・真理《まり》恵《え》に由来し、「昔からこういうお店がやってみたかったの」という彼女の夢の結晶だった。義父の遺産とレジ係のパート仕事でこつこつと貯めた自己資金をはたいて開業した時は心配もしたが、その店が寄る辺ない青年に居場所を与えたことを、世話好きだった妻も天国で喜んでくれているに違いない。

いくらか気になっていたのは、葉月と彼の関係だ。身近に置いたらくっついてしまうのではないか、葉月が幸せならそれもいいか、と考えていたのだが、二人は打ち解けつつも恋仲にはならなかった。気の置けない異性の友人という間柄をどちらも越えないのだ。

颯一については、恩人のお嬢さんということで一線を引いているのでは、と推測した。隆平への遠慮だ。

一方、葉月の方には思い当たる節があった。彼女には姉がいるが、八歳も離れている上に性格も趣味・嗜好《しこう》も違い、医者になって遠くに行ってしまったので、互いに他人行儀なところがあった。いつだったか戯れに訊いたことがある。

「妹、兄、弟のうち、いたらよかったなぁ、と思うのはどれだ？」

「お兄ちゃん」と即座に返ってきた。兄的な存在への憧《あこが》れがあったらしい。突如として現われた颯一は、そのイメージにぴたりと嵌ったのだろう。

パソコンを習得した元風来坊は、ネット販売のためのサイトを洗練させてくれた。画才とウェブデザインの才覚は別物だと思っていたが、相通じるところがあるのか、あるいは颯一の努力やセンスの賜物《たまもの》なのか、販路を広げることができた。自分が造ったアクセサリーの売り上げが目覚ましく伸びたので、葉月は「忙しくしてくれるわねぇ」と大喜びだった。

一年が経ち——

「君と出会ったのは去年の今頃だったね」

二人の行きつけになった居酒屋で飲みながら言うと、いつになく酔いが回っていた颯一は、ふだんは語りたがらない生い立ちなどを打ち明けてくれた。

折り合いがよくなかったのは「親」ではなく「母親」だったことも。遡《さかのぼ》ればその原因が幼い妹の不慮の死であることも。

事故で亡くなった二つ違いの妹の名前が沙月だと聞いた瞬間、隆平は背中に電流が走るような気がした。腑に落ちた。沙月と葉月。二人の名前はよく似ている。そして、沙月が生きていたら二人は同い年だ。

当人がどこまで意識しているのか判らないが、葉月は沙月の分身なのだ。生まれ変わりのごとき存在と感じているかもしれず、そうであれば恋愛の対象にはしようがない。彼は父親を、葉月は母親を亡くしている。境遇は反対だが、そんな対照性も作用していそうだ。

兄を求める魂と妹を求める魂が、神様に導かれて出会ったのだな、と隆平は静かに了解した。

「つらかっただろうね」

「吐き出して、楽になりました」

その後は店が閉まるまで、つまらない話で笑いながら飲んだ。

しばらくして、隆平が居酒屋で聞いたことを葉月も承知していることを知る。なんだ、こっちに先に打ち明けていたのか、と思ったらそうではなかった。

「お父さんと飲みに行った時、颯一さんはそんな話をしたんでしょ。『隆平さんに話したから、葉月さんにも知っておいてもらいたい』って、話してくれたよ」

律儀というより誠実な男だ、と思った。親子の語らいの中でひょっこりとそんな話が出るよりも、自分の口から葉月の耳に入れておくのがよい、ということだろう。葉月への思いやりを感じた。

〈てまり〉で働きだした三年目ともなると、颯一は仕入れのコツも覚え、任されたら一人で店を切り回せるほどになっていく。葉月はアクセサリー造りにより時間を割けるようになり、それが人気を呼んで好循環が生まれた。

四年目には隆平が体調を崩して入院し、颯一と葉月で店を守ることもあった。自分の目が離れている間に二人の関係がどうなるか、という父親の心配は杞憂に終わる。疑似的な兄と妹のまま、変化はなかった。

忙しくも穏やかな日々が続く。浅草を訪れたインバウンド客を狙い、葉月の発案で颯一の描いた絵でオリジナルポストカードを作成したところ、単価は低いながらよく売れた。

上野公園でたまたま出会った青年とこんなに深くつながることになり、隆平は「人生は判らないもんだな」と繰り返し感嘆した。

すべてこれでよし、とは思わなかった。颯一は母親と兄姉がいる家から逃げたままで、彼が抱えた問題には決着がついていない。せめて、東京でこんなことをして生活している、と連絡をするべきだ。ところが、そんな話をしようとしたら、いつも「それは、ちょっと」と尻込みをする。怯えた表情すら浮かべて。

そうこうしているうちに、コロナ禍がやってきた。都知事がステイホームを訴え、外出の自粛が叫ばれたせいで、好調だった店売りはゼロまで落ち込む。しかし、在宅時間が長くなった影響でネット販売は堅調で、それに支えられながら営業を続けた。生活費を稼ぐため、手が空いた時間に颯一はウーバーイーツの仕事をこなし、自転車を漕ぎまくったこともある。

道東の病院で勤務している長女は、「倒れないように踏ん張っている」と悲壮感のある電話をしてきた。「お父さんも葉月も気をつけてね。武光さんにもよろしく」と言って切れた。彼女は三年に二度ぐらいのペースで里帰りをするので、颯一がきた翌々年には彼と対面していた。

「不思議な縁ね」

彼についてどうこう評したりはせず、ただそう言っただけだが、店が活気づいていることを「よかったね」と喜んでいた。

長女と次女は、よそよそしい関係でもなかったらしい。コロナが猛威をふるっている最中の電話で、姉はこんなことを言った。

「ねぇ、お父さん。葉月には好きな人がいるのを知ってる？　高校時代の美術部で一緒だった男の子。今は千葉の県立中学で美術の先生をしているって。いつだったかの同窓会で連絡先を交換して、仲よくお付き合いしているみたい。会うよりネット上で交際しているようなものらしいけど、そのうち進展があるかもね。お父さんを安心させるために密告しておく」

一応ボーイフレンドがいたのか、と喜んだ。千葉といっても広い。ネットを利用した交際ということは、気軽に会いにくいところに住んでいるのだろう。若い美術教師は、ひどく忙しいのかもしれない。

姉の密告を受けた後、隆平は颯一のことが気になってきた。

「京都の家が気にならないのか？　向こうでは君のことを心配しているぞ。連絡してみなさい」

そのように促しても、「あっちは無事にやっていますよ」と言うばかりで、電話をするそぶりもない。彼にとって今の状態でいいのだろうか、という疑問が次第に大きくなっていった。

コロナ禍はまだ続いているが、徐々に日常が返ってくる。店頭に客が戻り、最も苦しい時期は乗り越えられたな、と三人は余裕を取り戻した。

そして、二ヵ月ほど前の土曜日。

友だちと映画を観てから食事をしてくる、と葉月が出掛けた。めかし込んでいたのでデートのようでもあったが、父親は知らぬ顔で送り出した。本当に友だちと遊びに行っただけであってもまだ帰ってこないであろうという宵の口に、隆平は颯一とじっくり話すことにした。食後のコーヒーを飲み干してから、素面《しらふ》で。

預かっている扇をテーブルに置くと、彼は怪訝そうにした。

「こんなものを出してきて、どうしたんですか？」

「君に返す」

隆平は力を込め、きっぱりと言った。

7

颯一が望むのであれば、〈てまり〉にいてくれてかまわないし、もちろんそれは隆平や葉月にとってありがたいことでもある。しかし、颯一自身にとってはどうなのか？　仮初めの生活を延々《えんえん》と続けているうちに、どちらに歩き出せばいいのかが見えなくなったらまずい。じっくりと今後のことを考えて欲しい。

未来を見定めるにあたり、やってもらいたいことがある。電話で消息を伝えるのではなく、ぜひ自身が生家に帰って母親にこの六年半のことを報告するべきだ。成長した姿も見てもらうのがよい。

「彼のためを思って、強く勧めました。ほとんど命令口調になっていたかもしれません。京都まで顔を見せに帰ってこい、というのではありません。できることなら、母親との関係を修復して生家に帰れ、と言ってやりました。それが一番いいと信じて」

隆平の話が、ようやく二ヵ月前までできた。長女の言ったとおり「不思議な縁」の物語も大詰めが近い。

ずっと聴き入り、尋ねたいことがあっても控えてきた。私だけでなく、柳井と南波も、火村も辛抱してきたはずだ。ここまできたのだから、よけいな口出しはせずに黙っているしかない。

「三日ほど考えてから、彼は答えを出しました。夜、私の部屋にやってきて、『帰ります』と。『六年もの長い間、大変お世話になりました』と手を突いて言いました。決心してくれたんです。悩んで、迷って、答えを出してくれたんでしょう。彼と出会ってからのことがさーっと頭に流れて、じんときましたよ。

――娘を呼んで話すと、これも私と同じ思いでした」

葉月が唇を噛み、頷いてから言う。

「京都に帰るのはすごく勇気が要ることだけど、〈お兄ちゃん〉はもうイケる、と思いました。心が強くなっていたから。それに……本当は心のどこかでお母さんの許に帰りたいんだろうな、とも思いました」

熟慮の末に決断したものの、必要なだけの勇気がまだ足りなかったらしい。帰郷を果たすために、ある提案が颯一から持ち出された。

「もしかして……」

私だけが声を洩らしたが、他の三人の頭にも同じことが浮かんでいたであろう。

「記憶をなくして、どこで何をしていたか覚えていないように装ったら、思い切って帰れるかもしれない。そう言ったんです。『本気か？』と訊き直しましたよ」

東京での六年間で強くなれていたとしても、なおまだ生家が恐ろしかったのか。そんなに呪いは激切だったのか、と嘆息したくなる。こればかりは余人には計りがたい。

疑問を呈《てい》したのは南波だ。

「記憶喪失のふりをすれば、何を訊かれても覚えていませんで逃げられますが、それもまた度胸が要りますよ。四六時中、演技を続けなくてはならないんですから、想像してもしんどそうです」

「私も同じことを言いました。そんなおかしな嘘を用意しなくていい。ほとんど何も持たずに東京に出た君が、自分の力だけで道を拓き、成長した姿をそのまま見てもらうのが一番だ。嘘をつくのは疲れるし、しくじってバレたら取り返しがつかないことになりかねない。そう説得しようとしましたよ」

颯一にしても、そんなことは承知していた。が、彼が越えようとする山は高く険しかったらしい。

「彼はね、こう言いました。『僕は自力で道を拓いたのでもありません。アホみたいに運がよかったんです。隆平さんや葉月さんに拾ってもらえたおかげで、温かく支えてもらったおかげで、なんとかやってこられたにすぎません。だから、まだ勇気が足りない。生まれ変わった自分を母に晒すには、最後の儀式が要るんです』。──記憶喪失のふりをして家に帰る、というのもとんでもない冒険でしょう。それを彼は、生まれ変わるための儀式にしようとしたんです」

葉月が補う。

「ああ、とても颯一さんらしいな、とも私は思いました。家を飛び出す時も、すごく怖かったはずなのに、思い切ってやってしまった。その時と似ていて、颯一さんは決心したら突っ走るんです。そっちの方が怖いだろう、と他の人が思うことをやってしまうんです」

彼女は颯一を兄のように慕い、六年の歳月をともにしている。私は生前の彼とすれ違ったこともない。彼女がそう言うのなら、それが正しいように思えた。

「私たちの話を信じてもらえないのなら、ここにきたのは無駄足でした」

隆平がそんなことを言うので、南波は慌てる。

「信じられないとは言っていません。意外なお話に戸惑っただけです」

「この先を聞いてもらえたら、信じるしかなくなりますよ。──記憶をなくした颯一君がどこで見つかったのか、ニュースではまだ報じられていませんよね。私たち、知っていますよ。舞鶴の布引浜の近くでしょう?」

「はい。どうして舞鶴だったのか、誰も理由が判らず不審に思っていました」

「お答えしましょう。妻が生まれた町で、私たちに土地勘があったからです。颯一君と舞鶴のつながりについて、警察がいくら調べても判るはずがありません」

安浦親子は、結局、颯一の提案を受け容れて協力することにしたのだ。どこで何をしていたのか皆目判らないようにするため、彼は何も持たずに某所をさまよっているところで発見されることにした。防犯カメラがたくさん設置されている場所はよろしくない。演技スタート前が記録されていては、計画が破綻《はたん》する。辺鄙《へんぴ》な場所に、いつどこからともなく現われるとしたら、どこがいいか？

「娘がふざけて、彼が発見される場所をX地点なんて呼んでいました。X地点を選ぶのに三人で討議が始まり、『犯罪の計画を練っているみたいで楽しいな』なんて言ったりしました。颯一君も笑っていましたね。わいわい話しているうちに、やっぱり変なことをするのはやめます、と言いださないかと思ったけれど、それはなかった」

舞鶴が候補に挙がったのは、第一に隆平に土地勘があり、彼をそこに送り届けやすかったからである。第二に、生家のある京都府内であること。記憶喪失者として見つかったら、警察の保護を受ける。その後に身元を突き止めてもらわなくてはならず、他県の警察の世話になるよりは京都府警のご厄介になるのが都合がよい、という判断だった。

「駅や大型施設は防犯カメラがあって駄目なので、海岸通りが適当だと考えました。昼間だと、この人がこういう車から降りるのを見た、とかいう目撃者が出てきそうです。だから、夜が更けてからX地点に着くようにして、そこで彼をドロップすることにしました。警察が足取りをたどろうとしても、判るはずがない形にしたかった。刑事さんの前で失礼ながら、『警察を欺くなんて、ますます犯罪計画だな』と彼は面白がっていましたよ。翻意するどころか、さらに乗り気になっていったので、こりゃ止められないな、と私も覚悟を決めました」

何も持たずに発見されるのが最も謎めいている。とはいえ、東京で買って使っていたプリペイド式のスマートフォンどころか一銭の金も持たずに夜の海岸通りに投げ出されるのは怖いだろう、と隆平も葉月も心配したが、颯一は動じなかった。夜中に車を降り、翌朝には誰かに保護を求めるのだから平気だ、と言い張る。

「私たちが折れましたよ。最後の頼みなんだから、すべて彼の希望どおりにしてやろう、と」

　だが、警察に身元を突き止めてもらうまでが計画なのだから、素性を仄めかすヒントがなくてはならない。絶好のアイテムがあった。

「お父さんの絵が描かれた扇です。彼はそれを取り出して、『これを置いて行くのだけが心残りなんですけど』と悩ましげに言う。生家の住所を聞いておいて、こっそり送ってやろうかと思っていたら、次の瞬間、娘が閃きました。うちに置いて行かなくてもいい。肌身離さず持っていた唯一の品を手掛かりにして、警察は身元までたどり着いてくれるはずだ、と。誰の絵かはよく調べれば判るだろうし、一点物だと聞いていたので、まっすぐ颯一君につながります。それでいこう、と決まりました」

　謎がするすると解けていく。火村の推理ではなく、答えを知る者の証言によって。

「計画が完成したところで、彼が私たちに差し出したものがあります。百万円の札束《さつたば》が二つ。給料のかなりの部分を生活費だといって返しながら、それだけ貯金していたんですね。『お世話になったお礼として不充分ですが、お受け取りください』と頭を下げる。『働いて稼いだものなんだから持っていけ』と言ったら、『手ぶらで見つかる計画だから、残念ながら持って行けないんです』と愉快そうに笑っていました」

　九月の金曜日に、計画は実行に移される。近くまで電車で行ってレンタカーを借りる案も出たが、発覚のきっかけになりかねないとの判断から、自宅から店の車で颯一を移送することになった。

「長いドライブでしたが、車中はずっと楽しかった。別れに向けて走っていることを思い出し、しんみりとする時もありましたけれど……。忘れられないドライブです」

　国道沿いのファミリーレストランで最後の晩餐《ばんさん》を

摂り、夜が更けてからX地点に向かう。

「食事を済ませて車に乗り込む前に、娘が『最後に記念写真を撮ろう』と言いだしました。海を背景にしても真っ暗なだけです。仕方がないのでレストランの前に並んで、娘がスマホで自撮りを。最後だと思うと気合が入って、何度か撮り直しましたね。ファミレスの前でそんなふうに写真を撮る人間なんて、そうはいないでしょう。入店しようとする家族連れが変な目で見ていました」

その時のことを思い出して感極まったのか、隆平の言葉が途切れた。絶句した父親に代わって、葉月が語りだす。

「母が生まれた土地を訪ねるのは二回目でした。まだ幼い頃、親戚の家に連れて行かれたことがあるらしいんですけれど、全然覚えていません。もうその親戚もいなくなったので、行くことはないと思っていた舞鶴にこんな形でくるとは、不思議だなぁ、と感じているうちに、どんどん目的地が近づいてきます。『やっぱりやめて』と言うのを、じっと堪えていました。父も同じだったと思います」

このあたりがいいだろう、という場所で颯一が「停めてください」と言った。人通りなどまったくない深夜。波の音が淋しげで、葉月はたまらない気分になった。

「『朝まで何時間もある。せめてペットボトルの一本でも』と父がお茶を渡そうとするのを、颯一さんは断わりました。『手ぶらがいいと思います。計画どおりにやりましょう。どうせなら、とびきりミステリアスに出現したい』と言って。『朝まで過ごせるかどうか判りませんよ。パトロール中のお巡りさんの目に留まって、すぐに職務質問されるかもしれない』とも」

私は颯一の肉声を知らないのに、葉月の話を聞いているうちに脳内でありありと再生される。暗い歌のような潮騒《しおさい》がそれを包む。

「『葉月さん、今まで本当にありがとう。この前、照れながら話してくれた彼氏、ええ人みたいやな。幸せになるんやで』が、私に掛けてくれた最後の言葉です」

京都弁で言ったのは、僕はもう戻らないのだ、という表明だったのだろう。

颯一は車から降りると、行ってください、と大きな身振りで示した。ルームミラーに目をやりながら、隆平はアクセルを踏む。

「助手席に座っていた私は体ごと振り向いて、颯一さんが小さくなるのを見ていました。お父さんは急がなかったのに、しばらく徐行で走らせたのに、にっこり笑いながら手を振る颯一さんの姿はみるみる小さくなっていきました。涙でそれも見えなくなって……」

静まり返った部屋に、嗚咽の声。

空白の六年八ヵ月の大半が埋まった。しかし、颯一の秘められた過去が今回の事件とどうつながっているのか見当もつかない。

火村の様子を窺うと、いつになく悲しそうな目をしていた。親子の語った内容が感傷を誘ったのか、と思いかけたが、フィールドワーク中の彼には似つかわしくない。

事件の真相に行き着き、それを悲しんでいるようにも見えた。

第七章　何が起きたのか

1

　隆平も葉月も丁寧に語ってくれたおかげで、確たる手触りを持って颯一が過ごした日々を知ることができた。その事実に行き着けたのが、彼の遺体が見つかったからなのは無念極まりない。

　いくつか確認すべきことが残っていた。疑問のまま放っておけないので、南波が一つずつ拾っていく。

「颯一さんから生家の住所など連絡先は聞かなかったんですね？」

　葉月の背中をさすりながら、隆平が答える。

「はい。彼は過去を消そうとしたわけですから、私たちは一切の縁を絶ちました。帰る先は京都市内であるという以上のことは聞いていません」

「本名は知っていたし、父親が日本画家の武光宝泉だと判っていたんですから、その気になれば住所を突き止めることもできたように思います。武光というのは、ざらにある姓ではない」

「個人情報がしっかり保護される時代になりました。それだけでは住所や電話番号は調べようがありませんよ。調べようともしませんでしたけれど」

　南波は顔をわずかに右手に振る。

「これはお嬢さんに伺います。あなたは、武光エステートのオフィスに電話をしたことがありますか？」

　彼女が「はい」と答えても、隆平は別に驚かなかった。事前か事後に、電話したことを聞いているらしい。

「二回……しました。武光さんのお宅で事件があったのをニュースで知って、颯一さんがそこに帰れていたのかどうか、今どうしているか様子が知りたかったからです。会社の人なら判るかも、と。でも、二回ともびくびくしながら電話して、途中で切ってしまいました。こんなのは颯一さんとの約束を破ることになるから駄目だ、と」

「会社の名前は颯一さんから聞いていたんですか？」

「いえ、名前までは……。でも、土地をたくさん持っていて、叔父さんやお兄さんが不動産関係の会社をしているのは聞きました。ネットで探したら武光エステートのサイトがすぐに見つかったので、多分これだろうと……」

記憶喪失の〈画伯〉が浜辺で見つかったことは地元で噂になりかけたそうだが、家族に引き取られて京都市内の自宅に戻ったことは公表されていない。計画どおり彼が帰還できたかどうかも、父娘は知りようがなかったのである。

「娘は軽率でしたが」隆平が言う。「気持ちは判らないでもありません。家に帰れていたとしても、それはそれで心配しなくてはなりませんでした。武光さんのお宅で殺人事件が発生したことをニュースで知ったからです。日本画家の武光宝泉さんが住んでいたお屋敷だということも、新聞には載っていました。颯一君の生家に間違いがありません」

電話があったのは、二回とも玄武亭の離れで殺人事件が起きた後だ。不安に襲われたのも無理はない。もし事件がなければ、葉月は〈武光　京都　不動産〉などと検索しようともしなかったかもしれない。

悄然とした葉月の背中に、隆平はまだ手を置いている。

「彼はちゃんと生まれ育った家に帰れたのか？　帰れたとして、殺人事件の容疑者などになってはいないか？　そりゃ娘でなくても気になりますよ。いっそ警察に問い合わせたいぐらいでした。ぐっと堪えましたけれどね」

柳井も質問がしたくなったらしい。広い額を突き出して尋ねる。

「連絡は取らない、というのが彼との取り決めだったんですね。葉月さんも何とかそれを守ったということですが、颯一さんの方から連絡してきたりはしなかったんですか？　スマートフォンを手放していたとしても、彼はお店の電話番号を暗記していたかもしれないし、それこそネットで調べれば簡単に判ります」

父娘は強く否定した。このひと月の間、誰からのものとも知れない電話は一本たりとなかったという。何年か経ち、生家での暮らしが落ち着いたら彼から連絡してくることがあるかもしれない。そんな希望は持っていたものの、颯一も安浦親子も口に出してはいなかった。

隆平は言う。

「颯一君が家に帰れたかどうか、というタイミングで、そのお宅で殺人事件があった。普通ではありません。彼が戻ってきたことが原因となって事件が起きたみたいでもあり、居ても立ってもいられなかった。『気を揉んでも何もできない。ニュースに注意していよう』と、昨日の夜も娘と話したばかりです。そうしたら今朝、彼の名前が新聞に……。被害者が本当に彼だったら、自分たちは知っていることを警察に報せないといけない。とにかく京都へ行こう、と大急ぎで娘に出掛ける用意をさせ、私がこちらに電話をしたんです。新幹線の車中で、ずっと祈っていましたよ。間違いでありますように、間違いでありますように、と」

淡い期待も、ここに着くや早々に虚しくなった。父と娘が寄り添えていることが、かろうじて救いだろう。悲しみの毒をほんのわずかでも薄められている、と思いたい。

「おつらいところ申し訳ないのですが、もう少しだけ訊かせてください」南波はあえて事務的な調子で言う。「颯一さんが家に戻ろうと決める前、あるいは決めた後、何か気がついたことはありませんか？　こんなことを伺うのは、事件に関する手掛かりを集めるためです」

「思い当たりません」

「特に何も」

父娘はすぐに返してから、あらためて考え込む。それでも答えは変わらなかった。

「私が提案してから思い詰めた顔をしていましたけれど、帰ると決めてからは吹っ切れたような感じもありました。さんざん悩んだり迷ったりするけれど、いったん決めたら引き返さない、というのが彼の信条のようでしたから。どこかの時点までできたら、心の中で退路を断つんでしょう」

やや返事がくどいのは、颯一に関して細かに話すことで、故人を偲んでいるかのようでもある。

「母親との関係がうまく行っていない以外に、問題があるようなことは言っていませんでしたか?」

「聞いたことがありません。なぁ?」

傍らに問い掛けて、葉月が同意する。

「武光家の家族構成をご存じですか?」

「母親、兄、姉とだけ。名前までは知りません。


——ああ、それと二歳で亡くなった妹さんがいましたね」

「垣根を挟んだ隣の家に叔父がいるんです。それは?」

「いやぁ……。お前、聞いたこと、あるか?」

娘が首を振った。

「聞いていない気がします。聞き流したのかもしれませんけれど」

楠木利久が玄武亭に寄寓するようになったのは颯一が家を出た後なので、それは知らなかったはずだ。

「森沢幸絵という名前が出たことはありませんか?」

離れで見つかった被害者の名前として、二人は認知していた。しかし、颯一から聞いたことはないという。南波はついでのように宇津井白雲についても尋ねたが、これも父娘に覚えはなかった。

「蔵の話をしたりはしませんでしたか?」

「何の蔵ですか?」

隆平が訊き返す。蔵や離れがあるなど、自宅については詳しく話していなかったらしい。生家に苦い記憶が多いせいであろう。

わずかな間を見つけて、私が飛び込む。訊いてみたいことがあったのだ。

「祖母について、彼が想い出話などをしたことはありますか？」

柳井と南波だけでなく、火村も私の方を見た。何故そんなことを、と言いたげに。

「死んだお祖母ちゃんが優しかった、というようなことは聞いたかな」

「うん。名前までは知らないけれど」

ならば、と私は質問を変える。

「庭にあった池に石橋が架かっていて、そこで誰かが扇を振っていた、という話をしたことは？」

二人が「いいえ」と答えると、柳井が訊いてきた。

「有栖川さん、それは事件と関係があるんですか？」

答えるのが難しい。

「直接は関係ありませんけど……颯一さんがどこまで家族の記憶を浚らしていたのかに興味があったもので」

納得したはずもないが、柳井は深く追及してこなかった。

火村からは父娘への質問が出なかった。南波や柳井がすべて尋ねたから、であろうか。――真相にたどり着いたために何も尋ねる必要がなくなったのでは、という気がするのだが、さすがにそれは考えにくい。事件解明の手掛かりとなるような新事実は出てこなかったではないか。

颯一の遺体は司法解剖された後、玄武亭に帰る。通夜や葬儀は密葬になるだろう、との見込みが南波から伝えられたが、父娘は関心がないようだった。のみならず、武光家の遺族と対面するのを「気が進みません」と拒んだ。颯一の悲劇の原因を作ったのがどんな人たちなのか、知らないままでいさせてくれ、ということらしい。

「ご家族に報告しなくてはなりませんので」

父娘のスマホに保存されている写真を提供してくれるよう南波が求めると、これには素直に応じた。

「私たちが写っているものも、全部見てもらって結構ですよ。健やかに楽しく暮らしていた彼を、しっかり見てもらいましょう。胸に手を当てて、後悔することがあるんならすればいい」

隆平が忌々しげにすると、「お父さん……」とだけ言って葉月が諫めた。父は語調を改めるが、言葉の棘は抜けない。

「最後にひと目だけでも颯一君の顔が見たい気もしますけれど。仮にお通夜やご葬儀に出席できる身だったとしても、無理です。参列者の中に犯人がいて、素知らぬ顔で手を合わせているかもしれない、と思うと……」

犯人への怒りを懸命に抑えているようだった。

用事を終えた二人は、すぐに東京に帰るつもりでいた。「申し訳ないんですが」と南波が言う。

「伺ったお話を調書にまとめたいので、もう少しご協力いただけますか？　作成したものをご確認いただく必要があります」

そのために同席した巡査部長が、ノートパソコンを手に立ち上がった。取調室が空いたらしい。

「かまやしませんよ。ここまできたついでです」

ゆらりと立った隆平は、動作を止めて窓に目をやる。遊歩道の木立の向こうは高野川だ。

「また会えると思っていたのにな。落ち着いたら、何年後かにでも連絡してくれて、再会できると楽しみにしていたのに」

親子の意見は一致しない。

「まさかこんなことになるとは思わなかったけれど……私は何となく、もう二度と会えない気がしてた。だから泣けて仕方がなかった」

隆平は窓の方を向いたままだ。

「めぐり会えたかと思えば、悲しい別れ。お前のおふくろの次は颯一君だ。——なぁ、葉月。俺たちは京都に縁があるのか、ないのか。どっちなんだろうな」

　気怠そうに呟いた父に、娘は迷いなく答える。

「決まってるじゃない。あるのよ」

　東男は「そうだな」と頷き、巡査部長に伴われ、娘と部屋を出て行った。

2

　廊下に響く靴音が遠くなっていく。聞こえなくなったところで、柳井が言った。

「颯一は最初から記憶をなくしていなかった。ずっと演技をしていただけとは。二週間にわたって親も兄姉も騙せたんやから、大した名優や」

　想像だにしなかった驚天の事実でもない。

　颯一の記憶喪失が本当かどうか、舞鶴で発見された当初から怪しまれていた。森沢が死体となって見つかり、彼の姿が消えた後は、過去の記憶が甦ったことが事件の原因ではないか、と思われたりもしたが、火村は記憶喪失の真偽について疑うことをやめず、注意を促していた。

　当人が死亡していると判明した後は、記憶に関しては確かめようがなくなった、と思われたが、こんな証言が飛び出すとは。捜査というのは判らないものだ。

「安浦親子が嘘をついているとは思えません」

　南波が言うと、警部は鼻を鳴らした。

「当たり前や。あれだけ証拠があったら間違いない」

　父娘は対面してすぐにスマホに収められた写真を見せてくれたが、私たちに示したのはその数枚だけではない。クリスマスや誰かの誕生日にケーキを食べている場面やら、颯一がポストカード向けの絵を描いている場面やら、隆平の肩を揉んでいる場面やら、近所で野良猫をかまっている場面やら。ステイホームのために人通りが絶えた仲見世に佇む颯一の姿もあった。父娘の証言の裏付けとなるスナップ写真は、五十枚ではきかない。

柳井が言うとおり、それらは証拠と呼ぶに足る。あれだけの写真に合わせた話を創作するのは、手練れの小説家にも困難だろう。

ファミレスの店先で撮った最後の写真も見た。去っていく男を左右から挟んだ父娘。自撮り写真なので、三人は肩をつけて寄り添っている。真ん中の颯一は歯を覗かせて笑顔を作っていたが、隆平の微笑はどこかぎこちなく、わずかに頬を緩めた葉月の目は隠しようもなく潤んでいた。

「信憑性に疑念が生じることがあったとしても、浅草まで行って裏を取れるやろう。まぁ、あの話しぶりに嘘があるとは思わん。――先生方はどうお考えですか？」

顔を見ながら警部に問われて、まず私が。

「細かな記憶違いはあったとしても、嘘をついてるとはとても思えませんでした。彼らが立てた計画だか作戦だかにも納得するしかありません」

次に火村が。

「信じてよいと思います。どんなに凝った虚偽のストーリーを考えてきたって、警部がおっしゃったとおり現地で洗えばすぐにバレてしまう。捜査本部にまで乗り込んできて、そんな愚かな嘘をつくとも思えません。自発的に名乗り出てこなかったら、こちらからはあの親子の存在を突き止めようがなく、私たちは颯一が東京にいたことさえ知らないままでした」

「彼らが嘘をついても何の利益もありませんしね」

最後に南波が同調した。柳井は低く唸ってから言う。

「颯一の記憶喪失が、やむにやまれぬ思いからの〈仮病〉やったのは判った。問題は、それが今回の事件にどうつながってるかやな」

警部補も、上司に倣うように唸る。

「安浦親子の証言によると、颯一は武光家の重大な秘密を摑んでたようでもありませんでした。帰還して殺された理由は、謎として残ります」

「重大すぎてあの親子には打ち明けられへんかったとも考えられるぞ」

「だとしたら、彼が死んだ今となっては永遠の謎です」

「『永遠の謎です』で終わりにできたら警察は要らんわ。納税者に顔向けできんやないか」

柳井は苛立っていた。この警部はおおむね穏やかなのだが、いささか癇性なところもある。もしかすると、火村が安浦親子に積極的に質問をしなかったことにも不満を感じているかもしれない。

「先生は何かお考えは？」

再びの問い。今度は私とは目が合わなかった。

「今日は口数が少ないですね。あの親子の話は捜査にあまり関係がなかったんでしょうか？」

犯罪学者は落ち着き払っている。先ほど私がその双眸に見た悲しみの色は、まだいくらか残っているのだが。

「考えをまとめているところです。――南波さんは、安浦親子の話を伝えに武光邸にいらっしゃいますね？」

警部補が応えて、「昼食を済ませてから午後一番に。先生方も同行しますか？」

「そうさせてください。離れと蔵の位置関係なども含めて、現場の様子は頭に入ってはいるんですが、現地で確かめたいことがあるので」

突然、柳井がソファの肘掛けを叩いた。

「先生。犯人の目星がついたんですね？　雰囲気で判る時がある」

火村は曖昧な表情を返す。

「一人に絞りました。でも、少しだけ時間を。頭の中で作業をするので、何の証拠品も証言も必要ありません」

「何ですって？　一人に絞ったんやったら、そいつの名前を聞かせてくださいよ。お預けは殺生です」

南波も肘掛けを叩きたそうである。私は、柳井の洞察の鋭さに感心した。火村のフィールドワークで助手を務めてきて、彼が真相にたどり着いた瞬間を幾度も目撃してきたが、今回は確信が持てずにいた。やはり、さっきから表情に憂愁があるのは真相を知ったせいか。

「現場でお話しします。もったいぶるわけではありません。犯行の動機について、どう確かめたらいいのか思案中です。それと――」

ここで彼は自分の額を指差しながら、いつにないことを言う。

「この頭に浮かんだ真相を、私の心が受け留める時間をいただきたいんです」

柳井は文句を垂れたりしなかった。「判りました」と了解してくれたので、火村は「どうも」と応える。

「署の食堂でよろしければ、ご一緒にどうですか？」

南波が誘ってくれた。警察署の食堂でランチを済ませるのはよくあるが、今日は「さっき食べてきたので」と辞退して、火村は言う。

「玄武亭にいらっしゃるのは一時間後ぐらいですか？それまで川べりをぶらついています。――じゃあ、後ほど」

下鴨署を出た彼と私は、川端通を渡って高野川沿いの遊歩道に出た。上流には御蔭通が走る御蔭橋が見えている。火村はそちらではなく、やってきた出町柳方向に足を向けた。黙ったままなので、とりあえず私は何も訊かずに付いて行く。

安浦親子は貴重な情報をもたらし、空白の六年八ヵ月を埋めてくれたが、その中に事件に直結する事実はなかったはずだ。火村が何に反応したのか不可解である。

彼らの証言で判明したことをまとめてみよう。要するに以下の三つだ。
一、出奔した颯一は東京で安浦親子と出会い、その世話で仕事と住処を得て平穏に生活していた。
二、およそ六年が経過したところで、安浦父の奨めもあって颯一は生家に戻る決意をした。
三、帰還するにあたって記憶喪失を装うことにして、舞鶴の海岸通りまで車で運んでもらった。

どれも二つの殺人事件につなげようがない。

家を出た後、颯一がどこかで悪事を働き、それを知った何者かが彼を襲ったとか、色々な可能性がなくなりはしたが、迷路の出口は見えないままである。

賀茂川との合流地点までやってきた。大学に入って間もない頃、ある教授が「ガモ川とタカノ川が合わさってカモ川に」と京都の地理を語るので、京都の川はそうなっているのか、と真面目に聞いていたら、「ほんまはどっちもカモ川。ガモ川と読むのは私だけですよ。鴨川と区別するため勝手にそう呼んでます」と言われて笑いそうになった。

鴨川デルタでカップルが写真を撮っている。日曜日らしい長閑な風景だ。その先端から両岸に伸びているのが〈出町の飛び石〉。子供たちやら初老の夫婦やら、色んな人が行き交い、川面が眩しく輝いていた。

「一つ訊いてもいいか？」

こちらが話すのを控えていたら、立ち止まった火村が訊いてくる。

「さっきあの親子に尋ねたよな。颯一の祖母が石橋で扇を振っていたことを、彼が話したかどうか。どうしてあんな質問を？」

「深い意味はない」

「浅い意味を聞かせてくれ」

「やめとくわ」

彼の表情が苦笑で崩れた。

「飲みに行こう、と誘ったわけじゃない。『やめとくわ』って返事はないだろ。答えたくないんだな？」

「語るほどの意味はないから忘れてくれ。俺も少しは質問をしようかな、というぐらいで言うただけや」

話を変える。「それにしても、親父さんも娘さんもひどく落ち込んでたな。気の毒に。殺された颯一はもっと気の毒やけど」

体を固くして父娘の話に聴き入っていたので、伸びをして凝りを解《ほぐ》した。

「南波さんもしんみりしていたよ。あの人は人情家だから」

「火村先生にも熱い血が流れてるから、気持ちが乱れたやろう。『心が受け留める時間』が要るとまで言うてたやないか」

「颯一の過去については受け留めた。俺が思っていたより、彼は穏やかに過ごせていたな。苦労も多かっただろうけれど、いい想い出もたくさん作れたんじゃないか。だから、彼の身の上については静かに聞いていられた。――俺が受け留めかねているのは真相だよ」

遊歩道に立ち止まっての会話。私たちの後ろを、犯罪とは縁がなさそうな人たちがぽつぽつと通り過ぎていく。

「お前がそこまで言うんやから、ろくでもない真相なんやろうな。俺にはさっぱり判らん。話に聞く限り、颯一は人の恨みを買うような人物やないのに」

「俺もそう思う」

「なんでそんな彼が――」

言いかけたところで、火村は語気を強めてかぶせてきた。

「森沢幸絵の死も理不尽だよな。それについても同じように怒ってくれ。お前や俺は、彼女の物語を聞いていないだけだ」

「承知してる。彼女が殺された理由も謎や。いや、お前には判った？」

火村は川面を見やったまま、私に向き直ろうとはしない。

「巻き添えで刺されたのさ。俺の考えていることが正しければ」

「彼女が巻き添えを食っただけやとしたら、犯人の本来の狙いは颯一だけ？　せやけど……それもなぁ。彼が誰かに恨まれていたとは思えんし、誰かの秘密を知って口封じに殺されたようでもない。家を出てた空白期間に、誰かに損害を与えたわけでもなかった。――何か見落としてるのか？」

「俺には仮説がある」

彼が体ごとこちらを向いたので、正面から顔を見ながら尋ねる。

「判らん。証拠になりそうな新事実が転がり出したようでもないのに、お前はいつ真相を見破れたんや？」

「玄武亭から帰る車の中で、ぼんやりと見えてきていた。手掛かりになるのかならないのか判らない事実がいくつも宙に舞っていたけれど、その落下が少しずつ落ち着いてきた。犯人を指摘する材料は、ほぼ出尽くしていたよ」

呆気に取られてしまった。

「昨日はフィールドワーク初日で、長い一日やった。その終わりに、もう犯人を一人に絞ってた？　難事件やと思うたのに」

「解けてみれば、いたって簡単な事件さ。法廷に出す証拠は警察に探してもらうしかないけれど」

「としたら、さっき安浦親子から聞いた話はまるで意味がない？」

「そうでもない。颯一の空白期間は長かった。その最中に何があったかが不明のままなら、どんな手掛かりが遅れて降ってくるかもしれないだろ。――仮説をひっくり返すような事実はなかった。そこがポイントだとも言える」

「何もなかったのがポイントとは？」

「彼の側に特段の事情がなかったのだとしたら、事件の原因は京都の武光家で生じたことになる」

「空白の中に悲劇の根がないのであれば、それは空白の外にある、ということか。新しい視点ではあるけれど、颯一が東京にいてる間に、あの家で大きな変化はなかったと思うぞ」

一つだけ浮かんだが、まさかそれが颯一殺害に関係するとも思えず、どんなアクロバティックな理屈をつけても殺人の動機につながるとは思えなかった。

3

一時間後に下鴨署に戻ると、南波はすでに出る支度を整えていて、私たちの姿を見るなり「行きましょうか」と言った。彼だけではなく、柳井も玄武亭に向かうとのこと。

「火村先生は事件の核心を摑んだようです。どういうことなのか、ここで南波の報告を待つのではなく、現場で早く聞かせてもらいたい」

颯一の遺体が見つかったことで様相が変わり、事件が大きくなった。捜査主任としては、騒ぎを鎮めるためにも早期の解決を希っているはずで、その気持ちが溢れているようだった。

二台の車が川端通を北上して岩倉へ走る。昨日、出町柳駅に着くなり現場へ向かったのと同じコースだ。あれからまだ一日と数時間しか経っていないのに、火村はもう犯人が指摘できるという。どうしてそんな芸当ができるのか、と驚かされるが、「いたって簡単な事件」だとも言っていた。何の冗談だよ、と笑いたくなる。

火村の心が真相を受け留めかねているのは、家族の問題が絡んでいるせいではないか、と思った。彼の亡き両親について、私はほとんど知るところがない。どんな仕事をしていたのかも聞いていないのだから、まったく知らないというのが正確か。

わざわざ親の話を出さなくても友だち付き合いはできるし、私も自分の両親——父親がリタイア後、岡山県の牛窓に移住して暮らしている——についてはめったに話題にしないからお互いさまとはいえ、自然とそうなったのでもない。ある時期から、親のことは訊くな、という無言のメッセージが放たれている気がして、私は意図的に避けてきた。仲が良好ではなかったのだろうと推察するが、別のデリケートな理由がないとも言い切れない。

どんな家庭を築きたいか、といったことを火村と戯れに語ったこともない。家庭や家族といった話題が彼にとって鬼門のように感じられるせいだ。

彼は女性と親密になりたがらない。うっかり家庭というものに近づかないためではないか、と気がつくまで時間が掛かった。

十四年も友誼を結びながらも、触れないようにしていることがいくつもある。そんな私の態度が彼にとって居心地がよいのなら、よしとする。聞いてもらいたくなったら、お前から言え。こちらからは、そんなメッセージを送り続けているつもりだ。

「久しぶりに食べた婆ちゃんの朝飯はどうだった?」

信号待ちで訊かれた。

「朝からご馳走やったわ。ああいう脂が乗ったおいしい鮭が朝から食べられるとは」

「うまいよな。毎食あれで生きていけそうだ」

推理の披露を目前にした名探偵には似つかわしくない台詞を返してくる。彼の疑似家族である婆ちゃんのことをつい口にしたのは、やはり今回の事件は家族の問題を抜きには語れないせいなのか。

颯一の家族は、雛子と誓一と柚葉だけ。昨夜、彼女らが見せた悲嘆は嘘偽りがないものに思えた。あの中に犯人がいるとは考えにくいのだが——いるからこそ、火村も衝撃を受けたのかもしれない。

柳井らが乗った捜査車両は玄武亭に直行し、私たちは例のコインパーキングで車を降りた。そして、あらかじめ打ち合わせをしたとおり正門ではなく西側の通用口から邸内に入る。内側から開けてくれたのは柚葉だ。

「昨日は大変なことをお願いしてしまい、まことに……」

傷心の中にあるはずなのに、私たちを気遣ってくれる。火村は「いえ」とだけそっけなく応えた。

「今日は皆さんのお話を聞きにきたのではありません。離れと蔵を見せていただきたいんです」

「どちらの鍵も警察の方にお預けしてあります。ご自由にどうぞ」

駐車スペースに見覚えのあるインプレッサが駐まっていた。火村はそれを視線で指す。

「宇津井さんがお見えのようですね」

「ニュースを聞いて、お悔みにきてくださいました。母を心配してのことでしょう。慰めてもらっているようです」

「お母様のご様子は？」

「さすがに昨夜はつらそうでしたけれど、今はしっかりしています」

「柳井警部と南波警部補がこちらにきたわけはお聞きになっていませんか？　大事な話があるので、あなたも同席してください」

柚葉は、柳井らの来意を知っていた。事前に南波が連絡を入れていたのだ。それを聞くなり、雛子は息を呑み、誓一は「ほんまか！」と叫んだという。

「颯一のことですね。東京で親切な方のお世話になり、雑貨店で働いてたのだそうで……」

「その頃の彼の写真も見られますよ」

「気になりますけど、事実と向き合うのが怖いんです。胸がどきどきします」

勇気が要るらしかった。火村が安心を授ける。

「あなたが聞いたら悲しむようなことはありません。大丈夫。詳しくお聞きになるのを奨めます」

「判りました」と彼女は答え、私たちが母屋の正面に回ったところで、隣家から鴻水と汀子の夫妻がやってきたのと出くわした。

「颯一がどこで何をしてたのか、判ったそうですね。わざわざ警部さんらが伝えにきてくれはったそうで」

汀子は興奮気味だ。さすがは颯一贔屓な叔母である。鴻水も家でじっとしていられなかったようだ。

「先生らも立ち会うんですか？　白雲さんも聞きたがってはるみたいですけど」

今日は髪をきれいに撫でつけた鴻水に訊かれた。

「人数が多いので、私たちは応接室に入り切れないでしょう。同席はせず、その間に現場を見せていただきます」

夫妻と柚葉は中へ。私たちはフリーになった。

「説明抜きで動くから、しばらく付き合ってくれ」

と火村。

「横で見てたらええ、ということやな。任せとけ。それは得意や」

高いところからの視線を感じて見上げると、窓に楠木利久がいた。二階の間取りはよく知らないが、廊下から何気なく庭を見ていたらしい。会釈されたので、こちらも返した。

まず火村が向かったのは蔵だ。颯一の遺体発見に伴う捜査は終わっていたが、制服警察官が扉の前に立っている。南波から話が通っているので、敬礼して私たちを中に通してくれた。

奥に進むと隠し扉は開いたままだ。火村は、傍らによけられたものを見やっていた。しばらくしてから腕時計に目をやる。

「この上に置いてあったものを脇にどけて、隠し扉を開けるのにどれぐらい時間が掛かるかを確認してるんやな？　実際にやってみたら早いのに」

「現場にあるものを勝手に動かすのには抵抗がある。もう触ってもかまわないとは思うけれど」

「二分ぐらいで動かせるやろ」

適当に言ったら、冷ややかな目で見られた。

「ヘヴィーメタルの間奏で、これでもかと続くギターソロだって、大方は一分程度だよ。お前は二分がどれだけ長いか判っていない」

「言われてみたら……二分というのは案外長いな。置いてある邪魔物をどけるだけやったら、一分も要らんか」

「丁寧にやっても四十五秒ぐらいかな。しかし、蔵の奥まで歩いてくるのに五秒ほど掛かる。出て行く時にも五秒。棚にある工具を見つけて床のしかるべき孔に引っ掛け、隠し扉を開くのには早くて十秒。もたついて一分掛かる場合もあるだろう」

「細かいな。所要時間を秒刻みでカウントしていくのか。俺が足し算をしていこうか？」

「手伝ってもらうほどのことじゃない」

以降、火村は黙ってしまった。脳内のイメージを再現するのに集中するためだろう。まさしく横で見ているだけになった私は、この上なく楽だ。充実感は得られないが。

火村は瞑目する。目を開いたかと思うと時計を確かめ、また瞼を閉じる。そんなことを何度か繰り返した。

「出よう」

言いながら、もう歩きだしている。蔵から出て、次に向かったのは離れだ。が、手前で立ち止まって、また目を閉じる。十秒ばかり。

それから離れの窓に進み、中を覗いてから、すぐに身を翻した。今度はどこへ、と思っていると立ち止まり、五秒ばかり静止する。彼の頭の中で、足し算の数字は今どれぐらいになっているのか判らない。いつまで続くのだろうか、と思ったら、垣根越しにこちらを眺めている蟹江信輔と目が合った。

「どうも」

向こうから頭を下げてきた。颯一についてどんな報告がもたらされたのかが気になり、隣家の様子を窺っていたのかもしれない。すると火村と私が謎の行動を取っていたので目が離せなくなった、というところか。

「颯一さんは、東京におったんやそうですね」

訊かれたら無視はできない。

「ええ。あっちで普通に働いて、生活していたようです。詳しいことは鴻水さんたちから聞いてください。今、警察から説明を受けています」

「汀子さんが聞いたら嘆くような悲惨な暮らしはしてなかったわけですか。それはよかった」

「気持ちがいくらか救われると思いますよ」

「で、有栖川さんたちは何をしてはるんですか？　子供が測量技師ごっこをしてるみたいですけど」

「面白い喩えですね。これも捜査の一環です」

「火村先生、行ってしまいましたけど、ええんですか?」

振り向くと、彼はまた蔵に入って行こうとしていたので、追いかけなくてはならなかった。

4

玄武亭で何が起きたのか。

火村がそれを語る場所として選ばれたのは離れである。死体発見現場で謎を解き明かすというのも異例ではあったが、「話を理解してもらいやすい」と探偵が言うので、柳井と南波は了承した。昨日と同じフォーメーションでソファに着席したところで、まず南波が言う。

「行方不明中の颯一がどうやって暮らしていたか。丁寧に話してきました。そんなことをしていたのか、とみんな驚いていましたけれど、安心もしたようですね。汀子は甥の奮闘ぶりに手放しで『ようがんばった!』でした。安浦親子と出会うまでの約八ヵ月は悲惨だったのかもしれませんが」

鴻水や白雲もいたく感心していたという。誓一と柚葉は控えめな反応ながら安堵の色を見せ、雛子は世話になった安浦親子に謝意を伝えたがった。

「母親としては当然の気持ちでしょう。しかし、先方がそれを受け容れづらそうでしたから、私としては奥歯にものが挟まったような返事になりました。『あちらも颯一さんの身に起きた突然のことに動揺しているので、落ち着いてから連絡を取るのがよさそうです』とか言って」

雛子は「では、そのようにいたします」と納得したそうだ。

「浅草の雑貨店〈てまり〉で調べれば、店の場所も電話番号も簡単に判りますけれどね。あの人なら、言ったとおり連絡は慎むでしょう」

「先生方はいかがでした?」

南波が話し終えるなり、柳井がいつもより高い声で訊いてきた。ネクタイの結び目をいじるのをやめて、火村は答える。

「不可解なところが多々ある事件ですが、犯行が可能だったのは誰か、という一点に絞って思考を巡らせれば、おのずと犯人は浮かび上がってきました。不可解な事象にまともにぶつからず、いったん棚上げしたらよかったんです」

「棚に上げたまま、では困りますが」

柳井としては、快刀乱麻ですべての疑問にケリをつけてもらいたいのだろう。

「犯人が判れば、どうしてその人物があれやこれや妙なことをしたのかの理由が見えてきます。もっとも、私は物的証拠までは見つけていないので、そこは当局の入念な捜査に期待します」

「われわれの領分ですから、任せてください。いつもそこまでは先生に頼っていません」

犯人は誰なのか、私も聞かされていない。警部らよりも先に教えてもらおうとしたのだが、「同じことを二度も話すのは面倒だ」と言われたら、それもそうかと引き下がるしかなかった。

計測の結果については「十二分三十秒から十四分十秒」と言っていた。意味不明ながら、彼はその結果に不満はなさそうだった。

臨床犯罪学者が謎解きの幕を上げる。

「颯一が森沢幸絵を殺害し、逃走したのではとさんざん疑われましたが、彼は殺人犯どころか被害者でした。事件の様相は一変し、二重殺人であることが昨日の深夜になって判明します。彼の死因は絞殺で、凶器は汚れた洗濯紐らしいロープ。遺体が隠されていた蔵の床下には森沢が所持していた品々も投げ込まれており、二つの殺人が同一犯によるものであることを示していました。二重殺人であるならば、二人がどの順番で殺されたのか？　慎重にも警察は判断を保留していますが、それぞれの犯行に使われた凶器から推理すれば、答えは明らかです」

いつもながらの流れるような弁舌だ。大学の教壇に立っているだけのことはある、と思われかねないが、彼が講義をする際の話し方はもう少しルーズである。犯人を暴く時にだけこうなる。

「出所不明のナイフと、同じく出所不明のロープ。後者は切断された痕が新しく、絞殺に用いるのに都合がいい長さになっていました。この家の誰も見覚えがない汚れた洗濯紐。犯人が凶器にするためどこかで拾ってきたものと考えて間違いはないでしょう。ゴミの集積場に捨てられていたものなら、警察も出所を手繰りようがありません」

反論する者はいなかったのに、火村は念を押す。

「あんな汚れたロープに洗濯物を干すわけはない。荷物を縛るのにも適当ではありません。蔵はよく整理されており、空気は乾燥していました。そこで何かを括っていたものとも思えない。また、どこかの箱の中に突っ込まれたままだったとしたら、突発的な犯行の凶器にはなり得ない」

この家にあったものではない、と絶対に言い切れないとしても、家にあった蓋然性は限りなく低いだろう。

「ロープは犯人がどこかで拾ったものと思料される。それでかまいません」

柳井が認め、先を促す。

「何故、二つの犯行で異なる凶器が使用されたのかについては、保留です。そんなことに頭を悩ませずに前進しましょう。ロープは、犯人が出所をたどられないように入手した上、長さを調節済みでした。そんなものを持ち歩く人間はいない。人を縛り上げるにも長さが足りず、誰かに脅しをかける道具としても不適当。絞殺のための凶器として所持していたんですよ。それによって颯一は殺害された。彼の死は計画殺人です」

異論はないが、大発見でもない。そこから推理はどう進むのか？

「森沢殺しはどうか？　こちらの凶器はナイフでした。あんな物騒なものを持ち歩く人間も普通はいそうにありませんけれど、いなくはない。何かを切断する作業のためであったり、護身のためであったり。汚れたロープに比べると意味合いを決定しにくいのですが、私たちは森沢がいつどこで刺されたのかを推測できています。水曜日の九時半以降、雨が降り始めるまでの時間帯に、離れの近くで襲われています。犯行時間には幅がありますが、彼女を計画的に殺害しようとしたのなら、選びたくない時間帯と場所です。――だろ？」

私に訊いてきた。

「計画殺人やとしたら危うすぎるな。母屋には雛子や柚葉がいてるし、隣の家では麻雀の集いで人が集まってて、いつ誰が庭に出てくるか判らん。垣根越しに目撃されてもアウトや」

「人目が避けられたとしても、悲鳴を上げられたらアウトだよな。森沢が静かに死んでくれたのは、犯人にとって幸運でしかない。体外への出血がごく少なかったことも。そんな刺し方というのは狙ってできるものではなく、偶然の産物だ」

しきりに頷いていた南波が言う。

「その点については、当初から思っていました。わざわざあんな時間と場所を選ぶのはおかしいので突発的な犯行であろう、と。――それでいいんですね？」

「はい。颯一は計画的に、森沢は突発的に殺害されました。犯人がナイフを所持していた事情ははっきりしませんが、推測はできます。颯一を絞殺しようとして、激しく抵抗されるなど手こずった場合に備え、予備の凶器として持ち歩いていたのではないでしょうか」

南波はすぐには承知しなかった。

「あり得ますが……。颯一以外の誰かを殺そうとしていたとも考えられませんか？　何かまずいタイミングで森沢と出くわし、慌てて刺した――」

「颯一以外の誰かも殺そうとしていたのなら、絞殺に使ったロープを床下に投げ入れず、手許に残しておけばいいじゃないですか。わざわざ返り血の心配があるナイフに切り替える理由がありません」

「ええ、まぁ」

警部補は引き下がった。

「颯一は計画的に、森沢は突発的に殺害された。この前提を認めていただけるのなら結構です。――南波さんは、『何かまずいタイミングで森沢と出くわした』と言いましたね。だから慌てた犯人に刺されてしまったのだ、と。私もそう考えました。『まずいタイミング』とは、具体的にどんなものか？　颯一を殺害する現場、あるいは後日にそれを推察されかねない場面を目撃されたんです。殺人を犯してまで守らなくてはならない秘密として、それ以外のものは浮かばない。彼女本人に殺意を抱きそうな人物はいませんでしたから」

柳井は、額をゆっくりと撫でながら言う。

「颯一を殺害している現場を目撃した、というのは考えにくいように思います。彼がどこで殺されたのか確定はしていませんけれど、計画的犯行ならそれこそ庭で飛び掛かって首を絞めたりはしないでしょう。蔵の中での犯行だったとしたら、森沢の目には触れにくかったはずです」

「森沢の死体が出た日、蔵に捜査が入りましたから、犯行現場を示すわずかな痕跡がそれで失われたようです。人目に触れない蔵の中が現場だと見るのは妥当でしょう」

ここで私が不用意に口を挟んだ。

「蔵の扉が開いてたんやないか？　それを不審に思うた森沢が近づいて行って、犯行の最中かその後の光景を――」

「さすがに扉を開いたまま殺人を決行する奴はいないだろ。蔵の明かりが点いていても庭からは見えないし、もし見えたとしても、雨が降る前に帰ろうとしている彼女はそれぐらいのことでふらふらと敷地奥の蔵に向かうとは考えにくい」

「次からはよく考えて発言したい。せやけど、そうやとしたら森沢は何を目撃したんや？」

「さて、何だろうな。彼女は、母屋の玄関からまっすぐ門に向かったのではないらしい。颯一が気になって、離れの方を覗くぐらいのことはしそうだ。そこで犯人にとって非常にまずい何かを見た。とりあえず、そういうことで進める」

彼が組み立てているのであろう話の流れに従うことにした。

「これまでの話で、犯行の順がおのずと知れました。先に颯一が絞殺、その後で森沢が刺殺です。颯一殺害の犯行現場は未確定ですが、蔵の中であった可能性が極めて大。犯人は、何らかの口実を設けて彼を呼び出したのではないか、と思われます。当然ながら犯人には犯行時間のアリバイがなくなってしまう。アリバイがない時間帯をできるだけ短くするには、時間を指定して被害者と待ち合わせをするのが好都合だったでしょう」

火村は軽く空咳を払う。

「では、犯行はいつ行なわれたのか？　颯一は八時に母屋で夕食を終え、離れに引き下がっています。その後に生きた彼の姿を見た者は一人もいない。蔵で待ち合わせた時刻は八時過ぎか、八時半か、九時か、九時半か。それは判りません。キリのいい時間だったかどうかも不明です。とにかく二人は蔵で会う。まさか襲われるとは思ってもみなかった颯一は、ロープで絞殺されてしまいます。凶行を済ませて犯人は、隠し扉を開けて死体とロープを床下に――」

南波が肩の高さまで手を挙げた。

「殺したら床下に隠す。それも犯人の当初からの計画だったんでしょうか？　手っ取り早く死体を人目に触れないようにできる方法だったかもしれませんけれど、計画殺人にしては杜撰では？　めったに開かれない隠し扉とはいえ、いつ誰がどんな理由で開けるか判りません。数日後、誰かが蔵に出入りする用ができたら、死臭を嗅いで異変に気づくかもしれませんよ。犯人が死体を床下にやったのも、突発的な理由によるのではありませんか？」

「不自然な行為である、と？　では、この件も保留にしましょう」

「避けて通れない大きな問題だと思うんですが」

「手強そうな謎と組み合ったりせず、傍らを通り過ぎてから振り返れば、背中に答えが書いてあるかもしれませんよ」

そんなことがあるだろうか、と私は半信半疑だった。とにかく続きを聞くしかない。

「犯人は死体を床下に入れ、蔵を出てからどうしたのか？　自分がいるべき場所にまっすぐ戻ろうとした、あるいは離れに立ち寄ろうとした。そのいずれかでしょう」

「どうして離れに立ち寄るんですか？」

「これもまた謎ですよね。しかし、謎と謎を合わせると、私には仮説が見えてきました。離れに寄ろうとしたのなら、それは颯一の扇を取りに行くためです。あの扇も床下に投げ込んでおけば、あたかも颯一が自分の意思で家を出たように偽装できます。彼と扇はセットなのですから」

現に、私たちは扇がなくなっていることからそう考えたりした。犯人の狙いどおりに振り回されていたわけか。

「蔵で殺して、離れに扇を取りに行き、それも床下に入れて……」南波が渋い顔になる。「面倒ですね。人目につかないようにそんなふうに動くのは」

「ええ。もし犯人がそれを嫌い、殺害後に離れに行く手間を省きたかったのなら、待ち合わせにあたって『扇を持ってきてくれ』と颯一に指示しておくこともできました」

「扇を持って蔵に行く。待ち合わせにどんな口実を作ったんですか？」

「颯一は記憶喪失を装っていただけですが、それは当人しか知りません。『記憶を取り戻すのに役立ちそうなものを蔵で見せたい。扇があると具合がいい』とでも言ったのかもしれませんね。そう言われたら、颯一の側は、何だろうと訝りながらも出向きそうです」

柳井が脚を組み替えた。

「それで、森沢は何を見てしまったんですか？」

「彼女は颯一のことを案じていました。帰り際に、ちょっと離れの方を見やったりもするでしょう。その時、犯行を終えた犯人が蔵の方からやってきたんです。あるいは犯人が離れから持ち出した扇を手に蔵に向かうところだったとも考えられます。どちらにしても、犯人にとっては極めてまずい。颯一が姿を消した夜に、蔵に出入りしていたことを誰かに話されては困る。颯一の失踪に関係があるのでは、と蔵を探られて死体が見つかりかねない」

「だから予備の凶器として所持していたナイフで彼女を刺した？　やけに短絡的ですね」

南波はそう言って、両手で頭をがしがしと掻く。

「森沢が目撃したのは何であったのか曖昧ですが、犯人は絶望を感じたんですよ。犯人はパニックになり、刺す。彼女は離れに逃げ込み、施錠してから息絶えた。犯人にはどうすることもできなくなる。彼女のバッグが地面に転がったままにはできないので、処分する必要があるのは理解できた。急いで隠すとしたら、颯一の死体がある床下しかありませんでした」

犯人はバッグを拾い上げ、蔵に引き返したわけか。一応、筋は通るが、辻褄を合わせただけのようでもある。

「犯人が蔵にすぐ向かったとは限りません」柳井だった。「バッグは、ひとまず木立の陰にでも隠しておいて、後で蔵に持ち込んだとも考えられます」

「作業を二つに分割したのではないか、ということですね。いいえ、それはありません」

「何故です？」

「颯一のパンツの裾に血痕が付着していたからです。森沢のバッグに付いていたものが移って。柳井さんがおっしゃったように犯人が作業を分けて済ませたのであれば、微量の血痕は凝固してしまい、彼のパンツには付着しなくなります。以上の事実と推論から、一つの結論が導き出されました。――颯一殺害と森沢殺害は短い時間に連続して行なわれ、森沢のバッグは彼女が刺されてまもなく床下に投げ込まれた」

火村の熱弁はクライマックスが近いことを感じさせたが、だからどうした、と私は思っていた。

「私はさっき、この犯行を脳内で再現して、どれだけの時間を要したのかを計ってみました。不確かな要素が大きいので、幅を持たせて測定したところ、十二分三十秒から十四分十秒。無理なく絞り込んだ数字だと思います」

その数字は暗記していた。何を意味しているかは今知った。

「先生が計ったのでしたら、そうなんでしょう」南波が言う。「幅を持たせた測定ですが、最大値の方が現実的に思えます。死因は絞殺による窒息死ですから、ナイフでひと刺しとはわけが違う。被害者が罷り間違って蘇生したらえらいことになる。完全に絶命するよう絞め続けたでしょうから、犯行時間そのものに数分を要したと思われます」

「ええ。さらに、森沢に見られたのを知った次の瞬間に衝動的に刺したとしても、これからどうしたものか、と考えるのにどれだけ時間が掛かったのかも読みにくい。すぐさま判断し、行動に移したとしての推定です」

私は性懲りもなく質問する。

「ちょっと待ってくれるか。その推定値は、あくまでも蔵の中で颯一が殺害された場合のものやな。実際はどこが犯行現場やったか特定されてない。それによって数字はだいぶ変わってしまうんやないか?」

火村の答えはこうだ。

「変わるな。犯行現場が蔵でなかったとしたら、庭や母屋で絞殺しようと計画するはずもないから、考えられるのは離れぐらいだ。もしそうだった場合、離れで殺害して遺体を蔵に担ぎ込む時間が加算され、推定値は大きくなる方にぶれる。俺が知りたかったのは最小値だ。そこが変わらなければいい」

彼は南波の方を向く。

「私は先ほど、言いましたよね。犯人が颯一を殺害後に離れに行く手間を省きたかったのなら、待ち合わせにあたって『扇を持ってきてくれ』と指示していたかもしれない、と。可能性としてはあり得ますが、扇を持参せよ、という指示はおそらく出していません」

「なんで？」と警部補の代わりに私が言った。

「離れの明かりが消えていたからさ。犯人は、扇を持ち出す際にほとんど無意識で電気を消してしまったんだ。もし颯一が扇を持って蔵に向かったのだとしたら、すぐ戻ってくるつもりでいたはずなので消灯はしない」

「えーと、判る。そうしたら、どうなる？」

「犯人は、蔵と離れを二往復したものと思われる。蔵で待ち合わせた颯一を殺害後に離れに行って扇を持ち出し、蔵から出てきたところで森沢と遭遇。まずいところを見られた、と離れの近くで彼女を刺した後、彼女の所持品を隠すためにまた蔵へ。この場合も推定値は変わる。やはり大きくなる方にぶれて、最小値はそのままです」

「しかし――」

今度は柳井が、組んだ脚の右膝をとんとん拳で叩きながら言う。

「先生がおっしゃったとおり、犯人が蔵に出たり入ったりしたとしましょう。それは一連の動きではなかったかもしれませんよ。作業を二回に分けることもできた。つまり、颯一を殺した後、すぐに離れに扇を取りに行ったとは限らない。いったん母屋だか麻雀の席だかに戻り、時間が経ってから扇を動かしたとも考えられます」

「確かにそうすれば、母屋なり隣家なりを不在にする時間を短くできますね。しかし、蔵にこそこそと出入りする回数が増えて、誰かの目に触れるリスクが倍になる。蔵の地下に隠した颯一の死体が発見されることを犯人が想定しておらず、森沢殺害は突発的なものでした。この事件の場合、犯行を分割して可能な限りアリバイがない時間を短くしよう、と犯人が事前に計画するのは合理性がないんです」

柳井が納得したらしいのを見てから、彼はいつにない言葉を放った。

「私はこれから辻褄を合わせていきます」

5

すぐに反応したのは南波だった。私が感じたことを代弁するかのように、犯罪学者を眩しげに見ながら言う。

「辻褄が合うとか合わないというのは、先生がお好きではない表現だったはずです。苦し紛れに辻褄合わせをしても真相は遠くなるだけだ、とおっしゃっていたのに、宗旨替えしたんですか？」

「颯一の記憶喪失の真偽からして確かめようがなく、判らないことが多すぎて演繹的な推理が困難でした。解きようがない謎をすべて保留しているうちに、ある疑問に関していわゆる辻褄が合う仮説が浮かんだ。それが正しいと仮定したら、別の謎について辻褄が合う仮説が立つ。さらにそれを足掛かりにすると、次々に同じことが起こる。気がつくと、散らばっていた謎のすべてに辻褄が合っていました」

それも推理には違いない。演繹推理だけが推理であれば、ダーウィンの進化論もフロイトの精神分析も端から学ぶに値しないことになり、科学は先に進めない。

柳井は何も言わず、右手をひらりと翻した。どうぞ続けてください、という身振りだ。火村は頷きもせず話を再開した。

「十二分三十秒という細かい時間そのものに深い意味はありません。私のイメージからの測定値で、実際の犯行に要した時間との間には誤差があるでしょうしね。こう理解していただければ充分。犯行に掛かったのは五分やそこらではない。――ここに一、二分を加算しなくてはならない。犯人が母屋あるいは隣家から現場に歩いてくるのに要する時間です。よって犯人は、十四、五分は自由に動けた人間でなくてはなりません」

昨日、鴻水と汀子から事件当日の模様を聞きながら、私は思った。煙草やトイレに立つなどして、全員が五分ほど部屋を出ているというから、早業で犯行に及べなくもない、と。誤りだった。五分やそこらの早業では済ませられなかったことを火村は論証した。

「該当する人物は何人かに絞られます。母屋にいたのは雛子と柚葉。しかし、雛子は夕食後に森沢と話していましたから、颯一と蔵で落ち合うことができませんでした。柚葉については確かにフリーでしたが、彼女がその時間帯に犯行を計画するのはあまりにも変だ。わざわざ森沢や宇津井白雲という来客がある時、しかも母親が森沢と階下で話し込んでいる時を選ばずとも、彼女であればもっと犯行がやりやすい時に颯一を蔵に誘い出せたはずです」

火村と私は、詳しい事情も聞かされぬまま深夜に呼び出された。颯一にそれができなかったとは思えない。

「犯行時、隣家にいた六人のうち、メンバーが揃うまでの半荘しか麻雀に加わらなかった蟹江信輔は最もフリーでした。麻雀組については出入りが多かったようではっきりしませんが、最初の半荘で抜けた汀子、二回目の半荘に負けて抜けた鴻水は怪しい。十五分やそこらは自由に動けたからです。他の三人は除外できます。五分間の自由が何回かあったとしても、連続した十四、五分の自由はなかったからです」

犯人がどう行動したのかを推理で見抜き、そこからたった一人に限定する、という推理ではなかった。ふわりと絞り込んだだけである。

「少しは前進したようではありますが、立ち往生です。動機もまったく見えてこないし、事態は混沌としたまま。しかし、ここで私は根本的な疑問に気づきました。もしかすると、皆さんだってもやもやした気分でいらしたかもしれない。私は滔々と理屈っぽい話をしてきましたが、すっきりしていないのではありませんか？　事件の全体像に関して。——どうだ？」

警部と警部補が答えないので、彼は私に訊いてくる。思いついたままを返した。

「颯一殺害は計画的、森沢殺害は突発的。それは理解した。せやけど、計画殺人にしてはおかしな時を選んだもんやな。さっきお前も言うたとおり、事件当夜は二人も来客があった。なんで避けへんかったんや？　実際、帰る間際の森沢にまずいところを見られて、計画外の殺人を犯すことになってるやないか」

その謎は保留しておこう、とは言われなかった。

彼は満面に喜色を浮かべる。望んでいた回答だったのだ。

「わが相棒、素晴らしい。そもそも変な話だよな。場所はともかく、計画殺人にしてはタイミングが普通じゃない」

「素晴らしい相棒と認められて、気分がええわ。——ミステリでは、被害者に対して殺意を持っているような人間が何人も集まった時と場所を選んだ殺人を決行する犯人がたくさんいてるけど、あれは容疑者を増やしたい作者の都合で、読者もそれを了解しながら楽しむからや。しかし、この事件はそれとはまるで事情が違う」

「ああ、全然違うね。どうしてこんな殺人計画を立案したのだろう、と考えているうちに、自分がひどい視野狭窄に陥っていることに気づいた。これも『そもそも』の話だ。俺が何を言いたいか、判るか？」

当ててみろ、という目をしている。即答できずにいると、ヒントまで出してくる。

「俺は今しがた『殺人計画』と言ったよな。この表現に校正の余地はないか、有栖川先生？」

あるからこんな訊き方をするのだろう。それでも彼が考えていることが判らず、架空の赤ペンは動かない。

「じゃあ、言おう。そもそも犯人は何がしたかったんだろう？　颯一殺害であることは自明だとして、森沢まで刺してしまったのはアクシデントだ。その突発事態がなかったら？」

「颯一の死体を床下に隠して……それで終わりか？」

「犯人が扇に拘ったことも留意してくれ。ある夜、颯一が扇とセットで消えた。残された者はどう思っただろう？」

「驚くやろうな。それから再びの出奔の理由を考え込む」

「考えてもどこにも答えはない。記憶が甦って『やりかけていたことがある。急いで帰らなくては』となったのか、『ここはあの嫌な記憶がある家ではないか。夜中にこっそり逃げ出そう』となったのか、はたまた彼の過去を知る者からの呼び出しにやむにやまれず応じたのか。ああだろうか、こうだろうか、と悩むしかなかった」

「警察に通報したやろうか？」

「一日二日、様子を見よう、ということになったかもしれない。本人の意思で出て行ったと思われるから、すぐに通報はしないんじゃないか？　今の颯一は自分がどこの誰か承知しているんだから、彼から経緯を説明する連絡が入ることも期待できた」

「数日経っても音沙汰がなかったら、さすがに警察に届けるやろう。記憶喪失で見つけられたという特別な人物でもあったし。――つまり、犯人の目的は颯一がまた失踪したように偽装すること？」

「そのとおりだよ。事件全体から森沢殺害という要素を捨象することで、犯人の当初の目的が見えてくる。犯人が立案し、実行したのは『殺人計画』ではなく『抹消計画』と呼ぶのがふさわしい」

柳井と南波を置き去りにして、私たち二人でこの場を支配する。

「颯一を殺害することが目的ではなかった、ということか？　いや、殺したかったのには違いがないのか……」

「殺したかったというより、存在を抹消したかったんだ。消えていなくなれ、と呪詛してもかなわないから殺すしかなかった」

「殺人というのは、どれもそういうものやないか。いや、違うな。何度でも殺してやりたい、という激しい憎しみから起きる殺人とは別物や。遺産相続をめぐって自分の取り分を増やそうとするケースなんかの犯人は、被害者の『存在を抹消したかった』なんやろうけど」

だが、武光家には差し迫った遺産相続の問題は起きていなかったし、近い将来、発生する気配もなかったのだ。

「犯人は、なんで颯一の存在を抹消したがったんや？」

「話をそっちに持っていくと立ち往生するんだよ」彼は鞭打つように言った。「後回しにして保留だ。『そもそも』って疑問がもう一つあるだろ。犯人はそもそも、何をしたがっていた？」

「答えは出たやないか。なんでか知らんけど、颯一の存在を消したかった。お前が言うたばっかりやぞ」

「今度は犯人の意思ではなく行動について話している。殺した後、死体を蔵の床下に隠しておしまいか？　それはないよ。日常的に活用されていたスペースではないにしても、誰かがいつかあそこを覗く。大雨が降ると浸水が気になる場所のようでもあるしな」

「言われてみたら。死体の処理完了というわけにはいかんな。いつかは必ず見つかってしまう」

「何年も先になるかもしれないけれど必ず見つかり、颯一は失踪したのではなかったことが発覚する。そんなところは隠し場所には値しない。せいぜい仮置き場さ。しかも、そう長い時間は置いておけない」

自分が犯人の立場になって考えると、危うさが理解できる。

「そうやな。床下はめったに覗かれへんとしても、事件のすぐ後、ちょっとしたものの出し入れのために誰かが蔵に入ったらまずい。死体の腐敗が進行したら、異臭が外へ洩れ出す。何が原因やろうかと調べられたら大変なことになる」

「当面、誰も蔵には入らないだろう、なんて楽観的に構えられるはずもない。臭いが激しくなるよりも前に、死体を仮置き場から取り出して、別の場所に移して最終処理をしなくてはならなかった。犯人はそこまで計画していたはずだ」

「別の場所って、どこや？」

「サムウェア。適当などこか、だよ。この敷地内に穴を掘って、バレないように埋めるなんて真似はできそうにないから、車に積んで搬出するつもりだったんだろう」

車を運転できるのは誰か、思い出そうとしかけたが、火村が話を進めるので、そちらに付いて行かなくてはならない。

「颯一を殺して一時的に蔵の床下に隠し、彼がまた家出をしたように偽装するのはあり得る。蔵の床下を一時的な死体の仮置き場にする、というのも妥当性はあるとして、問題はその先だ。死臭が発散するより前に死体を床下から出し、最終処理地に運ぼうとしたら、殺害と同等あるいはそれ以上にリスキーなのは想像がつくだろう。人目を避けて実行するのは容易じゃない」

「自分が犯人やったら、そんなことはできる気がせえへんわ。もしかして、犯人がどういうつもりやったという謎も保留するのか？」

「しない」

カツンと金属音がするような返事だった。

「ほぉ、それは結構やな。犯人がどんな計画を立ててたのか、聞かせてもらおうか。斬新な搬出方法を編み出した？」

「成人男性の遺体を床下から引き出して、駐車場まで運ぶんだから、引きずったとしても楽ではなさそうだ。犯人は、それぐらいはできる体力を持った人物なんだろう。問題は、いかにして人目を避けるか、という点。敷地内に自分以外の人間が一人もいないという状態が何時間か保証されていたら、お前は『できる気がせえへんわ』と言わないだろ？」

「できるな、それやったら。せやけど、そういう条件を揃えるのも難しいやないか。敷地内にはふた世帯、七人が暮らしてる。犯人自身を除いたら六人。その全員が何時間か家を空けるというのは、特別な状態に思える」

「特別も何も、現にあったじゃないか」

「いつ？」

「昨日だよ」

柳井と南波が、はて、という表情をした。私もあんな顔をしたはずだ。

「昨日、俺たちはフィールドワークのためここにやってきて、七人の関係者と面談した。家を空けているどころか、全員が勢揃いしていたわけだが、それは犯人の計画が頓挫し、殺人事件の捜査が行なわれていたからだ。もし計画どおりに事態が進行していたら、どうなった？」

家政婦たちは休み。雛子は柚葉と共にリサイタルに行き、誓一はオフィスへ出社。楠木利久はカラオケ店のアルバイト。鴻水と汀子夫妻は結婚記念日を祝って嵐山方面で半日を過ごし、蟹江信輔は大人の休日だか何だかで羽を伸ばしに車で出掛けることになっていた。

「離れで森沢の死体が発見されなければ、家を空ける時間にズレはあるけれど、この日は全員が揃って外出していた。颯一がいなくなったのが気になったとしても、ほとんどの予定は変更しにくく、そのままだったと思われる。蔵の床下から死体を出して運ぼうとする犯人にとって、打ってつけの日だ。もちろん、これは偶然なんかじゃない。どの予定も前日に突然決まったりはしていない。そういう日がやってくるのをあらかじめ知っていたからこそ、犯人は残酷な計画を立て、行動を起こしたのさ。――ここまで辻褄が合ってるよな？」

多くの疑問を保留したまま、隘路を見つけて通り抜けた感じだが、頭の整理が追い付かない私は、まだ真相を見渡せた気にはならない。

「昨日の予定ですが」南波がまた手を挙げながら言う。「言われてみて、初めて気づきました。なるほど、全員が外出することになっていたんですね。その機会を利用して死体を運び出そうとしていたということは、犯人自身は予定を変更するつもりだったわけですね？」

「はい。自分の意思で簡単にキャンセルできたんです」

「体調が優れないなどの理由をつけて、キャンセルすることは誰にでもできそうですが……『簡単に』がミソですか。下手なことをすると不審を招きかねませんからね。誓一は仕事の段取りが変わったとか言って在宅勤務にできそうだし、蟹江は遊びに出るだけですから、家でだらだらしていたくなったとか言って、あっさりと予定を変更できる。……ここでも蟹江か」

火村は視線を逸らし、誰もいない方に向かって言う。

「事件の構図が見えてきました。その中心に蟹江を置くと、ぴたりと嵌ります」

彼が目をやった先に森沢幸絵が立っていて、静かに頷いたように思えた。

6

火村は、何が起きたのかをまとめる。

ある理由から、蟹江は颯一をこの世から抹消しようと考えた。颯一は六年八ヵ月前の一月に家出をしたことがあるため、姿が見えなくなれば「また失踪した」と思われそうである。殺害して死体をうまく隠せたら、犯罪が起きた事実さえ発覚しないかもしれない。

蟹江と颯一が接触する機会はあまり多くはないが、「記憶を取り戻すための手助けをしよう。君にあるものを見てもらいたい」などと口実を設け、蔵にでも呼び出す。そこで絞殺し、こっそりと搬出すれば再びの失踪に見せられるだろう。

死体を最終的に処理する場所は、オフの日に車を乗り回していて見つけた某所。湖沼や人が寄りつかない廃屋など。山中にあらかじめ穴を掘っておくなどしていたことも考えられる。

殺害そのものもさることながら、死体の搬出が計画の難所だった。担いで蔵から運び出すだけの体力はあるが、そんな現場を家人に目撃されたら運の尽きだ。自分以外の全員が留守にする機会でもなければ無理に思えた。

が、お誂え向きの日ができた。鴻水と汀子の結婚記念日には各人の予定が重なり、両家とも空っぽになるのが判った。めったにない好機が訪れたのだ。

その三日前には、不定期的に催される麻雀の集いが企画されていた。宇津井白雲がやってきて邸内に人が増えるが、彼らが夢中になってゲームに興じている間、自分は自由に活動できる。玄武亭から誓一と楠木利久がやってくるのも具合がよい。二人がこちらにくれば、颯一や蟹江が蔵に出入りするのをたまたま見掛ける可能性のある人物が減る。

颯一を殺害し、死体を蔵の床下に隠した三日後に搬出するのはタイミングとしても悪くなかった。この時期のことだし、床下は冷暗所だから、腐敗は進んでいないだろう。誰かの外出の予定が変更になるリスクはあるが、それを恐れていたら颯一抹消計画はいつまで経っても実行できない。

計画が練り上げられていく。

その夕、森沢幸絵が玄武亭にくることを蟹江がいつ知ったのかは未確認だ。来訪して夕食を摂ったとしても、八時過ぎには終わる。雛子とコーヒーを飲みながら少し歓談するにしても、九時には帰るのではないか。もし森沢が長尻したとしても、母屋と正門を行き来するだけだから、蔵は死角になっており、計画の支障にはならない。

颯一と会うため、無理のない口実を作るのには腐心しただろう。いつ伝えたのかも定かではないが、当日の午後だったのではないか。「ちょっと秘密を要するので、蔵でこっそり会いたいんや。君が見ておいた方がええもんが蔵にある。九時を過ぎたあたりに来れる？」などと言って興味を惹いたと思われる。

九時過ぎから九時半という頃合いは、森沢が帰る時間を推し量って決めたようでもあるし——実際は早すぎて最悪の結果になったが——、天気予報を気にしたためのようでもある。雨が降りだしたら、傘を使わなくてはならなくなる。颯一が消えた夜に、雨の中を出歩いた者がこちら側の家にいたら不審に思われかねない。

颯一に提案したのは晩い時間ではあるが、深夜でもなかった。思わせぶりに誘われたら颯一の側に拒絶する理由はなさそうである。彼は、蟹江が自分に殺意を向けていることなど夢にも思わなかっただろう。

殺人があったことさえ隠蔽する計画であるが、どこかで綻びが生じた時のために備えて、凶器は足が付かないものにしたい。外出の際に見つけた洗濯紐らしいロープを拾い、適当な長さに切って絞殺に用いることにした。

不意打ちをすれば抵抗されても跳ね返す自信があったものの、相手は若い。思いも寄らない逆襲を受けた場合も想定し、以前から所持していたナイフも蔵に持参することにした。大量の血が流れたら始末に困るが、最悪の事態に備えた護身用だろう。

計画は実行に移され——半ばで破綻した。

颯一殺害後に離れに赴き、彼の扇を取って蔵に戻るところを森沢に目撃されてしまったのかもしれない。颯一が失踪したという騒ぎになれば、「あの時、蟹江さんが離れから扇を持ち出していた」と証言されるのが避けられず、困ったことになる。それだけでは逆上するほどでもなさそうなので、もっと不審な挙動を見られたのだろう。

蟹江はナイフを振るい、刺された森沢は離れに逃げ込み、施錠。蟹江は窓から中を覗き込むしかできない。森沢の命が助からないことを確信できたのか、できなかったのか？　いずれであっても、地面に落ちた彼女の所持品を放っておけない。拾い上げて蔵に運び、颯一の扇と併せて床下に投げ込んだ。

スマートフォンを始めとする彼女のバッグの中身を調べられても、蟹江につながる証拠はなく、何の痛痒もないのだが、反射的に回収したのかもしれない。結果として、犯人が敷地の外に逃走した可能性を残すことになり、捜査を攪乱させた。

あるいは、そうしておけば颯一が森沢を刺して逃げたと思われる、と考えたのかもしれない。邪悪な発想だが、計画が潰えてしまったからには、蟹江にとってそれは救いの道だった。

「すべて辻褄が合います」

火村が言うのに、柳井と南波は異を唱えなかった。聞かされた話を反芻しているようにも見える。

確かに、犯罪学者が語ったとおりに事件が展開したのであれば、これまで保留にした疑問の数々にも説明がつく。だが、私は納得し切れなかった。

「筋は通る。辻褄は合うてる。異様な事件像ではあるけど話の首尾は一貫してるわ。ただ、土台がやっぱり弱いやろ。『そもそも』の話になる。――なんで蟹江がそんなことをするんや？　お前はよく『動機については後回しにして推理する』と言う。犯人はこの人物でしかあり得ない、と限定するのに専念して、これまで成果を挙げてきた。とはいえ、今回の事件で動機は重要やぞ。蟹江と颯一の間には秘められた確執があったはずだから警察がそれを見つけてください、と丸投げするつもりやないやろうな。後回しはここまでや。せめて動機解明の糸口を示唆してもらいたい」

一気にまくし立ててしまった。彼は仮説を持っているらしいが、ここまで聞いてもその片鱗すら私には判らない。

火村は答える。

「俺も、誰が何故、颯一の存在を消してしまいたがったのか不思議だった。六年八ヵ月に及んだ空白期間に何かがあり、それに起因しているのかもしれない、と思うばかりで。ところが、空白が埋まってみると、颯一の東京時代に殺人につながるような出来事は何もなかった。出てきたのは微笑ましいようなエピソードばかり。彼はこの家を出て、よその釜の飯を食べて、戻ってきただけだ。彼の側に殺人を引き起こす理由は見当たらない」

「それはこれまでにも聞いた。彼がこの家を不在にしている間に、京都の側で原因が生じたように言うてたな。その期間にここで起きた変化というたら、洛北大学に合格した楠木利久が岡山から出てきて、同居人として加わったことだけや。まさかそれが事件に関係してるのか、と思うてたら違うんやな？」

「まったく関係がない」

「何やねん、その変化は？」

誰かが離れの前を駆けて行く。走りながら「ああ、蟹江さん！」と誓一の声がしたので、火村を含めて四人の注意がそちらを向いた。

「叔父さんの薬、出して！」

戸口に一番近かった私が立ち、ドアを開けてみた。誓一が木戸を抜けようとしているところだ。垣根越しに、蟹江の背中が見えた。

「どうかしましたか？」

声を掛けると、誓一は立ち止まる。

「白雲さんたちと話しているうちに、叔父が気分を悪くしたんです。喘息の持病があって、その発作も出たので、薬を」

蟹江が薬袋を手にして、すぐに引き返してきた。

誓一に渡し、そのまま自分も玄武亭に向かう。

「発作、ひどいん？」

「そこまでひどないけど、本人が薬を服みたがるよって」

言いながら母屋へと走る二人。蟹江の後ろ姿を見詰めずにいられなかった。

後ろから柳井と南波の声。

「そう言うたら、あの親爺さん、お前の話を聞きながら、途中からちょっとしんどそうな顔をしてたな」

「私も気がついていました。始めのうちは安心したような顔をしてたんですけどね。人がたくさん集まってたので、空気がようなかったのかな、とか思いました」

火村は違う見方をした。

「その場にいなかったので何とも言えませんが、鴻水が南波さんのお話のせいで気分を悪くしたのだとしたら、私にはつながりが感じられます」

「どういうことや？」

私はソファに戻って訊く。彼の話が途中だった。

「鴻水の頭に、俺と同じことが閃いたのかもしれない。颯一の空白期間にトラブルがなかったのだとしたら、彼が殺された原因は彼が玄武亭を不在にしたこと自体にあるのでは、と」

「家出をせえへんかったら殺されることもなかった？　ますます判らん」

火村は、警部らに顔を向ける。

「憶測にすぎないので、そのつもりで聞いてください。真偽を確かめるために、まずあることを確認しなくてはなりません。知っているのは鴻水と汀子。それが犯行の動機につながることを夫妻も知らずにいて、つい先ほど鴻水だけが察したようでもある」

彼は最後まで保留にしてきた問題をテーブルに載せ、二つの家族にまつわる仮説を語りだす。

7

フィールドワークのせいで中途半端になった取材をやり直すため、私は十一月半ばに再び京都を訪れた。「紅葉見物で人が押し寄せるとこも見といた方がよろしい。今度はゆっくり泊まってってって」と婆ちゃんに熱心に誘われたせいでもある。

火村が受け持っている講義が午前中で終わる日だった。彼は「じゃあ、俺に付き合うか？」と言う。宇津井白雲に呼ばれて、法海寺に行くことになっていたのだ。

玄武亭殺人事件は、発生から一週間目に解決した。警察の追及の手が自分に迫ってくるプレッシャーに耐えかねた蟹江信輔の自供によって。複雑な事件にしては呆気ない幕切れだった。狙い撃ちにされている恐怖がどれほどのものだったのか、私には経験がないから想像するしかない。

火村が相対した犯人の中には、最後まで強硬に言い逃れをしようとする者もいれば、あっさりと降伏する往生際のいい者もいて、蟹江は後者だった。性格の弱さの表われのようだが、恨みもない人間を二人も殺めてしまったことはあまりにも凶悪にして冷酷であり、彼の二面性を感じさせた。

「証拠固めは順調なんか？　起訴されるなり『本当はやってません』とか言うんやないやろうな」

法海寺に向かう車中で、そんな話になる。

「進んで自供を始めたから大丈夫だろう。供述の裏付け捜査も着々と進んでいるそうだ。森沢殺しに使われたナイフについても、彼の旧い知人から『酔って見せびらかされたことがある』との証言が得られている。拾った日時と場所も吐いたので、ロープの出所も特定できそうだ」

狙い撃ちが開始されたから、そこまでのネタが挙がってきたのだ。南波らの懸命の捜査の賜物である。

「そうか。しかしなぁ――」

蟹江と話したのは、せいぜい三十分ぐらいだ。彼に対して悪い印象はまるでない。不遇な生い立ちと職場の劣悪な環境に苦労したようだが、十代の頃から汀子に援助してもらい、人生の運気がとことん下がったら居場所を与えてもらっていた。彼は恩人である夫妻を「神様みたいな人ら」とまで崇め、来し方を振り返って語っていたというのに、こんな結末になるとは。

――ワタシ、結局は恵まれてるのかもしれません。

自分が強烈な欲望を持っているのを糊塗するポーズだったのか、あれもまた彼の本心だったのか？人間の心理は複雑だ。いずれか一方ではなく、本人の心の中では両方が斑模様になっていたのだろう。

二人を殺害した彼は、結果として恩人夫妻をも裏切り、深い悲しみに叩き落とした。逮捕後、警察を通じて夫妻にも謝罪の言葉を述べているそうだが、後悔と反省一色ではなく、筋違いの恨みが混じっているかもしれない。

色づいた山々が近くなり、風景は郊外のものに変わっていく。この季節に京都にくるのは久しぶりだ。観光シーズンにわざわざ訪ねることはない、と敬遠していたせいである。

「住職はお前の話を聞きたがってるそうやな。警察から説明は受けてないのか？」

運転席の男は、まっすぐ前方を見やったまま答える。

「ざっくり説明されただけでは満足できないらしい。武光家の人たちに訊くのも憚られるので、俺に連絡が入ったんだ。あの家に寄り添ってきた者として、報道されている情報以上のことが知りたいんだよ」

白雲は颯一を気に懸けているようだった。彼の身に何があったか、関心を寄せずにいられないのだ。

寺に着いた。萩は花の盛りを過ぎていたが、まだ美しく門前を飾っている。事件が解決し、いつかあの寺を再訪する機会があるだろうか、と思っていたら、すぐにやってきてしまった。

「お忙しいとこ、すみませんなぁ。勝手を言うてしもて」

寺務所で迎えてくれた丸顔の住職は、申し訳なさそうにした。前回と同じく大きなテーブルを前に座る。「檀家さんにええお茶をいただきまして」と出てきた湯飲みからは、馥郁たる香りが立ち上っていた。

「近々、東京から安浦さんが娘さんを連れてこちらにいらっしゃるんです」

白雲はそう切り出した。警察から事件について詳しく聞きたい、ということに加えて、颯一の納骨が済んだのを知り、墓参りを希望しているという。

「電話でお話ししただけですけど、気持ちの整理がついてないご様子でしたわ。お墓にお参りして、なんぼか心が鎮まったらよろしいんですけど」

「武光家に挨拶などは？」

尋ねながら、猫舌の火村は湯飲みに触った手を引っ込める。

「会うつもりはないそうです。話すこともない、と言うてはりました。颯一君が亡くなったのは、あの一族のせいやと憎う思てるんでしょう。犯人は武光の人間やなかったけど、彼に普通に接してあげてたらあんな事件は起きんかった、ということで。蟹江さんが非道なことをしたのも、まわりが冷とう当たったからやと思い込んでます。そやないんやけど」

背を丸めて、彼は茶を啜った。

「蟹江さんは、あの家でも生活に満足しているようでした。実際は違ったんでしょうか？」

白雲ならばありのままを答えてくれる、と思って私は尋ねた。

「満足してましたとも。人間、居場所がないのが一番あかん。おってもええと思える場所で自分の存在理由を感じられたら気が楽になって、充分生きていけるもんです。あの人は、それを汀子さんに与えてもろてました。それやのにアホなことを」

安浦隆平も同じようなことを言っていた。住職はその話を断ち切り、事件の説明を求めてきた。詳細かつ無駄のない要約だった。全容を丁寧に語って聞かせる。火村は、全容を丁寧に語って聞かせる。どのようにその犯罪事実が明らかになったのかという捜査のプロセスに、白雲はしきりに感心していた。

蟹江の自供によって明らかになったことだが、颯一を殺害した後、彼はしばらく興奮が鎮まらなかった。荒い息をしながら離れに行き、電気を消して蔵に戻ろうとしたところを森沢幸絵に呼び止められる。彼が颯一の扇を持ち出していたことに加えて、消灯したことが彼女の不審を招いたのだ。

――颯一さんは蔵で何かしているんですか？

そう尋ねる彼女は、胡散臭いものを見る目をしていた。蟹江は激しく狼狽し、その場しのぎの言い逃れを捻り出すこともできない。かくして錯乱に近い状態で暴力が行使されてしまった。

森沢幸絵のバッグに残った血痕が颯一のパンツに付着し、それが真相解明に大きな意味を持った点には驚きを見せ、彼女の無念の思いが警察を導いたかのようだ、と嘆じたりもした。

「なるほど、警察の捜査というのは、そんなふうに行なわれるんですか。そのどこかで火村先生と有栖川さんの助言が入ったりしたんでしょうな」

「ご納得いただけたようですね」

ようやく温くなったお茶に火村は口をつける。

「二日やそこらで解決の目途がついたそうですが、ややこしい事件や。先生にとっても難しかったんやないですか？」

「いつになく悩まされたのは、被害者である颯一さんが自称・記憶喪失者だったことです。過去にどこで誰とどんな関係を持っていたかが判らないので、捜査すべきことがとんでもなく広がってしまいました。彼を恨んでいる者によって拉致された可能性など、無視できない仮説が次々に出てきた点は、難しかったと言わざるを得ません。雛子さんの強い意思で、蔵の床下を調べるのが遅れたことも大きい」

以前は「解けてみれば、いたって簡単な事件さ」だったのに、白雲には「難しかったと言わざるを得ません」と言う。相反する感触があるのだろう。

「颯一君の遺体が見つかるまでは、彼の犯行という疑いが消えんかったわけですね？」

「はい。事態を大きく変えてくれたのは、安浦さん親子の証言です。颯一さんの記憶は最初から失われていなかったことが判明して、霧が晴れたようになりました」

「あの子に殺されんならん原因がなかったことが判った、と」

「犯人は蟹江信輔。そう目星がつきかけたところで安浦さんは登場しました。そして、事件の原因は颯一さんの側にないことを示してくれた。とすると、彼が不在の間に武光家で何かが起きたのかもしれない。彼がいたら起きずに、いなくなったら起きたこと、です。武光家では波風が立っていなかったのに、颯一さんが帰ってくるなり悲劇が起きた。彼がいなくなった時に起きたことが帳消しになるのを阻止しようとしたかのようです」

「よう見当をつけましたな。あの家の人らも、私も、それについてはひと言もしゃべらへんかったのに」

「颯一さんの遺体が発見された直後、雛子さんと汀子さんが肩を抱き合いながら言っていたことを有栖川が耳にしています。『うまいこといかんな』『お互いに』というやりとりです。せっかく立派に成長して帰ってきた彼の死を惜しんでいるようですが、どこかズレている感がありました。どう解釈したらズレがなくなるか？　二人の間で共通の目論見があったのに、それが実現しなくなった場合ならば、こんな嘆き方になるでしょう」

白雲は目を閉じて聞いている。百舌鳥だろうか、外では高い声で鳥が啼いていた。

「雛子さんは、どうにも颯一さんとの関係がうまくいっていなかった。汀子さんは颯一さんを贔屓にし、可愛がっていた。また、雛子さんにはしっかり者の長男と聞き分けのいい長女がいるのに対し、汀子さんと鴻水さん夫妻の二人の娘は遠くに出たっきり。夫妻は先のことをくよくよ思い悩むタイプではなかったそうですが、年齢的に老後について考える必要が出てきていたはずです。夫妻の方から颯一さんを養子にもらえないか、という提案が出ても不思議はありません」

白雲は、かっと目を開けた。

「ご明察ですよ、先生。雛子さんから聞いたことがあります。『鴻水さんのところの娘二人は、遠方に嫁いだり外国で好き勝手したりして帰ってきません。このままやと跡取りができそうにないよって、颯一を養子に欲しがってます。あの子にとっても悪い話やないかもしれません』と」

「やはりご存じでしたか。ご住職に伺えばお答えいただけそうに思ったのですが、お尋ねする機会がありませんでした」

「私が知ってたのは、颯一君の養子縁組の件だけですよ。蟹江さんのことは露知りませんでした」

颯一を隣家に養子に出す話は、本人の意向を聞くまでに至っていなかった。大学に入ったら相談をしてみるつもりでいたところ、十九歳の冬に彼は突然に出奔してしまい、完全に消息が判らなくなる。もう二度とこの家には帰ってこないかもしれない、となったところで、鴻水と汀子は別の案を思いつく。

「蟹江さんを養子にしよう、と考えてたとは。言われてみたら、その手がありましたな」

夫妻には経済力があったから、老後に世話をしてもらうという魂胆ではない。若い頃に身寄りを亡くして苦労し、この家にきてからはまめまめしく働き続けてくれた蟹江への慰撫と謝意という情の発露だった。彼は独身だから家の跡取りになってもらうのでもなく、娘二人にもそれなりの相続が為されるとして、いずれは本家に土地建物が渡ることを見越しての発案である。

これもまた本人に打診はされていなかったが、蟹江は夫妻が話すのを襖越しに聞いていた。ゆくゆくはこの家の相続人となり、わがものにできる。あまりの僥倖に笑いが込み上げてきた、と彼は警察の取り調べで供述している。

ここにずっと居てもいい、嫌になったら出て行ってもかまわない。そのような夫妻の理解ある態度に、彼は本心から感謝していた。さらに、この家のすべての所有者になってもいい、と言われたら、期待してもいなかっただけに、どれほど歓喜したことか。

いずれ正式に打診される、そろそろだろうか、と待ちながら、彼は日々の仕事に精を出した。家の掃除をしていても、庭の手入れをしていても、あれもこれも自分のものになるのだ、と思うと楽しかったであろう。

ところが、彼の夢は突如として瓦解する。第一の養子候補であった颯一が帰還したことで、小躍りしたいような幸運は蟹江の手中からするりと逃げてしまう。

いったん摑んだと思ったものを取り上げられるのは、何も与えてもらえなかったよりつらい。怒り、恨み、憎しみを呼び込みかねない。蟹江の場合、殺意まで抱いてしまった。

裕福な家の養子の座を奪われたら、がっくりとなるだろう。普通であればそこで諦めて終わりだ。ところがそうならず、激烈な憎悪が颯一に向かったのは、私たちの与り知らなかった強い感情があったのかもしれない。

鴻水と汀子から恵沢を享けていたとはいえども、隣家の子供たちとわが身を比べて、沸々と込み上げる不満が蓄積されていたのではないか。覇気がない次男の颯一など、ふらふらしているだけで何もなしていないではないか、と。彼を苦しめていた孤独と疎外感については、蟹江の目に入らなかったらしい。

颯一が鴻水夫妻の養子になったとしても家から追い出されることはなく、これまでどおりの生活が続いたと思われる。しかし、蟹江は颯一が主人として自分の上に立つのが耐えられなかったのだ。たとえ温厚な颯一が充分な配慮を払ったとしても、蟹江の居心地の悪さは如何ともしがたい。

取り逃したのが財産だけなら、おそらく諦めることもできたのではないか、とも思う。自分を息子と呼んでくれる父母をやっと取り戻せそうになったところで奪われたから、蟹江は乱心したのかもしれない。

「颯一君さえおらんようになったらええ。またどこかへ行ってしまえ。なんぼ希うてもかなわんのやったら、わが手で消してやる……ということですか。はぁ、やりきれん」

「これは私の思いつきで、蟹江の内面を覗くことはできない。彼を養子にする話が鴻水さんと汀子さんから出ていたかどうか、探りを入れたかったんですが、下手な訊き方は禁物です。捜査側が何を疑っているかを察知されかねないので、慎重に当たるようにしなくてはなりませんでした」

その思いつきが的を射ているのではないか、と火村が感じたのは、南波の話を聞いた鴻水が変調を来したことだ。颯一の過去には事件につながるものがないと知り、だとしたら原因は……と忌まわしい可能性が脳裏に飛来したのだ。

「ほんまに不憫や、颯一君は。なんにも悪いことをしてへんのに。蟹江さんに対して失礼なふるまいがあったわけでもないのに。存在が疎まれたやなんてな。若気の至りで家を飛び出したことが、ここまでの禍につながるとは惨い話やわ。森沢さんについても、お気の毒で言葉がない」

白雲が言うとおりで、粛然とした空気が流れる。百舌鳥の啼く声が耳に突き刺さるようだった。

8

寺を辞すると、車に乗り込んだところで火村が「さて」と言う。

「用件は済んだ。付き合ってもらって、すまなかった。ここから先は作家先生の取材だ。どこへでも行くから、ドライバーに命じてくれ。電話で大原とか言ってたよな。大原といっても広いぞ」

京都駅からバスだと一時間ほどもかかってしまう大原方面には行ったことがなかった。ここまできているのなら、足を伸ばす機会ではある。

「うん、とりあえず三千院を拝んどこか。名刹を殺人事件の現場にはしにくいけど、小説に出せるかもしれへん」

「なら急ごう。拝観できるのは四時半ぐらいまでだった気がする」

「お前は行ったことがあるんやな」

「リクエストされて、一度だけ」

「それはそれは。婆ちゃん、喜んだやろ」

「いたくご機嫌だった」

本物の親とどういう関係だったのか知らないが、これからもせいぜい婆ちゃんに〈親孝行〉するのがいい。心の根っこの部分で、彼は家族というものを拒絶してはいないのだ。

昨日、何ヵ月ぶりかで牛窓の母親から電話があった。例年どおり日生《ひなせ》の牡蠣を送ると言うので――こちらは独り暮らしなのにどっさりと――、火村の下宿宛てに明日着で送ってもらうことにした。今年は余裕で食べ切れるだろう。

車が走りだしてから、火村が言った。

「まだ謎が残っている」

「何や？」

「安浦親子にお前はこんなことを訊いていたよな。石橋の上で扇を振る老婆のことを颯一は話さなかったか、と。質問の意図を教えてくれ。一度尋ねたけれど、はぐらかされた気がする」

「ああ……あれ」

「お前は真剣な目をしていた」

そこまで言うのなら――

「石橋の上のお婆さんというのは颯一の祖母で、孫娘と一緒に誕生日を祝われるのが幸せすぎて、太陽を扇で呼び戻してたんやった。住職からそう聞いたけれど、颯一の記憶は朧に霞んでたんやないかな。兄や姉に訊いても、『さあ』とか言われたりして、ずっと不思議な記憶として残ってたんやろう」

「らしいな。二歳か三歳だったんだから無理もない」

「舞鶴で記憶喪失のふりを始めた後、彼は親切にしてくれた女性教諭にその話をしてる。安浦親子にも言うてなかったのに。ぽっかりと記憶の底から浮かんできたんやろう。彼は、その先生に好意を抱いてたかもしれへんし、そうやなかったとして、申し訳ない気持ちがあったんやと思う。僕なりに切実な目的があってのこととはいえ、あなたのような人を騙して、すみません。そんな思いが、ほんまに消えていた記憶の欠片を打ち明けさせたんやないか……と」

「アリス。それは――」

　またまたセンチメンタルなことを言いやがって、という反応が返ってくるかと思ったら、違った。

「辻褄が合う」

　郊外を抜けて、山里の風景になってきた。私たちは錦に染まった山々に包み込まれる。空気が変わった。

「このあたりはもう大原だ。しっかり取材してくれ」

　火村はそう言ってくれたが、何を書くか決まっていないのだから取材先はどこでもいいのだ。この度の事件のおかげで、『日本扇の謎』というタイトルの新作は書けなくなってしまった。

　とはいえ、彼や婆ちゃんの厚意に報いるため、やはり京都を舞台にいい作品を書きたい、とも思う。私も律儀なのだ。

　どこへでも行く、とさっき言ってくれた。本当は行ってみたいところがあるのだが、遠すぎて頼めなかった。今から向かったとしても、着く頃には日が暮れてしまっている。

　だから、声に出さずに言った。

――どこでもええんやったら、舞鶴の布引浜へ。

エピローグ

有能な担当編集者・片桐光雄からはうまいタイミングで様子伺いの電子メールが入る。『日本扇の謎』を取りやめにした理由は説明しにくかったので、ただ「気分が変わった」とだけ伝え、送ってくれた資料が無駄になるのを詫びた。

〈資料については、僕が送りつけたものなので気にしていただかなくて結構です。『日本扇の謎』が却下なら、『英国庭園の謎』なんていうのはどうですか？　エラリー・クイーンが英国を空けておいてくれたみたいなので、有栖川さんに書いてもらいたくなりました。魅力的なタイトルだと思うんですけど〉

火村が英国庭園で起きた事件を解決させるのに立ち会ったことがある。これもやんわりと却下するしかない。

〈国名のついたタイトルに拘らず、考えてみます。小説を書きたい気分は高まっているので、今しばらく待っていてください〉

などと書いて送ったら、〈了解です〉と返信がきた。

パソコンの電源を切ると、夜が更けていた。

扇だけを持って安浦親子と別れた颯一は、こんな時間に独り、浜辺で波音を聞いていたのだ。布引浜がどんなところか知らなくても、情景が脳裏に浮かぶ。

飲酒運転の車に撥ねられかけたが、転倒しただけだった。しかし、記憶をなくした原因らしき傷があった方がよいと考えた彼は、わざと石段を転げ落ち、覚悟していたより痛い目に遭ったのかもしれない。

翌朝、どんな人間と最初に出会うかは予想がつかなかった。早起きをして犬と散歩する老人か、トレーニングのため砂浜でジョギングをする若者か。誰が通りかかっても、自然な演技をしなくてはならなかった。

時間がたっぷりあったから、冒険的な計画の決行にあたり、軽く稽古をしていたのではないか。おそらく夜明け前には、うたた寝をしただろう。

長い夜が去る。

朝の光の中で出会ったのは、中学校の若い女性教諭だった。最初は怪しまれただろうが、東京で人に慣れたせいもあり、うまく接することができた。第一の関門を突破した彼は、ほっとする。

二人はごく限られた時間しか一緒に過ごせない運命だった。安浦親子に続いて彼女とも訣別しなくてはならないことを、颯一は淋しく思ったのか？　計画どおりに進んでいることを喜んだだけか？

彼の人生は皮肉に満ちている。もしも、生家へ帰還するための風変わりな計画の途上でなかったら、二人は親密さを深めていき、思いも寄らない新しい未来が拓けたかもしれない。彼が本当に記憶をなくしていたとしたら——。


妹の分身のような葉月は、中学校の美術教諭と交際中で、幸せに手を伸ばしている。同じ職業の女性と巡り合いながら、颯一はすれ違うしかなかった。その対照もまた皮肉に思えてならない。

武光家の事件が解決した顚末は、舞鶴署の権野という刑事にも連絡が行っていた。彼から女性教諭にも伝えられたのだと思う。

顔も知らない彼女の気持ちに思いを馳せているうちに、物語が生まれそうになる。彼女の名前は藤枝未来——とでもしておこうか。登場人物には名前が要る。

晩秋となったが、明日の朝も未来は浜辺をそぞろ歩くのだろう。

見慣れた風景の中に、颯一の残像を探しながら。元気でいるかしら、と思うことはもうない。

踏み出す足の下で、砂が鳴く。

あとがき

エラリー・クイーンに倣った有栖川版の国名シリーズの始まりは、一九九四年七月に上梓した『ロシア紅茶の謎』で、ずっと書き続けて今年で三十年になる。こんな長寿のシリーズになるとは思ってもみなかった。

『ロシア紅茶』が出たのと同じ月に十二年勤めた会社を辞めたから、専業作家になって三十年でもある。あの七月は、新刊が出たうれしさ、専業になる喜びと不安がブレンドされた特別な時間だったな、と思い出す。

そんなシリーズが前作『カナダ金貨の謎』で区切りのいい十作になったので、作風に大きな転換を図るつもりもないのに、何となく次作は「シーズン2のスタート」という気がして、「ああ、その国できたか」というものにしたくなった。そこで採用したのが日本である。

本家クイーンの国名シリーズに日本を冠した作品がある、とわが国では永らく思われてきた。その経緯については本作のプロローグに記したとおり。

クイーンが書いたのは『The Door Between』で、副題も含めて『The Japanese Fan Mystery』というタイトルの作品は存在しない。ならば、幻のタイトルを拝借して自分が書いてもいいのではないか、と考えたのがいつだったかは忘れてしまったが、「メフィスト」誌から連載の依頼を受けて、十一作目は温存していた『日本扇』というカードを切る機会が到来した気がした。

作中では、アリスが担当編集者の片桐《かたぎり》からこのタイトルを提案されたことになっているが、実際は前述のとおりで、自分で自分に勝手に課題を与えたわけである。そして、悩んだ。日本扇がどうした？　——と。

プロローグや第二章の冒頭で、アリスは珍妙なアイディアをいくつも披露している。あれらは全部、私が構想を練っている時に思いついたもので、中には「これで行くか」と、かなり先まで展開を考えたネタもある。どんなプロットだったのかは、ひどくて明かせない。

雑多なアイディアをすべて没にし、「扇だけ持って浜辺で見つかった男がいたとして……」と発想を変え、「あなたはどこの誰？　何者？」と問うているうちに、こんな物語ができた。少しでもお楽しみいただけたら、と祈るばかりである。

連載中、国名シリーズを始めとするエラリー・クイーン作品を次々に新訳なさっている越前《えちぜん》敏弥《としや》さんが、『The Door Between』を訳されたとの情報を知った。従来の誤りを踏襲した『日本——』という邦題にはなるまい、と思いながら。注目していたら——。

新訳のタイトルは『境界の扉』になった。クイーンが一つ前に書いた長編『中途の家(Halfway House)』と対をなし、旧訳を読んだ人に判りやすいよう「日本カシドリの秘密」と副題を付す親切仕様である。

『境界の扉』は『日本扇の謎』の二ヵ月前に角川文庫から出版された。奇《く》しき縁で、本書と併せてお読みいただくのも一興かと。

国名シリーズは第一作の『ロシア紅茶の謎』からずっと講談社ノベルスで出してもらっている。同じ判型で揃《そろ》えてくださっている方のために今回もノベルス版にしたが、初めて愛蔵版との同時発売になった。このシリーズがハードカバーの単行本で出るとは思っていなかったので、とても新鮮に感じている。

どちらの版も、装画は藤田新策《ふじたしんさく》さん、装丁は坂野公一《さかのこういち》さんに今回も手掛けていただき、美しい本になりました。感謝申し上げます。

連載時から本になるまで伴走してくださったのは、片桐光雄《みつお》ならぬ講談社文芸第三出版部の小泉直子《こいずみなおこ》さんです。色々とお世話になりました。

最後に、お読みいただいた皆様への御礼を日本語、いや京都弁で。

おおきに。

二〇二四年六月三〇日

有栖川　有栖

有栖川有栖　著作リスト（二〇二四年八月現在）

★…火村英生シリーズ　☆…江神二郎シリーズ

〈長編〉

月光ゲーム——Yの悲劇'88——☆　東京創元社（'89）／創元推理文庫（'94）
孤島パズル☆　東京創元社（'89）／創元推理文庫（'96）
マジックミラー　講談社ノベルス（'90）／講談社文庫（'93）／講談社文庫（'08新装版）
双頭の悪魔☆　東京創元社（'92）／創元推理文庫（'99）
46番目の密室★　講談社ノベルス（'92）／講談社文庫（'95）／講談社文庫（'09新装版）／角川ビーンズ文庫（'12）
ダリの繭★　角川文庫（'93）／角川書店（'99新版）／角川ビーンズ文庫（'13）

海のある奈良に死す★
双葉社（'95）／角川文庫（'98）／双葉文庫（'00）

スウェーデン館の謎★
講談社ノベルス（'95）／講談社文庫（'98）／
角川ビーンズ文庫（'14）

幻想運河
実業之日本社（'96）／講談社ノベルス（'99）／
講談社文庫（'01）／実業之日本社文庫（'17）

朱色の研究★
角川書店（'97）／角川文庫（'00）

幽霊刑事《デカ》
講談社（'00）／講談社ノベルス（'02）／
講談社文庫（'03）／幻冬舎文庫（'18新版）

マレー鉄道の謎★
講談社ノベルス（'02）／講談社文庫（'05）

虹果て村の秘密
講談社ミステリーランド（'03）／
講談社ノベルス（'12）／講談社文庫（'13）

乱鴉《らんあ》の島★
新潮社（'06）／講談社ノベルス（'08）／
新潮文庫（'10）

女王国の城☆
創元クライム・クラブ（'07）／
創元推理文庫（'11）

妃は船を沈める★
光文社（'08）／光文社カッパ・ノベルス（'10）／
光文社文庫（'12）／光文社文庫（'23新装版）

闇の喇叭　理論社（'10）／講談社（'11）／講談社ノベルス（'13）／講談社文庫（'14）

真夜中の探偵　講談社（'11）／講談社ノベルス（'13）／講談社文庫（'14）

論理爆弾　講談社（'12）／講談社ノベルス（'14）／講談社文庫（'15）

鍵の掛かった男★　幻冬舎（'15）／幻冬舎文庫（'17）

狩人の悪夢★　ＫＡＤＯＫＡＷＡ（'17）／角川文庫（'19）

インド倶楽部の謎★　講談社ノベルス（'18）／講談社文庫（'20）

捜査線上の夕映え★　文藝春秋（'22）

〈中編〉

まほろ市の殺人　冬　蜃気楼に手を振る　祥伝社文庫（'02）

〈短編集〉

ロシア紅茶の謎★　講談社ノベルス（'94）／講談社文庫（'97）／角川ビーンズ文庫（'12）

山伏地蔵坊の放浪　創元クライム・クラブ（'96）／創元推理文庫（'02）

ブラジル蝶の謎★　講談社ノベルス（'96）／講談社文庫（'99）

英国庭園の謎★　講談社ノベルス（'97）／講談社文庫（'00）

ジュリエットの悲鳴　実業之日本社（'98）／実業之日本社ジョイ・ノベルス（'00）／角川文庫（'01）／実業之日本社文庫（'17）

ペルシャ猫の謎★　講談社ノベルス（'99）／講談社文庫（'02）

暗い宿★　角川書店（'01）／角川文庫（'03）

作家小説　幻冬舎（'01）／幻冬舎ノベルス（'03）／幻冬舎文庫（'04）

絶叫城殺人事件★　新潮社（'01）／新潮文庫（'04）

スイス時計の謎★　講談社ノベルス（'03）／講談社文庫（'06）

白い兎が逃げる★　光文社カッパ・ノベルス（'03）／光文社文庫（'07）／光文社文庫（'23新装版）

モロッコ水晶の謎★　講談社ノベルス（'05）／講談社文庫（'08）

動物園の暗号★☆　岩崎書店（'06）

壁抜け男の謎　角川書店（'08）／角川文庫（'11）
火村英生に捧げる犯罪★　文藝春秋（'08）／文春文庫（'11）
赤い月、廃駅の上に　メディアファクトリー（'09）／角川文庫（'12）
長い廊下がある家★　光文社（'10）／光文社カッパ・ノベルス（'12）／光文社文庫（'13）／光文社文庫（'23新装版）
高原のフーダニット★　徳間書店（'12）／徳間文庫（'14）
江神二郎の洞察☆　創元クライム・クラブ（'12）／創元推理文庫（'17）
幻坂《まぼろしざか》　メディアファクトリー（'13）／角川文庫（'16）
菩提樹荘の殺人★　文藝春秋（'13）／文春文庫（'16）
臨床犯罪学者・火村英生の推理　密室の研究★　角川ビーンズ文庫（'13）
臨床犯罪学者・火村英生の推理　暗号の研究★　角川ビーンズ文庫（'14）
臨床犯罪学者・火村英生の推理　アリバイの研究★　角川ビーンズ文庫（'14）
怪しい店★　ＫＡＤＯＫＡＷＡ（'14）／角川文庫（'16）

濱地健三郎の霊《くしび》なる事件簿　KADOKAWA（'17）／角川文庫（'20）
名探偵傑作短篇集 火村英生篇★　講談社文庫（'17）
こうして誰もいなくなった　KADOKAWA（'19）／角川文庫（'21）
カナダ金貨の謎★　講談社ノベルス（'19）／講談社文庫（'21）
濱地健三郎の幽《かくれ》たる事件簿　KADOKAWA（'20）／角川文庫（'23）
濱地健三郎の呪《まじな》える事件簿　KADOKAWA（'22）

〈エッセイ集〉

有栖の乱読　メディアファクトリー（'98）
作家の犯行現場　メディアファクトリー（'02）／新潮文庫（'05）
　＊川口宗道・写真
迷宮逍遥　角川書店（'02）／角川文庫（'05）
赤い鳥は館に帰る　講談社（'03）
謎は解ける方が魅力的　講談社（'06）
正しく時代に遅れるために　講談社（'06）
鏡の向こうに落ちてみよう　講談社（'08）

有栖川有栖の鉄道ミステリー旅　山と溪谷社（'08）／光文社文庫（'11）
本格ミステリの王国　講談社（'09）
ミステリ国の人々　日本経済新聞出版社（'17）
論理仕掛けの奇談　有栖川有栖解説集　KADOKAWA（'19）／角川文庫（'22）

〈主な共著・編著〉

有栖川有栖の密室大図鑑　現代書林（'99）／新潮文庫（'03）／創元推理文庫（'19）
　*有栖川有栖・文／磯田和一・画
有栖川有栖の本格ミステリ・ライブラリー　角川文庫（'01）
　*有栖川有栖・編
新本格謎夜会　講談社ノベルス（'03）
　*綾辻行人との共同監修
有栖川有栖の鉄道ミステリ・ライブラリー　角川文庫（'04）
　*有栖川有栖・編

大阪探偵団　対談 有栖川有栖vs河内厚郎
　　沖積舎（'08）
　＊河内厚郎との対談本
密室入門！
　　メディアファクトリー（'08）／
　　メディアファクトリー新書（'11）（『密室入門』
　　に改題）
　＊安井俊夫との共著
図説 密室ミステリの迷宮
　　洋泉社ＭＯＯＫ（'10）／
　　洋泉社ＭＯＯＫ（'14完全版）
　＊有栖川有栖・監修
綾辻行人と有栖川有栖のミステリ・ジョッキー①
　　講談社（'08）
綾辻行人と有栖川有栖のミステリ・ジョッキー②
　　講談社（'09）
綾辻行人と有栖川有栖のミステリ・ジョッキー③
　　講談社（'12）
　＊綾辻行人との対談&アンソロジー

小説乃湯　お風呂小説アンソロジー　角川文庫（'13）
＊有栖川有栖・編
大阪ラビリンス　新潮文庫（'14）
＊有栖川有栖・編
北村薫と有栖川有栖の名作ミステリーきっかけ大図鑑
ヒーロー&ヒロインと謎を追う！　第1巻 集まれ！ 世界の名探偵
第2巻 凍りつく！ 怪奇と恐怖
第3巻 みごとに解決！ 謎と推理
日本図書センター（'16）
＊北村薫との共同監修
おろしてください　岩崎書店（'20）
＊市川友章との絵本
清張の迷宮《ラビリンス》　松本清張傑作短編セレクション
文春文庫（'24）
＊有栖川有栖、北村薫・編

〈初出〉

「メフィスト」2023年 SPRING VOL.7～
2024年 SUMMER VOL.12

日本《にほん》扇《おうぎ》の謎《なぞ》

二〇二四年八月五日　第一刷発行

定価はカバーに表示してあります

KODANSHA NOVELS

著者―有栖川有栖《ありすがわありす》

発行者―森田浩章

発行所―株式会社講談社

東京都文京区音羽二‐一二‐二一

郵便番号一一二‐八〇〇一

編集〇三‐五三九五‐三五〇六

販売〇三‐五三九五‐五八一七

業務〇三‐五三九五‐三六一五

本文データ制作―TOPPAN株式会社

印刷所―TOPPAN株式会社　製本所―株式会社若林製本工場

N.D.C.913　383p　18cm　ISBN978-4-06-536421-5

KODANSHA